古代日本人の神意識

森 陽香
Mori Yoko

笠間書院

古代日本人の神意識　目次

Ⅱ　地方の神と天皇――『播磨国風土記』研究――

凡例

・本書の主な考察対象である『古事記』・『日本書紀』・『風土記』・『万葉集』・『古語拾遺』・『延喜式』は、原文・訓読文共に以下の本から引用したが、一部私に表記を改めた。

山口佳紀・神野志隆光『古事記』（新編日本古典文学全集）小学館一九九七年

小島憲之・直木孝次郎・西宮一民・蔵中進・毛利正守『日本書紀（一）～（三）』（新編日本古典文学全集）小学館一九九四～九八年

秋本吉郎『風土記』（日本古典文学大系）岩波書店一九五八年

廣岡義隆『風土記』（新編日本古典文学全集）小学館一九九七年（『風土記』逸文）

小島憲之・木下正俊・東野治之『萬葉集（一）～（四）』（新編日本古典文学全集）小学館一九九四～九六年

西宮一民『古語拾遺』岩波書店一九八五年

『新訂増補国史大系　延喜式』

・原文が二行の割注になっている箇所については、一行に改めた上で、小字で記した。

序論

一　本書の目的

本書は、神とかかわりながら現実の生活を位置付けようとする、古代的な心の働き——古代日本人の神意識——を、主に文学的な方法と立場から問うものである。

古代に生きた日本人は、世界の始まりや穀物の起源、生と死の起こり、地名の由来等、自らの生活を取り巻くさまざまな事象の発生を、神の事績に求めた（『古事記』・『日本書紀』・『風土記』等）。天皇が天皇として存在すること、また、各氏族がそれぞれの職能を継いでゆくことについても、神を系譜上の祖として位置付けることによって、多くその理念的根拠を得ていた（『古事記』・『日本書紀』・『新撰姓氏録』等）。さらに、天皇の理想的な治世の達成を表章するに相応しい表現として、『万葉集』には「神代」の語が選ばれている。このように、古代の日本人は生の根拠や規範を神々に求めたわけであり、その具体相を見つめることによって古代的な心性の特質の一端を明らかにすることが、本書の目的である。中央・地方の双方に目を向けながら、初めて自らの思慮を文献に書き留めることに成功した日本人の精神生活を、主に信仰的な側面に関わって把握することによって、日本人がそれらの文芸・文学を生み出し、伝承してきた、その情熱の源を知りたい。

折口信夫『神道概論』（『折口信夫全集ノート編追補（一）』）のはじめに、次のようにある。

神というものの性質。これは外国と同じだとは言えない。そして困るのは、神という語の起源さえわからない。神という語を使いすぎている。（中略）日本人が神に対して神観念をもっていたかどうかさえもわからない。あまり神を尊敬しすぎていたので、そこまでいかなかった。その神から始めていかなければならない。そのためには「たま」の研究をしていかなければならない。

池田彌三郎は、この『神道概論』を根底に持ちながら「神と芸能」の題で講演・成稿し、「日本人の受け容れている「神」という語は、実ははなはだ曖昧な語」であるとした上で、「神」の定義を次のように試みている。

かみについての考えを、わたしなりに受け取って、整理してみると、折口信夫は、まず「たま」ということを考えている。このたまも、魂という漢字をすぐに思い浮べないように、「たま」と表記しておく。もちろん「玉」という漢字表記をあてるたまもやがては考えなければならないが、ともかくそのたまが、まずあって、これが、肉体なり、物体なりに宿って、そして活動を始めてくる。それがいわば高い状態になったときに「かみ」であって、低い状態になると「もの」ということになる。そういう、簡略な図式を一応考えてみることができる。しかし折口信夫は、この図式一つにまとまっているわけでもなくて、「もの」ということに置き換えられずに、たまがかみとなると同時に、たまのままで残っていく、というようにも考えている。

（『日本文学伝承論』中央公論社一九八五年より引用。「神と芸能」の初出は『日本の民俗』朝日新聞社一九七四年。その後『池田彌三郎著作集（二）』角川書店一九八〇年および『日本人の心の傾き』文藝春秋一九八〇年に再録され、『日本文学伝承論』

所収のものはそれらに池田自身が若干加筆している。）

例えば本書第Ⅰ部第一章～第三章で扱うムスヒ（ムスビ）神は、諸文献に、「神産巣日神」（『古事記』）、「神皇産霊尊」（『日本書紀』）、「神魂命」（『出雲国風土記』）、「神産日神」（『延喜式』宮中神祭神）、「神魂」（同鎮魂祭祭神）等と書かれ、古代信仰の中心に位置した「神」でありながら、同時に「魂」（たま）に対する信仰をも内包し続けていたことが、その神名表記にあらわれていると見える。古代日本の「神」を考えようとするならば、その神の成立してくる以前、あるいはその周囲に位置する、「たま」即ち霊魂信仰の問題の解明が果たされなければ、全き叙述を期することはできないことを知る。

私はこうした学問態度に信を置き、また自らの研究をその中に位置付けてゆくことを志しているが、さしあたり本書の範囲においては、例えば「かみ」「たま」「もの」の概念を見定めるといった古代信仰の体系的な理解に向かう以前に、ムスヒ（ムスビ）・オホアナムチとスクナヒコナ・オホヤマツミの各神の研究（第Ⅰ部）と、神に由来する地名起源譚と天皇に由来する地名起源譚とが混在している『播磨国風土記』の研究（第Ⅱ部）とを試み、それぞれの神とその伝承とが、人々の心に胚胎してから文献に記載されるまでの経緯を論じることに主眼を置く。固定した神観念が文献の上に確立する以前に、個々の神に対する意識が生じ、成長していった経過を把握することによって、古代的な心性の堆積を掘り起こし、その特質を明らかにしたい。

考察対象とする文献は、『古事記』・『日本書紀』・『出雲国風土記』・『播磨国風土記』・『万葉集』等を主とし、時に『新撰姓氏録』・『延喜式』・『先代旧事本紀』等をも見渡して行く。よって、本書に言う「古代」の範囲を時間帯の上に確実に位置付けておくとするならば、まずおよそ八世紀を中心に、平安初期頃までを指し示すものである。しかし同時に、個々の神に対する信仰の始原の姿と、その成長の過程とを主な考察対象とする以上、本書の意図する「古代」とは、紙の上に伝承が定着する以前のある時期——例えば折口信夫の言う「平安の王朝に対して、前期王朝と呼びならして来た奈良朝以前、即、殆まだ、「青空のふるさと」や「海のあなたの妣が国」を夢みてゐた空漠たる時代」（『万葉集辞典』）——をも含むものであり、また、そこへ辿り着くための方法の模索こそが、本書の試みだということになる。

二 「神代」の発想

『古事記』・『日本書紀』・『風土記』・『万葉集』をとおして、「神代（世）」という言葉が見える。例えば『日本書紀』は、巻第一が「神代上」、巻第二が「神代下」と題されている。そして巻第一・第二の正文を辿っていけば、「神代上」はおよそ天地開闢から素戔嗚尊の大蛇退治まで、「神代下」は天津彦彦火瓊瓊杵尊の誕生から皇孫降臨を経て神日本磐余彦尊の誕生までを描き、続く巻第三の題は「神日本磐余彦天皇　神武天皇」である。従って、この『日本書紀』の認識を一つの基準として立ててゆけば、神代とは、古代的な歴史観の中の、最も始原に位置する一時代を区切って表す用語であると言える。そしてその指し示す範囲は、神武天皇以前の、神々のみが活動し神々によって掌られていた時代であり、それは『古事記』で見れば、ちょうど上巻の内容にあたる。『古事記』・『日本書紀』が共に神武天皇の以前と以後とで巻を分割していることからすれば、古代において、神代と神武以後との間に一定の分別を設ける時代認識が確立していたことを認める。

ではその神代は、古代の人々の実生活の中で、どのように意識されていただろうか。『万葉集』には、「神代」もしくは「神の御代」の語を含む歌が、二二首ある（歌番号は、一三・三八・三〇四・三八二・四八五・八九四・九〇七・九一七・一〇〇六・一〇四七・一〇六五・一〇六七・一〇八〇・一七〇七・二〇〇二・二〇〇七・三二二七・四一〇六・四一一一・四一二五・四三六〇・四四六五）。

香具山は　畝傍ををしと　耳梨と　相争ひき　神代より　かくにあるらし　古も　然にあれこそ　うつせみも　妻を　争ふらしき（巻一―一三）

神代より　言ひ伝て来らく　そらみつ　大和の国は　皇神の　厳しき国　言霊の　幸はふ国と　語り継ぎ言ひ継がひけり　今の世の　人もことごと　目の前に　見たり知りたり（以下略、巻五―八九四）

大汝　少彦名の　神代より　言ひ継ぎけらく　父母を　見れば貴く　妻子見れば　かなしくめぐし　うつせみの　世の理と　かくさまに　言ひけるものを（以下略、巻十八―四一〇六）

これらの歌からは、万葉びとにとっての神代とは、「うつせみ」や「今の世」に対して、過去にあった特定の時代を想定した謂いであると知られる。神代の語に時代性を認める、このような把握のしかたは、神武以前に神だけが存在する時代を据えてそれを「神代」と名付けた『日本書紀』の構想に、近しいものと見える。

そして、上掲万葉歌はいずれも「神代より」と歌い、八九四・四一〇六番歌には「言ひ伝て来らく」「語り継ぎ　言ひ継がひけり」「言ひ継ぎけらく」ともある。「神代より」「神代ゆ」「神の御代より」という表現は、「神代」「神の御代」の語を詠み込んだ二三首の万葉歌のうち、上掲三首を含む、実に十八首の歌に見える（一三・二八一・四八五・八九四・九〇七・九一七・一〇〇六・一〇四七・一〇六五・一〇六七・一七〇七・二〇〇二・三二二七・四一〇六・四一一一・四一二五・四三六〇・四四六五）。このことは、神代から「うつせみ」「今の世」までの連続性が、古代の人々にとって強く意識されていたことを示している。一三番歌は「妻を争ふ」という情動の起こる源を神代に求め、八九四番歌は「今の世の人」も神代以来の「皇神の厳しき、言霊の幸はふ」大和の国の姿を目の前に見知ることができると言い、四一〇六番歌は「父母を見れば貴く　妻子見ればかなしくめぐし」という感情の由縁を神代に据えているが、神代に生じたとされるこれらの生活感情や信仰、倫理観が、そのまま「うつせみ」や「今の世」の規範であるとする発想は、神代から「うつせみ」「今の世」までが、途中で断絶することなく連続を保っているという認識に支えられている。

一方、次のような歌もある。

やすみしし　我が大君　神ながら　神さびせすと　吉野川　激つ河内に　高殿を　高知りまして　登り立ち　国見をせせば　たたなはる　青垣山　やまつみの　奉る御調と　春へには　花かざし持ち　秋立てば　黄葉かざせり　行き沿ふ　川の神も　大御食に　仕へ奉ると　上つ瀬に　鵜川を立ち　下つ瀬に　小網刺し渡す　山川も　依りて仕ふる　神の御代かも（巻一―三八）

これは持統天皇吉野行幸時の、柿本人麻呂の詠であって、持統天皇の御代を「神の御代かも」、すなわち神代そのものであるかのように感じられると歌っている。また

やすみしし　我が大君の　高敷かす　大和の国は　天皇の　神の御代より　敷きませる　国にしあれば　生れまさむ　御子の継ぎ継ぎ　天の下　知らしまさむと　八百万　千年をかねて　定めけむ　奈良の都は（以下略、巻六―一〇四七）

かけまくも　あやに恐し　天皇の　神の大御代に　田道間守　常世に渡り　八矛持ち　参ゐ出来し時　時じくの　香菓を　恐くも　残したまへれ（以下略、巻十八―四一一一）

『古事記』・『日本書紀』の知識を持ち込んでこれらの歌を読めば、一〇四七番歌の「天皇の神の御代」は大和国に初めて宮を置いた神武天皇の治世を指し、四一一一番歌の「天皇の神の大御代」はタヂマモリを常世国へ遣わした垂仁天皇の時代を指すと理解される。すると、『日本書紀』の構成によって見る時は、神代とは神武以前の時代を指す語であると認められるのに対し、『万葉集』には神武朝・垂仁朝・持統朝を神代と把握した歌があり、ひとくちに「神代」と言っても、その指し示す時代の認識に大きな開きが生じている。

そこで改めて見ると、例えば三八番歌においては、持統天皇が国見をなさったところ「やまつみの奉る御調と

春へには花かざし持ち　秋立てば黄葉かざせり　行き沿ふ川の神も　大御食に仕へ奉ると　上つ瀬に鵜川を立ち下つ瀬に小網刺し渡す」という様子が認められたと詠われている。人麻呂は、「やまつみ」と「川の神」が天皇に奉仕する様子を歌の上に表出し、それを「神の御代かも」と讃えたわけである。そして、この国土にいる神が、天に由来する血統を持つ存在に対して帰順の態度を示す様子は、『古事記』・『日本書紀』の「神代」にあたる巻においても、繰り返し説かれるところであり、それが、保つべき秩序の根幹として、古代において想定されたものであることが知られる。

（ヤマタノヲロチ退治）

爾くして、速須佐之男命（中略）、答へて詔ひしく、「吾は、天照大御神のいろせぞ。故、今天より降り坐しぬ」とのりたまひき。爾くして、足名椎・手名椎の神の白ししく、「然坐さば、恐し。立て奉らむ」とまをしき。

（『古事記』）

素戔嗚尊勅して曰はく、「若し然らば、汝、女を以ちて吾に奉らむや」とのたまふ。対へて曰さく、「勅の随に奉らむ」とまをす。（「神代紀」第八段正文）

（国譲り）

八重言代主神を徴し来て、問ひ賜ひし時に、其の父の大神に語りて言はく、「恐し。此の国は、天つ神の御子に立て奉らむ」といひて、即ち其の船を踏み傾けて、天の逆手を青柴垣に打ち成して隠りき。（中略）建御名方神の白ししく、「恐し。（中略）此の葦原中国は、天つ神御子の命の随に献らむ」とまをしき。故、更に且還り来て、其の大国主神を問ひしく、「（中略）汝が心は、奈何に」ととひき。爾くして、答へて白ししく、「僕が子等二はしらの神が白す随に、僕は、違はじ。此の葦原中国は、命の随に既に献らむ。」（『古事記』）

故、大己貴神、則ち其の子の辞を以ちて、二神に白して曰さく、「我が怙めりし子、既に避去りまつりぬ。故、

吾も避りまつらむ。」（「神代紀」第九段正文）

（ニニギノミコトの結婚）

是に、天津日高日子番能邇々芸能命、笠沙の御前にして、麗しき美人に遇ひき。（中略）故、其の父大山津見神に乞ひに遣りし時に、大きに歓喜びて、其の姉石長比売を副へ、百取の机代の物を持たしめて、奉り出だしき。（『古事記』）

是に大山祇神、乃ち二女をして、百机飲食を持たしめて奉進る。（「神代紀」第九段一書第二）

すると、『万葉集』三八番歌において持統朝が「神の御代かも」と捉えられたことは、行幸時にやまつみや川の神の「依りて仕ふる」様子が感得されたことによって、神武以前の神代に規定された秩序が今も着実に保全されていることを確かめ得たためだと、考えることができる。ここに、「神代」の語が時代性だけでなく、空間性をも帯びながら、古代の人々の眼前に表出してくる様子を認める。つまり、「神代」の発想は神武以前という時代性のうちに収まりきるものではなく、その神代に起源を持つ規範や倫理に則った理想的な治世であれば、その世は神武朝であれ、垂仁または持統朝であれ、常に神代そのものであると自覚し得たのだと考える。

三　本書の概要

これまで、「古代日本人の神意識」という本論の題目に向かうにあたり、その準備として、「神代」の語について簡単に考察してきた。そして、神代とは神々によって掌られていた神武以前の時代を指す語であるとひとまずおさえた上で、その神代と古代日本人の実生活との連帯が強く意識されていたことを指摘し、それゆえに生活の規範は神代に求められていたことを述べた。

古代に生きた日本人にとって、理想とすべき「神代」の心象は、「今の世」と隔絶したものではない。実際の生活を営んでゆく上で、神と自らとのかかわりが、折に触れて強く意識されてくる。本書は、そうした古代日本人の心性について、大きく二つの部を設けて、具体的に捉えてゆく。

第Ⅰ部は、「神代」を代表する神として、ムスヒ（ムスビ）、オホアナムチとスクナヒコナ、オホヤマツミを取り上げる。

『古事記』本文は

天地初めて発れし時に、高天原に成りし神の名は、天之御中主神。次に、高御産巣日神。次に、神産巣日神。此の三柱の神は、並に独神と成り坐して、身を隠しき。

と幕を開ける。以後まったく活動しない天之御中主神とは対照的に、「高御産巣日神」「神産巣日神」は、このあと『古事記』上巻のさまざまな場面で神々に指示を与え、高天原・葦原中国をとおして、神話の世界を、その成り立ちから天孫降臨に至るまで支え続ける。一方『日本書紀』（神代上、第一段）では、「高皇産霊尊」「神皇産霊尊」の出現は正文に記されず、一書第四に「又曰く」と挙げられるにとどまる。

一書に曰く、天地初めて判れしときに、始めに倶に生れる神有り。国常立尊と号す。次に国狭槌尊。又曰く、高天原に生れる神、名けて天御中主尊と曰す。次に高皇産霊尊。次に神皇産霊尊。

しかし、『日本書紀』の高皇産霊尊は「皇孫」である瓊瓊杵尊に対して「皇祖」という立場から降臨を主導し、

故、皇祖高皇産霊尊、特に憐愛を鍾めて崇養したまふ。遂に皇孫天津彦彦火瓊瓊杵尊を立てて、葦原中国の主とせむと欲す。（中略）時に高皇産霊尊、真床追衾を以ちて、皇孫天津彦彦火瓊瓊杵尊に覆ひて降りまさしむ。（第九段正文）

また、『古事記』に現れない「火産霊」（第五段一書第二）や「興台産霊」（第七段一書第二）という神も確認できることから、やはり「産霊」という神霊への関心は高かったと考えられる。『古事記』・『日本書紀』において、天の神として神代を主導する位置にある、これら「産巣日」あるいは「産霊」と表記される神霊について、その信仰的な本質を探ることが、「古代日本人の神意識」の中核を把握することになるという見通しを持つ。

一方『出雲国風土記』には、「神魂命」が見える。神魂命は、一般に『古事記』・『日本書紀』の神産巣日神・神皇産霊尊に比定されているが、それでは、『古事記』の神産巣日神像と『出雲国風土記』の神魂命像との間には、神話の内容において、どのような共通点あるいは相違点を見出すことができるのか。またその両者を精査してみる時、この神の資質をどのように捉えることができるのか。こうした諸問題が、出雲の神魂命と『古事記』の神産巣日神とを論じる視点になる。

さらに、『新撰姓氏録』神別部・天神の項では、藤原朝臣・大伴宿禰・県犬養宿禰・斎部宿禰といった古代の有力氏族を含む多数の氏族が、「産霊」「魂」等と表記される神を祖として掲げている。『古事記』・『日本書紀』・『出雲国風土記』に現れる、文献上の神としてだけでなく、これらの氏族の人々にとって自らの祖として系譜上の連関を認める存在であるところに、この神に対する信仰の一つの特徴を認める。また『延喜式』では、宮中祭神の筆頭である「御巫祭神八座」のうち五柱を「産日」神が占め、その八座の神々は鎮魂祭の祭神ともされている。宮廷における実際の祭儀においても、この神の霊威の発動が強く期待されていたわけである。

『古事記』・『日本書紀』においては天の神として神代の物語を主導し、また地域的にも時代的にも長期間に亘って、古代に生きた幅広い層の人々の信仰生活を確かに支えた神であると認められる点を重視して、この神を研究対象に選ぶ。

さて、改めて「神代」「神の御代」の語を詠み込んだ万葉歌を眺めると、具体的な神名を挙げて神代を表現した歌に、次のものがある。

八千桙の　神の御代より　百船の　泊つる泊まりと　八島国　百船人の　定めてし　敏馬の浦は　朝風に　浦波騒き　夕波に　玉藻は来寄る（以下略、巻六―一〇六五）

八千桙の　神の御代より　乏し妻　人知りにけり　継ぎてし思へば（巻十―二〇〇二）

大汝　少彦名の　神代より　言ひ継ぎけらく　父母を　見れば貴く　妻子見れば　かなしくめぐし（以下略、巻十八―四一〇六）

天照らす　神の御代より　安の川　中に隔てて　向かひ立ち　袖振り交し　息の緒に　嘆かす児ら（以下略、巻十八―四一二五）

『万葉集』において、人倫の規範となる「神代」「神の御代」は、八千桙・大汝・少彦名・天照の四柱の神を中心に観想されている。このうち八千桙と大汝とは、『古事記』・『日本書紀』によれば同神と把握できるから、上掲四首中三首を占めるこの神が、『万葉集』の神代を代表する存在と言える。

この神の事績は、特に『古事記』において、稲羽素兎や根堅州国の試練等、多くの物語が残されているが、なかでもスクナヒコナと共に活動したという、いわゆる「国作り」に関わる伝承は、『古事記』・『日本書紀』・『播磨国風土記』・『出雲国風土記』・『万葉集』・『古語拾遺』・『先代旧事本紀』等、他の神話伝承に類を見ないほど、多くの古代文献に記録されている。この神話が獲得していた、このように広範な認容が、『万葉集』における神代を代表するオホアナムチの位置を支えていると考えられる。『古事記』・『日本書紀』において神代の中心に位置する「産巣日」「産霊」だけでなく、オホアナムチ・スクナヒコナの神話に、古代の日本人は多く、神代に対する具体的な観想を抱いていた可能性がある。

また、スクナヒコナ（スクナミカミ）は常世の神としても知られている。

故爾より、大穴牟遅と少名毘古那と二柱の神、相並に此の国を作り堅めき。然くして後は、其の少名毘古那神は、常世国に度りき。（『古事記』）

この御酒は　我が御酒ならず　酒の司　常世に坐す　石立たす　少御神の　神寿き　寿きくるほし　豊寿き　寿きもとほし　まつりこし御酒ぞ　あさず飲せ　ささ（「仲哀記」歌謡）

前掲の万葉歌には「天皇の　神の大御代に　田道間守　常世に渡り」（巻十八―四一一一）とあり、常世との往来を果たし得た時代が「神の大御代」であったと捉えられている。古代にあって、実生活の理想が神代に求められていたとすれば、「時じくの香菓」（前掲四一一一番歌）を産し、「富と寿とを致す」（「皇極紀」三年）という、海彼の異郷への憧憬もまた、そうした神代に対する心象と、結び付くものであったと見える。それでは、その常世の存在を現実に実感しようとする心性は、具体的にどのような形で醸成されていただろうか。

本書では、おおよそこのような観点を準備して、オホアナムチ・スクナヒコナ二神の神話とスクナミカミ歌謡とを論じる。

ところで先に、神代にその根源が想定された、理想的な秩序の一つの典型として、天に由来する血統を持つ存在が、地上の神から恭順の態度を以て迎えられる、という形を認め得ることを述べた。

改めて見れば、例えば上掲の万葉歌（巻一―三八）では、神代の具体的な顕現として、吉野行幸中の持統に対し、「やまつみ」が御調を奉り、「川の神」が大御食に奉仕する印象が描かれている。吉野という土地柄が、特に「やまつみ」と「川の神」の存在を感得させたわけであるが、山の神は、『古事記』・『日本書紀』においても、天降ったニニギノミコトの結婚相手としてその娘が選ばれ、天の神に対して、地上の神を代表する位置にあると見える。

特に『古事記』においては、他に、速須佐之男命に娘の櫛名田比売を奉った足名椎もオホヤマツミの子とされ、さらに、国譲りを承諾したオホアナムチは、その二神の結婚に生まれた八島士奴美神の子孫であると伝えられる。オホヤマツミとその子孫の神々とが、天から訪れた神に対して娘や国土を献る様子が繰り返し説かれ、オホヤマツミは、古代の日本人が想定した神代の秩序を地上の側から支える存在として、重要な役割を果たしている。ところが、そのオホヤマツミは、天の神に従順なばかりでなく、時に天皇の寿命を左右するという、強い意志の発動を見せる。

爾くして、大山津見神、石長比売を返ししに因りて、大きに恥ぢ、白し送りて言ひしく、「（中略）此く、石長比売を返らしめて、独り木花之佐久夜毘売のみを留むるが故に、天つ神御子の御寿は、木の花のあまひのみ坐さむ」といひき。故是を以て、今に至るまで、天皇命等の御命は、長くあらぬぞ。（『古事記』）

また、オホヤマツミという神名は、自身が「山」の神であることをはっきりと示しているが、『伊予国風土記』逸文においては、その一名が「和多志大神」と伝えられ、海神らしい資格も有している。

御嶋に坐す神の御名は大山積神、一名は和多志大神なり。是神は難波高津宮御宇天皇の御世に顕れたまへり。此神、百済国より度り来坐して津国の御嶋に坐すなり。御嶋と謂ふは津国の御嶋の名なり。（『伊予国風土記』逸文）

加えて性別にも問題があり、『古事記』がこの神を男神とするのに対し、『日本書紀』では女神であると伝えられている。

「僕が父大山津見神、白さむ」（『古事記』）

「妾は是天神の、大山祇神を娶り、生める児なり」（「神代紀」第九段正文）

オホヤマツミが抱える、このような幅の広さ、あるいは揺れを含んだ性質に目を留め、その神格が形成されていった過程を探る中で、山の神に対する古代的な心性のありようを把握したい。

第Ⅱ部は、『播磨国風土記』を考察する。

『播磨国風土記』は、和銅六年（七一三年）の官命

畿内と七道との諸国の郡・郷の名は、好き字を着けしむ。その郡の内に生れる、銀・銅・彩色・草・木・禽・獣・魚・虫等の物は、具に色目を録し、土地の沃塉、山川原野の名号の所由、また、古老の相伝ふる旧聞・異事は、史籍に載して言上せしむ。（『続日本紀』）

を受けてから、まもなくに成立したと考えられている、いわゆる「古風土記」の一である。

『播磨国風土記』の唯一の伝本は、平安末期頃の書写かと推定されている三条西家本である。明石郡の記事（『釈日本紀』にその逸文がある）と賀古郡冒頭部とを欠損し、赤穂郡の記事の存否は全く伝わらないが、その他の郡については各里・自然地名毎に多くの伝承を記している。例えば、国府が置かれ古代播磨の中心地であった飾磨郡の冒頭には、次の五伝承が連続して記されている。

飾磨と号くる所以は、大三間津日子命、此処に屋形を造りて座しし時、大きなる鹿ありて鳴きき。その時、王、勅りたまひしく、「壮鹿鳴くかも」とのりたまひき。故、飾磨郡と号く。

漢部里　右、漢部と称ふは、讃芸国の漢人等、到来たりて此処に居りき。故、漢部と号く。

菅生里　右、菅生と称ふは、此処に菅原あり。故、菅生と号く。

麻跡里　右、麻跡と号くるは、品太天皇、巡り行でまし し時、勅りたまひしく、「此の二つの山を見れば、能く人の眼を割き下げたるに似たり」とのりたまひき。故、目割と号く。

英賀里　右、英賀と称ふは、伊和大神のみ子、阿賀比古・阿賀比売二はしらの神、此処に在す。故、神のみ

名に因りて、里の名と為す。

ここには、「王」と称される者の伝承、漢人の伝承、自然環境（菅原）に基づく伝承、品太（応神）天皇の伝承、神の伝承が、互いに内容上の関連を持たずに、それぞれが起源を担う地名の由来譚として列挙されている。神・天皇・人と、さまざまな地位や性格を持つ者の伝承が、古代播磨の人々の実生活を支えた地名の起源として、混在する様相を確認できる。また、『播磨国風土記』に名の見える天皇（および皇后・皇子）を列挙すれば、

景行・成務・仲哀・神功・応神・仁徳・履中・雄略・オケヲケ・安閑・欽明・推古（もしくは斉明）・孝徳・天智・天武（他、宇治天皇・市辺天皇の名も見える）

となる。つまり、例えば『古事記』と『播磨国風土記』とを照らしてみるならば、本風土記の記載内容は、『古事記』上巻にあたる神の伝承から、中巻（景行・成務・仲哀と神功・応神）、および下巻（仁徳・履中・雄略・オケヲケ・安閑・欽明）、さらに『古事記』以後の天皇代（孝徳・天智・天武）にまで及んでいる。古代の日本人が観想し、認知した、神代以来の歴史を広範囲に覆いながら、それらを時系列に配置するのではなく、混在させたまま列挙してあることに、『播磨国風土記』の特徴を認める。そうした神・天皇・人の伝承の、播磨における混在の様相を調査することで、神代から人皇代へ、という時間的な経過を明確にうち立てる中央の史観（『古事記』・『日本書紀』）とは異なる、播磨独自の神意識のありようについて、あるいはまた、中央と地方・民間とを一貫する古代的な神意識の一端について、把握することを目指す。

なお、いま「播磨独自」「地方・民間」と述べたが、風土記が上掲の官命に基づいて編纂されたものである以上、その記載内容や文章表現は、朝廷に「言上」することを前提とした取捨選択を経ていると考えられる。そうであれば、本風土記を扱う準備として、その成立の経緯や、記事内容に対する編纂者の手の加わった程度等についても、考察しておく必要がある。本風土記から、いかに「播磨独自」あるいは「地方・民

間」の心性を読み取ることができるのか、『播磨国風土記』そのものの質を見極め、研究の前提を整えることに対しても、本書の論考は力を置く。

Ⅰ

「神代」の神

――ムスヒ（ビ）・オホアナムチ・スクナヒコナ・オホヤマツミ――

第一章　ムスヒ神・ムスビ神研究の課題

一　研究史の整理

本章以下第三章まで、『古事記』の高御産巣日神・神産巣日神、『日本書紀』の高皇産霊尊・神皇産霊尊、『出雲国風土記』の神魂命、『延喜式』の神産日神・高御産日神といった、「産巣日」「産霊」「魂」「産日」等と表記される神霊を考察対象とする。本章では、まず考察の基盤として、これらの神霊がどのように理解されて来たか、神名の訓と名義の理解について研究史を大まかに整理した上で、この神を論じるにあたっての考察の角度を見定めたい。

①一九五三年以前の諸説

「産巣日」「産霊」「魂」等と表記される神霊についての研究態度は、一九五三年を境に大きく変化した。五三年以前の諸説のうち、ルビが施される等神名の訓みを判じ得るもののほとんどは、『古事記』・『出雲国風土記』の両研究をとおして、これを「ムスビ」と訓じている。すなわち次の諸説である。

本居宣長『古事記伝』、橘守部『稜威道別』、敷田年治『古事記標注』里見義一八七八年、佐伯有義『古事記講義』藤原久吉郎一八九二年、大久保初雄『古事記講義』図書出版一八九三年、栗田寛『標註古風土記』大日本図書一八九九年、田山停雲『古事記講義』一書堂一九一一年、次田潤『古事記新講』明治書院一九二四年、後藤藏四郎『出雲国風土記考證』大岡山書店一九二六年、松浦守夫『古事記真解』一九二八年、中島悦次『古事記評釋』山海堂出版部一九三〇年、田井嘉藤次『詳解古事記新考』大同館書店一九三〇年、松岡静雄『紀記論究神代篇創世記』同文舘一九三一年、阪倉篤太郎『古事記選釋』日本文学社・洛東書院一九三五年、武田祐吉『風土記』岩波書店一九三七年、山田孝雄『古事記上巻講義』志波彦神社・鹽竈神社一九四〇年、影山正治『古事記要講』大東塾一九四〇年、澤瀉久孝『古事記・祝詞・宣命』（国民古典全書）朝日新聞社一九四五年、および、折口信夫の諸説

これらのうち、訓の根拠を説明した論著は無いが、「ムスビ」という神名の解釈については、大きく二通りの姿勢があった。

第一は、「ムスビ＝結び」の意とするものである。

此神等、万物を産育シ給ふゆゑ、結びとハ称せり、（中略）産巣日は、借字にて、結びなる事を知ルべし、（敷田年治『古事記標注』）

むすびは物をよせあつめて形をなす事なり（大久保初雄『古事記講義』）

「むすび」は結合、交合、和合、混合、化合の謂ひであるが故に万物造化の主力（松浦守夫『古事記真解』）

神が神としての霊威を発揮するには、神の形骸に、威霊を操置する授霊者が居るものと考へた。神々の系譜の上に、高皇産霊尊・神皇産霊尊――天御中主神の意義だけは、私にはまだ訣らぬ――を据ゑて居るのは、

此為であつた。此神の信仰が延長せられて、生産の神の様に思はれて来たが、むすびと言ふ語の用語例以外に、此神の職掌はなかつたはずである。形骸に霊魂を結合させると、形骸は肉体として活力を持つやうになり、霊魂はその中で、育つのである。さうして其霊魂は、肉体を発育させる――さう言ふ風な信仰が、更に鎮魂《タマフリ》の技術を発達させることになつたのである。（折口信夫「日本文学の発生」）(1)

これらはいずれも、神名を「ムスビ」と訓むことを前提として、「ムスビ」の語に「結ぶ」「結合」といった意味を認め、「産育」「形をなす」「万物造化」「肉体を発育させる」という作用があると主張する。敷田・大久保・松浦各説には、「産育」「形をなす」「万物造化」という作用を「むすび」の語に認め得るのかどうか、また「結ぶ神」とするならば具体的に何と何とを結び合わせる神であるのか、といった点が具体的に論じられていないという問題がある。これに対し折口説は、「形骸に霊魂を結合させると、形骸は肉体として活力を持つやうにな」ると見定めた点で、「ムスビ＝結び」説に信仰的な具体性を加えたものと位置付けることができる。なおこの折口説に対しては、柳田国男により、強い批判が示された。

技術者ということが完全にいえれば、あなたの議論も光を放つが、あなたが使うintermediateみたいなものが、まだ民間伝承の資料からは認められていない。神様から神職――神主を取除けば、神様は自分で形造り、自分で変化し、自分で別れて行く。そこの世話役が有りそうにも見えない。(2)

第二は、「ムスビ」を「ムス」と「ビ」との二語とみなす説で、宣長に始まる。

産巣日《ムスビ》は、字は皆借字《カリモジ》にて、産巣《ムス》は生《ムス》なり。其《ソ》は男子女子《ムスコムスメ》、又苔《コケ》の牟須《ムス》【万葉に草武佐受《クサムサズ》などもあり。】など云牟須《ムス》にて、物の成出《ナリイヅ》るを云フ。（中略）日《ビ》は、書紀に産霊《ムスビ》と書《カヽ》れたる、霊ノ字よく當れり。凡て物の霊異《クシビ》なるを比と云。【久志毘《クシビ》の毘《ビ》も是レなり。】（中略）されば産霊《ムスビ》とは、凡て物を生成《ナ》すことの霊異《クシビ》なる神霊《ミタマ》を申すなり。（『古事記伝』）

この「ムス＋ビ」説は、以後、佐伯有義、次田潤、中島悦次、田井嘉藤次、阪倉篤太郎、影山正治、澤瀉久孝の各説（いずれも前掲書）に引き継がれた。

（例）

ムスは「苔むす」のムスと同じく生成の義であり、ヒは日・火と共通の意義を有する語で、霊妙な物を表はす語である。（次田潤『古事記新講』）

ムスは「苔む（蒸）す」「むす子」（息）「むす女」（娘）のムスと同じで「生成する」意味。「び」は日・火などと同源で霊《スピリット》の意味をもった語らしい。（中島悦次『古事記評釋』）

以上一九五三年以前の諸説を概観した。神名の訓みは『古事記』・『出雲国風土記』の両研究をとおして「ムスビ」と一致し、その解釈に「結び神」説と「ムス＋ビ神」説とがあった。この両説は互いの批判的考察を加えず、二つの理解は並行していた。

②一九五三年以後の諸説――現在の通説

ところで、本論で考察対象としている神霊は、文献によって「産巣日」「産霊」「魂」等多様な表記が採られているが、訓みを定めるにあたり参考すべき最も古い記述として、『日本書紀』の二記事が挙げられる。

又曰く、高天原に生れる神、名けて天御中主尊と曰す。次に高皇産霊尊。次に神皇産霊尊。皇産霊、此には美武須毘と云ふ。（「神代紀」第一段一書第四）

興台産霊、此には許語等武須毘と云ふ。（「神代紀」第七段一書第三）

一九五三年、大野晋は

古事記・萬葉集に於てヒの甲類の清濁は主に比、毗によつて書き分けられてゐる。それ故、毗が濁音假名であるといふ印象が強いために、日本書紀の假名に於ても毗が濁音であるかの如き観念が行きわたつてゐるやうである。そのために在来種々の誤りがあつたと思ふ。こゝに毗が清音假名であることを明らかにする。

と述べて『日本書紀』の「毗」字の用例を示し、上記「神代紀」の二か所の訓注について

今迄観察した所によつて、毗が書紀にあつては、歌謡に於ても訓注に於ても例外なく清音を示した事が明らかになつた。少くとも濁音と考へなければならない何等の例を見出さなかつた事は確かである。従つてこの美武須毗、許語等武須毗の毗もまた清音であつたであらうと考へる。

と結論した。(3) この大野説は、

ムスヒのヒは清音であつてビと濁るのは誤りである。「毘」の仮字は古事記では濁音ビ（甲類）、書紀では清音ヒ（甲類）に専用されてゐる。（倉野憲司『古事記全註釈（二）』）

「毘」は『記』ではビの仮名だが『紀』ではヒの仮名だとの説によつてヒとよむ。（西宮一民(4)）

と支持され、大野説以後に刊行された次のすべての『古事記』・『日本書紀』注釈書が「ムスヒ」訓を採用し、現在に至っている。

倉野憲司『古事記大成本文篇』平凡社一九五七年、倉野憲司『古事記・祝詞』（日本古典文学大系）岩波書店一九五八年、神田秀夫・太田善麿『古事記（上）』（日本古典全書）朝日新聞社一九六二年、尾崎暢殃『古事記全講』加藤中道館一九六六年、坂本太郎・家永三郎・井上光貞・大野晋『日本書紀』（日本古典文学大系）岩波書店一九六七年、神田秀夫『新注古事記』大修館書店一九六八年、尾崎知光『古事記』桜楓社一九七二年、荻原浅男・鴻巣隼雄『古事記・上代歌謡』（日本古典文学全集）小学館一九七三年、倉野憲司『古事記全註釈（二）』三省堂一九七四年、西郷信綱『古事記注釈（一）』平凡社一九七五年、武田祐吉訳注・中村啓信補訂解説『新訂古事記』角川書店一九七七年、上田正昭・井手至『古事記』（鑑賞日本古典文学）角川書店一九七八年、西

宮一民『古事記』（日本古典集成）新潮社一九七九年、青木和夫・石母田正・小林芳規・佐伯有清『古事記』（日本思想大系）岩波書店一九八二年、小島憲之・直木孝次郎・西宮一民・蔵中進・毛利正守『日本書紀』（新編日本古典文学全集）小学館一九九四年、山口佳紀・神野志隆光『古事記』（新編日本古典文学全集）小学館一九九七年

一方、『出雲国風土記』の諸研究は、大野の指摘以後も「ムスヒ」訓を長く維持した。

田中卓『出雲国風土記の研究』出雲大社御遷宮奉賛会一九五三年、加藤義成『出雲国風土記参究』今井書店一九五七年、秋本吉郎『風土記』（日本古典文学大系）岩波書店一九五八年、久松潜一『風土記（下）』（日本古典全書）朝日新聞社一九六〇年、吉野裕『風土記』平凡社一九六九年、小島瓔禮『風土記』角川書店一九七〇年、植垣節也『風土記』（新編日本古典文学全集）小学館一九九七年

しかし次に示す最近年の『出雲国風土記』研究は、「ムスヒ」訓を採っている。

荻原千鶴『出雲国風土記』講談社一九九九年、沖森卓也・佐藤信・矢嶋泉『出雲国風土記』山川出版社二〇〇五年、松本直樹『出雲国風土記注釈』新典社二〇〇七年

このように、『古事記』・『日本書紀』の諸研究が一九五三年以後一斉に「ムスヒ」訓に移行したのに対し、『出雲国風土記』研究では改訓が少し遅れたわけだが、その点について何らかの説明を為した研究は見えない。しかしいずれにしても、現在は『古事記』・『日本書紀』・『出雲国風土記』を通じて「ムスヒ」と訓むのが通説と認められる。

次に神名の解釈について。「一九五三年以前の諸説」の中で挙げた「結び神」説は、神名の訓が「ムスヒ」に改められたことから、

殆ど常にタカミムスビと呼び慣わされてきており、かつてはそのためにこの神名の意味を「結ぶ」という語

によって解釈されたりもした。現在ではそうした解釈は克服され（以下略、溝口睦子(5)）

ムスヒはムス＋ヒ、ムスビ＝「結び」ではない。（神野志隆光(6)）

と否定された。上掲した一九五三年以後の諸注釈書のうち「結び神」説に立つものは無く、倉野憲司『古事記全註釈（二）』を除き(7)、神名の理解について解説を施したすべての『古事記』・『日本書紀』・『出雲国風土記』注釈書が、「ムス＋ヒ（ビ）」の語構成と見て、「ムス」を「生成」の意、「ヒ」を「霊力」「神霊」の意と説いている。この通説は、前掲した宣長の説（「産巣《ムス》は生《ムス》なり」「物の霊異《クシビ》なるを比と云」「されば産霊《ムスビ》とは、凡て物を生成《ナ》すことの霊異《クシビ》なる神霊《ミタマ》を申すなり」）を、神名の訓「ムスビ」を清音「ムスヒ」に改めた上で受け継いだものと、位置付けることができる。

（例）

ムスはムスコ、ムスメ、草ムス、苔ムスなどのムスで、ものの成り出ずること、つまり生成の意。（中略）ムスヒのヒは超自然の霊力で、マガツヒなどのヒに同じ。（西郷信綱『古事記注釈（一）』）

（高御産巣日神の名義解説として）「産巣日」の「産巣」は「苔が生す」などの「むす」で「生成する」意の自動詞。「日」は「霊的なはたらき」を意味する語で、神名の接尾語としてよく用いられる。（西宮一民『古事記』）

ムス（生成）＋ヒ（霊力）で生成力の神格化。ムスは、もとウムス（「生む」の派生語）で他動詞。（山口佳紀・神野志隆光『古事記』）

ムス（生す）＋ヒ（神霊）で、万物生成の神の意。（植垣節也『風土記』）

出雲においてムスヒ（生成の霊力）はまさしく産出の霊力としてあったのではないだろうか。（荻原千鶴『出雲国風土記』）

③「ムス＋ヒ」説の課題

それでは、ムスヒ神の名義を「ムス＋ヒ」と説く時、そのムスは自動詞である（上掲西宮説）か、他動詞である（上掲山口・神野志説）か。以下に述べるように、他動詞とする神野志説は自動詞とする西宮説への批判を含み、神野志説を批判的に検証する論著を見ない。よってこの問題は決着がついたかに見えるが、改めて両説を見直しておく。

自動詞と主張する西宮説は、次のように述べる。

苔がムス・ムスコ・ムスメのムスを見た時、これは自然に出来てくるものだといふ意味は誰でも認めるはずである。したがつて、そのムスにヒ（霊性・霊力）がつく時、それはムスといふ動作・行為を霊的な性格・力として認めたことを意味するのである。ムスヒの神が、万物を生産してゆく、と考へるから、ムスを他動詞と考へたくなるのであつて、さうではなく、万物が自然に出来てゆく、それを霊性とか霊力とかとして認めた時に、ムスヒの神が誕生するわけである。繰返し言ふがムスヒの神が、万物を生産するのではない。万物自らが生成する、その霊力そのものがムスヒの神なのである。（西宮一民[4]）

このうち、「苔がムス」等と言う場合の「ムス」について、「自然に出来てくるもの」とする点は首肯できる。例えば、次に挙げる『万葉集』における「ムス」の用例はすべて自動詞で、他動詞の例は見出せない。

「草武左受」（草ムサず、巻一―二二）・「蘿生萬代尓」（苔ムスまでに、巻二―二二八）・「薜生左右二」（苔ムスまでに、巻二―二五九）・「磐尓蘿生」（岩に苔ムシ、巻六―九六二）・「蘿生尓家里」（苔ムシにけり、巻七―一二一四）・「於石蘿生」（岩に苔ムシ、巻七―一三三四）・「苔生負為」（苔ムシにけり、巻十一―二五一六）・「蘿生来」（苔ムシにけり、巻十一―二六三〇）・「蘿生左右」（苔ムスまでに、巻十一―二七五〇）・「水尾速　生多米難　石枕　蘿生左右二」（水脈速み　ムシため難き　石枕　苔ムスまでに、巻十三―三二二七）・「蘿生左右」（苔ムスまでに、巻十三―三二二八）・「草牟須屍」（草

ムス屍、巻十八―四〇九四）

しかしこれら十三例は、いずれも苔もしくは草が生じるさまを表し、その対象が限定されている。西宮説は、このように対象を限定した用例を示す「ムス」の語を、特別な論拠を提示しないまま「万物が自然に出来てゆく」と敷衍して理解し、ムスヒの解釈にあてはめてしまう点に、問題を抱えていると見える。ムスコ・ムスメのムスを、苔ムスのムスと同根と認めたとしても、植物の発生と人の出生との二点から「万物」ということを導くには、やはり隔たりがある。

一方神野志隆光は、西宮説に対し、「「ムス」の用例は植物に関するものであって「万物が自然に出来てゆく」ことをあらわすとは簡単にはいいがたい。」と批判した上で、次のように自説を述べた。

『古事記』の問題として捉えるには、生成という点から離れてはならないのではないか。（中略）「ムス」は元来広く生成をいう他動詞であったが、草・苔の生成を「いわば不随意現象」として表現するところで「草―ムス」のような自動詞的用法が生じたと考えてみたい。（中略）右の如く広く生成をいう他動詞として「ムス」を想定することの可能性は、その源流に「ウムス」ということばを認めることによって保障される。（中略）「ウムス」の確実な用例は挙げることができない。状況証拠ということになるのだが、「ウムス」を考えることをもとめるのは、第一に「産巣日」という、「産」の表記である。（中略）第二に、右の「蒸《ウム》ス」「蒸《ム》ス」の存在が、「生成《ウム》ス」「生成《ム》ス」の可能性をも支えてくれるといってよい。第三に、「ウブスナ」をこれと関連させることができるのではないか。（中略）以上のように、「ムス」の古形「ウムス」を考えるとき、（中略）それが「ウム」から出たものと認めるのは必然の方向であろう。（中略）「ウム」は発生全体についていうものではない。いわゆる四生のうち、胎生、卵生までであって、湿生、化生をまで含むものではないといえよう。植物の生成などは「ウム」の外なのである。そうしたものを「（ウ）ムス」ならば表現しうる。（中略）このような「（ウ）ムス」のうえに、その作用の根源的霊力として観じられたのが「（ウ）ムス・ヒ」だと捉えて、「凡て物を生成すことの霊異なる神霊を申すなり」とする宣長説の基本的な正当性を再確認することができよう。(8)

しかし、自身「確実な用例は挙げることができない。」と認めるように、「ウムス」という語の実在性に問題がある。存在の不確実な語「ウムス」を間に挟むことで「ウム」と「ムス」とを結び付け、「ムス」を他動詞とみなす説は、「ウムス」の存在が保証されない限り、根本的な不安を抱え続ける。また神野志説は、「『古事記』の問題として捉える」という限定的な立場から『古事記』の「産巣日」という神名表記のみを考察対象とし、『出雲国風土記』や『新撰姓氏録』に見える「神魂命」という表記については言及していない。しかし、例えば神野志説が「ウムス」という語の存在根拠として挙げた第一の点（「「ウムス」を考えることをもとめるのは、第一に「産巣日」という、「産」の表記である。」）は、「神魂命」の検討としてはそぐわない。他文献を持ち込むことをしないで『古事記』の「産巣日」のみを検討対象とする神野志説の態度とは別に、「産巣日」「産霊」「魂」等と表記されるこの神の本質について諸文献を見渡して論じた上で、『古事記』がその信仰をどう理解し作品に位置付けたのかという問題に踏み込む試みも、為されてしかるべきだと考える。

このように、西宮説・神野志説共にムス・ウムスという説の根幹を担う語彙の用例に不安がある。従って、「ムス」の理解について、自動詞説と他動詞説とは拮抗していると見るのが、現代の研究水準の的確な把握だと考える。通説によってムスヒを「ムス（生成）＋ヒ（霊力）」と理解するとしても、神名の核となる「ムス」の理解について十分に解きされていない課題が残されていることを、自覚しておく必要がある。

④「ムス＋ヒ神」と、「結び神」と、「結ぶの神」と

さて、上述したように、「産巣日」（『古事記』）・「産霊」（『日本書紀』）・「魂」（『出雲国風土記』）の理解は一九五二年

以後「ムス＋ヒ」説が通説となり、「結び神」説は完全に退けられている。ところが、『延喜式』に見る鎮魂祭祭神の五柱の神と、「宮中神卅六座　神祇官西院坐御巫等祭神廿三座　御巫祭神八座」の筆頭を占める五柱の神については、「結び神」としての性質があると説かれている。

鎮魂祭中宮准此。但更不給衣服

神八座神魂　高御魂　生魂　足魂　魂留魂　大宮女　御膳魂　辞代主

大直神一座（『延喜式』巻二）

宮中神卅六座　神祇官西院坐御巫等祭神廿三座並大。月次新嘗。

御巫祭神八座並大。月次新嘗。中宮。東宮御巫亦同。

神産日神　高御産日神　玉積産日神　生産日神　足産日神　大宮売神　御食津神　事代主神（『延喜式』巻九）

この祭り（筆者注：鎮魂祭を指す）の祭神のタカミムスビ以下八神の中、ムスビの五神は、霊魂を呪縛する玉結び（魂結び）の呪術の効能を神格化した存在とされる。（中略）『万葉集』の「草結び」「枝結び」「紐結び」などの習俗にみられるような、特別な結び目に、自分の霊魂がこめられ、その神の管理化《ママ》におかれて安全だとするような信仰があったのであろう。（中略）ムスビの神は、本来、ムス（生産）ヒ（神霊）であって、決して「魂結びの神」の意ではなかったのであるが、しかし、このような魂結びの呪術信仰が結合すると、魂結びの呪術を管理する神のように考えられ、霊魂の充足や更新をあらわすイクムスビやタルムスビ、遊散する魂を集め留める意味のタマツメムスビなどの、タマフリ的機能を持つ神が出てきたのであろう。神祇官の八神の中のムスビの五神は、このようにして民間の魂結びの神などを、従来の生産神タカミムスビとカミムス

> ビに付け加えて成立したのであろう。（松前健[9]）
>
> のちにはかかるムスヒの神が生成力の神格化たる意味を見喪ってしまった。「鎮火祭」の祝詞にホムスヒを「火結神」と書くところに見られるように、ムスヒが結びの呪力を中心としてとらえられていくようになるのである。タカミムスヒ、カムムスヒが宮中神三十六座のうちに「御巫祭神八座」として、イクムスヒ、タルムスヒ、タマツメムスヒ、オホミヤヒメ、オホミケツカミ、コトシロヌシとならんでまつられるのも、「祈年祭」の祝詞に「皇御孫の命の御代を手長の御代と、堅磐に常磐に斎ひ奉り」というようなタマフリ的機能においてである。イクムスヒ、タルムスヒとは明らかにタマの更新・賦活や充足をあらわす。そこではムスビとして認識して結び凝ることの力を認めているのであろう。（神野志隆光[6]）

平安宮中神に「結び」という性能を認める点は両説等しいが、「ムス＋ヒ神」と「結び神」との関連について、「付け加え」られたとする松前説と、「ムス＋ヒ神」が「見喪」われてムスビと認識されるようになったとする神野志説との相違がある。また、松前説は「ムス＋ヒ神」と「結び神」とは何時頃「結合」したのか、例えば『古事記』・『日本書紀』の神はムスヒ・ムスビいずれであるのか、といった点が明瞭でない。一方神野志説では、例証として鎮火祭祝詞の「火結神」が挙げられているので、『古事記』・『日本書紀』から『延喜式』までのどこかの時点にムスヒからムスビへの変化を想定していると読み取れるが、それ以上具体的な考察は展開されていない。

さらに、平安朝の文学には「結ぶの神」というものも見える。

> 人知れぬ結ぶの神をしるべにていかがすべきとなげく下ひも（『宇津保物語』楼上・上）
>
> 君見れば結ぶの神ぞうらめしきつれなき人をなに作りけん（『拾遺和歌集』巻十九―一二六五、よみ人しらず）

この「結ぶの神」と「ムス＋ヒ神」との関係については、次のような説がある。

> このムスビといふ語は、俗間に於ては自然結ビといふ意味と連想されてくる筈である（中略）。平安朝中期以

後の歌集や物語を見ると、ムスブの神といふ名がしばしばあらはれてくる。恋愛関係によくこの神名がひきあひに出るのは元よりあたりまへの話だ。産霊が結合の意に転訛するやうになつたのは、語源俗解の適例である。（新村出）(10)

ムス・ビ…右のムス・ヒの連濁形。それの当字が「火結神」。生成の霊力の意。（中略）ムス・ヒに対して、ムス・ビの連濁形があつたために、「結」の借訓が行はれた（本来は「産霊」の意）。しかるに、一度「結」と書かれてしまふと、平安時代には、「結ぶの神」と呼ばれ、「男女の縁結びの神」としての信仰を集めることになつた。（中略）「縁結びの神」の如き意味に誤解されたといふか、新たなる意味を担はせたのは、文献の上では『宇津保物語』の「人知れぬむすぶの神をしるべにていかがすべきとなげく下紐」が初出らしく（以下略、西宮一民）(4)

新村説はムスビという語の「連想」から、西宮説は「結」という表記に導かれたものとして、「ムス＋ヒ（ビ）神」から「結ぶの神」への変化を説明している。また変化の時期については、両説とも平安時代を想定している。しかし、『万葉集』等に見られる枝結びの習俗（例えば「岩代の浜松が枝を引き結び　ま幸くあらばまたかへり見む」巻二―一四一）と「結ぶの神」とのかかわりはあるのか、また、上述したように平安宮中の御巫祭神八座が「結び」の性能を持つ神であったとすれば、それと「結ぶの神」とはどのようにかかわるのか、といった点については十分な言及が見えない。

　このように従来の研究は、「ムス＋ヒ（ビ）神」・「結び神」・「結ぶの神」という三者の信仰の、相互の関連や変遷について、見解の相違や曖昧さを残している。例えば『新撰姓氏録』において多くの氏族の祖となっている「高魂命」「神魂命」「津速魂命」等の神々は、「ムス＋ヒ神」であるのか「結び神」であるのか。上代文学研究において通説となっている「ムス＋ヒ神」に対し、「結び神」の信仰は古代にまったく認められないのかどうか。こうした諸問題も、ほとんど未着手のまま現在に至っている。そこで次項では、こうした研究状況を踏まえ、「ムス＋ヒ神」「結び神」「結ぶの神」のうち特に、『古事記』等上代文献に見られるとされる「ムスヒ神」（ムス＋ヒ神）と、『延喜式』御巫祭神八座に認められるとされる「ムスビ神」（結び神）とについて、信仰の変遷や関連といった諸問題に向かう手がかりを模索する。

二　研究の角度

「ムスヒ神」（ムス＋ヒ神）あるいは「ムスビ神」（結び神）を記載する『古事記』・『日本書紀』・『出雲国風土記』・『新撰姓氏録』・『延喜式』といった諸資料を見渡すと、①神名表記、②神名の記載順序、という二点において、資料間で態度や扱いの違いが認められる。本項ではその二点の問題を取り上げて、「ムスヒ神」「ムスビ神」について論じる角度を見定めたい。

①神名表記について

諸文献における主な神名表記の例を整理すれば、およそ次のような具合である。

＊「産巣日」＝『古事記』

天地初めて発れし時に、高天原に成りし神の名は、天之御中主神。次に、高御産巣日神。次に、神産巣日神。（『古事記』）

＊「産霊」＝『日本書紀』・『古語拾遺』・『新撰姓氏録』・『日本三代実録』・『先代旧事本紀』・『倭名類聚鈔』・『類聚名義抄』

又曰く、高天原に生れる神、名けて天御中主尊と曰す。次に高皇産霊尊。次に神皇産霊尊。（「神代紀」第一段一書第四）

又、天地割判くる初に、天の中に生れます神、名は天御中主神と曰す。次に、高皇産霊神。次に、神産霊神。（『古語拾遺』）

大伴宿祢。高皇産霊尊の五世孫、天押日命の後なり。（『新撰姓氏録』）

授大和国従五位下神皇産霊神正五位下。（『日本三代実録』貞観八年）

七代の耦ひ生れる天神

　伊弉諾尊 天降陽神

　妹伊弉冉尊 天降陰神

　別高皇産霊尊 亦は高魂神と名す。亦は高木神と名す。独り化る天神第六世の神なり（中略）

次に神皇産霊尊 亦は神魂尊と云ふ（『先代旧事本紀』巻一、「神代本紀」）

産霊　日本紀云産霊 和名無須比乃加美（『倭名類聚鈔』）

産霊　ムスヒ（フ）ノカミ（『類聚名義抄』）

＊

「魂」　＝『出雲国風土記』・『新撰姓氏録』・『日本三代実録』・『先代旧事本紀』・『延喜式』

神魂命の御子、宇武加比売命、法吉鳥と化りて飛び度り、此処に静まり坐しき。（『出雲国風土記』嶋根郡）

県犬養宿祢。神魂命の八世孫、阿居太都命の後なり。（『新撰姓氏録』）

対馬嶋従五位下和多都美神。高御魂神。住吉神並従五位上。（『日本三代実録』貞観元年）

大伯国造。軽嶋豊明朝の御世に、神魂命の七世の孫佐紀足尼を、国造に定め賜ふ。（『先代旧事本紀』巻十、「国造本紀」）

鎮魂祭　神八座神魂　高御魂　生魂　足魂　魂留魂　大宮女　御膳魂　辞代主（『延喜式』）

＊「産日」＝『日本三代実録』・『延喜式』

神祇官従一位神産日神。従一位高御産日神。従一位玉積産日神。従一位足産日神。大和国従一位勲二等大神大物主神並奉授正一位。（『日本三代実録』貞観元年）

宮中神卅六座　神祇官西院坐御巫等祭神廿三座　御巫祭神八座　神産日神　高御産日神　玉積産日神　生産日神　足産日神　大宮売神　御食津神　事代主神（『延喜式』）

＊「結」＝『延喜式』

神伊佐奈伎伊佐奈美乃命妹妹二柱嫁継給氐。国能八十国嶋能八十嶋乎生給比。八百万神等乎生給比氐。麻奈弟子尓火結神生給氐。美保止被焼氐。石隠坐氐。（以下略、鎮火祭祝詞）

（他、例えば『山背国風土記』逸文と『新撰姓氏録』に「牟須比」、『日本三代実録』に「産栖日」といった表記等も見える。）

一瞥して、「産霊」もしくは「魂」という表記が諸文献に亘って比較的多く使用されているとわかる。一方、「産巣日」という三文字の表記は『古事記』独自のもので、後の資料に引き継がれていない。『古事記』が独自の表記を採用し他文献がそれに従っていないということは、古代におけるムスヒ神・ムスビ神の信仰とその変遷のありようとを総体的に捉えようとする時、『古事記』はこの神に対して特殊な理解を示している可能性があり、『古事記』の表記を考察の中心に据えることは慎重であるべきだと考えられる。

また、諸文献のうち特にムスヒ神・ムスビ神の記載例が多い『新撰姓氏録』について（逸文も含む）、神名表記とその使用例数とを調査すると、次の結果が得られる。

・高皇産霊尊（2例）、高魂命（10例）、高御魂命（3例）、高御魂尊（1例）、天高御魂乃命（1例）、高御牟須比乃命（1例）、高媚牟須比命（1例）、高弥牟須比命（1例）

・神魂命（26例）、神御魂命（1例）
・津速魂命（9例）
・振魂命（5例）
・移受牟受比命（2例）
・己々都生須比命（1例）
・安牟須比命（1例）
・伊久魂命（1例）
・牟須比命（1例）
・角凝魂命（3例）

『新撰姓氏録』では、「産霊」表記や一字一音表記に比して、「魂」一字の表記が圧倒的に多く使用されていることを認める。このことは、およそ本系帳提出の勅が出された延暦十八年（七九九年）頃までに、「魂」一字で表記される神が多くの氏族の間に根付き、広く信仰されていたことを示していると考える。

「魂」一字でこの神名を表記することは、現存資料では『出雲国風土記』に始まる。もし『新撰姓氏録』や『延喜式』等の諸資料が、神名を「魂」一字で表記する方法を特に『出雲国風土記』から学んで継承したとすると、文献間の相応の関連を説く必要がある。しかし『新撰姓氏録』は神別部天神の全体に亘って「魂」表記を多く採用し、そこに出雲という一地方の神が影響した可能性は、今のところ見出せない。また、『出雲国風土記』のうち嶋根郡の神社名記載については、書写の早い段階で脱落し、今その記載を持つ写本は『延喜式』神名帳等を参照したものであると指摘されている。(11) しかし「魂」字を用いた神名表記（神魂命）は『出雲国風土記』の四郡に亘って見え（嶋根郡・楯縫郡・出雲郡・神門郡）、そこに平安文献からの影響は認められていない。『出雲国風土記』・『新撰姓氏録』・『延喜式』が相互に資料的な関連を持っていないとすれば、すでに八世紀代に「魂」と表記される神霊への信仰が氏族的にも地域的にも広範囲に定着しており、それが『延喜式』の記す平安宮廷信仰にまで引き継がれたという推定を、強いものとする。

そうであれば、「産巣日」「産霊」「魂」等と表記される神霊の、信仰のありようや変遷をたどろうとするには、特に「魂」という表記の意味するところを積極的に解いてゆく姿勢が求められるのではないだろうか。そこで第二章では、この「魂」表記の初出である『出雲国風土記』の「神魂命」を考察対象に選び、この神名について従来説を検討した上で、一つの試解を示したい。

②神名の記載順序について

次に、神名の記載順序について考察する。述べたように、『古事記』・『日本書紀』・『出雲国風土記』・『新撰姓氏録』・『延喜式』といった諸資料に、高御産巣日神・高皇産霊尊・神産巣日神・神皇産霊尊・神魂命・生魂・足魂・魂留魂等、「ムスヒ」もしくは「ムスビ」の名を核に持つ、様々な神が見える。これら諸神の中で、『古事記』から『延喜式』までほとんどの文献に記載され、長期間に亘って古代信仰の中心に位置したと見えるのは、タカミムスヒ（ビ）とカムムスヒ（ビ）であるが、この二神を併記する際、『古事記』・『日本書紀』・『古語拾遺』はタカミムスヒ（ビ）を先に掲げるのに対し、平安宮中神を記録した『日本三代実録』・『延喜式』ではカムムスヒ（ビ）の名が先行して挙げられている。（本章末尾【補注】参照）

天地初めて発れし時に、高天原に成りし神の名は、天之御中主神。次に、高御産巣日神。次に、神産巣日神。（『古事記』）

又曰く、高天原に生れる神、名けて天御中主尊と曰す。次に高皇産霊尊。次に神皇産霊尊。（「神代紀」第一段

一書第四）

又、天地割判くる初に、天の中に生れます神、名は天御中主神と曰す。次に、高皇産霊神。次に、神産霊神。

（『古語拾遺』）

爰に、皇天二はしらの祖の詔に仰従ひて、神籬を建樹つ。所謂、高皇産霊・神産霊・魂留産霊・生産霊・足産霊・大宮売神・事代主神・御膳神。（『古語拾遺』）

神祇官无位神産日神。高御産日神。玉積産日神。生産日神。足産日神並従一位。（『日本三代実録』貞観元年）

神祇官従一位神産日神。従一位高御産日神。従一位玉積産日神。従一位足産日神。大和国従一位勲二等大神大物主神並奉授正一位。（『日本三代実録』貞観元年）

鎮魂祭　神八座神魂　高御魂　生魂　足魂　魂留魂　大宮女　御膳魂　辞代主（『延喜式』）

大御巫能辞竟奉皇神等能前尓白久。神魂。高御魂。生魂。足魂。玉留魂。大宮乃売。大御膳都神。辞代主登御名者白而辞竟奉者（以下略、『延喜式』祈年祭祝詞）

宮中神卅六座　神祇官西院坐御巫等祭神廿三座　御巫祭神八座　神産日神　高御産日神　玉積産日神　生産日神　足産日神　大宮売神　御食津神　事代主神（『延喜式』）

また、カムムスヒ（ビ）は『出雲国風土記』にも八例(12)の伝承を残す点で、遅くとも八世紀前半にはその信仰基盤が中央・地方の双方に育っていたと認められ、さらに『新撰姓氏録』においても、カムムスヒ（ビ）裔の氏族数はタカミムスヒ（ビ）裔の氏族数を上回っている。

そうであれば、『古事記』・『日本書紀』・『出雲国風土記』といった八世紀代の文献を扱うことを基礎としつつも、そこに見る神々がどのような経緯を経て多くの氏族の祖となり（『新撰姓氏録』）、また平安宮中神三十六座の筆頭を占め鎮魂祭祭神となるのか（『延喜式』）、その関連や変遷といった問題について中央・地方の双方に目を配りながら見通していくことを目指すとき、特にカムムスヒ（ビ）を考察対象に選ぶことの意義は大きいと予想される。そこで第三章では、そのための第一歩として、主に『古事記』の「神産巣日神」の神話と、『出雲国風土記』の「神魂命」の神話とを考察対象とし、この神が本質的にどのような性格・資質を有しているのか、カムムスヒ（ビ）の資性を明らかにすることを目指す。

【注】

（1）折口信夫は生涯で幾度もムスビ神を取り上げ論じた。「ムスビ」という訓については終始一貫しているが、その理解には変遷がある。本論ではおよそ折口の晩年に辿りついた見解として、「日本文学の発生」（一九四七年、『折口信夫全集（四）』所収）を引用するに留める。

（2）柳田国男・折口信夫対談「日本人の神と霊魂の観念そのほか」民族学研究14-2一九四九年

（3）大野晋『上代假名遣の研究』岩波書店一九五三年

（4）西宮一民「ムスヒの神の名義考」皇學館大學神道研究所所報14一九八〇年（同著『上代祭祀と言語』桜楓社一九九〇年再録）

（5）溝口睦子「記紀神話解釈の一つのこころみ（中の二）」文学42-2一九七四年

（6）神野志隆光「ムスヒの神の変容」講座日本文学神話（上）一九七七年、のち「ムスヒの神」と改題・加筆補訂して同著『古事記の達成』東京大学出版会一九八三年再録。本論での引用は後者による。

（7）倉野憲司『古事記全註釈（二）』は、ムスヒを自動詞ムス（生ずる）とヒ（霊力）とするよりはむしろ「成す」「生む」「造る」などの意を有する四段活用の他動詞ムスヒの連用形が名詞に転成したものと見る方が妥当ではあるまいかと思ふやうになつた。と述べるが、そのような動詞「ムスフ」の実在性について例証が挙げられていない。なお「ムスヒ」の釈義については他に、中村啓信の竈神説（「タカミムスヒの神格」古事記年報22一九八〇年、「「ムスヒの神の名義考」に答える」国学院大学日本文化研究所報17-2一九八〇年）があるが、『古事記』・『日本書紀』に登場する「産巣日」

「産霊」を竈神と見る必然性に乏しいと見える。
（8）神野志隆光「ムスヒの神の名義をめぐって」東京大学教養学部人文科学科紀要85一九八七年
（9）松前健「鎮魂祭の原像と形成」『日本書紀研究（七）』塙書房一九七三年所収（同著『古代伝承と宮廷祭祀』塙書房一九七四年再録）
（10）新村出「うぶすな考」中央公論一九二七年七月、『新村出全集（十一）』所収
（11）加藤義成『出雲国風土記参究』、荻原千鶴『出雲国風土記』、松本直樹『出雲国風土記注釈』（いずれも本論前掲書）等。
（12）嶋根郡加賀郷の伝承について、秋本吉郎『風土記』（日本古典文学大系）、植垣節也『風土記』（新編日本古典文学全集）は風土記本文と認めて採用する。一方、荻原千鶴『出雲国風土記』、松本直樹『出雲国風土記注釈』は、『出雲国風土記』の諸本に加賀郷を脱した本文を掲載するものが多いこと等から、それぞれ「取り扱いに慎重を期すべき」（荻原）・「後に加筆されたと思しき」（松本）と判断し、加賀郷の伝承を記さない本文を掲載している（いずれも本論前掲書）。本論では、大系本・新編全集本に従い、加賀郷を計上した。判断の正否は今後の課題とするが、本論にあっては、加賀郷の伝承の有無は本論の結論に直接影響するものではない。なおこの問題に関する先行研究として、平野卓治「『出雲国風土記』島根郡加賀郷条について」（古代文化研究5一九九七年）があり、そこでも（加賀郷の）「記事はオリジナルな記述ではなく、加賀神埼条の記事を基に作られ、補訂された可能性が極めて高い」と結論されている。

【補注】

平安宮中神卅六座のうち御巫祭神八座の神名配列の問題を考えるにあたり、参考とし得る可能性のある資料として、長和三年（一〇一四年）書写の奥書を持つ「神祇官西院指図」がある。「神祇官西院指図」には二十三種の図が収められているが、そのうち「物図一條」と題された図の一部に、次頁の奥書と図とが載る。

本資料を紹介した安江和宣論によれば、本資料の概要は

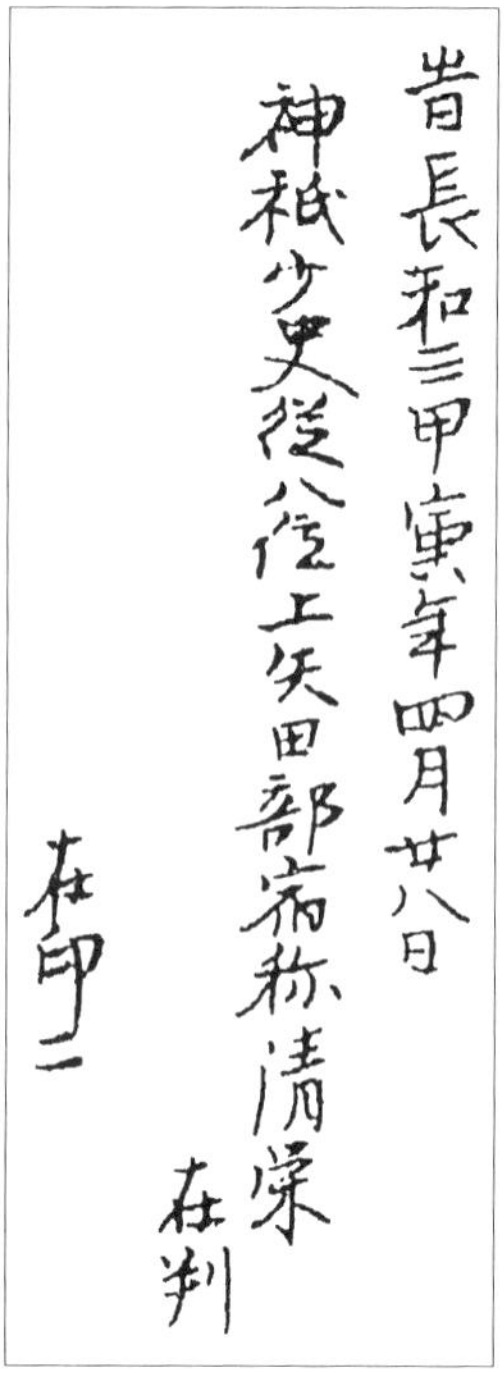

「物図一條」奥書
（安江和宣「長和三年矢田部清栄写『神祇官西院指図』」神道史研究52―1　二〇〇四年より。「物図」の全体図は本章末尾参照。）

「指図」は、題名を「大嘗会次第」と称する上下二冊の写本の上冊全部と、下冊前半に収められている。外題はないが、内表紙中央に、上冊には「大嘗祭次第　上」、下冊には「大嘗祭次第　下」とあり、いずれにも「土岐氏図書印」及び「谷蔵書印」という朱印が捺されている。

というものであり、「時長和三甲寅年四月廿八日　神祇少史従八位上矢田部宿祢清栄」という奥書については次のように説明されている。

矢田部清栄が「指図」を書写したのは、長和三年四月二

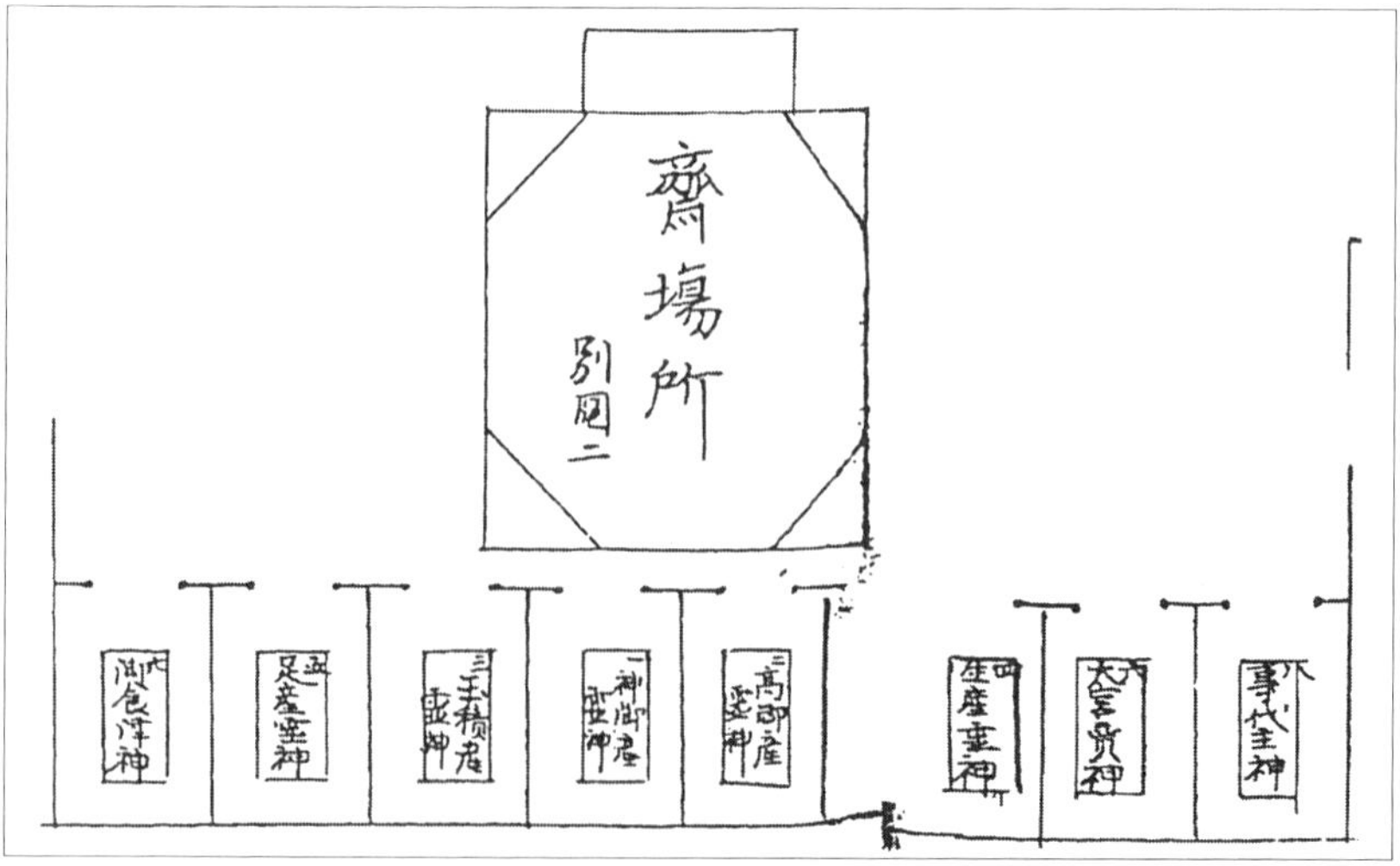

「物図一條」部分

十八日のことであった。それは（中略）『延喜式』が撰進されてより八十七年後のことで、この間に八神殿が焼失したという記録はない。従って、『延喜式』が撰進された平安時代の中頃の神祇官の西院内の様子は、「指図」の「惣図」のようであったと考えてよいであろう。

この「指図」の資料性については、後世の偽作である可能性も含めて後考を俟ちたいが、今この図の内容で特に注意されるのは、「齋場所」の後方に八神の神殿の並び順が記されている部分で、八神の神名の右上に「一」から「八」までの番号が付されていることである。

一　神御産霊神　二　高御産霊神　三　玉積産霊神　四　生産霊神
五　足産霊神　六　大宮売神　七　御食津神　八　事代主神

そしてこの「指図」の記す序列は、本論に前掲した『日本三代実録』（貞観元年）および『延喜式』（「宮中神卅六座 神祇官西院坐御巫等祭神廿三座　御巫祭神八座」）の記載順序と合致している。

神産日神　高御産日神　玉積産日神　生産日神　足産日神（『日本三代実録』）
神産日神　高御産日神　玉積産日神　生産日神　足産日神　大宮売神　御食津神　事代主神（『延喜式』）

従来、平安宮中神の神名配列について、それを記録した『日本三代実録』・『延喜式』の編纂者による影響を指摘する説を見るが、

『古語拾遺』が「ムスビの神」の冒頭に「高皇産霊」を記しているのは、撰者斎部氏の祖神はタカミムスビノ神であるためと考えられるが、『延喜式』の神名帳では、やはり中臣氏の祖神であるカミムスビノ神が頭書されている。（二宮正彦「神祇官西院坐御巫等祭神二三座について」井上薫教授退官記念会編『日本古代の国家と宗教（上）』吉川弘文館一九八〇年所収）

ムスビの神として、高皇産霊神を冒頭に記すものに『古語拾遺』がある。それは、同書の著者斎部広成の祖

神に、高皇産霊神を求めるところからであろう。「延喜神名式」上の神祇官西院八神の最初には神皇産霊神を記しているが、これは中臣氏の祖神の神系に神皇産霊神を求めることに由来するものとも考えられないであろうか。（西牟田崇生「八神の一考察」国学院雑誌91-7一九九〇年）
カムムスヒをタカミムスヒの前に置くと言う記述を行う『延喜式』と、『日本三代実録』との共通点を考えると、両書の編纂の中心となった人物が、中臣氏の流れを引く藤原時平である事に注目される。（中略）祖神という伝えのあるカムムスヒを、宮中を守護する神々の筆頭に据える事で、自らの、また藤原（中臣）一族全体の、権力の正統性を主張する為ではないか、というのが私の推察である。（渕野建史「祝詞に於ける神名の配列意識」二松学舎大学人文論叢66二〇〇一年）

この「指図」を検討対象に加えた場合、これら諸説の立場では「指図」の解釈を為し難い。前述したようにこの「指図」の資料性は現時点で未確定であるが、今後は『日本三代実録』・『延喜式』の編纂者という問題ではなく、八神がそれぞれどのような職能を以て平安宮中神として位置付けられたのか、個々の神の性格や『古事記』・『日本書紀』における八世紀代からの信仰の変遷について、具体的に明らかにしてゆくべきだと考える。本論はそうした試みに向かう一歩である。

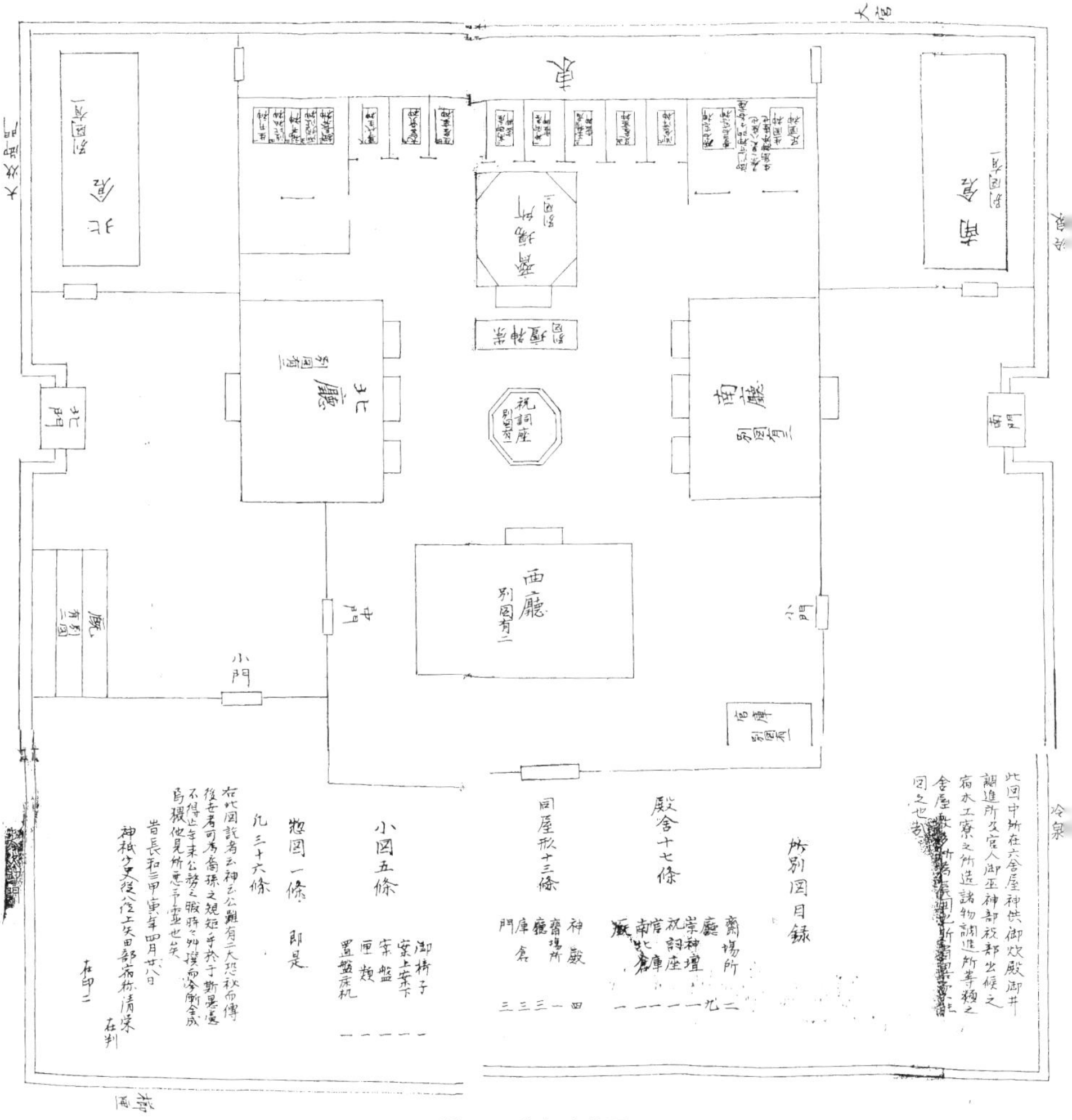

「物図一條」全体図

安江和宣「長和三年矢田部清栄写『神祇官西院指図』」神道史研究 52-1 二〇〇四年より。

第二章 ムスヒ神・ムスビ神

一 はじめに

本章では、「産巣日」「産霊」「魂」等と表記される神霊について、諸文献を見渡しながら信仰のありようや変遷をたどろうとするならば、特に「魂」という神名表記に着目することの意義が大きいという見通しのもと（第一章「（二）研究の角度 ①神名表記について」参照）、「魂」表記の初出である『出雲国風土記』の「神魂命」を考察対象として選ぶ。『出雲国風土記』において「神魂命」の名が記されているのは、次の八例である。(1)

A 加賀郷 佐太大神の生れましししところなり。御祖、神魂命の御子、支佐加比売命、「闇き岩屋なるかも」と詔りたまひて、金弓もちて射給ふ時に、光加加明きき。故、加加といふ。（嶋根郡）

B 生馬郷 神魂命の御子、八尋鉾長依日子命、詔りたまひしく、「吾が御子、平明かにして憤まず」と詔りたまひき。故、生馬といふ。（嶋根郡）

C 法吉郷 神魂命の御子、宇武加比売命、法吉鳥と化りて飛び度り、此処に静まり坐しき。故、法吉といふ。

（嶋根郡）

D　加賀神埼　即ち窟あり。高さ一十丈ばかり、周り五百二歩ばかりなり。東と西と北とに通ふ。謂はゆる佐太大神の産れまししところなり。産れまさむとする時に、弓箭亡せましき。その時、御祖神魂命の御子、枳佐加比売命、願ぎたまひつらく、「吾が御子、麻須羅神の御子にまさば、亡せし弓箭出で来」と願ぎましつ。その時、角の弓箭水の随に流れ出でけり。その時、弓を取らして、詔りたまひつらく、「此の弓は吾が弓箭にあらず」と詔りたまひて、擲げ廢て給ひつ。又、金の弓箭流れ出で来けり。即ち待ち取らしまして、「闇鬱き窟なるかも」と詔りたまひて、射通しましき。即ち、御祖支佐加比売命の社、此処に坐す。今の人、是の窟の邊を行く時は、必ず聲磅礚かして行く。若し、密かに行かば、神現れて、飄風起り、行く船は必ず覆へる。（嶋根郡）

E　楯縫と号くる所以は、神魂命、詔りたまひしく、「五十足る天の日栖の宮の縦横の御量は、千尋の栲縄持ちて、百結び結び、八十結び結び下げて、此の天の御量持ちて、天の下造らしし大神の宮を造り奉れ」と詔りたまひて、御子、天御鳥命を楯部と為て天下し給ひき。その時、退り下り来まして、大神の宮の御装束の楯を造り始め給ひし所、是なり。仍りて、今に至るまで、楯・桙を造りて、皇神等に奉る。故、楯縫といふ。（楯縫郡）

F　漆治郷　神魂命の御子、天津枳比佐可美高日子命の御名を、又、薦枕志都治値といひき。此の神、郷の中に坐す。故、志丑治といふ。（出雲郡）

G　宇賀郷　天の下造らしし大神命、神魂命の御子、綾門日女命を誂ひましき。その時、女の神肯はずて逃げ隠ります時に、大神伺ひ求ぎ給ひし所、是則ち此の郷なり。故、宇賀といふ。（出雲郡）

H　朝山郷　神魂命の御子、真玉著玉之邑日女命、坐しき。その時、天の下造らしし大神、大穴持命、娶ひ給ひて、朝毎に通ひましき。故、朝山といふ。（神門郡）

二 従来説

まず、主な『出雲国風土記』の古写本のうち、「神魂命」に訓が施されたものを確認する。

倉野本甲本＝カンムスビノ（室町末期書写か）

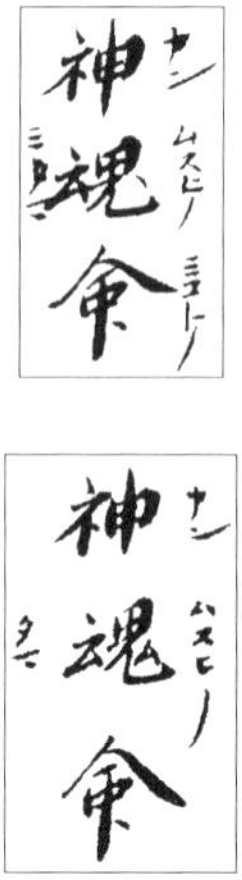

日御碕本＝カンムスヒノミコト（魂字の左訓にミタマ・タマともあり）（一六三四年）

出雲風土記抄本＝カンムスヒ（一六八三年）

萬葉緯本＝カムムスヒノミコト（一七一七年以前）

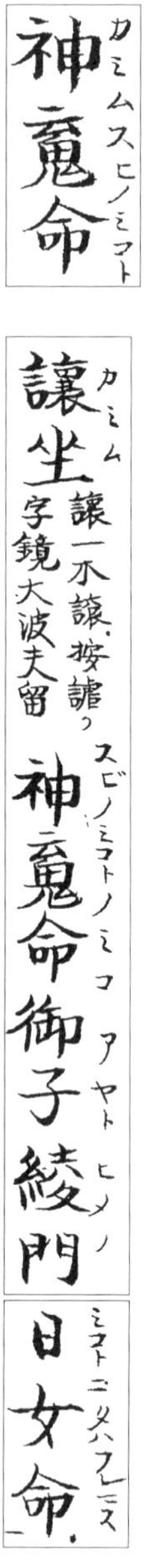

出雲風土記解本＝カミムスヒノミコト・カミムスビノミコト（一七八七年）

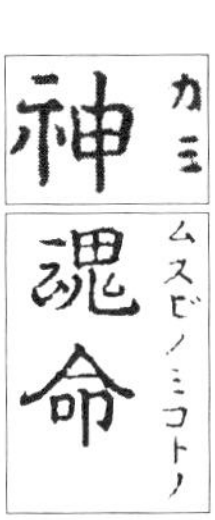

訂正出雲風土記本＝カミムスビノミコト（一八〇六年）(2)

倉野本・出雲風土記解本の一部・訂正出雲風土記本は「ヒ」に濁点を施し、ムスビと訓んでいると確定できる。一方日御碕本・出雲風土記抄本・萬葉緯本・出雲風土記解本の一部は濁点を施さず、態度の見定めに慎重を要する。すなわち、日御碕本には「吉備《キビ》」「宿《ヤトリ》」「踊躍《オトリオトル》」、抄本には「廻《メクラシ》」「静《シツマリ》」、萬葉緯本には「八尋鉾長依日子《ヤイロホコナカヨリヒコ》」「飛ヒ度リ」「海榴《ツハキ》」、出雲風土記解本には「飛渡《トヒワタリ》」「即《ヤカテ》」等の例がある。これら一般に濁音で訓まれる箇所に濁点が施されない例があることを踏まえると、ムスヒについてもこれらの本ではムスビと訓むことが想定されていた可能性が残り、確定できない。

一方近現代の諸注釈書は、第一章に述べたとおり、植垣新編全集本までムスビ訓を維持したが、最近年の荻原・沖森・松本各注釈はムスヒ訓を採用している。改めて確認すれば、次のような具合である。

カミムスビ＝栗田寛『標註古風土記』、後藤藏四郎『出雲国風土記考證』、加藤義成『出雲国風土記参究』

カムムスビ＝武田祐吉『風土記』、田中卓『出雲国風土記の研究』、秋本吉郎『風土記』（日本古典文学大系）、久松潜一『風土記（下）』（日本古典全書）、吉野裕『風土記』、小島瓔禮『風土記』、植垣節也『風土記』（新編日本古典文学全集）

カミムスヒ＝松本直樹『出雲国風土記注釈』

カムムスヒ＝荻原千鶴『出雲国風土記』、沖森卓也・佐藤信・矢嶋泉『出雲国風土記』

しかし、これらのどの注釈書においても、「魂」字をムスビあるいはムスヒと訓む理由は説明されていない。「ヒ」の清濁についての言及も見られない。(3) 古写本以来の旧訓ムスビが近年ムスヒと改訓されたわけであるが、その点について説明の施されていない現状にあって、『出雲国風土記』のこの神の研究は、神名の訓という基礎的なところから考察し直す必要がある。

なお、これら諸注釈書のうち、この神の性質の理解を述べたものは次のように説く。

万物生成の霊神（加藤義成(4)）

ものを生す霊力をもった神（吉野裕(5)）

ムス（生す）＋ヒ（神霊）で、万物生成の神の意。（植垣節也(6)）

ムスヒ（生成の霊力）はまさしく産出の霊力としてあったのではないだろうか。（荻原千鶴(7)）

生産霊（松本直樹(8)）

加藤・吉野・植垣はムスビ訓、荻原・松本はムスヒ訓を採るが、神の理解について両者に差は見えない。生成・生す・産出・生産という言葉は神名の「ムス」から、霊・霊力の語は神名の「ヒ（ビ）」から、それぞれ導かれたものと見られ、『出雲国風土記』の研究ではムスヒ・ムスビいずれに訓んでも、およそ「ムス」と「ヒ・ビ」との二語として解釈されてきたことがわかる。

それでは、「神魂命」をカミ（ム）ムスヒ（ビ）ノミコトと訓むとすると、「魂」の字に「ムスヒ」「ムスビ」の訓があたることになるが、何故そのように訓み得るのだろうか。この問題について、次のような説が提示されている（前掲の『出雲国風土記』諸注釈書は特に解説を施さない）。

平安時代の文献には「魂」の字を書いて、ムスビとよませている。（中略）これによってわれわれが知り得る重大なことはムス働きの根源は魂にあると考えられたことである。魂は日本語でタマとよぶ。つまり諸現象はその内部にタマを保有し、そのタマの働きとしてさまざまのムスビ現象が生ずるということである。（肥後和男(9)）

「魂」をムスヒと訓むのは、各表記例の比較から言へることであるが、その理由は、古代人が「霊魂」のはたらきを、生成するものと認めたことに由来する。（西宮一民）[10]

即ち「魂」は一般に「ムスビ」と訓まれている。これは「借字」の用字法によったものである。「魂」《むすび》であるが、これは「タマシヒ」であって、和魂・荒魂という場合の如く、人の心の活動の原因をなし、人の生死を決するものであるから、「タマ」には「生」の義が加えられてくる。「苔むす」などという場合の「ムス」は「生む」ことの義で、古くは「ムス」とも言った、そこで「魂」は「タマ」であり、「タマ」は「ムス」という作用を有つことから、その「ムス」という作用を示すのに「魂」という漢字を充用したのであろう。（水野祐）[11]

ムスヒの表記は『記・紀』と『風土記』の間に断層がある。すなわち『風土記』以後は「魂」一字で表記された例が圧倒的に多い。「魂」字の使用は、『記・紀』のように二字乃至三字で表記する面倒を避け、また意味の上からも、もっとわかりやすい字を使おうとする人びとの欲求の結果かもしれない。また文献の性格をみると、「魂」の字の多用は時代の差であるのと同時に、中央の史局における表記と地方や民間における表記との差でもあるようである。民間主導で起った現象かもしれない。いずれにしても八世紀中頃以降、ムスヒは「魂」一字で表記されるようになっている。これはいま述べたように最初は多分に便宜的な面があったかもしれないが、しかしやはりこのことは、この頃ムスヒが人びとにとって、「魂」と表記してもさして違和感のない、あるいは「魂」に近い観念として受けとめられるようになっていたことを示しているといえよう。（溝口睦子）[12]

しかし、「ムス」あるいは「生成」ということと魂の働きとの関連を述べる肥後・西宮・水野各説は、魂に「ムス」「生成」という作用があることについての具体的な例証に乏しい。また溝口説は、「二字乃至三字で表記する面倒を避け」る意図で表記を変える類例を挙げての論証が果たされず、「魂」字の使用がなぜ「もっとわかりやすい字」であると言えるのかという点についても説明がない。

なお西宮説には、「ムスヒと訓むのは、各表記例の比較から言へることである」とある。「各表記例の比較から」という表現は曖昧だが、『古事記』・『日本書紀』から得られる「ムスヒ」という訓を、『出雲国風土記』の訓読にそのまま移行させ利用する考えとみられる。しかしカムムスヒ（もしくはカムムスビ）は、出雲出自であるか否かという点で、説が分れている（第二章参照）。西宮説はこの点を問題にしていないが、もし出雲に出自があるとすれば、『古事記』・『日本書紀』の知識をもとに『出雲国風土記』の神名を解釈することは適当ではない。また逆に、例えば松本直樹[8]は「当国風土記は、記紀神話を受ける形で、カミムスヒを天上の神として位置づけている」と述べているが、もしこのように見るとすれば、何故『出雲国風土記』は『古事記』・『日本書紀』の神話を受ける形でこの神を位置付けながらも、神名表記は『古事記』・『日本書紀』と異なる独自の「魂」表記を用いたのか、という問題が生じる。カムムスヒ（ビ）の出自の見定めは、本論の考察範囲を超える問題であり保留しておきたいが、少なくともこれら諸問題が解明されていない現在の研究状況に鑑みる時、他文献に照らさずに『出雲国風土記』の神魂命を単独で見つめ、神名をどう訓み得るか、試みる必要があると考える。

三 「神魂命」訓の試み

① 「ムス＋ヒ（ビ）」説の課題

「神魂命」という神名をどう訓むか。他文献に照らさずにこの神を単独で見つめる必要があるという考えから、試みに『出雲国風土記』に載る神名表記をすべて確認してみる。『出雲国風土記』の神名は、注釈書によって神名表記・訓共に異同がある場合が多い。そこで近年の主な研究として、秋本吉郎『風土記』（日本古典文学大系）（＝「大系」）、植垣節也『風土記』（新編日本古典文学全集）（＝「新編」）、荻原千鶴『出雲国風土記』（＝「荻原」）、沖森卓也・佐藤信・矢嶋泉『出雲国風土記』（＝「沖森」）、松本直樹『出雲国風土記注釈』（＝「松本」）について、神名表記と訓とを確認する。掲出は『出雲国風土記』の記載順とし、注釈書間に異同がある場合はそれを示す。（「天乃夫比命」等特に記載が無いものは全注釈書の見解が一致しているものである。また「神須佐乃烏命」「須佐乎命」等、同神と見られる神であっても表記を異にする場合はすべて掲出した。）

八束水臣津野命《やつかみづおみつの》（大系、沖森）　八束水臣津野命《やつかみづおみづの》（新編、荻原）　八束水臣津野命《やつかみづおみづぬ》（松本）

大穴持命《おほなもち》（大系、新編、荻原）　大穴持命《おほあなもち》（沖森）　大穴持命《おほなむち》（松本）

天乃夫比命《あめのふひ》

天津子命《あまつこ》

布都努志命《ふつぬし》

神須佐乃烏命《かむすさのを》（大系、松本）　神須佐乃袁命《かむすさのを》（新編、荻原、沖森）〔安来郷〕

大国魂命《おほくにたま》

須佐乎命《すさのを》〔大草郷〕

青幡佐久佐日古命《あをはたのさくさひこ》（大系）　青幡佐久佐丁壮命《あをはたのさくさひこ》（新編、荻原、沖森、松本）〔大草郷〕

山代日子命《やましろひこ》

野城大神《のぎ》（大系、新編、沖森）　野城大神《のき》（荻原）

伊弉奈枳《いざなぎ》（大系、新編）　伊弉奈枳《いざなき》（荻原、沖森、松本）〔出雲神戸〕

熊野加武呂命《くまのかむろ》（大系、新編、荻原、沖森）　熊野加武呂命《くまのかぶろ》（松本）

阿遅須枳《あぢすき》高日子《たかひこ》命
熊野《くまの》大神
須佐能烏《すさのを》命（大系）　須佐能袁《すさのを》命（新編、荻原、沖森）　神須佐能烏《かむすさのを》命（松本）〔山口郷〕
都留支日子《つるぎひこ》命
意支都久辰為《おきつくしゐ》命（大系、新編、荻原、松本）　意支都久良為《おきつくらゐ》命（沖森）
俾都久辰為《へつくしゐ》命（大系、荻原、松本）　俾都久辰為《へつくしい》命（新編）　俾都久良為《へつくらゐ》命（沖森）
奴奈宜波比売《ぬながはひめ》命
御穂須須美《みほすすみ》命
須佐能烏《すさのを》命（大系）　須佐袁《すさのを》命（新編、荻原、沖森）　須佐烏《すさのを》命（松本）〔方結郷〕
国忍別《くにおしわけ》命
佐太《さだ》大神
支佐加比売《きさかひめ》命（大系、新編）　記載なし（荻原、松本）　支佐加地比売《きさかちひめ》命（沖森）〔加賀郷〕
八尋鉾長依日子《やひろほこながよりひこ》命
宇武加比売《うむかひめ》命（大系）　宇武賀比売《うむかひめ》命（新編、荻原、沖森）　宇武賀比売《うむがひめ》命（松本）
伊佐奈枳《いざなぎ》命（大系）　伊差奈枳《いさなき》命（新編）　伊差奈枳《いざなき》命（荻原、沖森、松本）〔千酌駅家〕
都久豆美《つくつみ》命（大系、新編、荻原、松本）　都久豆美《つくづみ》命（沖森）
枳佐加比売《きさかひめ》命（大系、新編、荻原、松本）　枳佐加地売《きさかちめ》命（沖森）〔加賀神埼①〕
麻須羅《ますら》神
支佐加比売《きさかひめ》命（大系、新編、荻原、松本）　支佐加地売《きさかちめ》命（沖森）〔加賀神埼②〕

秋鹿日女《あいかひめ》命（大系、新編、荻原、松本）　秋鹿日女《あきかひめ》命（沖森）
須作能乎《すさのを》命〔恵雲郷〕
磐坂日子《いはさかひこ》命
須作能乎《すさのを》命（大系）　須佐能乎《すさのを》命（新編、荻原、沖森、松本）〔多太郷〕
衝桙等乎与留比古《つきほことをよるひこ》命（大系、荻原、松本）　衝杵等乎而留比古《つきほことをよるひこ》命（新編）　衝杵等乎而留比古《つききねとをにるひこ》命（沖森）
和加布都努志能《わかふつぬし》命
赤衾《あかふすま》伊農意保須美比古佐和気《いぬおほすみひこさわけ》能命（大系、荻原）　赤衾《あかぶすま》伊農意保須美比古佐和気《いぬおほすみひこさわけ》能命（新編、松本）　赤衾伊《あかふすまい》
農意保須美比古佐和気《のおほすみひこさわけ》能命（沖森）〔伊農郷〕
天《あめの》 瓱津日女《みかつひめ》命
天《あめの》 御鳥《みとり》命
宇乃治比古《うのぢひこ》命（大系、新編、沖森、松本）　宇乃治比古《うのちひこ》命（荻原）
天《あめの》 御梶日女《みかぢひめ》命
多伎都比古《たぎつひこ》命（大系）　多伎都比古《たきつひこ》命（新編、荻原、沖森、松本）
宇夜都弁《うやつべ》命
天津枳比佐可美高日古《あまつきひさかみたかひこ》命（大系、新編、荻原、松本）　天津枳値可美高日古《あまつきちかみたかひこ》命（沖森）〔漆治郷〕
薦枕《こもまくら》 志都沼値《しつぬち》（大系、沖森）　薦枕《こもまくら》 志都治値《しつちち》（新編、荻原、松本）
意美豆努《おみづぬ》命（大系、新編、荻原、松本）　意美豆努《おみづの》命（沖森）
赤衾《あかふすま》伊努意保須美比古佐倭気《いぬおほすみひこさわけ》能命（大系、荻原）　赤衾《あかぶすま》伊努意保須美比古佐倭気《いぬおほすみひこさわけ》能命（新編）　赤衾《あかふすま》伊努意保《いのおほ》
須美比古佐委気《すみひこさわけ》能命（沖森）　赤衾《あかぶすま》伊努意保須美比古佐委気《いぬおほすみひこさわけ》能命（松本）〔伊努郷〕

綾《あや》門日女《とひめ》命
伎比佐加美《きひさかみ》高日古《たかひこ》命　〔神名火山〕
真《ま》玉著玉《たまつくたま》之《の》邑日女《むらひめ》命（大系、沖森）　真《ま》玉着玉《たまつくたま》之《の》邑日女《むらひめ》命（新編、荻原、松本）
鹽《やむ》冶毘古《やひこ》能命
須佐能袁《すさのを》命　〔八野郷、滑狭郷、佐世郷〕
八野《やの》若日女《のわかひめ》命
伊弉奈彌《いざなみ》命（大系）　伊弉彌《いざなみ》命（新編、荻原、松本）　伊幣彌《いへみ》命（沖森）
和加須世理比売《わかすせりひめ》命
阿陀加夜努志多伎吉比売《あだかやぬしたききひめ》命
伊毘志都幣《いひしつべ》命（大系、新編、荻原、松本）　伊毘志都幣《いびしつべ》命（沖森）
久志伊奈太美等《くしいなだみと》　与《あたはす》麻奴良比売《まぬらひめ》命（大系）　久志伊奈太美等《くしいなだみと》与《あたふ》麻奴良比売《まぬらひめ》命（新編）　久志伊奈大美等与麻奴《くしいなたみとよまぬ》
良比売《らひめ》命（荻原）　久志伊奈大美等与麻奴良比売《くしいなだみとよまぬらひめ》命（沖森）　久志伊奈太美等与麻奴良比売《くしいなだみとよまぬらひめ》命（松本）
須久奈比古《すくなひこ》命
神《かむ》須佐能袁《すさのを》命　〔須佐郷、高麻山〕
波多都美《はたつみ》命
伎自麻都美《きじまつみ》命
玉《たま》日女《ひめ》命
宇能治比古《うのぢひこ》命（大系、沖森、松本）　宇能治比古《うのちひこ》命（新編、荻原）
須美禰《すみね》命（大系）　須義禰《すがね》命（新編、荻原）　須義彌《すげみ》命（沖森）　須義彌《すがみ》命（松本）

樋《ひ》速《はや》日《ひ》子《こ》命（大系、新編、荻原、松本）　通《ひ》速《はや》日《ひ》子《こ》命（沖森）

青《あを》幡《はたの》佐《さ》草《くさ》日《ひ》子《こ》命（大系、沖森、松本）　青《あを》幡《はたの》佐《さ》草《くさ》壮《ひ》丁《こ》命（新編）　青《あを》幡《はた》佐《さ》草《くさ》壮《ひこ》命（荻原）〔高麻山〕

阿《あ》波《は》枳《き》閇《へ》委《わ》奈《な》佐《さ》比《ひ》古《こ》命

神《かむ》須《す》佐《さ》乃《の》乎《を》命〔御室山〕

一瞥して、『出雲国風土記』の神名は一字一音で表記される場合が多いと見える。例えば『古事記』が「蚶貝比売」「沼河比売」と記す神名を、『出雲国風土記』は「宇武加比売命（宇武賀比売命）」「奴奈宜波比売命」と記している。(13)

一方『出雲国風土記』の神名表記のうち、漢字一字で二音以上を表しているものを取り出すと、次の例を挙げることができる。先に列挙した神名のうち傍線を施した部分である。

束《つか》　水《みづ》　臣《おみ》　大《おほ》　穴《(あ)な》　持《も(む)ち》　天《あめ(ま)》　神《かむ》　国《くに》　魂《たま》　青《あを》　幡《はた》　山《やま》　代《しろ》　熊《くま》　高《たか》　忍《おし》　別《わけ》　尋《ひろ》　鋒《ほこ》　長《なが》　依《より》　秋《あい(き)》

磐《いは》　坂《さか》　衝《つき》　桙《ほこ》（杵《ほこ》）　杵《きね》　赤《あか》　衾《ふすま》　瓱《みか》　鳥《とり》　梶《かぢ》　薦《こも》　枕《まくら》　綾《あや》　玉《たま》　著《つく》（着《つく》）　邑《むら》　鹽《やむ》　若《わか》　与《あたはす・あたふ》　速《はや》

草《くさ》　壮《ひこ》

（「須《す》佐《さ》乎《のを》」等の「ノ」は、充当する漢字が記されず「佐乎」の二字で「サノヲ」の三音を表わしているが、助詞「ノ」の表記の省略は一般的なことであるため、除外した。）

これを見ると、一字で二音以上を表す場合、いずれも漢字一字に一語が充てられている。逆に、二語以上の語、例えば複数の名詞の連続や「動詞＋名詞」といった組み合わせの二語を、漢字一字で表記した例は見られない。(14)

すると、今問題にしている「神魂命」について、従来説に従って「魂」一字で「ムス」と「ヒ（ビ）」との二語を表していると見るなら、『出雲国風土記』の中でも極めて特殊な用法としてこの「魂」字を位置付けなければならないことになる。もし「魂」字を、名詞や動詞等の一語に充てられたものとして訓み、理解することができれば、『出雲国風土記』の他例に鑑みて、「ムス＋ヒ（ビ）」とみなすよりも蓋然性の高い解釈と成り得るのではないか。(15)

②訓の試み

では、「魂」字をどのように訓み得るだろうか。考え得る第一の方法は、

倉稲魂、此には宇介能美挖磨と云ふ。（「神代紀」第五段一書第七）

幸魂、此には佐枳弥多摩と云ふ。奇魂、此には倶斯美挖磨と云ふ。（「神代紀」第八段一書第六）

といった例により「魂」字を「タマ」と訓み、「神魂命」全体を「カムタマノミコト」と訓じることである。これは前掲した日御碕本左訓に先例があり、「魂」字の訓としても素直な姿勢だと考えられる。しかし、『出雲国風土記』の神魂命と『古事記』の神産巣日神とは、どちらもウムカヒヒメ・キサカヒヒメという貝の女神と関わる等、互いに関連を持つ神格と見えるが、カムタマノミコト（神魂命）とカムムスヒノカミ（神産巣日神）とでは神名の隔たりが大きく、両神の関係性をどのように見るべきか疑問が生じる。また、「魂」字を用いた神名表記は『出雲国風土記』に始まり『新撰姓氏録』・『日本三代実録』・『先代旧事本紀』・『延喜式』にも同様の例を見るが（第一章前述）、『出雲国風土記』の神魂命が「カムタマノミコト」であるとすれば、例えば『延喜式』の鎮魂祭祭神

鎮魂祭　神八座神魂　高御魂　生魂　足魂　魂留魂　大宮女　御膳魂　辞代主（『延喜式』）

についてはどのように解したらよいのだろうか。『出雲国風土記』の神魂命を「カムタマノミコト」と訓ずると、それと同様の表記を採る鎮魂祭祭神について「ムスビ（結）」の性能を持つ神であると認める従来説（松前健「魂結びの呪術を管理する神」・神野志隆光「ムスビとして認識して結び凝ることの力を認めている」、第一章前掲）との関係に、課題

が残る。「カムタマノミコト」という訓は、文字表記に照らして穏当な訓ではあるが、こうした諸問題に対する回答が準備されない限り、不安を抱える。

それでは、「魂」字の訓について、「タマ」以外の可能性を探ることはできるだろうか。『倭名類聚鈔』には「稲魂　宇介乃美太萬　宇加乃美太萬」、「幸魂　左知美太萬　佐岐太萬」とある他は、「魂」単独の項は無い。『新撰字鏡』の「魂」項には和訓が付されておらず、『類聚名義抄』にも「魂」単独の項は見えない。資料に乏しいが、「神魂命」という神名の訓の根拠について、従来の『出雲国風土記』諸研究が十分な説明を施していない現状の中にあって、一つの試解を示してみたい。

上述したように、「魂」字について『日本書紀』や『倭名類聚鈔』に証左を得ることができるのは、「タマ」という名詞としての訓のみである。しかし『類聚名義抄』を見ると、古代における漢字の使用法として、漢字一字が、名詞と、その名詞に関わりのある動詞との、両方に用いられた例を確認することができる。

「紐　ヒモ　ムスブ」　「絲　イト　ヨル」
「嫐　ネタム　ウハナリ」　「聲　コヱ　キク　オト　ナラス」
「服　キモノ　キル」　「串　ツラヌク　クシ」
「風　カゼ　フク」　「雨　アメ　フル」
「種　タネ　ウフ」　「暦　コヨミ　カソフ」

このうち例えば「紐　ヒモ　ムスブ」については、『日本書紀』に

「汝が住むべき天日隅宮は、今し供造らむ。即ち千尋の栲縄を以ちて、結びて百八十紐《ももやそむすび》とし、其の造宮の制は、柱は高く大く、板は広く厚くせむ。」（「神代紀」第九段一書第二）

とあり、その実例を八世紀に確認することができる。「紐」字は一般に「衣《ころも》の紐《ひも》」（「崇神紀」十年）・「結紐《むすびひも》」「長紐《ながひも》」（「天

武紀」十三年）等、名詞ヒモを表すが、「百八十紐《ももやそむすび》」の例では動詞ムスブに充てられている。この「ヒモ」と「ムスブ」とは、名詞ヒモとそれを目的語とする動詞ムスブ（ヒモをムスブ）という関係であり、「紐」字はそのどちらをも表し得るわけである。そこでこれらの例を踏まえ、「魂」字についても「タマ」という名詞以外に、それに関わる動詞の訓も充てられる可能性を想定してみたい。

『古事記』・『日本書紀』・『風土記』・『万葉集』において、「タマ」（もしくは「タマシヒ」）の語が、意味の上でそれと関連を持つ動詞と共に見える例に、次のものがある。

「此の鏡は、専ら我が御魂と為て、吾が前を拝むが如く、いつき奉れ」（「神代記」）

「我が御魂を船の上に坐せて」（「仲哀記」）

墨江大神の荒御魂を以て、国守の神と為て、祭り鎮めて、還り渡りき。（「仲哀記」）

土俗、此の神の魂を祭るには、花の時には亦花を以ちて祭る。（「神代紀」第五段一書第五）

「和魂は王身に服ひて寿命を守り、荒魂は先鋒として師船を導かむ」（「神功皇后紀」摂政前紀）

荒魂を撝きて軍の先鋒とし、和魂を請きて王船の鎮としたまふ。（「神功皇后紀」摂政前紀）

「我が荒魂は、穴門の山田邑に祭らしめよ」（「神功皇后紀」摂政前紀）

践立を以ちて、荒魂を祭る神主としたまふ。（「神功皇后紀」摂政前紀）

是に天照大神、誨へまつりて曰はく、「我が荒魂、皇后に近くべからず。当に御心の広田国に居しますべし」とのたまふ。即ち山背根子が女葉山媛を以ちて祭らしめたまふ。（「神功皇后紀」摂政元年）

「吾が和魂、大津の渟中倉の長峡に居さしむべし。便ち因りて往来船を看さむ」とのたまふ。是に、神の教の随に鎮め坐さしめたまひ、則ち平に海を度ること得たまふ。（「神功皇后紀」摂政元年）

皇祖の御魂を祭る。（「天武紀」十年）

天皇の為に招魂《みたまふり》しき。（「天武紀」十四年）

「天神千五百万はしら、地祇千五百万はしら、幷に、当国に静まり坐す三百九十九社、及、海若等、大神の和み魂は静まりて、荒み魂は皆悉に猪麻呂が乞むところに依り給へ。」（『出雲国風土記』意宇郡毘売埼）

己が命の御魂を鎮め置き給ひき。（『出雲国風土記』飯石郡須佐郷）

此の山の峯に坐せるは、其の御魂なり。（『出雲国風土記』大原郡高麻山）

大君の和魂あへや　豊国の鏡の山を宮と定むる（『万葉集』巻三―四一七）

神ながら神さびいます　奇し御魂　今の現に尊きろかむ（『万葉集』巻五―八一三抜粋）

天地の共に久しく言ひ継げと　この奇し御魂敷かしけらしも（『万葉集』巻五―八一四）

悵然に肝を断ち、黯然に魂を銷つ。（『万葉集』巻五―八七一序文）

我が主の御霊賜ひて　春さらば奈良の都に召上げたまはね（『万葉集』巻五―八八二）

魂合はば君来ますやと　我が嘆く八尺の嘆き（『万葉集』巻十三―三二七六抜粋）

筑波嶺のをてもこのもに守部据ゑ　母い守れども魂そ合ひにける（『万葉集』巻十四―三三九三）

魂は朝夕に賜ふれど　我が胸痛し　恋の繁きに（『万葉集』巻十五―三七六七）

上代文献において、タマの語は、「います」「まつる」「しづむ」「あふ」等の動詞と結び付いていることが確認できる。また、時代の下る資料になるが、『日本三代実録』や『延喜式』からは、鎮魂祭で「魂結び」という行為が行われたことを認める。

夜、偸兒開神祇官西院齋戸神殿、盗取三所齋戸衣、幷主上結御魂緒等。（『日本三代実録』貞観二年）

鎮魂祭於宮内省懸幔。結　魂《オホムタマムスヒ》料木綿二両。（『延喜式』巻三十、訓は享保八年板本を底本とする新訂増補国史大系本より。）

> 神官唱一二曲、一人進御棚前、魂結す、（中略）女官御衣筥蓋上下振動（以下略、『長秋記』大治二年）
>
> 次一二三四五六七八九十、十度読之、毎度中臣玉結也。（『年中行事秘抄』）

『伊勢物語』一一〇段（「思ひあまり出でにし魂のあるならん夜深く見えば魂むすびせよ」）や、『源氏物語』葵（「なげきわび空に乱るるわが魂を結びとどめよしたがひのつま」）の例等も併せ見れば、宮中の内外を問わず、「結ぶ」という動詞・動作も魂の信仰と深い関わりを持っていたと認められる。

そこで、『類聚名義抄』における「紐　ヒモ　ムスブ」「絲　イト　ヨル」といった例に倣い、これら「タマ」と関わる「まつる」「しづむ」「むすぶ」等の動詞を「魂」字の訓の候補として想定し、『出雲国風土記』の神名「神魂命」の訓みを考えてみたい。

上述したように、倉野本以来新編全集本に至るまで、「神魂命」は長く「カム（ミ）ムスビノミコト」と訓じられてきた。こうした『出雲国風土記』の研究史と、今挙げた「まつる」「しづむ」「むすぶ」といった「魂」と関わる動詞とを照らし合わせて見る時、接点を持ち得るのは「むすぶ（結ぶ）」である。また先に確認したように、鎮魂祭では「魂結び」の呪術が行われ、その祭神である「神魂」を始めとする八神については、「ムスビ（結び）」の性能を持つ神であるとの指摘が為されている。このことは、少なくとも平安宮中の鎮魂祭において、「魂」と表記される神が「結ぶ」という動作と関わって信仰されていたことを伝える。そこで、その鎮魂祭祭神と同じ表記を持つ『出雲国風土記』の「神魂命」についても「カムムスビノミコト」と訓ずるとすれば、「神魂」と表記される神霊について、『出雲国風土記』から『延喜式』までを一貫して「カムムスビ」という名称の神として把握し得る可能性が開かれる。

これらのことから、『日本書紀』に「紐」字を「ムスブ」と訓むのと同様に、「魂」字にも「タマ」に関わる動詞の訓が充てられる可能性を想定する時、この神名として最も可能性の高い訓は、「ムスブ」であろうと考える。

『出雲国風土記』の「神魂命」は、「魂を結ぶ」という信仰に支えられた「カムムスビノミコト」ではなかっただろうか。

『出雲国風土記』の従来説は、これまで根拠を示さないままに、「魂」字をムスヒもしくはムスビと訓み、ムスとヒ・ビとの二語とみなしてきた。しかし『出雲国風土記』の神名表記において、漢字一字の訓が二語以上に充たる例を見出せない。上述の考察を経た上で「魂」字をムスビと訓み、動詞「結ぶ」に相当する意味を持つと見なすことは、訓の証左となる確実な文献を見出し難い[16]とはいえ、そうした課題を抱える従来説に比して、蓋然性の高い理解であろうと判断する。[17]

「結ぶ」という動作については、例えば『万葉集』に、紐、草、松、心、帯、玉の緒、水、つくめ等を「結ぶ」ことが見える（例、「葦の根のねもころ思ひて結びてし玉の緒といはば人解かめやも」巻七―一三二四）。「結ぶ」は、はなればなれのものを絡み合わせ、つなぐ動作を言う他、心を結ぶ、玉の緒を結ぶというように、密で堅い関係を築くことも表している。また「允恭紀」（二年）の「結」（「時に皇后、意裏に、馬に乗れる者の辞の无礼きことを結《おもひむす》びたまひ、即ち謂りて曰はく、「首や、余忘れじ」とのたまふ。」）は、「決して忘れないよう心に留めておく」ことを意味している。

これらを総合して「魂を結ぶ」ということを考えると、「魂を結ぶ」とは、「魂をある物体に付着させ、つないで、そこから遊離しないようかたく留めておく」意味と見定められる。神魂命《かむむすびのみこと》とは、「魂を結ぶ神」、すなわち魂を物体につなぎ留めるという方法で霊魂を扱う神ではなかっただろうか。逆に魂を受け取る側から見れば、魂の授与とその鎮定に霊能を発揮する神として、カムムスビが観想されていたと考えられる。

③「魂を結ぶ神」としての神魂命

それでは、神魂命が「魂を結ぶ神」であるとすると、そのことと、『出雲国風土記』に載るこの神の伝承内容とは、どのような関連を示すだろうか。改めて本章始めに掲げた八つの伝承（A～H）の内容を検討する。

まず神魂命は、A・D「神魂命の御子、支（枳）佐加比売命」、B「神魂命の御子、八尋鉾長依日子命」、C「神魂命の御子、宇武加比売命」、E「御子、天御鳥命」、F「神魂命の御子、天津枳比佐可美高日子命」、G「神魂命の御子、綾門日女命」、H「神魂命の御子、真玉著玉之邑日女命」と、すべての伝承において御子神と共に現れるという特徴を示している。それぞれの土地に「坐」すと伝えられるのは神魂命の御子神であり（C・D・F・H）、各地名の起源も御子神の神名や活動に由来・原因を持つ（A・B・C・E・F・G）。神魂命自身の行動を唯一描くE（楯縫郡）でも、神魂命と地上との関わりは「御子、天御鳥命を楯部と為て天下し給ひき」という形が採られている。神魂命は、出雲で直接行動し足跡を残すのではなく、出雲で息づく神々の祖として『出雲国風土記』に描かれている。また『出雲国風土記』には、神々の系譜を記すにあたって、神魂命よりもさらなる祖神の存在を語る伝承は無い。例えばD（加賀神埼）には「神魂命―枳（支）佐加比売命―その御子」という三代の系譜が見えるが、さらに遡って神魂命の祖神は何かということは追求されていない。各地に鎮座し地名の由来を担う個々の神々の、系譜の始まりをたずねてみると、神魂命は必ずその始原の位置を占めている。神魂命が「魂を結ぶ神」すなわち魂を授与し鎮定する霊能の神であるとすると、『出雲国風土記』はそうした形で霊魂を取り扱う神を、系譜上の始原神として想定したのだと考えることができる。

四　まとめ

最後に、『出雲国風土記』以外の諸資料との関連を見て、まとめとする。

まず『古事記』の神産巣日神と、『日本書紀』の神皇産霊尊とについて。『古事記』において、神名に「日」字が含まれる例は、他に次のものがある。

白日別、豊日別、建日向日豊久士比泥別、建日別、建日方別、大戸日別神、速秋津日子神、甕速日神、樋速日神、八十禍津日神、大禍津日神、宇都志日金析命、正勝吾勝勝速日天之忍穂耳命、天津日子根命、活津日子根命、日河比売、沼河日売、阿遅鉏高日子根神、日名照額田毘道男伊許知邇神、甕主日子神、天日腹大科度美神、白日神、奥津日子神、庭津日神、庭高津日神、夏高津日神、天若日子、天邇岐志国邇岐志天津日高日子番能邇々芸命、天忍日命、天津日高日子穂々手見命、虚空津日高、天津日高日子波限建鵜葺草葺不合命、

槁根津日子、邇芸速日命

これらの神名について、例えば古典集成本(18)・新編全集本(19)がすべての「日」字を清音で訓んでいるのに従えば、「産巣日」の「日」字についてもやはり清音と見ておくのが穏当と考えられる。また「神代紀」にも、第一章に述べたように、清音ヒを示すとされる訓注（「皇産霊、此には美武須毘と云ふ」第一段一書第四）がある。そしてムスヒと清音である限り動詞ムスブとの関連は認め難く、「ムス」が自動詞・他動詞いずれであるかという問題は残されたままであるが（第一章参照）、今は神産巣日神（『古事記』）・神皇産霊尊（『日本書紀』）共に、「ムス（生成）＋ヒ（霊力）」とする通説に従っておくのが妥当と考える。

さてそのカムムスヒについて、『古事記』大国主神の国作りの場面に、

即ち久延毘古を召して問ひし時に、答へて白ししく、「此は、神産巣日神の御子、少名毘古那神ぞ」とまをしき。故爾くして、神産巣日御祖命に白し上げしかば、答へて告らししく、「此は、実に我が子ぞ。子の中に、我が手俣よりくきし子ぞ。故、汝葦原色許男命と兄弟と為りて、其の国を作り堅めよ」とのらしき。

とある。「子の中に」とあるので、神産巣日神は幾柱もの神々の祖であると読み取れるが、その神産巣日神の更に祖神の存在は、『古事記』全体をとおして描かれていない。また『日本書紀』には、

一に云はく、神皇産霊尊の女栲幡千幡姫、児火瓊瓊杵尊を生むといふ。（「神代紀」第九段一書第七）

と、神皇産霊尊と火瓊瓊杵尊とをつなぐ系譜が見えるが、そこでも神皇産霊尊は系譜の初めに位置している。『古事記』・『日本書紀』をとおして、カムムスヒが関わる系譜はいずれも、カムムスヒ以上に遡ることはない。

一方『新撰姓氏録』には、「神魂命」あるいは「神御魂命」と表記される神が多く見える。「魂」と書かれている以上、これらも『出雲国風土記』の場合と同様に、魂を結び付けるカムムスビであろうと考える。そして神魂命・神御魂命は、『新撰姓氏録』でおよそ五十の氏の系譜に名が見えるが、そのすべてにおいて系譜の始原を占めている。

（例）

県犬養宿祢。神魂命の八世孫、阿居太都命の後なり。（左京神別）

爪工連。神魂命の子、多久都玉命の三世孫、天仁木命の後なり。（左京神別）

三島宿祢。神魂命の十六世孫、建日穂命の後なり。（右京神別）

屋連。神御魂命の十世孫、天御行命の後なり。（右京神別）

賀茂県主。神魂命の孫、武津之身命の後なり。（山城国神別）

このように神魂命・神御魂命の名は必ず系譜の初めに掲げられ、例えば県犬養宿祢の系譜における阿居太都命の位置に、この神が記されることは無い。

以上によって、『古事記』・『日本書紀』では生成の神カムムスヒが、『出雲国風土記』・『新撰姓氏録』では魂を結ぶカムムスビが、それぞれ系譜の始まりを担う神として観想されていると、理解することができると考える。

現代の通説は、『延喜式』時点ではムスビ（結び）神の信仰を認めるが、『古事記』・『日本書紀』・『出雲国風土記』については一様に「ムス＋ヒ」＝生成の神と理解し、上代におけるムスビ神の存在を否定する。しかし本論では、

「魂」という神名表記に着目して考察した結果、ムスビ神を『出雲国風土記』にまで遡って認め得る可能性を指摘した。

そして、『古事記』・『日本書紀』に見るカムムスヒと、『出雲国風土記』・『新撰姓氏録』に見るカムムスビとは、どちらも系譜上の始原を担うという共通する性格を示している。カムムスヒ・カムムスビをさらに遡る存在はこれら諸資料を通じて確認されず、この神は常に系譜上の始原神という位置付けを貫く。従って、古代において神々や氏族の系譜が求められた時、生成力であるムスヒ神を源に据える考え方（『古事記』・『日本書紀』）と、魂を結ぶムスビ神を源に据える考え方（『出雲国風土記』・『新撰姓氏録』）との両方が存在していたのではないかと推定する。以上、訓を確定するための資料に乏しく、一つの試解を示したに過ぎないが、『出雲国風土記』における「神魂命」（「魂」字）の訓という問題を発端とする本考察を、古代における神意識のありようを総体的に把握してゆくための一歩としたい。

【注】

（1）嶋根郡加賀郷の扱いについては、第一章注12と同様の事情により、本論では記載を残しておく。加賀郷の伝承の有無は、本論の結論に直接影響するものではない。

（2）倉野本・日御碕本・萬葉緯本は秋本吉徳『出雲国風土記諸本集』勉誠社一九八四年、出雲風土記抄本は国文学研究資料館データベース古典コレクション「兼永本古事記・出雲国風土記抄」CD−ROM、出雲風土記解本と訂正本とは国立国会図書館蔵本による。

（3）なお、『出雲国風土記』出雲郡の神社名「御魂社」については、植垣新編全集本「ミムスビ」、荻原注釈「ミムスヒ」、沖森「ミタマ」、松本注釈「ミムスビ」とそれぞれ訓じ、いずれも根拠を示さない。「神魂命」の訓と併せて、諸注の態度の非一貫性が著しい。

（4）加藤義成『出雲国風土記参究』今井書店一九五七年
（5）吉野裕『風土記』平凡社一九六九年
（6）植垣節也『風土記』（新編日本古典文学全集）小学館一九九七年
（7）荻原千鶴『出雲国風土記』講談社一九九九年
（8）松本直樹『出雲国風土記注釈』新典社二〇〇七年
（9）肥後和男『神話と歴史の間』大明堂一九七六年
（10）西宮一民「ムスヒの神の名義考」皇學館大學神道研究所所報14一九八〇年（同著『上代祭祀と言語』桜楓社一九九〇年再録）
（11）水野祐『出雲國風土記論攷』東京白川書院一九八三年
（12）溝口睦子『王権神話の二元構造』吉川弘文館二〇〇〇年
（13）『出雲国風土記』が神名を多く一字一音で表記することに関して、加藤義成「記紀神話と出雲国風土記」（神道学36一九六三年）に次の指摘がある。

　出雲国風土記の神名は、記紀とは独自な表現法が取られ、極めて自由に多様な文字を借用して、できるだけ正しい音声言語としての神名を伝へようとし、音韻至上主義的な立場をとつてゐるやうにみえる。

（14）新編・荻原・松本の訓によれば「伊弉彌《いざなみ》」という例があるが、「伊弉奈彌命《いざなみ》」（大系）・「伊幣彌命《いへみ》」（沖森）とする注釈もあり、校訂・訓読に問題を残すため、今は除外した。また「久志伊奈太（大）美等与麻奴良比売命」は、大系本に従って「あたはす」と訓めば「あたふ（動詞）＋す（助動詞）」の二語になるが、近年の研究成果（新編・荻原・沖森・松本）は「あたふ」「よ」と訓んでおり、これに従えば動詞一語もしくは音仮名と解される。
（15）「魂」字を「ムス」「ヒ」の二語と見なすべきか、一語と見なすべきかという問題について、倉野憲司は「ムスヒといふ語に何故「魂」の字が慣用されてゐるかは明らかでない。」としながらも「祝詞その他に「魂」の一字をムスヒに宛ててゐるのも、ムスヒがムス（産）とヒ（霊）でないことを示してゐるのではあるまいか。」との見通しを示した（『古事記全註釈（二）』三省堂一九七四年）。この指摘は実証的な考察を伴わず推測の域を出ないものであり、また倉野の結論（「成す」「生む」「造る」などの意を有する四段活用の他動詞ムスヒの連用形が名詞に転成したものと見る」）は用例に乏しい。しかし、筆者が『出雲国風土記』の神名表記について本論で示した考察を経た上でこの指摘を見直すならば、「魂」一字を「ムス」と「ヒ・ビ」との二語に充当させることの可否を問うという示唆を与えた点で、倉野説は評価できる面を持つ。

(16) なお『訓点語彙集成（七）』（汲古書院二〇〇九年）において「ムスビ」「ムスブ」と訓じられている文字は、「掬」「紐」「結」「勒」「執」「有」「絺」「綄」「締」「縛」「縫」「縞」「繋」「鞠」の各字であり、ここにも「魂」字は見えない。

(17) なお「神魂命」を「カムムスビノミコト」と訓じた場合、神名の末尾に「むすぶ」という動詞があたることになるが、同様の形式を持つ神名は上代文献に多い。例えば『古事記』には次の例を見る。

天之常立神・国之常立神・於母陀流神・天之水分神・国之水分神・天之久比奢母智神・国之久比奢母智神・石析神・根析神・道敷大神・道反之大神・奥疎神・辺疎神・月読命・弥豆麻岐神・佐比持神

(18) 西宮一民『古事記』（日本古典集成）新潮社一九七九年

(19) 山口佳紀・神野志隆光『古事記』（新編日本古典文学全集）小学館一九九七年

第三章　カムムスヒ・カムムスビの資性

一　はじめに

本章では、『古事記』・『出雲国風土記』・『延喜式』等の諸文献を見渡して信仰の変遷を辿ろうとする上で、重要な研究対象であると目されるカムムスヒ（カムムスビ）を、考察の中心に据える（第一章「（二）研究の角度　②神名の記載順序について」参照）。

第二章に述べたように、『古事記』の「神産巣日神」を「ムス＋ヒ＝生成の霊力」、『出雲国風土記』の「神魂命」を「ムスビ＝結び」と見なすとすれば、神産巣日神と神魂命とは神名の釈義に差異があることになる。しかし、どちらも系譜上の祖神の位置を占めるという点では共通する性格を示し、また、神産巣日神は𧏛貝比売と蛤貝比売とを遣わし（『古事記』）、神魂命は枳（支）佐加比売命と宇武加比売命とを御子神に持つ（『出雲国風土記』）等、伝承内容の上でも互いに呼応する面を見せている。そこで本章では、『古事記』の神産巣日神と『出雲国風土記』の神魂命とをそれぞれ別個に論じた上で、両者に共通点が見出せるか再検討し、この神の資性に迫る試みとしたい。

はじめに、神産巣日神・神魂命を論じた先行研究の概要を掴んでおく。この神については、従来主に、①タカミムスヒ（ビ）とどのような差異があるのか、②出雲に出自を持つ神であるかどうか、という観点から、多くの考察が為されて来た。

①タカミムスヒ（ビ）と、カムムスヒ（ビ）と

『古事記』冒頭には「高御産巣日神」「神産巣日神」、『日本書紀』（神代上第一段一書第四）には「高皇産霊尊」「神皇産霊尊」が見える。共に「産巣日」「産霊」という神名を持つこの二神について、まず、本質的に同一の霊能・性格を持つ神であるとする見解がある。

　さて此ノ大御神は、如此二柱坐スを、記中に其ノ御事を記せるには、二柱並ビ出デ給へる處はなくして、或ル時は高御産巣日ノ神或ル時は神産巣日御祖ノ命、とかたがた一柱のみ出給へる、其ノ御名は異《カハ》れども、唯同ジ神の如聞えたり。抑かく二柱にして一柱の如く、一柱かと思へば二柱にして、其ノ差《ケヂメ》の髣髴《オボヽ》しきは、いと深き所以あることにぞあるべき。（本居宣長『古事記伝』）

　ともにムスビの神としては同一の神であり、結局一柱に帰すべき面を持った神格である。（三品彰英(1)）

　元来「産霊・産日」の霊能をもつ一つの神であったのが、古代人の二元論的な思考法から、修飾語を冠して、「高御産巣日」と「神産巣日」との二つの神格として分離したものとみられる。（西宮一民(2)）

　この神（筆者注：カムムスヒを指す）を基本的にタカミムスヒと同一の機能をもつ、同一の性格の神とみる宣長の見方は正しいと思われる。（溝口睦子(3)）

しかし第一章に論じたとおり、『古事記』・『日本書紀』で活躍の目立つタカミムスヒに対し、『延喜式』ではカム

ムスヒ（ビ）の方が信仰的に重視されていたと見える。「産巣日」「産霊」と神名の核となる表記を同じくする以上、両神が共通する性質を帯びていることは確かだが、平安宮廷の信仰のあり方からすれば、「カムムスヒ（ビ）↓タカミムスヒ（ビ）」という序列が設けられるだけの差異が両神にあったこともまた、認めなくてはならない。その点を追究せずに両神を「同ジ神」「同一の神」「一つの神」「同一の性格の神」と見なしてしまうことは、幾柱ものムスヒ（ビ）神が個々に有している霊能や信仰的背景に対する配慮に十分とは言えない。

一方、両神の差異を指摘する立場もある。古くは性別の違いを説く論があったが、

高皇産霊神は。男神に坐々て。産霊の外ツ事を掌坐し。神皇産霊神は女神に坐々て。産霊の内ツ事をなむ掌給ふなる。（平田篤胤『古史傳』）

高皇産霊神ハ。男神にまし。神皇産霊神ハ記に神産巣日ノ御祖ノ命とも出て。女神に御在す。（飯田武郷）[4]

近年は両神の性差ではなく、働きの分化を指摘する論が多い。

高皇産霊尊の活動は、多くの場合破壊・戦闘の方面に関与してゐる。（中略）神皇産霊尊の活動は、これに対して、多くの場合生成・建設の面層に著しく顕れてゐる。（中略）前者は主として高天原系神話に活躍し、後者は専ら出雲系神話にのみその姿を現してゐる。（松村武雄）[5]

高御産巣日の神が高天が原系神話にあらわれて重要な位置を占めるのに対して、この神（筆者注：カムムスヒを指す）の活動の範囲は傍流的な出雲系神話にかぎられている（尾崎暢殃）[6]

一方に「高御」の語が冠せられてゐるのは、それが高天の原即ち皇室の側（現事・顕事）における生成の根源神と考へられたからであり、他方に「神（御）」の語が冠せられてゐるのは、それが出雲の側（幽事・神事）における生成の根源神と考へられたからであるといふことが頷かれるであらう。（倉野憲司）[7]

高御産巣日神が高天原の側に働くのに対して、（筆者注：カムムスヒは）葦原中国の側に働きつづける。（山口佳

紀・神野志隆光(8)(9)(他)

確かに『古事記』の神産巣日神は、「出雲の御大の御前」や「出雲国の多芸志の小浜」を舞台とする神話にあらわれ、出雲とのかかわりが高御産巣日神に比して濃厚に認められる。しかしこれら諸説はいずれも『古事記』の考察に留まり、『出雲国風土記』等他資料との関係も視野に入れてこの神の性格を根本的に探究してゆくことは果たされていない。また『古事記』内部で見ても、例えば高御産巣日神(別名、高木神)は葦原中国に降ったきり復奏しない天若日子に対して矢を衝き返す行為をし、これは葦原中国に坐す神に対して高御産巣日神が直接働きかけた例であって、必ずしも高御産巣日神の活動の及ぶ範囲が高天原の中だけに留まっているわけではない。神産巣日神も、櫛八玉神の詞章に「高天原には、神産巣日御祖命の、とだる天の新巣」と見え、出雲だけでなく高天原とのかかわりも保っている。『古事記』の神産巣日神像を具体的に掴むには、神話をより詳細に吟味して、特徴を探り直すことが求められる。

②出雲に出自を持つ神であるか

神産巣日神・神魂命の出自が出雲にあるかどうかという問題は、この神についての最大の争点であった。『古事記』の神産巣日神話が出雲と多く結び付いていること(上述)、『古事記』以外の上代文献では『出雲国風土記』にこの神の伝承が豊富に記されていること、この神に関わると見られる社名を持つ式内社がすべて出雲に集中していること、

(出雲国出雲郡)杵築大社　同社神魂御子神社　同社神魂伊能知奴志神社
(出雲国出雲郡)阿須伎神社　同社神魂意保刀自神社
(出雲国出雲郡)伊努神社　同社神魂伊豆乃売神社　同社神魂神社

（出雲国神門郡）比布智神社　同社坐神魂子角魂神社
（出雲国神門郡）神産魂命子午日命神社（『延喜式』）

といった点を根拠に、出雲出自の神とする説は多い。[10]なかでも倉塚曄子は、『新撰姓氏録』や「神代紀」第九段一書第二の検討から、

書紀がほとんど採択しなかった出雲系神話を、編纂の根本理念には抵触するにもかかわらずあえて古事記に大巾に添加せしめた出雲側の主張が、同じく出雲の一地方に生まれたカミムスビノ命を、ムスビノ神であるという理由で、造化三神に加えさせることに成功したのだと思う。それを契機として宮廷八座神の主神に昇華し、ここに至ってかつての国神は全く天神化するに至ったのである。

と結論した。[11]しかしこの倉塚論では、肝心の出雲において神魂命が具体的にどのような神として観想されていたのか、『出雲国風土記』の神魂命伝承の精査がほとんど為されていない。倉塚自身も、上述の結論に続いて、

もちろん考えるべき点はまだ多く残っている。出雲出自とは言っても、出雲国風土記によれば、同神は3の地域（筆者注：「秋鹿郡多太川佐太川流域」を指す）への根づき方が意外に浅いのであって、「ムスビ」という名称から想像できる、生成の根源たる大地の神、すなわち世界各民族が、文化形成期のもっとも初期に生み出し、生産生活との密接な関連において信仰してきた大地母神の相をそこに見出すことはむずかしいようである。（中略）カミムスビの命も佐太大神をはじめ土着の神々の誕生よりは後の時点の産物かも知れない。

と課題を述べている。

一方、神産巣日神・神魂命を出雲出自としない見解もある。[12]とくに溝口睦子[3]は、

（筆者注：『古事記』の神産巣日神話について）どの例の場合も、カミムスヒは明確に天上界（高天原）の神として描かれているということが挙げられる。この点少しの曖昧さもなく、文章上に明示されている。

（筆者注：『古事記』の神産巣日神の）国作りについて、指示を与えるという行為は、世界の創造を司る主宰者的行為といってよい。（中略）だいたい高度の王権神話である『古事記』の中で、一貫して上述のような最高位の主宰神的立場を与えられている神が地方の土着神である筈がないともいえよう。

（筆者注：『出雲国風土記』楯縫郡総記の神魂命伝承について）この伝承をみると、この時期この地域の人々が、カミムスヒを大社の創建を命じ、そして大社運営のための部の設置を行った神、つまり朝廷側の神、国家の神として明確に認識していたことがわかる。なぜならこのようなことを命令できる主体は、朝廷以外にはあり得ないからである。

と根拠を列挙して、「カミムスヒについて、この神をタカミムスヒと基本的に同じ性格の朝廷神、国家神とみる」という結論を提示した。しかし引用した三点の根拠のうち、第二点目の「土着神である筈がない」というのは、論理的考証に不十分であり、また第三点目は、『出雲国風土記』のうち楯縫郡の伝承のみを取り上げたもので、他の伝承についてはほとんど論及が無く、総合的に『出雲国風土記』の神魂命像を捉える姿勢に乏しい。なお第一点目については、その妥当性を本論で検討し直すことにする（後述）。さらに、溝口は同論において、

タカミとカミという美称の差は、語義からみる限り男女の差とは受け取りにくい。それは専ら天皇にのみ関わる、いわば中央的な美称と、地方豪族的な美称という差である。後者はどちらかといえば野性的な響きをもった、古くから地方豪族の族長名に使われてきた伝統をもつ美称であった。

とも述べている。「中央的な美称」であるという「タカミ」に対し、「カミ」が「地方豪族的な美称」であるとすると、そのことと、「カミムスヒについて、この神をタカミムスヒと基本的に同じ性格の朝廷神、国家神とみる」という結論とは、どのような関係性にあるのか。カミムスヒについて、一方ではタカミムスヒと異なる「地方豪族的な美称」を持つと述べ、また一方では「タカミムスヒと基本的に同じ性格の朝廷神、国家神」だとする溝口

論は、主張の一貫性に疑問がある。

以上、神産巣日神・神魂命が出雲に出自を持つかどうかという問題について、代表的な二論を検討した。いずれも神の出自という大きな問題に向かってはいるが、論証には考察の余地が残り、特に『古事記』・『出雲国風土記』に載る神話・伝承を一つ一つ精査する姿勢に不十分なところが目立つ。そこで本論は、この神と出雲との結び付きという問題に固執せず、『古事記』と『出雲国風土記』とを読み直して双方の描くカムムスヒ・カムムスビ像の差異や類似点を総括的に捉え直し、あわせて「国造本紀」(『先代旧事本紀』)も検討して、この神の資性を見極めたい。

二 『古事記』の神産巣日神

A 天地初めて発れし時に、高天原に成りし神の名は、天之御中主神。次に、高御産巣日神。次に、神産巣日神。此の三柱の神は、並に独神と成り坐して、身を隠しき。

B 又、食物を大気都比売神に乞ひき。爾くして、大気都比売、鼻・口と尻とより種々の味物を取り出だして、種々に作り具へて進る時に、速須佐之男命、其の態を立ち伺ひ、穢汚して奉進ると為ひて、乃ち其の大宜津比売神を殺しき。故、殺さえし神の身に生りし物は、頭に蚕生り、二つの目に稲種生り、二つの耳に粟生り、鼻に小豆生り、陰に麦生り、尻に大豆生りき。故是に、神産巣日御祖命、茲の成れる種を取らしめき。

C 故爾くして、八十神、忿りて大穴牟遅神を殺さむと欲ひ、共に議りて、伯岐国の手間の山本に至りて云はく、「赤き猪、此の山に在り。故、われ、共に追ひ下らば、汝、待ち取れ。若し待ち取らずは、必ず汝を殺さむ」と、云ひて、火を以て猪に似たる大き石を焼きて、転ばし落しき。爾くして、追ひ下り、取る時に、即ち其の石に焼き著けらえて死にき。爾くして、其の御祖の命、哭き患へて、天に参ゐ上り神産巣日之命に請しし時に、乃ち蚶貝比売と蛤貝比売とを遣して、作り活けしめき。爾くして、蚶貝比売きさげ集めて、蛤貝比売待ち承けて、母の乳汁を塗りしかば、麗しき壮夫と成りて、出で遊び行きき。

D　故、大国主神、出雲の御大の御前に坐す時に、波の穂より、天の羅摩の船に乗りて、鵝の皮を内剥ぎに剥ぎて、衣服と為て、帰り来る神有り。爾くして、其の名を問へども、答へず。且、従へる諸の神に問へども、皆、「知らず」と白しき。爾くして、たにぐくが白して言はく、「此は、久延毘古、必ず知りたらむ」といふに、即ち久延毘古を召して問ひし時に、答へて白ししく、「此は、神産巣日神の御子、少名毘古那神ぞ」とまをしき。故爾くして、神産巣日御祖命に白し上げしかば、答へて告らししく、「此は、実に我が子ぞ。子の中に、我が手俣よりくきし子ぞ。故、汝葦原色許男命と兄弟と為りて、其の国を作り堅めよ」とのらしき。故爾より、大穴牟遅と少名毘古那と二柱の神、相並に此の国を作り堅めき。然くして後は、其の少名毘古那神は、常世国に度りき。故、其の少名毘古那神を顕し白しし所謂る久延毘古は、今には山田のそほどぞ。此の神は、足は行かねども、尽く天の下の事を知れる神ぞ。

E　如此白して、出雲国の多芸志の小浜に、天の御舎を造りて、水戸神の孫櫛八玉神を膳夫と為て、天の御饗を献りし時に、禱き白して、櫛八玉神、鵜と化り、海の底に入り、底のはにを咋ひ出だし、天の八十びらかを作りて、海布の柄を鎌りて燧臼を作り、海蓴の柄を以て燧杵を作りて、火を鑽り出だして云はく、

是の、我が燧れる火は、高天原には、神産巣日御祖命の、とだる天の新巣の凝烟の、八拳垂るまで焼き挙げ、地の下は、底津石根に焼き凝らして、栲縄の千尋縄打ち莚へ、釣為る海人が、口大の尾翼鱸、さわさわに控き依せ騰げて、打竹のとををとををに、天の真魚咋を献る。

①神産巣日神と天と

先に述べたように、「出雲神説」を批判した溝口睦子は、『古事記』の神産巣日神について「明確に天上界（高天原）の神として描かれている」と指摘した。たしかに『古事記』冒頭のAでは、神産巣日神は「高天原に成りし神」とされている。しかしこの記事は、所謂「造化三神」という整備された形と抽象性とを内容にすることから比較的新しいものであると指摘され、(13)神産巣日神の天の神としての質を考えるためには、B～Eも見る必要がある。

五穀の起源を語るBは、神産巣日神の所在を記さず、場面設定も明確でない。

大穴牟遅神の復活劇であるCには「其の御祖の命、哭き患へて、天に参ゐ上り神産巣日之命に請しし時」という描写があり、神産巣日神が天にいることを示している。

少名毘古那神の来臨を語るDには「神産巣日御祖命に白し上げ」という表現がある。この表現については、

上《アゲ》は、少名毘古那ノ神を、高天ノ原に率て詣でヽ、御祖ノ命の御許に献るを云。（本居宣長『古事記伝』）

「上げ」は大国主神が少名毘古那神を神産巣日神のいる高天原に連れて行くことを表す。（山口佳紀・神野志隆光）(8)

というように高天原への移動の意に解する説と、

何も高天の原に連れていったとまでしなくてよかろう。（西郷信綱）(14)

申し上げなさると（西宮一民）(2)

という理解とがある。前者によるとすれば、Dにおける神産巣日神の所在は高天原にあるということになる。しかし、『古事記』には「白し上げ」という表現が、当該記事の他、須佐之男命の大蛇退治段に次のように見える。

故、避り追はえて、出雲国の肥の河上、名は鳥髪といふ地に降りき。（中略）爾くして、速須佐之男命、其の

御佩かしせる十拳の剣を抜き、其の蛇を切り散ししかば、肥河、血に変りて流れき。故、其の中の尾を切りし時に、御刀の刃、毀れき。爾くして、怪しと思ひ、御刀の前を以て刺し割きて見れば、つむ羽の大刀在り。故、此の大刀を取り、異しき物と思ひて、天照大御神に白し上げき。

この場合の「白し上げ」は、須佐之男命が一度追放された天に再び還ることを表しているとは考えにくく、ただ「献上した」という意と見なせる（前掲諸注も、宣長「献りたまふなり。此は自《ミ》高天ノ原に参上てにはあらず。」、西郷「大刀を手に入れたいきさつを申して献ること」、西宮「申し献上された」、山口・神野志「申してこれを献上した」とそれぞれ述べる）。この例を踏まえると、Dの「神産巣日御祖命に白し上げ」についても、高天原への移動という意味を積極的に読み取る必然性は薄いのではないか。「高天原」の語が明記されていない以上、Dの表現は神産巣日神と高天原との関係を明示するものではないと考える。

国譲りの完成を表現するEには「高天原には、神産巣日御祖命の、とだる天の新巣」とあり、神産巣日神と高天原との関連が示されている。

このように見ると、神産巣日神話B～E四例の中でこの神を明確に天および高天原の神として語るものは半数のC・E二例であり、残り半数のB・D二例は神産巣日神と天との関係を明確に主張してはいないということになる。

ところで、高御産巣日神も、神産巣日神と同じく『古事記』冒頭に「高天原に成りし神」とされているが、その高御産巣日神と天との関係はどのように示されているだろうか。『古事記』において高御産巣日神の名は、天石屋戸段と、葦原中国平定から天孫降臨にいたる段とに見える。そして、天石屋戸段には

是を以て、八百万の神、天の安の河原に神集ひ集ひて、高御産巣日神の子、思金神に思はしめて、常世の長鳴鳥を集め、鳴かしめて、天の安の河の河上の天の堅石を取り、天の金山の鉄を取りて、（以下略）

という場面が、また天孫降臨の段には

高御産巣日神・天照大御神の命以て、天の安の河の河原に八百万の神を神集へ集へて、思金神に思はしめて、詔ひしく（以下略）

其の矢、雉の胸より通りて、逆まに射上がりて、天の安の河の河原に坐す天照大御神・高木神の御所に逮りき。是の高木神は、高御産巣日神の別名ぞ。

という場面がある。高御産巣日神（高木神）の所在は神話の上ではっきり「天の安の河の河原に坐す」と規定され、高御産巣日神の名が記される場面も常に「天の安の河原」という具体性ある天上世界と密接に結び付いているという特徴が認められる。

このように神産巣日神・高御産巣日神と天との結び付きをそれぞれの神話描写から比較してみると、両神の「天の神」としての質に異質なところが認められる。すなわち神産巣日神の「天の神」としての主張は、常に高天原の主神として天の安の河原に君臨する高御産巣日神と比べて、明確さと具体性とに乏しいということである。これは何を意味しているだろうか。

②神産巣日神と海と

そこで改めて、神産巣日神の神話B～Eについて、その舞台や内容を検討してみる。

Bは、場所の設定や神話全体の中での位置付け等、はっきりしない。

Cで注意されることは、神産巣日神が遣わした神として赤貝（𧏛貝比売）と蛤（蛤貝比売）という海の貝の女神が選ばれていることである。従来、この貝の女神たちについては、やけどを治療する民間療法であるとか[15]、「𧏛」「蛤」という文字の趣向があることが指摘されてきた[16]。それはそれとしても、なぜ『古事記』冒頭で「高天原に

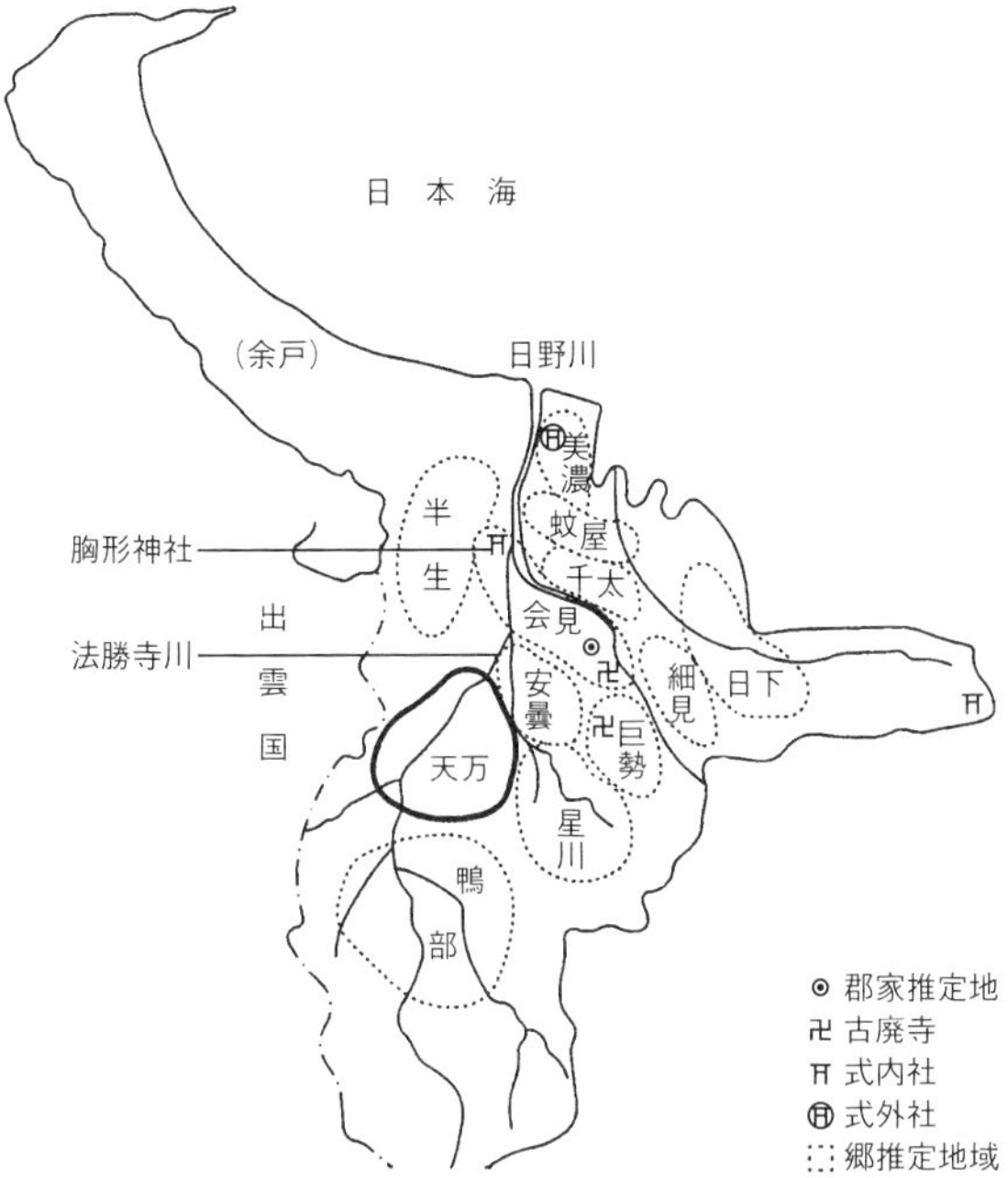

【資料１】会見郡郷推定図
（『鳥取県史（一）』により、川の名・神社名を加えた）

成りし神」とされたはずの神産巣日神が、海の貝の女神を遣わすのだろうか。
　この神話の舞台は、「伯岐国の手間の山本」とされている。大穴牟遅神が石に焼きつかれて殺されたのがこの場所であるから、蚶貝比売と蛤貝比売とによる復活も同じところで行われただろう。「手間」は『倭名類聚鈔』に見る「會見郡天萬」、現在の鳥取県西伯郡南部町（旧会見町）天万にあたり、日本海へとそそぐ日野川に通じる法勝寺川流域に位置する（【資料１】参照）。天万にある宮尾遺跡は、弥生時代の環濠集落遺跡・古墳時代の竪穴住居跡・七世紀の掘立柱建物跡等を検出し、当地一帯が古代において拠点的な位置を長く占めていたことを窺わせる。また天万の周囲は、三角縁神獣鏡を出土した寺内の普段寺三号墳、諸木の後谷山古墳、三崎の三崎殿山古墳等、鳥取県下でも有数の古墳密集度を誇り、古墳時代をとおして政治的中枢の地であったことも確かめられる。[17] 加えて、『倭名類聚鈔』には「會見郡安曇」ともある。これは天万郷に北隣した法勝寺川の下流域にあたり、現在も上安曇・下安曇の地名を残している。安曇郷については、正倉院宝物の白絁断片に書かれた銘文に

伯耆國會見郡安曇郷戸主間人安曇□調狭絁壱迊□

とあり、当地に安曇氏が確かに息づいていたことを確認できる。[18] さらに、安曇郷より下流には現在「宗像」の地名があり、そこに式内の「胸形神社」が鎮座する。こうしたことから「手間の山本」付近一帯は日本海へと通じる川によって海人族が入り込める地勢になっており、古代の人々は川をつたって海とかかわる生活を長期間に亘って育み、一定の文化を形成していたと推される。[19] そうであれば、「手間の山本」を舞台とする神話に海とかかわりある女神たちが選ばれたことは、当地の地域性を踏まえた、生活の実感にもとづくものだと考えられる。

Dの舞台は「出雲の御大の御前」、すなわち島根半島東端の「美保」の岬である。この神話の主役・少名毘古那神は、海の彼方からガガイモの船に乗って寄り来て、常世国へと去ってゆく、本拠地を海のむこうの異世界に持つ神であり、神産巣日神はそうした神を「此は、実に我が子ぞ。子の中に、我が手俣よりくきし子ぞ。」と認めている。神産巣日神の手から漏れ落ちた子神が海の彼方から寄り来るさまを描いたこの記事からは、神産巣日神が、海彼の神と空間的にも系譜的にもつながりを持ち得る神とされていたことがわかる。

Eの詞章は「出雲国の多芸志の小浜」で唱えられた。その比定地は不明だが、「小浜」であるから出雲国中の海岸であることには違いない。また、この詞章は独特な語り口を持っている。「栲縄の千尋縄打ち莚へ、釣為る海人が、口大の尾翼鱸、さわさわに控き依せ騰げて、打竹のとををとををに」という、出雲の国引き詞章を髣髴とさせる韻律豊かな表現は、漁民たちの躍動感あふれるにぎやかさを鮮やかに描いている。実際に、島根半島部の海では鱸を漁ることができた。

凡て、南の入海に在るところの雑の物は、入鹿・和爾・鯔・須受枳・近志呂・鎮仁・白魚・海鼠・鰝鰕・海松等の類、至りて多にして、名を尽すべからず。（『出雲国風土記』嶋根郡）

春は則ち、鯔魚・須受枳・鎮仁・鰝鰕等の大き小き雑の魚あり。（『出雲国風土記』秋鹿郡）

神門の水海。（中略）裏には則ち、鯔魚・鎮仁・須受枳・鮒・玄蠣あり。（『出雲国風土記』神門郡）

神産巣日神が、このような海の生活の実感の上に立つ詞章の中に選ばれていることに注意を向けたい。さらに詞章には、櫛八玉神の語りとして「是の、我が燧れる火は、高天原には、神産巣日御祖命の、とだる天の新巣の凝烟の」とある。この文脈に即して理解するならば、神産巣日神は櫛八玉神が欑り出す「火」と結び付く神格ということになる。そしてその火は、欑り出す櫛八玉神自身が「水戸神の孫」として海神の性質を持つ神であることと、「海布の柄」「海蓴の柄」が火欑の道具に選ばれていることからすれば、「海からもたらされる火」と見ることができる[20]。そうであれば、「海からの火」が神産巣日神の住居まで届くという発想がこの詞章の根底に横たわっていると考えられ、火を媒介とする神産巣日神と海との結び付きが意識されていたということになる。

このように、神産巣日神話の舞台は出雲の中でも特に海辺（Dの御大の御前・Eの多芸志の小浜）、あるいは、海とかかわりのある地域（Cの手間の山本）に設定され、神話の内容にも、海の貝の女神（C）・海彼から来臨する少名毘古那神（D）・「海からの火」（E）と神産巣日神とのつながりが描かれている。このような「海と結び付く」という特色は高御産巣日神には見られず、神産巣日神特有の性質として注意すべき点である。

③神産巣日神の天と海と

以上述べてきたことをまとめる。『古事記』の神産巣日神は「高天原に成りし神」とされているものの、高御産巣日神と比較してみる時に、その「天の神」としての性格の不明確さが浮き彫りになる。その一方で、神産巣日神には神話の舞台と内容とに「海と結び付く」という特徴が認められる。神産巣日神は「天」と「海」との双方にかかわりながら働き、このことは、この神の資性を考える上で看過することのできない点として、その背景を考える必要がある。

三　『出雲国風土記』の神魂命

F　加賀郷　佐太大神の生れまししところなり。御祖、神魂命の御子、支佐加比売命、「闇き岩屋なるかも」と詔りたまひて、金弓もちて射給ふ時に、光加加明きき。故、加加といふ。（嶋根郡）

G　生馬郷　神魂命の御子、八尋鉾長依日子命、詔りたまひしく、「吾が御子、平明かにして憤まず」と詔りたまひき。故、生馬といふ。（嶋根郡）

H　法吉郷　神魂命の御子、宇武加比売命、法吉鳥と化りて飛び度り、此処に静まり坐しき。故、法吉といふ。（嶋根郡）

I　加賀神埼　即ち窟あり。高さ一十丈ばかり、周り五百二歩ばかりなり。東と西と北とに通ふ。謂はゆる佐太大神の産れまししところなり。産れまさむとする時に、弓箭亡せましき。その時、御祖神魂命の御子、枳佐加比売命、願ぎたまひつらく、「吾が御子、麻須羅神の御子にまさば、亡せし弓箭出で来」と願ぎましつ。その時、角の弓箭水の随に流れ出でけり。その時、弓を取らして、詔りたまひつらく、「此の弓は吾が弓箭にあらず」と詔りたまひて、擲げ廢て給ひつ。又、金の弓箭流れ出で来けり。即ち待ち取らしまして、「闇鬱き窟なるかも」と詔りたまひて、射通しましき。即ち、御祖支佐加比売命の社、此処に坐す。今の人、是の窟の邊を行く時は、必ず聲磅礚かして行く。若し、密かに行かば、神現れて、飄風起り、行く船は必ず覆へる。（嶋根郡）

Ｊ　楯縫と号くる所以は、神魂命、詔りたまひしく、「五十足る天の日栖の宮の縦横の御量は、千尋の栲縄持ちて、百結び結び、八十結び結び下げて、此の天の御量持ちて、天の下造らしし大神の宮を造り奉れ」と詔りたまひて、御子、天御鳥命を楯部と為て天下し給ひき。その時、退り下り来まして、大神の宮の御装束の楯を造り始め給ひし所、是なり。仍りて、今に至るまで、楯・桙を造りて、皇神等に奉る。故、楯縫といふ。（楯縫郡）

Ｋ　漆治郷　神魂命の御子、天津枳比佐可美高日子命の御名を、又、薦枕志都治値といひき。此の神、郷の中に坐す。故、志丑治といふ。（出雲郡）

Ｌ　宇賀郷　天の下造らしし大神命、神魂命の御子、綾門日女命を誂ひましき。その時、女の神肯はずて逃げ隠ります時に、大神伺ひ求ぎ給ひし所、是則ち此の郷なり。故、宇賀といふ。（出雲郡）

Ｍ　朝山郷　神魂命の御子、真玉著玉之邑日女命、坐しき。その時、天の下造らしし大神、大穴持命、娶ひ給ひて、朝毎に通ひましき。故、朝山といふ。（神門郡）

『出雲国風土記』の神魂命伝承は以上八例であるが、(21) それらを見渡してみると、「神魂命と大穴持命（天の下造らし大神）とがかかわる伝承」（Ｊ・Ｌ・Ｍ）と、「神魂命と御子神のみで語られる伝承」（Ｆ・Ｇ・Ｈ・Ｉ・Ｋ）とに大別することができる。そこで、それぞれの伝承群における神魂命の特徴を考察する。【資料２】（次頁）は、Ｆ〜Ｍの伝承地を大まかに示したものである。

①神魂命と大穴持命とがかかわる伝承

「神魂命と大穴持命とがかかわる伝承」はＪ・Ｌ・Ｍの各記事である。Ｊは神魂命が御子神に天の下造らしし大神の宮を造らせるという内容の楯縫郡由来譚で、「此の天の御量持ちて」あるいは「御子、天御鳥命を楯部と為て天下し給ひき」という表現が注意される。これらの語句によって「天の下造らしし大神」に対して神魂命の

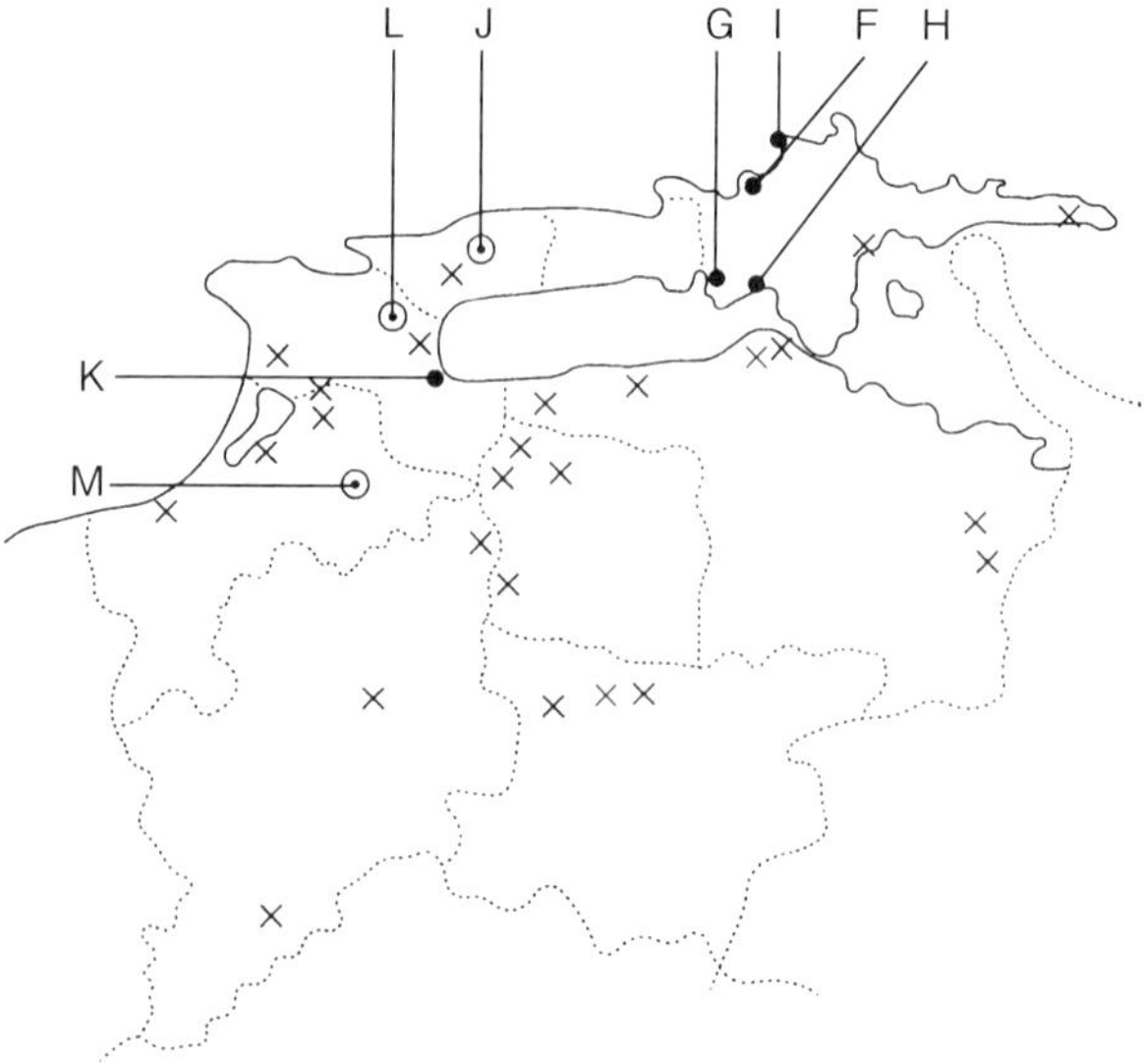

【資料2】大穴持命伝承と神魂命伝承との分布

『風土記』（日本古典文学大系）の付録図による。
●＝神魂命と御子神のみで語られる伝承
（F＝嶋根郡加賀郷、G＝嶋根郡生馬郷、H＝嶋根郡法吉郷、
Ｉ＝嶋根郡加賀神埼、K＝出雲郡漆治郷）
○＝神魂命と大穴持命とがかかわる伝承
（J＝楯縫郡、L＝出雲郡宇賀郷、M＝神門郡朝山郷）
×＝上記○印以外の大穴持命の伝承

活動が「天の上」で行われていることが知られ、これが『出雲国風土記』の中で神魂命を天の神に描く唯一の記事となっている。

Ｌ・Ｍの各記事は、綾門日女命・真玉著玉之邑日女命という神魂命の御子神と大穴持命との、婚姻伝承である。【資料２】に見るように、Ｌは出雲郡宇賀郷、Ｍは神門郡朝山郷のもので、ともに島根半島付け根付近の、内陸部に広がる郷の伝承である。宇賀郷は、Ｌに続いて黄泉の坂・黄泉の穴と言われる「脳の磯」の伝承を有し、郷域に日本海沿岸を含んでいたことがわかるが、少なくともＬの内容に海とのかかわりは認められない。また、神魂命と御子神のみで語られる伝承（Ｆ・Ｇ・Ｈ・Ｉ・Ｋ）がいずれも御子神の活動や

鎮座を直接の地名起源としているのに対し、L・Mはそれぞれ、天の下造らしし大神が「伺ひ求ぎ給ひし」こと（L）、「朝毎に通ひましき」こと（M）が地名の由来となっていて、「神魂命と御子神のみで語られる伝承」に比して、神魂命の系譜にある神と地名との結び付きは弱いものになっている。

②神魂命と御子神のみで語られる伝承

「神魂命と御子神のみで語られる伝承」はF・G・H・I・Kの各記事である。FとIとは嶋根郡加賀郷（神埼）、Gは嶋根郡生馬郷、Hは嶋根郡法吉郷、Kは出雲郡漆治郷の伝承で、加賀郷は日本海に、生馬・法吉・漆治郷は出雲の入海に、それぞれ面している（【資料2】）。「神魂命と御子神のみで語られる伝承」がすべて島根の入海あるいは日本海沿いの地のものであることに注意しておきたい。

ついで伝承の内容を見る。神魂命はすべての伝承において御子神と共にあらわれているが、まずGの八尋鉾長依日子命は、他に資料が無く、神名からもこの神の性質や信仰の様態を掴むことが難しい[22]。

Hは神魂命の御子、宇武加比売命が法吉鳥に姿を変えて飛び度り来たことを伝える。宇武加比売命は蛤の女神であり、この記事を記す嶋根郡の海辺では実際に蛤貝を採ることができた。

凡て、北の海に捕るところの雑の物は、志毘・鮐・沙魚・烏賊・蜛蝫・鮑魚・螺・蛤貝・蕀甲蠃・甲蠃・蓼螺子・蠣子・石華・白貝・海藻・海松・紫菜・凝海菜等の類、至りて繁にして、称を尽すべからず。（『出雲国風土記』嶋根郡）

また宇武加比売命が化けた法吉鳥の来臨の様子は、「飛度（飛び度り）」と表現されている。この「度」字（動詞ワタル、「渡」字も含む）の用例を『出雲国風土記』に拾うと、次のようである。

朝酌の渡（意宇郡、嶋根郡、巻末記）

朝酌の促戸の渡　東に通道あり、西に平原あり、中央は渡なり。（嶋根郡）

和多太嶋（中略）陸を去ること、渡り一十歩、深き浅きを知らず。（嶋根郡）

栗江の埼　夜見嶋に相向かふ。促戸の渡、二百一十六歩なり。（嶋根郡）

千酌の浜（中略）此は則ち、謂はゆる隠岐国に度る津、是なり。（嶋根郡）

隠岐の渡（嶋根郡、巻末記）

渡の村（秋鹿郡）

仁多と号くる所以は、天の下造らしし大神、大穴持命、詔りたまひしく、「此の国は、大きくもあらず、小さくもあらず。川上は木の穂刺しかふ。川下はあしばふ這ひ度れり。是はにたしき小国なり」と詔りたまひき。（仁多郡）

即て、御祖の前を立ち去り出でまして、石川を度り、坂の上に至り留まり、「是処ぞ」と申したまひき。（仁多郡）

郡の北の堺なる朝酌の渡に至る。渡は八十歩なり。渡船一つあり。（中略）隠岐の渡なる千酌の駅家の浜に至る。渡船あり。（巻末記）

南西の道は、五十七歩にして、斐伊川に至る。渡は廿五歩なり。渡船一つあり。（巻末記）

郡の西の堺なる出雲河に至る。渡り五十歩なり。渡船一つあり。又、西のかた七里廿五歩にして、神門の郡家に至る。渡廿五歩なり。渡船一つあり。（巻末記）

一つは正西の道、一つは隠岐国に渡る道なり。（巻末記）

これらを見ると、村名としての一例を除き、「ワタル（度・渡）」という語はすべて川もしくは海の上を越えて行く意に用いられている。[23] するとＨで法吉鳥の来臨の様子が「飛度」と表現されていることは、法吉鳥が空高くから垂直に飛び降りて来たのではなく、水平に水を越えてやってきたことを伝えていると見られる。法吉郷の位置を考えると、法吉鳥は具体的には、入海を越えてやってきたのではなかっただろうか。神魂命はＨの中で、貝の女神の祖であるとともに、海から来臨する神の祖としての性格も見せているわけである。

Ｆ・Ｉは、神魂命の御子キサカヒメ命（支佐加比売命・枳佐加比売命）の伝承である。キサカヒメ命は赤貝の女神であり、その御子である佐太大神についても「漁民によって信仰される」[24]あるいは「海から来訪する農耕神」[25]と見て海との結び付きを指摘する論がある。また、佐太大神をまつる式内の佐太神社（『延喜式』に「佐陁神社」とし、現在は「佐太神社」と表記）は島根県松江市鹿島町の佐陀川沿いに位置して日本海に近く、秋から冬にかけて流れつくセグロウミヘビを「りゅうじゃさん」「りゅうださん」（竜蛇さん）等と称して祭っている。境内には氏子によって、ホンダワラやモズク等の「神葉藻《じんばそう》」と、竹筒に入れられた潮水とが供えられ、海とかかわりの深い信仰の伝統を色濃く残している。[26] Ｆ・Ｉの神魂命は、キサカヒメ命・佐太大神といういずれも海と結び付きのある神々の祖とされている。

Ｋの天津枳比佐可美高日子命（薦枕志都治値）は、同じく出雲郡の神名火山に

曽支能夜の社に坐す伎比佐加美高日子命の社、即ち此の山の嶺にあり。

とある神と同神と見られ、また「垂仁記」の「出雲国造が祖、名は岐比佐都美」ともなんらかの関連があると想定される。松本直樹[22]はこの神について、

キヒサカミタカヒコは、神名火山条では「天津」が冠せられていない。それが神魂命の御子とされた時に「天」の属性が付加されたのであろう。当国風土記は、記紀神話を受ける形で、カミムスヒを天上の神として位置づけているのである。

と述べた。しかし『出雲国風土記』には、〔天津枳比佐可美高日子命・伎比佐加美高日子命〕の例以外にも、〔八

束水臣津野命・意美豆努命〕〔神須佐乃烏命・須佐能烏命〕〔和加布都努志能命・布都努志命〕というように、互いに関連を持つとみられる神名が「神」「和加」といった称辞の有無に差異を持つ例がある。これらの一々について、その称辞の有無は伝承中の別の神の存在に影響されているという論証が果たされない限り、「天津枳比佐可美高日子命」という神名から神魂命と天との結び付きを認める松本説は、なお課題を残すと見える。

このように、「神魂命と御子神のみで語られる伝承」の神魂命は、海沿いの地に根付き、海と関わる神々（キサカヒメ命・宇武加比売命・佐太大神）の祖、あるいは、海から来臨する神（法吉鳥）の祖という性格を示している。

③神魂命の天と海と

以上、『出雲国風土記』の神魂命伝承を、「神魂命と大穴持命とがかかわる伝承」と「神魂命と御子神のみで語られる伝承」とに分けて、それぞれに見る神魂命像を考察してきたが、両者を比較すると、神魂命の質に差があることが認められる。すなわち、「神魂命と御子神のみで語られる伝承」には伝承地域と内容とに神魂命と海との結び付きが認められるが、「神魂命と大穴持命とがかかわる伝承」にはそのような特徴が見られず、逆に「天の神」としての神魂命が描かれているということである。神魂命が「天」と「海」との双方にかかわっていることとあわせて、その二様の性質が大穴持命とのかかわりに対応してあらわれていることについて、その意味を考える必要がある。そこで、出雲における神魂命と大穴持命との関係を『出雲国風土記』から探ってみる。（なお以下「神魂命伝承」といった場合は、「大穴持命がかかわる伝承」と「神魂命と御子神のみで語られる伝承」との双方を含むものとする。）

まず【資料2】に見るように、神魂命伝承は島根半島に偏在的に分布し、一方の大穴持命伝承は内陸部に多く分布している。神魂命伝承と大穴持命伝承とは、大まかに島根半島部と内陸部とに分布域を異にしているということができる。

次に神魂命伝承について、「神魂命と大穴持命とがかかわる伝承」と「神魂命と御子神のみで語られる伝承」との分布の様子を見る。「神魂命と大穴持命とがかかわる伝承」（J・L・M）は、楯縫郡・出雲郡・神門郡と、島根半島付け根付近の三郡に分布している。一方「神魂命と御子神のみで語られる伝承」（F・G・H・I・K）は、K記事以外すべて島根半島中央部の嶋根郡に集中している。つまり、島根半島に偏在的に分布している神魂命伝承についてより詳しく見れば、「神魂命と大穴持命とがかかわる伝承」は半島の西寄りに、「神魂命と御子神のみで語られる伝承」は東寄りに、という形で、分かれて分布しているわけである。なお「神魂命と大穴持命とがかかわる伝承」の内容を見ると、Jは神魂命が大穴持命の宮を造り奉る記事、L・Mは神魂命の御子神と大穴持命との婚姻伝承であって、いずれも神魂命側が大穴持命側に帰順する形になっている。

以上を勘案すると、神魂命伝承は島根半島一帯に、大穴持命伝承は出雲の内陸部にそれぞれ分布しているが、ちょうど両者の接点にあたる島根半島付け根付近に、「神魂命と大穴持命とがかかわる伝承」が位置していることになる。これは、本来半島部に基盤を持っていた神魂命と内陸部に基盤を持っていた大穴持命とが、半島付け根付近で接したことを示していると考えられる。さらに、その「神魂命と大穴持命とがかかわる伝承」の内容が、いずれも神魂命側が大穴持命側に帰順する形になっていることは、半島付け根付近での神魂命と大穴持命との接触が、神魂命側が大穴持命側に飲み込まれる形をとって融合に向かったことを示しているのではないだろうか。『出雲国風土記』の神魂命伝承と大穴持命伝承からは、このような二神の関係を見ることができる。[27]

そうであれば、『出雲国風土記』の神魂命伝承は、「神魂命と大穴持命とがかかわる伝承」と「神魂命と御子神のみで語られる伝承」との間に、ある程度の時代的・信仰的な位相の差があると考えることができる。つまり、「神魂命と御子神のみで語られる伝承」（F・G・H・I・K）は、神魂命が大穴持命とかかわる以前の、神魂命本来の性質を示している可能性が高いのではないだろうか。そして、その「神魂命と御子神のみで語られる伝承」

は、伝承地域と内容とにおいて神魂命と海との結び付きを示しているから、海と結び付く神魂命像こそが出雲における この神本来の性質であった可能性が出てくる。また逆に、神魂命を天の神と伝える楯縫郡の神話（J）は、「神魂命と大穴持命とがかかわる伝承」に属するから、天の神としての神魂命像は比較的後代になって造られたものではないかと考えられる。

四　「国造本紀」のカムムスヒ・カムムスビ

本項では、『先代旧事本紀』（巻十、「国造本紀」）における、カムムスヒ・カムムスビを祖とする国造の分布を考えることで、この神の資質を考える一助としたい。「国造本紀」に確認することのできるカムムスヒ（ビ）を祖とする国造は、次の八氏である。

①石見国造　瑞籬朝の御世に、紀伊国造の同じき祖蔭佐奈朝命の児大屋古命を、国造に定め賜ふ。
②大伯国造　軽嶋豊明朝の御世に、神魂命の七世の孫佐紀足尼を、国造に定め賜ふ。
③吉備中県国造　瑞籬朝の御世に、神魂命の十世の孫明石彦を、国造に定め賜ふ。
④阿武国造　纏向日代朝の御世に、神魂命の十世の孫味波々命を、国造に定め賜ふ。
⑤紀伊国造　橿原朝の御世に、神皇産霊命の五世の孫天道根命を、国造に定め賜ふ。
⑥淡道国造　難波高津朝の御世に、神皇産霊尊の九世の孫矢口足尼を、国造に定め賜ふ。
⑦久味国造　軽嶋豊明朝に、神魂尊の十三世の孫伊與主命を、国造に定め賜ふ。
⑧天草国造　志賀高穴穂朝の御世に、神魂命の十三世の孫建嶋松命を、国造に定め賜ふ。(28)

①石見国造は、神皇産霊命裔である紀伊国造と「同祖」とされ、本拠地を石見国那賀郡に持った(29)。那賀郡は日本海に面し、例えば『万葉集』柿本人麻呂歌（巻二―一三一）で有名な「角の浦廻」はこの郡域にある。また、次の平城京左京三条二坊五坪二条大路濠状遺構（北）出土木簡からも、当地が日本海のめぐみに立脚した地であったことが推される。

石見国那賀郡右大殿御物海草一籠□□連天平七年六月(30)

石見国自体が平野の少ない地勢であることも踏まえ、当地の国造の質についても、日本海とのかかわりの深いこの地の地域性を考えるべきである。

②大伯国造は備前国邑久郡に本拠を持った(29)。邑久郡は瀬戸内海に南面した地で、製塩業が行われ海人たちが生活していたことが、次の二点の平城宮出土木簡から確認される。

・備前国邑久郡八濱郷戸主□
・麻呂戸口大碎マ乎猪御調塩三斗(31)

・備□□〔前國カ〕□〔郡カ〕□□上郷戸主海部三□戸口(32)

また

甲辰に、御船、大伯海に到る。時に大田姫皇女、女を産む。仍りて是の女を名けて、大伯皇女と曰ふ。（「斉明紀」七年）

牛窓の　波の潮さゐ　島とよみ　寄そりし君は　逢はずかもあらむ（『万葉集』巻十一―二七三一、「牛窓」は邑久郡内の地名）

といった資料からは、文学の上でもこの地が海の印象に豊かであったと認められる。邑久郡のこのような風土とあわせて、大伯国造そのものが海部に出自を持っているとする説[33]も勘案し、大伯国造は瀬戸内海に根ざした生活文化の中で育まれた氏族とみてよい。

③吉備中県国造は備中国の国造かと思われるが、その実態については本拠地といった問題も含めて明らかでなく、[34]現段階ではこれ以上の考察の余地が無い。

④阿武国造の本拠地は長門国阿武郡[29]であり、阿武郡は西北が日本海に面している。阿武郡内でも特に大井川下流の現山口県萩市大井に、弥生時代前期から古墳時代にかけての住居跡や古墳が集中し、ここが阿武国造の君臨の地と考えられている。[35]大井は阿武郡内でも極めて日本海に隣接しており、支配域の地勢とあわせて、阿武国造の質も日本海と無関係ではないだろう。

⑤紀伊国造は紀伊国名草郡に本拠を持った。[29]名草郡は西隣する海部郡と共に紀伊水道に面し、

紀国に海部屯倉を置く。（「欽明紀」十七年）

とある（この屯倉に名が由来するとされる大宅郷は名草郡域である）ように、海に生きる人々の生活の地であった。また紀ノ川河口に開けた紀伊水戸は交通の要地であり、

紀国造押勝と吉備海部直羽島とを遣して、百済に喚す。（「敏達紀」十二年）

という記事から、当地の国造はその地勢を活かして海の玄関口を掌握し、力を保っていたと考えられる。

⑥淡道国造は瀬戸内海にうかぶ淡路島の国造である。特に三原郡[29]に本拠を構えたとされるが、この地に海人たちが息づいていたことが、平城宮出土の木簡によって確認される。

・淡路国三原郡阿麻郷戸主丹比マ足

・□同姓莪麻呂調塩三斗天平寶字五年[31]

淡路島の海人は、

爰に大鷦鷯尊、淤宇に謂りて曰はく、「爾躬ら韓国に往りて、吾子籠を喚せ。其れ、日夜兼ねて急く往れ」とのたまひ、乃ち淡路の海人八十を差して、水手としたまふ。（「仁徳天皇即位前紀」）

という記事に見るように外国へとつながる海上の道に通じ、また軍事にも活躍していた。こうした海に生きる者たちの首長が当地の国造であったと考える。

⑦久味国造は伊予国久米郡を本拠地とした。(29) 久米郡は地理的に直接海に面してはいないものの、「久米」という地名そのものに海とのかかわりを想定できる可能性がある。(36)

⑧天草国造は、熊本県天草諸島一帯を本拠とした。(29) 四面環海の地であり、一説にアマクサの「アマ」は「海人」に関係する言葉ではないかといわれるように、(37) 海に密着した文化の地であったに違いない。しかし、古代の天草および天草国造について記す資料はほとんど無く、国造の実態は不明である。

以上を見ると、⑦久味国造と、本拠地の不明な③吉備中県国造とを除く①②④⑤⑥⑧の国造の本拠地・支配地が、いずれも海に面しているという共通の特徴が認められる。とくに②⑤⑥の国造の本拠地には、たしかに海人たちが生き、海とかかわる生活文化が育まれていた。なお、カムムスヒ（ビ）裔の国造の分布は瀬戸内海近辺に集中している（②③岡山県、⑤和歌山県、⑥兵庫県、⑦愛媛県）他、日本海側（①島根県、④山口県）と九州西側（⑧天草諸島）にまで広がっているが、太平洋側には分布がない。このことから、カムムスヒ（ビ）は瀬戸内海沿岸を中心とし、太平洋側を除く西日本の海沿いの地域で、海に生きる人々の間に根をはった神であると考える。(38) そうであれば、カムムスヒ（ビ）に海と結び付く性質があることが、「国造本紀」からも推認される。

五　おわりに――カムムスヒ・カムムスビの資性――

以上述べてきたことをまとめ、結論とする。

神産巣日神・神魂命は、『古事記』においても『出雲国風土記』においても、「天」と「海」との双方にかかわる神として描かれている。このような特徴が両方の書に共通して見られるということは、この神の性質を考える上で貴重な示唆であると共に、この両書における神産巣日神像と神魂命像とを関連させて説くことができるということだと考える。

また、特に『出雲国風土記』の神魂命に関しては、その「天」と「海」という二様の性質が「大穴持命とのかかわり」という問題と対応する形で現れていることが注意される。このことを、「神魂命側が大穴持命側に統合されていった」という推定に即して考えると、「神魂命と大穴持命とがかかわる伝承」に見る天の神としての神魂命像は比較的後代の姿であり、「神魂命と御子神のみで語られる伝承」に見る海と結び付く神魂命像こそがこの神の本質的な姿であった、と判断できる。「国造本紀」において、カムムスヒ・カムムスビを祖とする国造が、西日本の、太平洋側以外の沿岸に集中し、海の生活文化にかかわるものが多いということも、海と結び付くこの神の資性を裏付けるものではないだろうか。

そうであれば、『古事記』の神産巣日神が海の貝の女神を遣わし、海の彼方の神である少名毘古那神の祖となり、「海からの火」と結び付いて語られていることは、海とかかわる神としての神産巣日神の資性が『古事記』に影を残したものと見ることができる。『古事記』において神産巣日神の「天」にあいまいさが見られることも、海と結び付く神産巣日神の資性に、天の神としての神産巣日神像を押し留めるほどの根強さが残っていたことを表しているのではないだろうか。

カムムスヒ・カムムスビの資性は、特に西日本の海沿いの地域で、海の彼方までを含む広がりある世界観を背景に育まれたものと考える。

【注】

（1）三品彰英「天孫降臨神話異伝考」『三品彰英論文集（二）建国神話の諸問題』平凡社一九七一年所収

（2）西宮一民『古事記』（日本古典集成）新潮社一九七九年

（3）溝口睦子「カミムスヒ」古事記学会編『古事記の神々（上）』高科書店一九九八年所収

（4）飯田武郷『日本書紀通釈（一）』大鐙閣一九〇二年

（5）松村武雄『日本神話の研究（二）』培風館一九五五年

（6）尾崎暢殃『古事記全講』加藤中道館一九六六年

（7）倉野憲司『古事記全註釈（二）』三省堂一九七四年

（8）山口佳紀・神野志隆光『古事記』（新編日本古典文学全集）小学館一九九七年

（9）それぞれ表現に違いはあるが、「タカミムスヒ（ビ）＝高天原」「カムムスヒ（ビ）＝出雲・葦原中国」という分化を指摘する説は、他に次のものがある。田井嘉藤次『詳解古事記新考』大同館書店一九三〇年、戸谷高明「ムスビ二神に関する考察」学術研究８一九五九年（同著『古代文学の研究』桜楓社一九六五年再録）、高藤昇「出雲国風土話《ママ》の神々」国学院雑誌63-4一九六二年（日本文学研究資料刊行会編『日本神話Ⅰ』有精堂出版一九七〇年再録）、神田秀夫・太田善麿『古事記（上）』（日本古典全書）朝日新聞社一九六二年、上田正昭『日本神話』岩波書店一九七〇年、荻原浅男・鴻巣隼雄『古事記・上代歌謡』（日本古典文学全集）小学館一九七三年、西郷信綱『古事記注釈（一）』平凡社一九七五年、金光すず子「出雲国風土記神魂命の性格」日本文学論究45一九八六年、金光すず子「神産巣日神」古事記学会編『古事記論集』おうふう二〇〇三年所収等。

（10）それぞれ表現に違いはあるが、カムムスヒ（ビ）が出雲出自であるとする説は、例えば次のものである。太田亮『日本古代史新研究』磯部甲陽堂一九二八年、中島悦次『古事記評釋』山海堂出版部一九三〇年、松岡静雄『紀記論究神代篇創世記』同文舘一九三一年、戸谷高明「ムスビ二神に関する考察」前掲論注9、尾崎暢殃『古事記全講』前掲書注6、神野志隆光「ムスヒの神の変容」講座日本文学神話（上）一九七七年（同著『古事記の達成』東京大学出版会一九八三年に加筆補訂されて再録）、水野祐『出雲國風土記論攷』東京白川書院一九八三年等。

（11）倉塚曄子「出雲神話圏問題」お茶の水女子大学国文20一九六三年。同様の主張は同著「出雲神話圏とカミムスビの神」古代文学5一九六五年（『日本神話Ⅰ』前掲書注9再録）にも展開されている。

（12）それぞれ表現に違いはあるが、カムムスヒ（ビ）を出雲出自とすることに否定的な論には、例えば次のものがある。肥後和男『風土記抄』弘文堂書房一九四二年、津田左右吉『日本古典の研究（下）』岩波書店一九五〇年、西郷信綱『古事記注釈（一）』前掲書注9、西宮一民『古事記』（日本古典集成）前掲書注2等。

（13）それぞれ表現に違いはあるが、Aを比較的新しいものとする見解は、本論で前掲した論・書に限っても、津田左右吉『日本古典の研究（下）』注12、戸谷高明「ムスビ二神に関する考察」注9、倉塚曄子「出雲神話圏問題」注11、尾崎暢殃『古事記全講』注6、上田正昭『日本神話』注9、倉野憲司『古事記全註釈（二）』注7等に示されている。

（14）西郷信綱『古事記注釈（二）』平凡社一九七六年

（15）次田潤『古事記新講』明治書院一九二四年、倉野憲司『古事記・祝詞』（日本古典文学大系）岩波書店一九五八年、倉野憲司『古事記全註釈（三）』三省堂一九七六年、西宮一民『古事記』（日本古典集成）前掲書注2、青木和夫・石母田正・小林芳規・佐伯有清『古事記』（日本思想大系）岩波書店一九八二年等。

（16）神野志隆光「キサカヒヒメとウムカヒヒメ」日本文学34-5一九八五年

（17）古墳に関する記述は『鳥取県の地名』（日本歴史地名大系）（平凡社一九九二年）による。

（18）松嶋順正編『正倉院寶物銘文集成』吉川弘文館一九七八年

（19）黛弘道「海人族のウヂを探り東漸を追う」（『日本の古代（八）海人の伝統』中央公論社一九八七年所収）に、次のようにある。

能登国羽咋郡の式内相見神社は現石川県羽咋郡押水町麦生に鎮座するが、ここは古代の大海郷の地で、大海＝相見＝押水（オホミ・アフミ）と判断される。これが当たっているなら、『伯耆国風土記』逸文の相見郡、『延喜式』兵部寮の同国相見駅の相見は大海のことと解し得る。『和名抄』では会見郡とあるが、郡内には会見郷の他に安曇郷もあり、式内胷形神社も鎮座する（米子市宗像、ここは古代の海岸線に臨む地であった）から、海人族の多く居住した所と考えてよい。

(20)『古事記』（日本思想大系）（前掲書注15）は、「海草で鑽火具を作るという神話上の発想は、海神の国から浄力がもたらされるという信仰によるものであろう。」と注する。

(21) 嶋根郡加賀郷の扱いについては、第一章注12と同様の事情により、本論では記載を残しておく。加賀郷の伝承の有無は、本論の結論に直接影響するものではない。

(22) 松本直樹『出雲国風土記注釈』（新典社二〇〇七年）は、楯を「矛八矛」と言った例（「垂仁記」）や、「ひひら木の八尋矛」（「景行記」）の例を挙げて、「八尋鉾は「神聖なる植物の枝」という意味に落ち着く。（中略）植物の生命力が永遠に憑りついている男の神という名に解しておく。ならば神魂命の子としても相応しい。」と述べる。しかし、例えば「天の沼矛」（「神代記」）・「宇陀の墨坂神に、赤き色の楯・矛を祭りき。又、大坂神に、黒き色の楯・矛を祭りき。」（「崇神記」）・「鉾を挙げて中央なる一つの和尓を刃して」（『出雲国風土記』意宇郡）等の例は、矛そのものであることに意味があるのであって、矛が直接植物を意味しない。また、同じく神名に「矛」を含む「八千矛神」（「神代記」）についても、これを植物の神とする解釈を見ない。「八尋鉾長依日子命」という神名から植物の生命力を導く松本説は、なお後考を要すると見る。

(23)『時代別国語大辞典上代編』（三省堂一九六七年）も、「わたる」について「特に水の上を越える意に多く用いる。」とする。

(24) 水野祐「黄金の弓箭」神道学35一九六二年

(25) 上田正昭『日本神話』前掲書注9

(26) 佐太神社の「りゅうじゃさん」は、現在、毎年十一月から十二月頃にかけて島根半島沿岸に流れ着いたセグロウミヘビを祭っている。ウミヘビは他に出雲大社と日御碕神社とで祭られ、かつては、流れ着いたウミヘビの金色に輝くうろこの模様からどの社の神のお使いであるかを見定める特定の家があったという。今はその職はなくなり、それぞれの神社が独自に判断しているという。なお「神葉藻」は、身内に不幸があった者が、四十九日の忌明けに海で神葉藻を用いて禊をし、その後潮水と神葉藻とを持ち帰って「身澄池」と佐太神社とに供えるというものである。（二〇〇四年九月・二〇一〇年十一月の筆者調査による）

(27) 出雲における大穴持命と神魂命との関係については、肥後和男「この神（筆者注：大穴持命を指す）を中心として一切の神々を統合しようとしてゐた」（『風土記抄』前掲書注12）、倉塚曄子「大穴持命の信仰的権威に服従していった在地勢力の奉仕の姿」（「出雲神話圏とカミムスビの神」前掲論注11）、水野祐「神魂命の系統の女神が、大穴持命に妻覓ぎされて、両神統が姻戚関係を結ぶことによって、やがて一つの出雲神話に統合される緒口をつけているのである。」（『出雲國風土記論攷』前掲書注10）といった指摘がある。

(28) 「国造本紀」の引用は菅野雅雄「国造本紀訓注」歴史読本53-12二〇〇八年による。

(29) 『角川日本地名大辞典別巻（Ⅰ）日本地名資料集成』（角川書店一九九〇年）の「国造一覧」より

(30) 木簡研究12一九九〇年

(31) 奈良国立文化財研究所編『平城宮発掘調査出土木簡概報（十九）』一九八七年

(32) 奈良国立文化財研究所編『平城宮木簡（Ⅰ）平城宮発掘調査報告Ⅴ』（真陽社一九六九年）による。国名、郡名等はっきりしないが、備前・備中・備後の地域に「□上郷」という郷名は邑久郡の石上郡、あるいは方上郡しかないので、同郡のものと判断される。

(33) 『岡山県の地名』（日本歴史地名大系）（平凡社一九八八年）は、一〇一五年付の備前国司解案（前田家本『年中行事秘抄』裏書）に当地の少領を勤めていた人物が「海宿禰」という氏姓であると確認されることから、「吉備一族から自立した有力首長勢力として、吉備海部直氏を想定することができる。同氏がおそらく大伯国造となり、その後、郡領の地位を世襲したものであろう。」と推定している。

(34) 『角川日本地名大辞典別巻（Ⅰ）』（前掲書注29）の「国造一覧」は、この国造の本拠地の欄を空欄にしている。また『岡山県の地名』（前掲書注33）も、県の南西に位置する現在の後月郡に「県主郷」という地名が確認されることからこの地に国造の本拠を求めようとする説もあるとしているが、「正確なことは不明」と結論している。

(35) 『山口県の地名』（日本歴史地名大系）平凡社一九八〇年

(36) 柳田国男は『海上の道』（筑摩書房一九六一年）のなかで次のように述べる。

　大八島の旧国の中にも、数多くの久米又は久見の地があり、其中の二三は内陸の山間であるが、他の多くは海から近づき得る低地であって、今も稲田がよく稔る古い土着の地であった。

(37) 宮本常一は「海人ものがたり」（谷川健一編『日本民俗文化資料集成（四）』三一書房一九九〇年所収）の中で、

二江、大口、天草には、以前は海女が多く、一一カ村にわたって、その分布を見てきた。アマクサのアマは、
海人に関係する言葉かと思う。

と述べ、『倭名類聚鈔』に見る「天草郡天草郷」をアマの地の一とみなしている。

（38）松下宗彦「神魂命考」（国文白百合5　一九七四年）はカムムスヒ裔の国造を扱って、「西日本の北辺に近い海外《（ママ）》に、この神を奉じる地域の本拠があった」という可能性を指摘している。しかし「西日本の北辺に近い海外《（ママ）》」とはどのあたりの地域を指すのか、具体性に十分でない。

第四章 『古事記』と『日本書紀』のスクナヒコナ神話

一 はじめに

本章および次章では、オオアナムチ・スクナヒコナの神話について、主に『古事記』・『日本書紀』を考察対象とする。オホアナムチ（オホクニヌシ）に関する神話としては、稲羽素兎・八十神からの受難・根の堅州国訪問・八千矛神の歌謡・スクナヒコナとの活動・ミモロ山の神の祭祀・国譲り、といった諸場面が知られるが、周知のように、『古事記』がそれらをすべて載録するのに対し、「神代紀」正文には国譲りの場面（第九段）のみが記され、他、第八段一書第六にスクナヒコナとの活動およびミモロ山の神の祭祀が語られている。本論は、『古事記』と「神代紀」第八段一書第六（以下「当該一書」とする）とを比較して両書の特徴や関係性を把握し、スクナヒコナ神話の成立過程を明らかにしたい。

まず、『古事記』と当該一書のスクナヒコナ神話（および関連するミモロ山の神の神話）を挙げる。それぞれの書の記載順序に従って以下に引用するが、論証の都合から全体を六場面に区切り、それぞれA～Fの記号を付して記す（Aスクナヒコナ来臨、Bムスヒ神の言葉、C二神の活動、Dスクナヒコナの常世退去、Eオホアナムチ・オホクニヌシの独白、Fミモロ山の神）。

〈『古事記』〉

A　故、大国主神、出雲の御大の御前に坐す時に、波の穂より、天の羅摩の船に乗りて、鵝の皮を内剥ぎに剥ぎて、衣服と為て、帰り来る神有り。爾くして、其の名を問へども、答へず。且、従へる諸の神に問へども、皆、「知らず」と白しき。爾くして、たにぐくが白して言はく、「此は、久延毘古、必ず知りたらむ」といふに、即ち久延毘古を召して問ひし時に、答へて白ししく、「此は、神産巣日神の御子、少名毘古那神ぞ」とまをしき。

故、大国主神、坐出雲之御大之御前時、自波穂、乗天之羅摩船而、内剥鵝皮剥、為衣服、有帰来神。爾、雖問其名、不答。且、雖問所従之諸神、皆、白不知。爾、多邇具久白言、此者、久延毘古、必知之、即召久延毘古問時、答白、此者、神産巣日神之御子、少名毘古那神。

B　故爾くして、神産巣日御祖命に白し上げしかば、答へて告らししく、「此は、実に我が子ぞ。子の中に、我が手俣よりくきし子ぞ。故、汝葦原色許男命と兄弟と為りて、其の国を作り堅めよ」とのらしき。

故爾、白上於神産巣日御祖命者、答告、此者、実我子也。於子之中、自我手俣久岐斯子也。故、与汝葦原色許男命為兄弟而、作堅其国。

C　故爾より、大穴牟遅と少名毘古那と二柱の神、相並に此の国を作り堅めき。

故自爾、大穴牟遅与少名毘古那二柱神、相並作堅此国。

D　然くして後は、其の少名毘古那神は、常世国に度りき。故、其の少名毘古那神を顕し白しし所謂る久延毘古は、今には山田のそほどぞ。此の神は、足は行かねども、尽く天の下の事を知れる神ぞ。

然後者、其少名毘古那神者、度于常世国也。故、顕白其少名毘古那神所謂久延毘古者、於今者山田之曾富騰者也。此神者、足雖不行、尽知天下之事神也。

E 是に、大国主神の愁へて告らししく、「吾独りして何にか能く此の国を作ること得む。孰れの神か吾と能く此の国を相作らむ」とのらしき。

於是、大国主神愁而告、吾独何能得作此国。孰神与吾能相作此国耶。

F 是の時に、海を光して依り来る神有り。其の神の言ひしく、「能く我が前を治めば、吾、能く共与に相作り成さむ。若し然らずは、国、成ること難けむ」といひき。爾くして、大国主神の曰ひしく、「然らば、治め奉る状は、奈何に」といひしに、答へて言ひしく、「吾をば、倭の青垣の東の山の上にいつき奉れ」といひき。此は、御諸山の上に坐す神ぞ。

是時、有光海依来之神。其神言、能治我前者、吾、能共与相作成。若不然者、国、難成。爾、大国主神曰、然者、治奉之状、奈何、答言、吾者、伊都岐奉于倭之青垣東山上。此者、坐御諸山上神也。

〈『神代紀』第八段一書第六〉

（冒頭）一書に曰く、大国主神、亦は大物主神と名し、亦は国作大己貴命と号し、亦は葦原醜男と曰し、亦は八千戈神と曰し、亦は大国玉神と曰し、亦は顕国玉神と曰す。其の子凡て一百八十一神有す。

一書曰、大国主神、亦名大物主神、亦号国作大己貴命、亦曰葦原醜男、亦曰八千戈神、亦曰大国玉神、亦曰顕国玉神。其子凡有一百八十一神。

C 夫れ大己貴命、少彦名命と力を戮せ心を一にして、天下を経営り、復顕見蒼生と畜産との為は、其の病を療むる方を定め、又鳥獣・昆虫の災異を攘はむが為は、其の禁厭の法を定めき。是を以ちて、百姓今に至るまでに咸恩頼を蒙れり。

夫大己貴命与少彦名命戮力一心、経営天下、復為顕見蒼生及畜産、則定其療病之方、又為攘鳥獣・昆虫之災異、則定其禁厭之法。是以百姓至今咸蒙恩頼。

★　嘗大己貴命、少彦名命に謂りて曰はく、「吾等が造れる国、豈善く成れりと謂はむや」とのたまふ。少彦名命対へて曰はく、「或いは成れる所も有り、或いは成らざるも有り」とのたまふ。是の談、蓋し幽深き致有らむ。

嘗大己貴命謂少彦名命曰、吾等所造之国、豈謂善成之乎。少彦名命対曰、或有所成、或有不成。是談也、蓋有幽深之致焉。

D　其の後に少彦名命、熊野の御碕に行き至り、遂に常世郷に適きます。亦曰く、淡島に至りて、粟の茎に縁りしかば、弾かれ渡りまして、常世郷に至りますといふ。

其後少彦名命行至熊野之御碕、遂適於常世郷矣。亦曰、至淡嶋、而縁粟茎者、則弾渡而至常世郷矣。

E　自後に、国の中に未だ成らざる所は、大己貴神、独り能く巡り造りたまひ、遂に出雲国に到りたまふ。乃ち興言して曰はく、「夫れ葦原中国は、本自荒芒び、磐石・草木に至及るまでに咸能く強暴かりき。然れども吾已に摧き伏せ、和順はずといふこと莫し」とのたまひ、遂に因りて言はく、「今し此の国を理むるは、唯吾一身のみなり。其れ吾と共に天下を理むべき者、蓋し有りや」とのたまふ。

自後国中所未成者、大己貴神独能巡造、遂到出雲国。乃興言曰、夫葦原中国、本自荒芒、至及磐石・草木咸能強暴。然吾已摧伏、莫不和順、遂因言、今理此国、唯吾一身而已。其可与吾共理天下者、蓋有之乎。

F　時に、神しき光海を照し、忽然に浮び来る者有り。曰く、「如し吾在らずは、汝何ぞ能く此の国を平けむや。吾が在るに由りての故に、汝其の大き造る績を建つること得たり」といふ。是の時に大己貴神問ひて曰はく、「然らば汝は是誰ぞ」とのたまふ。対へて曰く、「吾は是汝が幸魂・奇魂なり」といふ。大己貴神の曰はく、く、「唯然なり。廼ち知りぬ、汝は是吾が幸魂・奇魂なりといふことを。今し何処にか住らむと欲ふ」とのたまふ。対へて曰く、「吾は日本国の三諸山に住まむと欲ふ」といふ。故、即ち宮を彼処に営り、就きて居しまさしむ。此大三輪の神なり。此の神の子、即ち甘茂君等・大三輪君等、又姫蹈鞴五十鈴姫命なり。又曰く、事代主神、八尋熊鰐に化為り、三島溝橛姫に通ひたまひて、或に云はく、玉櫛姫といふ、児姫蹈鞴五十鈴姫命を生みたまふ。是、神日本磐余彦火火出見天皇の后と為る。

于時神光照海、忽然有浮来者。曰、如吾不在者、汝何能平此国乎。由吾在故、汝得建其大造之績矣。是時大己貴神問曰、然則汝是誰耶。対曰、吾是汝之幸魂・奇魂也。大己貴神曰、唯然。廼知、汝是吾之幸魂・奇魂。今欲何処住耶。対曰、吾欲住於日本国之三諸山。故即営宮彼処、使就而居。此大三輪之神也。此神之子即甘茂君等・大三輪君等、又姫蹈鞴五十鈴姫命。又曰、事代主神化為八尋熊鰐、通三嶋溝橛姫、或云、玉櫛姫、而生児姫蹈鞴五十鈴姫命。是為神日本磐余彦火火出見天皇之后也。

A　初め大己貴神の国を平けたまふに、出雲国の五十狭狭の小汀に行き到りまして、且当に飲食したまはむとしき。是の時に、海上に忽に人の声有り。乃ち驚きて求むるに、都て見ゆる無し。頃時ありて、一箇の小男有り、白蘞の皮を以ちて舟に為り、鷦鷯の羽を以ちて衣に為り、潮水の随に以ちて浮び到る。大己貴神、即ち取りて掌中に置きて翫びたまへば、跳りて其の頬を齧む。乃ち其の物色を怪しび、使を遣し、天神に白したまふ。

初大己貴神之平国也、行到出雲国五十狭狭之小汀、而且当飲食。是時海上忽有人声。乃驚而求之、都無所見。頃時有一箇小男、以白蘞皮為舟、以鷦鷯羽為衣、随潮水以浮到。大己貴神即取置掌中、而翫之、則跳齧其頬。乃怪其物色、遣使白於天神。

B　時に高皇産霊尊、聞しめして曰はく、「吾が産める児、凡て一千五百座有り。其の中に一児最悪しく、教養に順はず。指間より漏き堕ちしは、必ず彼ならむ。愛みて養すべし」とのたまふ。此即ち少彦名命、是なり。

于時高皇産霊尊聞之而曰、吾所産児、凡有一千五百座。其中一児最悪、不順教養。自指間漏堕者必彼矣。宜愛而養之。此即少彦名命是也。

二　問題の所在

上掲記事を一瞥すると、『古事記』と「神代紀」当該一書とは、スクナヒコナ神話A〜F六場面についてほぼ同じ内容を盛り込みながら神話を構成しているにもかかわらず、各場面の記載順序に大幅な異同が認められる。すなわち『古事記』がA・B・C・D・E・Fの順に各場面を配置するのに対し、当該一書は冒頭に大国主神の異名を列挙したのちC・D・E・F・A・Bの順で記し、さらにCとDの間に『古事記』には見えない★場面（二神の問答）を有している。『古事記』と当該一書とのスクナヒコナ神話は、なぜこのような相違を孕み、互いにどのような関係性にあるのだろうか(1)。本項では、まず『古事記』と当該一書とがそれぞれどのようにスクナヒコナ神話を構成・配列しているか確認し、問題の所在を明確にする。

①『古事記』

まず『古事記』のスクナヒコナ神話について、上掲A〜F各場面がどのような関係を持ちながら接続しているか、時制の表現に注意して確認しておく。

B（ムスヒ神の言葉）の冒頭は「故爾」（故爾くして）とある。この表現は『古事記』上巻中他に十九例見られる。例えば次のようである。

ⓐ爾くして、天つ神の命以て、ふとまにに卜相ひて詔ひしく、「女の先づ言ひしに因りて、良くあらず。亦、

還り降りて改め言へ」とのりたまひき。故爾くして（故爾）、ⓑ返り降りて、更に其の天の御柱を往き廻ること、先の如し。

ⓐ是に、速須佐之男命の答へて白ししく、「各うけひて子を生まむ」とまをしき。故爾くして（故爾）、ⓑ各天の安の河を中に置きて、うけふ時に、（以下略）

ⓐ故、其の父大山津見神に乞ひに遣りし時に、大きに歓喜びて、其の姉石長比売を副へ、百取の机代の物を持たしめて、奉り出だしき。故爾くして（故爾）、ⓑ其の姉は、甚凶醜きに因りて、見畏みて返し送り、唯に其の弟木花之佐久夜毘売のみを留めて、一宿、婚を為き。

「故爾」の前後ⓐⓑの内容を見ると、いずれもⓐの事柄をうけてⓑの展開がもたらされ、ⓐⓑ間で話の筋は連続している。「故爾」の他十六例も、この表現性に背くものはない。よって、「故爾」で結ばれたスクナヒコナ神話のA・B両場面についても、一続きの神話として扱われていると確認できる。

C（二神の活動）は、「故自爾」（故爾より）と始まる。この表現は、『古事記』上巻中他に次の例を見る。

是を以て、備さに海の神の教へし言の如く、其の鉤を与へき。故、爾より以後は（故、自爾以後）、稍く兪よ貧しくして、更に荒き心を起して迫め来たり。

これは「其の鉤を与へき」という行為の結果が「稍く兪よ貧しくし……」であったという文脈である。スクナヒコナ神話Cには「以後」の語は見えないが、「故自爾」は前を受けて次の結果がもたらされることを示す表現と認められる。よってスクナヒコナ神話についても、神産巣日御祖命の発言（B）の結果として、オホアナムチ・スクナヒコナが共に活動した（C）、と理解できる。

D（スクナヒコナの常世退去）の冒頭には「然後者」（然くして後は）とある。CからDへと時が経過したことが、「後は」の語によって明示されている。

E（オホクニヌシの独白）は、「於是」（是に）と書き出される。「於是」は『古事記』中多用される表現で、例えば

ⓐ爾くして、高天原皆暗く、葦原中国悉く闇し。此に因りて常夜往きき。是に（於是）、ⓑ万の神の声は、狭蠅なす満ち、万の妖は、悉く発りき。

故、避り追はえて、出雲国の肥の河上、名は鳥髪といふ地に降りき。ⓐ此の時に、箸、其の河より流れ下りき。是に（於是）、ⓑ須佐之男命、人其の河上に有りと以為ひて、尋ね覓め上り往けば、老夫と老女と、二人在りて、童女を中に置きて泣けり。

というように、ⓐを原因としてⓑが展開していく際にⓐとⓑとを結ぶ語として機能する場合がある。よって当該場面も、Dでスクナヒコナが常世へ去ったことが原因となって、Eでオホクニヌシが「吾独りして……」と愁いたのだと解せられる。

最後に、F（ミモロ山の神）冒頭の「是時」（是の時に）は、すなわち「オホクニヌシが独白（E）をした時に」の意と読み取れ、EとFとは連続する神話として扱われている。

以上によって、スクナヒコナ神話をA→B→C→D→E→Fの順に掲げる『古事記』の配列は神話上の時間の流れと一致し、その六場面全体が一連の連続する神話として構成されていることが確認された。

②『日本書紀』第八段一書第六

ついで「神代紀」当該一書のスクナヒコナ神話を見る。

まず、オホアナムチとスクナヒコナとが問答をする★は、『古事記』に見えない内容で、「嘗《むかし》」と始まる。この「嘗」とは具体的にどの時点を指すのか、先行するCに照らして、明確に把握することが難しい。「神代紀」中の

「むかし」の用例は、他に次のものがある。

故、尾を裂きて看せば、別に一の剣有り。名を草薙剣と為ふ。此の剣は、昔素戔嗚尊の許に在り、今し尾張国に在り。（第八段一書第二）

是に高皇産霊尊、天稚彦に天鹿児弓と天羽羽矢とを賜ひて遣したまふ。此の神も忠誠ならず。（中略）其の矢、雉の胸を洞達りて、高皇産霊尊の座前に至る。時に高皇産霊尊、其の矢を見して曰はく、「是の矢は、昔我が天稚彦に賜ひし矢なり。（以下略）」（第九段正文）

このうち第二例の「昔」は、先行する波線部分の出来事を指すことが明らかである。一方第一例の「昔」の語が指し示す先行場面が明らかでなく、文脈上「今し尾張国に在り」という記載と対応して、〈素戔嗚尊が剣を発見してから尾張国に置かれるまでの間〉を漠然と指すものと理解される。「過去の経験を表す字」(2)とされる「嘗」と「昔素戔嗚尊の許に在り」の「昔」との意味内容は全く同等とは言えないが、仮に両者を照らし合わせて見るならば、当該★の「嘗」は、先行するC末尾に「是以百姓至今咸蒙恩頼」とあって「今（C）」と「嘗（★）」とが並べられている点で、第八段一書第三の例に比較的近しい表現と考えられる。よって★の「嘗」についても、「嘗」と「今」との対応を読み取り、〈オホアナムチとスクナヒコナが「戮力一心、経営天下、復為顕見蒼生及畜産、則定其療病之方、又為攘鳥獣・昆虫之災異、則定其禁厭之法」という活動をしてから、百姓が恩頼を蒙っている「今」までの間〉を漠然と指すものと判断しておく。つまりC末尾の一文「是以百姓至今咸蒙恩頼」を除けば、およそCから★へと時が進行していると見る。

次に、D（スクナヒコナの常世退去）は、「其後」（其の後に）と書き出される。この「其」という指示語について、文脈上二通りの解釈が可能と見える。第一は直前の★を指すと見て、「オホアナムチ・スクナヒコナが問答をした後、スクナヒコナが常世へ行った」と解する。「神代紀」において「其後」の表現は他に次の一例がある。

時に彦火火出見尊、已に帰り来まして、一に神の教に遵ひ、依りて行ひたまふ。其の後に（其後）火酢芹命、日に襤褸れて、憂へて曰さく、「吾已に貧し」とまをす。（第十段一書第三）

ここでの「其」という指示語は、直前にある波線部の行為を指しているので、これに従えば、当該Dの「其後」についても直前の★を指すとみなすのが妥当である。この場合、Dは★冒頭の「嘗《むかし》」という時制の中に組み込まれ、二神の「嘗《むかし》」の出来事として問答と常世退去とが列挙されていると読み取ることになる。いわば、〈「二神の活動C」→「嘗（問答★→スクナヒコナ退去D）」→「E以後へ……」〉という図式である。一方、第二は、D冒頭の「其後」はCを指すとみて、「オホアナムチ・スクナヒコナが天下経営等の活動をした後、スクナヒコナが常世へ行った」とする解釈である。★末尾には「神代紀」編者が自らの見識に基づいて書き留めたとみられる「是談也、蓋有幽深之致焉。」という一文があり（第五章に後述）、そこから★部分の内容的な独立性を認めれば、この第二の立場も成り立ち得ると考える。この場合、神話上の時間はCからDへと連続し、★部分はその間に挟み込まれた独立する一挿話として理解される。このように二通りの解釈の可能性があり、先行諸研究にもこの点の判断を明確に示すものを見ない。よって今はこの二案を示し、いずれにしてもおよそCからDへと時が経過していることを確認するにとどめたい。

さて、続くE（オホアナムチの独白）の冒頭には「自後国中所未成者、大己貴神独能巡造」とある。「自後」の語は『日本書紀』全体をとおして他例が無いが、「国中所未成者」の表現は、★にあるスクナヒコナの返答「或有不成」に呼応している。またオホアナムチが国を「独」りで巡り造ったというのは、文脈上、直前のDでスクナヒコナが常世へ去ったためだと読み取ることができる。そうであれば、E冒頭の「自後」という表現は、★・D両場面を受けていると判断できる。

F（ミモロ山の神）は、「于時」（時に）と始まる。これは「神代紀」中多用される表現で、例えば火神軻遇突智の生るるに至りて、其の母伊奘冉尊焦かれて化去ります。時に（于時）伊奘諾尊恨みて曰はく、「唯一児を以ちて、我が愛しき妹に替へつるかも」とのたまひ（以下略、第五段一書第六）

故、橘之小門に還り向ひて払ひ濯ぎたまふ。時に（于時）水に入りて磐土命を吹生し、水を出でて大直日神を吹生したまふ。（第五段一書第十）

故、六合の内常闇にして、昼夜の相代も知らず。時に（于時）八十万神、天安河辺に会合ひて、其の禱るべき方を計る。（第七段正文）

というように、「その時に」「そこで」といった意味合いで用いられる。よって「于時」と始まるFは、直前のEと一続きの神話として扱われていると見ることができる。

さてそのE・Fに続いて、当該一書ではA（スクナヒコナ来臨）とB（ムスヒ神の言葉）が記される。Bは、Fと同じく「于時」（時に）と始まっていることから、この表現で結ばれるA・B両場面を一連の神話と見做し得る。

Aは、「初大己貴神之平国也」という書き出しを持つ。「初」という表現は、類似する使用例を「神代紀」中他に三例数え、(3)それらは何れも、既出の特定場面と呼応してその時点へ遡って物語を叙述しようとする際の文頭表現として用いられている。

初め伊奘諾・伊奘冉尊、柱を巡りたまひし時に、陰神先づ喜びの言を発げたまふ。既に陰陽の理に違へり。所以に今し蛭児を生みたまふ。（第五段一書第二。「初」は第四段に記載される二神の柱巡りを指す。）

素戔嗚尊、其の子五十猛神を帥ゐ、新羅国に降り到り、曾尸茂梨の処に居す。（中略）初め五十猛神天降りし時に、多に樹種を将ちて下りき。（第八段一書第四。「初」は同一書前文の波線部を指す。）

豊玉姫大きに恨みて（中略）遂に真床覆衾と草とを以ちて、其の児を裹みて波瀲に置き、即ち海に入りて去ぬ。（中略）初め豊玉姫別去るる時に、恨言既に切なり。故、火折尊、其の復会ふべからざることを知ろしめし、乃ち歌を贈りたまふこと有り。（第十段一書第四。「初」は同一書前文の波線部を指す。）

よって当該Aの「初大己貴神之平国也」という表現についても、その「初」の語が指し示す既出の場面を見定めておく必要がある。この「平国」という表現は、直前のFにおいて海彼から来臨した神が発した言葉「如吾不在者、汝何能平此国乎」と対応している。そしてその言葉「如吾不在者、汝何能平此国乎」は、具体的には、さらに前段Eにおけるオホアナムチの独白文「吾已摧伏、莫不和順」を言い換えたものであり、その「吾已摧伏、莫不和順」ということについてE冒頭の地の文では「大己貴神独能巡造」と説明されている。すると、Aの冒頭表現「初大己貴神之平国也」は、以下に叙述されるスクナヒコナ来臨の時期として、E冒頭の「大己貴神独能巡造」という時点へ遡って理解することを求めていると判断される。すなわち、Eを更に分割すれば、aオホアナムチが一人で行動したことを語る地の文（自後国中所未成者、大己貴神独能巡造、遂到出雲国。）、bオホアナムチの興言（乃興言曰、夫葦原中国、本自荒芒、至及磐石・草木咸能強暴。然吾已摧伏、莫不和順）、cオホアナムチの問いかけ（遂因言、今理此国、唯吾一身而已。其可与吾共理天下者、蓋有之乎。）の三段階に分けられるが、A・B両場面はこのうちa段階での出来事として、当該一書に記載されていると考えられる。

以上、「神代紀」当該一書のスクナヒコナ神話をA～Fと★との計七場面に分割し、それぞれがどのような関係性にあるのか、時制の表現に注意して考察してきた。その結果、当該一書は各場面を「C★DE（abc）F AB」の順に配置するが、神話上の時間はおよそ「C→★→D→Ea（A→B）→Ebc→F」という次第で経過している（波線部に問題を残すことは上述）ことが確認された。オホアナムチ・スクナヒコナ二神の活動およびスクナヒコナの常世退去（C・D）を語った後に、Ea時点のこととしてスクナヒコナ来臨が描かれる（A・B）というのは、二神の対面の時期に矛盾をきたしている。しかしこの問題について論及した先行研究を見ず、Aの冒頭表現「初大己貴神之平国也」（特に「初」字）を「神代紀」中の他例に照らして見るとき、当該一書においては、上述のように、A・B両場面はEa時点の出来事として描かれているという解釈が導かれると考える。よって今は、Aの冒頭表現にこのような問題があることを認めた上で、当該一書には、配列と神話内容の展開との間にずれが生じていることを指摘するに留めたい。

③問題の所在

改めて確認すれば、『古事記』は当該神話を「A→B→C→D→E→F」の順に記載しその配列は神話内容上の時間の流れと一致しているが、「神代紀」当該一書は配列「C★DE（abc）FAB」と時間の流れ「C→★→D→Ea（A→B）→Ebc→F」とが相違し、その結果として配列と神話内容の展開との間に矛盾が生じているという問題がある。しかし『古事記』と当該一書とを比べると、当該一書にしか記載の無い★とA・Bとを除いてみれば、オホアナムチ・スクナヒコナ二神の活動から常世退去を経てミモロ山の神の神話に到るまでの四要素（C→D→E→F）については、両書とも同順で記載し内容上の時間の流れも一致していることが知られ、また、スクナヒコナ来臨とムスヒ神の言葉を聞くA・Bが一連のものである点も、両書ともに同じい。つまりC・D・E・Fに対してA・Bをどのように接続させるかという点に、両書の態度の相違がある。スクナヒコナの登場（A・B）と二神の活動及びスクナヒコナの常世退去（C・D）とを、連続して語る『古事記』と、分断して記す当該一書との相違、という問題である。

　従来説はこの点の論究に積極的ではないが、藤井信男は(1)、当該一書において、C・★には「大己貴命」と書かれるのに対し、A・E・Fには「大己貴神」と表記される（B・Dにはこの神名は見えない）ことから、両者を「別々の成立と思われる。」と述べた。しかし「神代紀」中には「神」と「命」との使い分けが必ずしも明確ではない例を認めるので、初め五十猛神天降りし時に、多に樹種を将ちて下りき。然れども韓地に殖ゑず、尽に持ち帰り、遂に筑紫より始めて、凡て大八洲国の内に、播殖して青山に成さずといふこと莫し。所以に、五十猛命を称へて有功の神と為す。（第八段一書第四）

「神」「命」の表記をもって神話の成立過程を解く十分な証左とするには課題が残る。一方金井清一は、スクナヒコナの登場から常世退去にいたるまでを、本来一続きに発生した神話だと論じた(4)。

出現と退去に際して首尾呼応してスクナヒコナの小ささを示す伝えはないのである。このことは偶然ではないと思われる。何故ならば、出現時の小ささと退去時の小ささとを比較すると、前者の方が大きく、その大きさを以てすると、粟茎云々の表現はバランスを失している。（中略）しかしおそらく本来は出現時のカカミの船云々と、退去時の粟茎云々は首尾呼応して備わっていたのである。そして、粟茎云々の伝えの意味は決して小ささを表現するものではなかったのである。それは、この神が主として粟作を背景とする穀霊であったことの表現であって、第二次的にはともかく、本来は小ささを表現したものではないと理解すべきである。（中略）それが後に、出現時と退去時の大きさを理性的に比較するようになり、首尾両者を備えた神話が滅んだのである。

この説によれば、Ａ・ＢとＣ・Ｄとを連続させる『古事記』の話型こそが「本来」のものだということになるが、金井説自身「おそらく本来は」と述べるように、スクナヒコナの出現時と退去時とが首尾呼応して備わっていたと見做す根拠に十分とは言えない。そこでＡ・ＢとＣ・Ｄとの関係性について、以下、特にＢ・Ｃ両場面の連係に注意しながら、この問題を再考したい。

三 『古事記』と「神代紀」当該一書と

『古事記』におけるB・C両場面の接続は、次のように為されている。

B 故爾、白上於神産巣日御祖命者、答告、此者、実我子也。於子之中、自我手俣久岐斯子也。故、与汝葦原色許男命為兄弟而、作堅其国。

C 故自爾、大穴牟遅与少名毘古那二柱神、相並作堅此国。

Bの中で神産巣日御祖命が下した「作堅其国」という命令を受けて、Cのオホアナムチ・スクナヒコナは文字通り忠実にそれを実行する(「作堅此国」)。Bにおける神産巣日御祖命の言葉「作堅其国」が、そのままCの「相並作堅此国」へと引き継がれることによって、両者の結び付きがもたらされていると認められる。(5)(6)

一方「神代紀」当該一書のB・C場面は次のようにある。

B 于時高皇産霊尊聞之而曰、吾所産児、凡有一千五百座。其中一児最悪、不順教養。自指間漏堕者必彼矣。宜愛而養之。此即少彦名命是也。

C 夫大己貴命与少彦名命戮力一心、経営天下、復為顕見蒼生及畜産、則定其療病之方、又為攘鳥獣・昆虫之災異、則定其禁厭之法。是以百姓至今咸蒙恩頼。

オホアナムチに対する高皇産霊尊の命令は「宜愛而養之」と表現される。これはCの内容や表現と直接的な関わりを持たず、先に『古事記』のB・Cについて見たような表現上の緊密な連携が無い。すると、Bにおけるムスヒ神の言葉の中に、Cで描かれる二神の活動内容を直接指示する文言が含まれているかどうかという相違が、A・B・C・D四場面を一連の神話として記す『古事記』と、A・BとC・Dとが分たれている「神代紀」当該一書との違いを生んでいると考えられる。オホアナムチ・スクナヒコナの活動をムスヒ神の命令に従ったものだと伝える『古事記』は、Ｂ・Ｃを連続して記すのに対し、Ｂ・Ｃを別々に記述する当該一書では二神の活動が自発的に為されたものとして伝えられ、その差異の要をムスヒ神の言葉が担っているわけである。

ところで、周知のようにオホアナムチ・スクナヒコナ二神は『古事記』・『日本書紀』以外の諸文献にも多く登場する。

〈風土記〉

筥丘と称ふ所以は、大汝少日子根命、日女道丘神と期り会ひましし時、日女道丘神、此の丘に、食物、及、筥の器等の具を備へき。故、筥丘と号く。（『播磨国風土記』飾磨郡筥丘）

大汝命と少日子根命と二柱の神、神前郡堲岡里の生野岑に在して、此の山を望み見て、のりたまひしく、「彼の山は、稲種を置くべし」とのりたまひて、即ち、稲種を遣りて、此の山に積みましき。山の形も稲積に似たり。故、号けて稲種山といふ。（『播磨国風土記』揖保郡稲種山）

堲岡と号くる所以は、昔、大汝命と小比古尼命と相争ひて、のりたまひしく、「堲の荷を担ひて遠く行くと、屎下らずして遠く行くと、此の二つの事、何れか能く為む」とのりたまひき。大汝命のりたまひしく、「我は屎下らずして行かむ」とのりたまひき。小比古尼命のりたまひしく、「我は堲の荷を持ちて行かむ」とのりたまひき。かく相争ひて行でましき。数日逕て、大汝命のりたまひしく、「我は行きあへず」とのりたまひて、即て坐て、屎下りたまひき。その時、小比古尼命、咲ひてのりたまひしく、「然苦し」とのりたまひて、亦、その堲を此の岡に擲ちましき。故、堲岡と号く。又、屎下りたまひし時、小竹、その屎を弾き上げて、衣に行ねき。故、波自賀村と号く。其の堲と屎とは、石と成りて今に亡せず。（『播磨国風土記』神前郡堲岡里）

天の下造らしし大神、大穴持命と須久奈比古命と、天の下を巡り行でましし時、稲種を此処に堕したまひき。

故、種といふ。(『出雲国風土記』飯石郡多禰郷)
粟嶋あり。少日子命、粟を蒔きたまひしとき、莠の実離離ひき。即ち粟に載り弾かえ常世国に渡りたまひき。故、粟嶋と云ふ。(『伯耆国風土記』逸文)
大穴持命、悔い恥ぢしめらえて、宿奈毘古那命、活けむに、大分なる速見の湯を下樋ゆ持ち度り来て、宿奈毘古奈命を以ちて漬浴ししかば、暫の間ありて活起り居り。然て詠めて曰はく「真暫にも寝つるかも」といふ。践み健びし跡処は今も湯の中なる石の上にあり。凡て湯の貴く奇しきことは神世の時のみにあらず、今の世にも疹痾に染みし万生の病を除き身を存たむが為の要薬なり。(『伊予国風土記』逸文)

〈万葉集〉

大汝　少彦名の　いましけむ　志都の岩屋は　幾代経ぬらむ(巻三―三五五)
大汝　少彦名の　神こそば　名付けそめけめ　名のみを　名児山と負ひて　我が恋の　千重の一重も　慰めなくに(巻六―九六三)
大穴道　少御神の　作らしし　妹背の山を　見らくし良しも(巻七―一二四七)
大汝　少彦名の　神代より　言ひ継ぎけらく　父母を　見れば貴く　妻子見れば　かなしくめぐし　うつせみの　世の理と　かくさまに　言ひけるものを(以下略、巻十八―四一〇六)

『古事記』・「神代紀」当該一書のスクナヒコナ神話と、これら諸国『風土記』・『万葉集』とを照らして見る時、次の二点の特徴を指摘できる。

第一。オホアナムチ・スクナヒコナが二神一対で活動する姿(『古事記』・「神代紀」当該一書のC)は上代諸文献に広く語られ、またスクナヒコナが常世へ去ったという伝承(D)も『伯耆国風土記』逸文に記載されている。一方『風土記』・『万葉集』の二神は始めから一対で行動し、二神の出会いについての所伝は『古事記』および当該一書のA・B以外他に見られない。記載されなかった口承伝承や散逸した文献の多く存したであろうことはもちろんだが、少なくとも現存文献に限って言えば、「二神の活動」および「スクナヒコナの常世退去」を語る所伝が、中央（『古事記』・「神代紀」当該一書のC・D）と地方（播磨・出雲・伯耆の各『風土記』）とをとおして広い伝承者層を有していたと見えるのに対し、「スクナヒコナ来臨」と「ムスヒ神の言葉」（A・B）についての所伝は『古事記』と当該一書にしか記載が見えない点で、質の違いがある可能性を想定できる。当該一書が、二神の対面の時期に矛盾をきたしながらも（前項上述）、二神の活動と常世退去（C・D）を記した後に改めて二神の出会い（A・B）を描き、この両場面の独立性を強く示していることは、そうした伝承基盤の相違が背景にある可能性が考えられる。

第二。諸国『風土記』および『万葉集』の描くオホアナムチ・スクナヒコナの活動は、いずれも二神自身の発意によってなされている。B・Cを分断し二神の自発的な行動としてCを描く当該一書の伝承内容は、これら諸文献の所伝と通じるものである。一方、二神の行動が他者（ムスヒ神）からの指示によるとする『古事記』の伝えは他に例を見ない。時代は下るが『古語拾遺』・『先代旧事本紀』も、やはり二神の活動をムスヒ神の指示によるものとは伝えていない。

大己貴神（中略）と少彦名神高皇産霊尊の子。常世国に遁きましき。と共に力を戮せ心を一にして、天下を経営りたまふ。蒼生・畜産の為に、病を療むる方を定めたまふ。又、鳥獣・昆虫の災を攘はむ為に、禁厭むる法を定めたまひき。百姓今に至るまで、咸くに恩頼を蒙る。皆効験有り。（『古語拾遺』）

故、爾に天神に白し上ぐる時に、神皇産霊尊、之を聞きて曰はく、「吾が産みし児、凡そ一千五百座有り。其の中に一りの児最悪くして、教養に順はず。指間より漏き落ちにしは、必ず彼ならむ。故、汝葦原色男と兄弟となり愛みて養せ」とのたまふ。即ち、是れ少彦名命、是れなり。（中略）大己貴神と少彦名神と、力を戮せ心を一にして、天下を経営る。復、顕見蒼生及び畜産の為は、則ち其の病を療むる方を定む。復、鳥獣、昆虫の災吐異を攘はむが為は、則ち其の禁厭むる法を定む。是を以て、百姓、今に至るまでに、咸に恩頼を蒙れり。（『先代旧事本紀』巻四、「地祇本紀」）(7)

二神が自発的に活動したとする認識が、地域的にも広く、また時代的にも長期間に亘って、古代の人々に受け入れられていたと見えるのに対して、ムスヒ神に「作堅其国」と命令させる『古事記』の神話は、独自性の高い形態だと言える。

このように見ると、ムスヒ神の言葉（B）と二神の活動（C）とが内容的な関連を持たず、A・BとC・Dとがそれぞれ独立している「神代紀」当該一書のあり方は、伝承基盤の相違に忠実な態度を示すものであると同時に、二神の自発的な活動を描く点でも、『古事記』に比して、オホアナムチ・スクナヒコナに対する古代の一般的な神観念に近しい内容を保持していると推定される。これに対し『古事記』は、二神の活動（「作堅此国」）を神産巣日御祖命の命令（「作堅其国」）に導かれたものだと説くことによって、本来別個の伝承であったA・BとC・Dとの連結を図ったのではないだろうか。ムスヒ神の命令に従って二神が活動するという、他書に例を見ない内容を『古事記』が伝えていることは、特に「作堅其国—作堅此国」の語を要に用いることによって、「神代紀」当該一書よりも、スクナヒコナ神話として発展した形に作り上げられたものであるためだと考える。

四　小括

以上、『古事記』と「神代紀」第八段一書第六とに見るスクナヒコナ神話を比較し、両者の構成上の相違点としてB・C両場面の連係の有無という問題を見定めた上で、他文献の伝承内容と照らしながら考察した結果、

A・BとC・Dとを分断して記す当該一書に比して、オホアナムチ・スクナヒコナ二神の活動を神産巣日御祖命の命令に導かれたものとする『古事記』の神話内容は、特にB・Cを「作堅其国―作堅此国」という緊密な表現で結ぶことで、より発展した形に作られたものであることを明らかにした。[8]

従来、この神産巣日御祖命の命令（「作堅其国」）について、『古事記』神話冒頭にあるイザナキ・イザナミに対する天つ神の詔「是のただよへる国を修理ひ固め成せ（修理固成是多陀用弊流之国）」との対応を読み取り、『古事記』神話全体の構想を把握する試みが、多く示されて来た。

> 作堅其国とは、天地ノ初発之時に、五柱ノ天ツ神の詔以て、伊邪那岐伊邪那美ノ神に、修理固成是多陀用弊流之国として、天ノ沼矛を賜へりき。かくて黄泉ノ段に、吾與汝所作之国、未作竟云々とある、其ノ未作竟ところを、作堅めて、功を竟よとなり。（宣長『古事記伝』）

> それ（筆者注：「作堅其国」の言葉を指す）は古事記の国生み神話の（中略）「修理固成」にまで一貫する思想（石母田正）[1]

> カムムスヒ神の言葉によって二神が「作堅其（此）国」というのも、国生みにおいてイザナキ・イザナミが天つ神の命によって国土を「修理固成」するという構想と共通のものである。（『古事記』（日本思想大系）[5]）

> もともと国作りは神産巣日神を含む天つ神の命を受けた伊耶那岐・伊耶那美の二神によって始められたものであり、「産巣日」のエネルギーに導かれて完成へと向うのである。（中略）この「作り堅めむ」は、前に「是のただよへる国を修理ひ固め成せ」とあったのと照応する。（『古事記』（新編日本古典文学全集）[5]）

> 『古事記』において、大国主の国作りは、イザナキ・イザナミの遺業を受け継ぎ、高天原の天神の理念のままに「修理」の司令を果たす役割を担っていた。（松本直樹）[9]

今これら諸説に従うとすれば、『古事記』は、この対応を図るという明確な意図を持って、「作堅其国」という表現でムスヒ神に国作りの指示を下す役割を担わせ、その結果として、二神の出会いから常世退去までを連続して語る新たなスクナヒコナ神話を作り上げたと見ることができる。『古事記』は「作堅其国―作堅此国」という表現を意図的に選択することによって、イザナキ・イザナミからオホアナムチ・スクナヒコナに到る神話構成を樹立するとともに、新たなスクナヒコナ神話の創出をも果たしたものと考える。

【注】

（1）『古事記』・『日本書紀』に記載されたスクナヒコナ神話は、天地初発や天孫降臨の神話等に比して異伝の数に乏しく、例えば三品彰英は「オホクニヌシノミコトの国づくり神話は（中略）二つの所伝しかないのであるから、異伝の比較研究をするほどのものではない。」（『三品彰英論文集（二）建国神話の諸問題』平凡社一九七一年）と断じた。両書の先後関係を論じた研究としては、『古事記』を前出のものとする津田左右吉説・川副武胤説と、

古事記と此の「一書」とを比べて見ると、それは古事記のもとになつた旧辞が前出の本であつて、「一書」の方は更にそれを増補したものであることが、知られる。「一書」には古事記に見えない話、即ちクマヌのみ崎から、又はアハ島から、粟がらにはじかれてトコヨの国へ去つたといひ、此の国は成れるところも成らざるところもあるといつたといふことがあつて、それらは何れも後の潤色として見るべき性質のものだからである。（中略）オホモノヌシの命のことについても、禁厭療病の法を教へたといふことに於いても、此の本にはすべてが古事記よりも後の添加を経てゐる形跡のあることを、参考するがよい。オホナムチの命の子が一百八十一神あるとか、タカミムスビの神の子が一千五百座あるとかいふのも、後の思想に違ひない。（津田左右吉『日本古典の研究（上）』岩波書店一九四八年）

書紀第六の一書の説には、古事記にみられるストーリー設定のオリジナリティがないし、また理念的配慮を欠いてゐる。（中略）オリジナリティのない説話が記前に存在し、古事記がこれを模倣したと考へるのは明らかに不自然であつて、反対に、すべて古事記の亜流、出来のわるい模倣とみてはじめて自然であるといはねばならない。（川副武胤「神代紀考証三篇」坂本太郎博士古稀記念会編『続日本古代史論集（中）』吉川弘

文館一九七二年所収）
「神代紀」当該一書を前出のものとする藤井信男説・石母田正説とがある。
（「神代紀」当該一書をG6と呼称し、さらに一書記載の神話を（a）大国主神～亦曰顕国玉神、（b）其子凡有一百八十一神、（c）夫大己貴命与少彦名命～経営天下、（d）復為顕見～蒙恩頼、（e）嘗大己貴命～有幽深之致焉、（f）其後少彦名命～至常世郷矣、（g）自後国中～神日本磐余彦火火出見天皇之后也、（h）初大己貴神之平国也～即少彦名命是也、と分けた上で）G6はいろいろな要素が結合してできたものであるが、古事記のⅣ（筆者注：『古事記』A～F六場面を指す）はこのG6の資料にもとづきながら、特にG6の（g）（h）の記事を整理し、順序を変更し、（c）の前に（h）をもってきて、（d）（e）はなく、次に（g）を続けたものと思われる。（藤井信男「古事記上巻の成立過程（二）」日本学士院紀要14-3一九五六年）
書紀本文のように国作りの物語がないのがもっとも本来的な形であって、つぎに書紀第六の一書、さらに古事記のC（筆者注：『古事記』A～F六場面を指す）とA（筆者注：稲羽素兎・根の堅州国訪問譚を指す）とは、より展開された、いいかえれば後に「添加」された物語であるという関係に立つのである。（石母田正「国作りの物語についての覚書」『古事記大成（二）文学篇』平凡社一九五七年所収）
しかし、藤井説・石母田説は〈当該一書→『古事記』〉と見做す具体的な根拠を明示していない。一方〈『古事記』→当該一書〉であるとする津田説は、当該一書の諸要素を「後の潤色」「後の添加を経てゐる形跡」「後の思想」とみなす根拠に十分でなく、当該一書に「ストーリー設定のオリジナリティ」がないとする川副説は、その「オリジナリティ」の定義が不明確である点に、問題があると考える。このように、先行説はそれぞれ課題を残し、問題は未決である。

（2）小島憲之・直木孝次郎・西宮一民・蔵中進・毛利正守『日本書紀』（新編日本古典文学全集）小学館一九九四年

（3）なお「神代紀」における「初」の語の用例は、他に次のものがあるが、いずれも当該例とは異なる表現方法であるため、考察対象から除外した。
「開闢之初」（第一段正文）、「天地初判」（第一段一書第一・同段一書第四・同段一書第六）、「如葦牙之初生涅中也」（第一段一書第五）

「燄初起時共生児、号火酢芹命。」（第九段一書第二）、「初火燄明時生児火明命。」（第九段一書第三）、「其火初明時躡誥出児、自言（以下略）」（第九段一書第五）
「初潮漬足時則為足占」（第十段一書第四）

（4）金井清一「スクナヒコナの名義と本質」東京女子大学附属比較文化研究所紀要31一九七一年

（5）神産巣日御祖命の言葉「作堅其国」について、宣長『古事記伝』以来一般に「その国を作り堅めよ」と訓読し命令文として理解してきた（宣長『古事記伝』、次田潤『古事記新講』明治書院一九二四年、中島悦次『古事記評釈』山海堂出版部一九三〇年、倉野憲司『古事記・祝詞』（日本古典文学大系）岩波書店一九五八年、神田秀夫・太田善麿『古事記（上）』（日本古典全書）朝日新聞社一九六二年、尾崎暢殃『古事記全講』加藤中道館一九六六年、荻原浅男・鴻巣隼雄『古事記・上代歌謡』（日本古典文学全集）小学館一九七三年、西郷信綱『古事記注釈（二）』平凡社一九七六年、倉野憲司『古事記全註釈（三）』三省堂一九七六年、西宮一民『古事記』（日本古典集成）新潮社一九七九年、青木和夫・石母田正・小林芳規・佐伯有清『古事記』（日本思想大系）岩波書店一九八二年、中村啓信『新版古事記』角川学芸出版二〇〇九年等）が、山口佳紀・神野志隆光『古事記』（新編日本古典文学全集）（小学館一九九七年）は次のように見定めた。

この「作り堅めむ」は、前に「是のただよへる国を修理ひ固め成せ」とあったのと照応する。従来「作り堅めよ」と読んで、葦原色許男に対する命令と解してきた。しかし、ここは葦原色許男に対する呼びかけであり、少名毘古那が一緒に国づくりをするだろうの意として、「作り堅めむ」と読む。

しかしこの新編全集本には「ここは葦原色許男に対する呼びかけ」と判断する根拠が見えず、また「作堅」と「照応」するという「修理固成」については「修理ひ固め成せ」と命令形で訓じているにもかかわらず、なぜ「作堅」については「呼びかけ」と解するのか、その点の説明も為されていない。よって新編全集本説は、命令として訓読・理解してきた注釈史を覆すに十分な根拠を示すものではないと判断し、従来諸説のとおり「作り堅めよ」と命令に解しておくのが穏当と考える。

（6）なお、『古事記』ではスクナヒコナと対になる神の名前が、Bでは「葦原色許男命」、Cでは「大穴牟遅」とされ、相違がある。この点は本論の考察範囲を超える問題であるが、今仮に「「葦原色許男命」の名が使われているのは、葦原中国の国作りにかかわる文脈であるため。」、「「大穴牟遅」と呼び換えられているのは、それが「少名毘古那」

と併称される時の名であるため。」とする新編全集本（前掲書注5）の説に従うとすれば、神の呼称を異にするB・C両場面を「作堅其（此）国」という表現で結び付けたことに、〔オホアナムチが葦原中国を「作堅」する〕ということを明確にしようとする『古事記』の意図を見出せる可能性が考えられる。

（7）『先代旧事本紀』の訓読文は菅野雅雄「先代旧事本紀」歴史読本53-11別冊付録二〇〇八年による。

（8）『古事記』神話と「神代紀」神話とを比較する研究方法について、神野志隆光は津田左右吉・岡田精司・三品彰英の論著を取り上げて「作品としての論理を問うことの欠如」と「全体の理解が欠落」している点を批判し、「別個な物語として、『古事記』と『日本書紀』との「神代」に相対していくことがもとめられる」ことを強く主張した（『古事記とはなにか』講談社二〇一三年）。しかし本論では、両書を比較検討したことによって、「作堅其国―作堅此国」という表現に『古事記』の特徴があることを明確に把握し得たと考える。

（9）松本直樹「『古事記』の国作り神話について」早稲田大学教育学部学術研究国語・国文学編42一九九三年

第五章 『古事記』スクナヒコナ神話の成立
――「つくる」と「かたむ」と――

一 はじめに

第四章では、『古事記』と「神代紀」第八段一書第六（以下「当該一書」とする）とに見るスクナヒコナ神話を比較検討し、『古事記』所載の神話は、特に「作堅其国―作堅此国」という表現を意図的に用いることによって、オホアナムチ・スクナヒコナ二神が神産巣日御祖命の命令に従って活動するという、より発展した内容に作られていることを論じた。本章では、この「作堅其国―作堅此国」という表現性について、さらに考察を加えたい。

改めて確認すれば、『古事記』と当該一書とにおいて、オホアナムチ・スクナヒコナ二神の活動はそれぞれ次のように表現されている。

大穴牟遅と少名毘古那と二柱の神、相並に此の国を作り堅めき（相並作堅此国）。（『古事記』）

夫れ大己貴命、少彦名命と力を戮せ心を一にして、天下を経営り（経営天下）、復顕見蒼生と畜産との為は、其の病を療むる方を定め（定其療病之方）、又鳥獣・昆虫の災異を攘はむが為は、其の禁厭の法を定めき（定其

禁厭之法）。（「神代紀」当該一書）

『古事記』は、稲羽素兎等『日本書紀』に載録されないオオアナムチ神話を豊富に記述するが、二神の活動（傍線部）については、当該一書が「経営天下」「定其療病之方」「定其禁厭之法」と三通りの内容を伝えるのに対し、『古事記』は「作堅此国」と記すのみである。また諸国『風土記』および『万葉集』も、山を作り名付ける、稲種を置く等、それぞれの土地に即した具体的な二神の活動を伝える（第四章前掲）が、それらに比してみても、やはり『古事記』の「作堅此国」という表現は簡素である。しかし、当該一書・諸国『風土記』・『万葉集』に見えて当時一般的な所伝であったと考えられる、二神が自発的に活動する内容に比して、この「作堅其国―作堅此国」という『古事記』の文言が、新たなスクナヒコナ神話を構成する意図的な表現であると見る時、『古事記』は、多様な伝承の存在を踏まえた上で意識的にそれらの具体性を手放し、「作堅」という表現を選択したと考えられる。

従来、『古事記』と当該一書とに見るオホアナムチ・スクナヒコナ二神の所謂「国作り」の内容について、おおまかに、これを農業・農耕にかかわるものであるとする説と、

農の生活と直接深いかかわりをもち、民衆の農の生活をひらくのがその国作りのおもな内容であった（西郷信綱[1]）

国土を農耕的にゆたかに造ることを意味している。（三品彰英[2]）

後に天孫（穀霊）が降臨する農耕適地としての葦原中国を整備する、そういう色合の濃いものであった（松本直樹[3]）[4]（他）

「経営」もしくは「政治的」の意味を持つとする説

国つくりの意義は（中略）政治的に国家を統一するといふこと（津田左右吉[5]）

二神が行なった国作りは、記紀では、国家経営という政治的な業績だとなしているように見える（松前健[6]）

「作―国」の内容は、（中略）『古事記伝』がのべたように、政治的な「経営」の色彩を帯びる。（神野志隆光[7]）
（他）[8]

とが提出されてきた。しかし「作堅」の語を以てすることが『古事記』の意識的な述作であるとすれば、それを「農耕」あるいは「政治的経営」等の意に限定するのではなく、山を作り名付ける（諸国『風土記』・『万葉集』）、あるいは「経営天下」（当該一書）等、さまざまな行為を念頭に置きながらも二神の活動を具体的に描写せずにおいたところに、『古事記』の表現意図を理解すべきではないか。「作堅」という表現が選択された背景には、二神の活動を伝える様々な伝承があったと想定されるが、それら一々を具体的に明かさないのが『古事記』の立場だと考える。

二　「作」と「堅」と

以上を確認した上で、『古事記』における「作堅」という表現性について、更に考察を続ける。述べたように、「作堅」という動作の意味内容を、例えば農耕等に特定して理解することは、『古事記』の意図に外れると見るが、山を作り名付けるといった諸伝承を踏まえた上での意識的な表現として「作堅」があるとすれば、この表現は二神の活動についてどのような所伝を背景に選択されたものであるのか、具体的な想定を試みておくことも必要と考える。

改めて見れば、『古事記』のオホアナムチ・スクナヒコナは、国について、「作（つくる）」ことと「堅（かたむ）」こととの、二つの動作を為している。そこで、そのそれぞれについて考察する。

まず、二神の活動を「作（つくる）」の語で表現することは、他文献にも同様の例を見る。第一は次のものである。

大穴道　少御神の　作らしし　妹背の山を　見らくし良しも（『万葉集』巻七―一二四七）

本歌は、例えば「神代の二神の作った山であることを言ったのは、その地の伝承をふまえた最大級の山ほめの讃辞」（渡瀬昌忠）[9]と注され、二神が山の形を作った意に解されている。この万葉歌の発想に類似する伝承として、『播磨国風土記』では山の形状に二神の事績を感得した例を見、そこでは結果として、山の名が定まったとも伝えている。

大汝命と少日子根命と二柱の神（中略）、稲種を遣りて、此の山に積みましき。山の形も稲積に似たり。故、号けて稲種山といふ。（揖保郡）

オホアナムチ・スクナヒコナ二神の活動を国「つくり」と表現したときに想定される具体的な活動内容の一つとして、国土の形（特に山）を形成するという意味を認め得るとともに、その延長線上に、山の名が二神の活動に由来するという認識（例えば『万葉集』巻六―九六三、大伴坂上郎女の詠には「大汝　少彦名の　神こそば　名付けそめけめ　名のみを　名児山と負ひて（以下略）」とあり、二神が直接山の名を定めたという伝聞も生じていたことを知る）を位置付けておくことができよう。

第二は、「神代紀」当該一書に見る次の三例である。

a　夫れ大己貴命、少彦名命と力を戮せ心を一にして、天下を経営り、復顕見蒼生と畜産との為は、其の病を療むる方を定め、又鳥獣・昆虫の災異を攘はむが為は、其の禁厭の法を定めき。是を以ちて、百姓今に至るまでに咸恩頼を蒙れり。

b　嘗大己貴命、少彦名命に謂りて曰はく、「吾等が造れる国、豈善く成れりと謂はむや」とのたまふ。

c　自後に、国の中に未だ成らざる所は、大己貴神、独り能く巡り造りたまひ、遂に出雲国に到りたまふ。乃ち興言して曰はく、「夫れ葦原中国は、本自荒芒び、磐石・草木に至及るまでに咸能く強暴かりき。然れども吾已に摧き伏せ、和順はずといふこと莫し」

aの「経営」（『日本書紀私記』乙本に「経営天下」の訓として「安女乃只多乎津久流」とあり）は、「天下」に対してどのような働きをすることを言うのか必ずしも明瞭でないが、今は前項に挙げた諸説（松前健「国家経営という政治的な業績」、神野志隆光「政治的な「経営」の色彩」）に従い、政治的に国を治める意に解しておく。[10] b「吾等が造れる国」は、aに記された二神の活動の達成度を問うたものであるから、「経営天下」に加えて「病を療むる方」「禁厭の法」を定めたという行為も含めて、「造」と表現したものと見える。cの「独り能く巡り造り」とは、下文に大己貴神自身の言葉として、「荒芒び」「強暴かりき」という状態であった葦原中国を「摧き伏せ、和順」わせることであったと説明がある。

以上、オホアナムチ・スクナヒコナ二神の活動として「つくる」の語で表現される内容を確認して来た。上述したように、二神の活動内容を具体的に描写する諸国『風土記』・『万葉集』・「神代紀」当該一書に比して、『古事記』の「作堅」という表現が意図的に用いられたものであるとすれば、両者の表現性には位相差を想定すべきであるが、古代にあって二神の行為が「つくる」の語で表現された時、山を形成し名付ける・政治的経営・荒ぶる物の摧伏等、上述した様々な諸活動を、その具体的内容として想定し得たものと考える。

次に、『古事記』におけるオホアナムチ・スクナヒコナの活動「作堅」のうち、「堅（かたむ）」ということを考える。他の上代文献に二神の活動を「かたむ」の語で表現する所伝は無く、[11] また「作（つくる）」の一語でも多岐に渡る行為を表し得ることは前述したとおりだが、何故『古事記』は「作」だけでなく「作堅」としたのだろうか。『古事記』において、国にかかわって「かたむ」の語が用いられた例は他に、イザナキ・イザナミに対する天つ神の命令を見るのみである。

是に、天つ神諸の命以て、伊耶那岐命・伊耶那美命の二柱の神に詔はく、「是のただよへる国を修理ひ固め成せ」（修理固成是多陀用弊流之国）とのりたまひ、天の沼矛を賜ひて、言依し賜ひき。

神野志隆光は、この「修理固成」とオホアナムチ・スクナヒコナの「作堅」との関係を

「作り堅めよ」「作り堅めき」という、「堅」に注目したい。イザナキ・イザナミに与えられた、天つ神の命、「修理ひ固め成せ」の、「固」と照応する。

と見定めた上で、「イザナキ・イザナミの物語から大国主神の物語にいたる全体を、「修理固成」を語るものとして、天の世界・天神のもとに成り立つ地上世界―天皇の世界の神話的根源―の物語として見通」すと把握した。(12)

しかし、イザナキ・イザナミの「固成」については、

「固」は、「ただよへる」のに対していうもの、「成」は、完成の意。

と述べるのに対し、オホアナムチ・スクナヒコナの「堅」については明確な説明を示していない。イザナキ・イザナミは、このあと天つ神から渡された矛を用いて出来た淤能碁呂島において、柱を廻り国生み・神生みを行うので、これら一連の行為が「ただよへる国」を「修理固成」するためのものであったと読み取ることができるが、オホアナムチ・スクナヒコナの「作堅」についてはそれ以上具体的な描写は見られない。また「ただよへる国」を「固成」するよう命じられたイザナキ・イザナミに対し、オホアナムチ・スクナヒコナが「作堅」すべき国については「其（此）国」と記されるのみでその状態は明記されず、オホアナムチ・スクナヒコナは何を「堅」む必要があるのか、『古事記』において十分に明確とは言い難い。(13)そうであれば、イザナキ・イザナミの場合に比してこのように不明確な点を孕みながらも、なぜオホアナムチ・スクナヒコナの活動を描写するにあたり、再び「かたむ（堅）」の語が用いられたのか、「固」との「照応」を説く以上に、問われてしかるべきではないか。(14)そこで、オホアナムチ・スクナヒコナの行為が国を「かたむ」と表現されたとき、具体的に二神のどのような活動を想定してみることができるのか、また、国にかかわって、イザナキ・イザナミとオホアナムチ・スクナヒコナとの活

動が等しく「かたむ」の語で描写されたことの意味について[15]、以下に考察を試みる。

三　スクナヒコナの「国かため」

述べたように、『古事記』の「作堅」という表現のうち、「作（つくる）」の語については『万葉集』等に関連する用例が認められその伝承的背景を求め得るのに対し、オホアナムチ・スクナヒコナの活動を「堅（かたむ）」と伝える奈良時代以前の資料は無く、その裏付けを得難い。「かたむ」という行為を担う神々の足下には、未だかたまらない状態の国土の広がりを想定するのが自然である。しかし、初発の国土が「くらげなすただよへる」（『古事記』）あるいは「浮漂《うかびただよ》へる」（「神代紀」第一段正文）状態であったとする伝えは『古事記』・『日本書紀』に共通するが、その時に活動するのは両書ともにイザナキ・イザナミであると伝え、オホアナムチ・スクナヒコナ神話は『古事記』・『日本書紀』において、漂う国土と直接結び付く位置に置かれていない。従って、『古事記』内部に考察の視点を限るならば、前掲神野志説の言うように、「修理固成」と「作堅」との「照応」を確認するにとどめるのが、一つの研究態度である。しかしその場合、『古事記』がオホアナムチ・スクナヒコナの活動を「堅（かたむ）」と表現した、その内実は明らかにされず、その点を一歩踏み込んで求めようというのであれば、時代の下る文献を視野に入れて推論をなす他に、方法は無いと考える。そこで以下に、一つの試解を示したい。

『先代旧事本紀』（巻四、「地祇本紀」）には次の伝えが載る。

大己貴命、初め少彦名命と二柱の神、葦原中国に坐します。水母如す浮漂へる時に、造《つくり》なし号成《なな》ること已に訖りぬ。（原文「大己貴命初与少彦名命二柱神坐於葦原中国如水母浮漂之時為造号成已訖[16]」）

『先代旧事本紀』のスクナヒコナ神話は、『古事記』と「神代紀」当該一書の表現を綴り合せながら、スクナヒコナが出現しムスヒ神の言葉を聞き、二神で活動し問答した後スクナヒコナの常世退去を経て、ミモロ山の神の神話にいたるまでを、およそこの順序で記載するが、その間に上掲の独自伝承を挟み込んでいる。すなわち『先代旧事本紀』は、当該一書とほぼ同文で二神の活動・国作りの成否についての問答・スクナヒコナの常世退去を伝えるが、その後上掲の伝承を記してから、ミモロ山の神の神話を続ける。上掲の文はスクナヒコナの常世退去を語った直後に置かれ、別離したはずの二神が再び葦原中国で活動したと伝える点で文脈上の整合性に乏しいが、鎌田純一によれば『先代旧事本紀』の諸本のうち「現存諸本のとるべき殆んど」がほぼ誤字・脱字なく上掲の伝承を記録するとされる。[17]

『古事記』・『日本書紀』・『古語拾遺』に依拠しない『先代旧事本紀』独自の文について、鎌田は

平安初期に旧事本紀が再編された時に新しく捏造されたものではなく、勿論、その手の加わったが故の問題点はあるにしても、それはよるべき原資料を根拠としたものであり、その原資料とは古く継承された伝承であり、その意味で古伝承を記録した記紀と同様に扱われてよいものと判断するのである。[18]

とその質を見定め、また「『先代旧事本紀』の独自記事の内容の多くは、物部氏と深い関わりを持っている。」（工藤浩[19]）あるいは「物部氏の氏族伝承として真っ向から取り上げる必要があると思われる。」（菅野雅雄[20]）と言われるが、上掲のスクナヒコナ伝承についてその素性や質を見極める研究を見ない。しかし少なくとも平安初期において[21]、オホアナムチ・スクナヒコナが「水母如す浮漂へる時」に活動したとする所伝の存在が、ここに認められる。

なお、『続日本後紀』嘉祥二年（八四九年）三月庚辰、仁明天皇四十賀にあたり「興福寺大法師等」が奉った長歌には、次のようにある。

日本の　大和の国を　神ろきの　少彦名が　葦菅を　植ゑ生ほしつつ　国かため　造りけむより　おきつ波
たつ年のはに　春はあれど　今年の春は　ものごとに　しげみ栄えて（以下略、傍線部原文「賀美侶伎能宿那毘古

那加葦菅遠殖生志川川国固米造介牟与理」）[22]

この長歌傍線部は、スクナヒコナを「神ろき」とする点や、スクナヒコナが「葦菅を植えた」と伝える点で、現存の上代諸文献には見えない内容であるが、天皇の賀を寿ぐ公の場で奉られた長歌の冒頭で、全く人口に膾炙していない神話が披露されたとは考えにくい。そして、ここでスクナヒコナが植えたとされる葦は、周知のように『古事記』・『日本書紀』の神話においては初発の生命の象徴であり、漂う国土の印象と強く結び付いている。

国稚く浮ける脂の如くして、くらげなすただよへる時に、葦牙の如く萌え騰れる物に因りて成りし神の名は、宇摩志阿斯訶備比古遅神。（『古事記』）

開闢る初めに、洲壌の浮漂へること、譬へば游魚の水上に浮べるが猶し。時に天地の中に一物生れり。状葦牙の如く、便ち神に化為る。国常立尊と号す。（「神代紀」第一段正文）

古に国稚く地稚かりし時に、譬へば浮べる膏の猶くにして漂蕩へり。時に国の中に物生れり。状葦牙の抽け出でたるが如し。此に因りて化生づる神有り。可美葦牙彦舅尊と号す。（「神代紀」第一段一書第二）

『続日本後紀』長歌はスクナヒコナが活動した時の国の状態を述べないが、この神が初発の国土に相応しい「葦」を植えて国を「かため」たという伝えは、『古事記』・「神代紀」所載のスクナヒコナ神話ではなく、国土の未だ漂う時にオホアナムチ・スクナヒコナ二神が造り成したとする前掲『先代旧事本紀』の内容と通底する神話的発想に支えられたものであり、それと同系統の所伝の一かと考えられる。[23] また、オホアナムチ・スクナヒコナの活動を「かたむ」の語で表現する唯一の先例が『古事記』の「作堅其国―作堅此国」であることからすれば、本長歌の「少彦名が　葦菅を　植ゑ生ほしつつ　国かため　造りけむ」という表現と『古事記』の「作堅」との間に、何等かの関連がある可能性を想定できる。

そこで、いま仮にこれらの所伝を照らし合わせて見るならば、『古事記』の「作堅」という表現性について、解釈の可能性が見えて来るのではないだろうか。

国土の創造神についての所伝は、『古事記』・『日本書紀』ではイザナキ・イザナミ神話がそのほとんどを担っているが、他に、山を作ったとされるオホアナムチ・スクナヒコナ（第四章掲出の『播磨国風土記』・『万葉集』）や、「国来国来」と引き来て縫ったという八束水臣津野命（『出雲国風土記』）、またスクナヒコナと同様に「国作り堅めたとその行為が伝えられる伊和大神（『播磨国風土記』）等、内容の具体性や伝承流布の程度は様々であるとしても、各地に多様な神話が林立していたことが確かである。前掲の長歌について、従来説はその資料性を疑うが、

古事記成立後約百四十年ばかりも後に歌はれたもので、もはやこれを神話の純粋な反映とみることはむづかしい。伝承の残像の歪んだ一端と解すべきであらう。（吉井巖）[24]

時代も降り本質究明のためには信憑性なき資料（金井清一）[25]

先に見たように『先代旧事本紀』と『続日本後紀』長歌とに通底する神話的発想として、漂う国土で活動するスクナヒコナの印象が一定の流布を見ていたとすれば、上代にあって多様な国土創造神話が育まれた中の一つとして、スクナヒコナが漂う国をかためたという所伝の萌芽が既に存在した可能性を、想定してもよいのではないか。[26]『古事記』がオホアナムチ・スクナヒコナの行為を「かたむ（堅）」の語で表したことの背景に、一案として、およそ、この二神が漂う国土をかためる働きを為したとする伝承の存在を想定し、そのような伝承が、『古事記』からさらに一世紀以上の時を経て内容に変容も生じたであろうけれども、それぞれの形となって載録されたものが、前掲『先代旧事本紀』と『続日本後紀』長歌であったと位置付けてみる。

そして、オホアナムチ・スクナヒコナの所伝の一として、二神が漂う国土に活動しそれを固成する働きを為したとする内容が古代に生じていたとすれば、それは、『古事記』あるいは『日本書紀』の神話が伝えるイザナキ・イザナミの行為に通じる。世界の初発として、漂う国土に葦茂る水辺の風景を印象する発想を軸に、イザナキ・

イザナミによる「国生み」と、オホアナムチ・スクナヒコナによる「国かため」との、二様の神話が、古代において並立していた可能性を想定してみる。イザナキ・イザナミの行為とオホアナムチ・スクナヒコナの行為とを等しく「かたむ」の語を以て表現したことに、両者を「照応」（上掲神野志説）させる『古事記』の意図があったとしても、『古事記』がスクナヒコナ神話を描写するにあたり「かたむ」の語を選択し得た素地として、古代において既に、漂う国土を固成したというイザナキ・イザナミ神話とオホアナムチ・スクナヒコナ神話との類似性が、周知されていたのではなかったか。この二様の神話に対し、『古事記』はイザナキ・イザナミ神話を先に掲げオホアナムチ・スクナヒコナ神話は天孫降臨直前の位置に据える組み立てを為し、一方『日本書紀』正文はイザナキ・イザナミ神話のみを載録するという、異なる態度でもって、それぞれの「神代」を創り上げたのだと考える。

【補考】

以上をもって結論とするが、最後に、「神代紀」当該一書に見るオホアナムチ・スクナヒコナの問答について、若干の考察を加えておきたい。

嘗大己貴命、少彦名命に謂りて曰はく、「吾等が造れる国、豈善く成れりと謂はむや（吾等所造之国、豈謂善成之乎）」とのたまふ。少彦名命対へて曰はく、「或いは成れる所も有り、或いは成らざるも有り（或有所成、或有不成）」とのたまふ。是の談、蓋し幽深き致有らむ。

末尾の「是の談、蓋し幽深き致有らむ。」という一文について、飯田武郷は「決て撰者の文にはあるへからす。」と見定めたが、(27)『日本書紀』（日本古典文学大系）は「衍入とする説があるが、古写本にすべて存する。(28)」ことを指摘し、

『日本書紀』（新編日本古典文学全集）は「後人の衍入ではなく編者の感想か。」と判断した。[29]「神代紀」中には、この表現に類似する例を他にも認めることから、

故、其の尾を割裂き視せば、中に一の剣有り。此所謂草薙剣なり。草薙剣、此には倶娑那伎能都留伎と云ふ。一書に云はく、本の名は天叢雲剣。蓋し大蛇居る上に、常に雲気有り。故以ちて、名くるか。日本武皇子に至り、名を改め草薙剣と曰ふといふ。（第八段正文）

「蓋～」と書き出して編者の見解が神話中に書き入れられる場合があったと判断し、[30]「編者の感想」とする新編全集本説に従うとすれば、当該場面を取り上げるにあたっては、二神の問答そのものの意味を考察するとともに、それが当該一書の編者にとって何故「蓋し幽深き致有らむ」と感じられるものであったのかを考察することが求められる。

この問題を取り上げる従来説は少なく、新編全集本[29]は次のように注する。

大己貴命と少彦名命の対談の内容には深遠な意味、哲理があるような気がするという意。（中略）国作り（国土の経営）というものの完成・未完成の限度の見究めの困難性を述べたものであろう。

しかし、スクナヒコナはオホアナムチの問いに対して「或いは成れる所も有り、或いは成らざるも有り」と明確に答え、国作りの「成れる所」と「成らざる」とを峻別することができたと読み取れるので、「完成・未完成の限度の見究め」が本当に「困難性」を伴うものであったかどうかは疑問である。この問答は二神の活動を記す直後に置かれ、続いてスクナヒコナの常世退去を挟んでから、「自後に、国の中に未だ成らざる所は、大己貴神、独り能く巡り造りたまひ」以下、オホアナムチの独白とミモロ山の神の神話が続いてゆく。二神の問答に見える「成らざるも有り」という表現が、「国の中に未だ成らざる所は……」と受け継がれることから、文脈上、この問答の表現がオホアナムチ・スクナヒコナ神話とミモロ山の神の神話との連結を導いていることは確かだが、[31]何故

この問答が当該一書の編者にとって「蓋し幽深き致有らむ」と感じられたのか、以下に試案を示したい。

オホアナムチ・スクナヒコナの問答は、「国」に対する自らの活動の達成度を問うたものである。「国」に対するオホアナムチ・スクナヒコナの活動が、『古事記』ではイザナキ・イザナミの場合と同じく「かたむ」の語で描写され、その「かたむ」と表現された行為の具体的内容として、漂う国土を固成したという所伝がオホアナムチ・スクナヒコナについても存在した可能性は、本論に上述したとおりであるが、改めてイザナキ・イザナミ神話を振り返ってみると、この二神もまた神生み・国生みにあたり、次の問答を為している。

是に、其の妹伊耶那美命を問ひて曰ひしく、「汝が身は、如何か成れる（汝身者、如何成）」といひしに、答へて白ししく、「吾が身は、成り成りて成り合はぬ処一処在り（吾身者、成々不成合処一処在）」とまをしき。爾くして、伊耶那岐命の詔ひしく、「我が身は、成り成りて成り余れる処一処在り（我身者、成々而成余処一処在）。故、此の吾が身の成り余れる処を以て、汝が身の成り合はぬ処を刺し塞ぎて、国土を生み成さむと以為ふ。生むは、奈何に」とのりたまひしに、伊耶那美命の答へて曰ひしく、「然、善し」といひき。（『古事記』）

因りて陰神に問ひて曰はく、「汝が身に何の成れるところか有る（汝身有何成耶）」とのたまふ。対へて曰はく、「吾が身に一の雌元の処有り」とのたまふ。陽神の曰はく、「吾が身にも雄元の処有り。吾が身の元の処を以ちて、汝が身の元の処に合せむと思欲ふ」とのたまふ。是に陰陽始めて遘合し夫婦と為りたまふ。（「神代紀」第四段正文）

このイザナキ・イザナミの問答（『古事記』に「汝身者、如何成」「成々不成合処一処在」「成々而成余処一処在」、「神代紀」に「汝身有何成耶」）は、身体の成熟度について問うたものであり神生み・国生みに先立って行われ、オホアナムチ・スクナヒコナの問答（「神代紀」に「吾等所造之国、豈謂善成之乎」「或有所成、或有不成」）は国土の完成度について国作りの活動後に行われているという違いがある。しかしどちらも「成る」ことを眼目に据えた問答である点は共通し、本論[illegible]た考察を総合するとき、イザナキ・イザナミの神話とオホアナムチ・スクナヒコナ神話とについて、およそ、〈国土の創造にあたり、ある二神が国を生み・作り・かためて、その際に「成る」ことを核とする問答が交わされた〉という、両者を貫く共通の話素を抽出することができるのではないだろうか。そうであれば、「神代紀」当該一書においてオホアナムチ・スクナヒコナが交わした問答は、国土の創造を担う二神によって交わされた「成る」ことを巡る問答であるという点で、当該一書編者をして、イザナキ・イザナミ神話を想起させた可能性がある。(32)「神代紀」正文は、『古事記』と異なり、イザナキ・イザナミ神話のみを載録しオホアナムチ・スクナヒコナ神話については触れないが、当該一書の編者は、オホアナムチ・スクナヒコナ神話とイザナキ・イザナミ神話との、そうした類似性に思い至って、「是の談、蓋し幽深き致有らむ。」と書き留めたのではなかったか。イザナキ・イザナミまたオホアナムチ・スクナヒコナにかかわってさまざまに伝えられてきた、国土の創造神のあり方について、その多様性や伝承の錯綜する様相を、「幽深」と指摘したのだと推定する。

以上、オホアナムチ・スクナヒコナの活動を「作堅」と表記した『古事記』の表現性を中心に考察し、国土の創造をめぐって古代に醸成された豊かな神話的想像力の一端を捉えて、まとめとする。

【注】

（1）西郷信綱『古事記の世界』岩波書店一九六七年
（2）三品彰英『三品彰英論文集（二）建国神話の諸問題』平凡社一九七一年
（3）松本直樹「『古事記』の穀物起源神話について」国文学研究116一九九五年
（4）二神の国作りを農業・農耕に関するものだとする説は、他に次のものを見る。荻原浅男・鴻巣隼雄『古事記・上代歌謡』（日本古典文学全集）小学館一九七三年、小野重朗「日本神話における穀霊信仰」『講座日本の神話（七）日本神話と祭祀』有精堂出版一九七七年所収、次田真幸『古事記（上）』講談社一九七七年、神田典城「大国主

神話の一断面」学習院大学文学部研究年報27一九八一年、神谷吉行「少名毘古那神と王権伝承」相模国文20一九九三年、安川芳樹「国作り神話考」国学院大学大学院紀要文学研究科25一九九四年、阿部眞司「『古事記』の中の大物主神」『古事記の神々（上）』高科書店一九九八年所収等。

（5）津田左右吉『日本古典の研究（上）』岩波書店一九四八年

（6）松前健『日本神話の形成』塙書房一九七〇年

（7）神野志隆光「『古事記』「国作り」の文脈」国語国文58-3一九八九年

（8）二神の国作りを「経営」「政治的」と解する説は、他に次のものを見る。次田潤『古事記新講』明治書院一九二四年、石母田正「国作りの物語についての覚書」『古事記大成（二）文学篇』平凡社一九五七年所収、伊藤清司「オオナムチとスクナヒコナの国造り」『日本の神話（二）葦原中国』ぎょうせい一九八三年所収、谷口雅博「古事記神話における「国」の生成」古事記年報40一九九八年等。

（9）渡瀬昌忠『萬葉集全注（七）』有斐閣一九八五年

（10）『日本書紀』において「経営」の語は他に、次の二例を見る。

山林を披払ひ、宮室を経営《つくりいとな》みて、恭みて宝位に臨みて、元々を鎮むべし。（「神武即位前紀」己未年）

仏殿を宅の東方に経営《つく》り、弥勒の石像を安置しまつる。（「敏達紀」十三年是歳）

これら二例の「経営」が具体的な建築物の建造を言うのに対し、「天下」について用いられた「経営」の語はその質を異にする可能性があるが、この点を問題にした先行説を見ず、今は保留とする。

（11）『播磨国風土記』には「大物主葦原志許、国堅めましし以後、天より三坂の岑に下りましき。」（美嚢郡）とあるが、「大物主葦原志許」は他に見えない神名であり、「国堅めましし」という動作の具体的内容も伝わらない。なお同風土記に「伊和大神、国作り堅め了へましし以後、山川谷尾を境ひに、巡り行でましし時（以下略）」（宍禾郡）とある例については、例えば「国土占居でなく、国土を作る（また経営する）意。」（秋本吉郎『風土記』（日本古典文学大系）岩波書店一九五八年）・「「国作り」の具体的内容は明確でないが、国を生み、統治者を置き、命令が行き届き、民が災難を蒙らない状態に育てあげることをいう。」（植垣節也『風土記』（新編日本古典文学全集）小学館一九九七年）と注されているが、どちらも「作[illegible]た主眼をおいた解説で、「堅む」ことについては触れられていない。

（12）神野志隆光『古事記とはなにか』講談社二〇一三年

（13）イザナキが黄泉国で「吾と汝と作れる国、未だ作り竟らず。」と述べることから、オホアナムチ・スクナヒコナが再び国を「作」るべきことは文脈上首肯されるが、ここに「固（堅）め竟らず」とは書かれていない。本論に述べたようにオホアナムチ・スクナヒコナが「作堅」すべき国土は「ただよへる国」とは記されず、またイザナキ・イザナミ以後オホアナムチ・スクナヒコナ以前に出雲・伯伎・竺紫・稲羽等の地名が記され、スクナヒコナ来臨の時点で「かたむ」べき漂う国土が残されていたという印象は希薄である。なお神野志隆光前掲書注12においても、

天と地とが動きはじめる世界のはじめ、天の世界高天原に神々があらわれる、そのときに、地上は「ただよへる」のみで、世界とはいえないということなのである。後に見るように、地上が世界となるのは、イザナキ・イザナミの働きによってである。

と述べられ、「ただよへる」状態が一つの世界として確立するのは「イザナキ・イザナミの働きによ」るとする理解が明確に示されている。

（14）オホアナムチ・スクナヒコナ神話における「堅」字の表現性について考察を為した先行研究は少ない。次の二説を見る。

「作」と語った活動に「堅」を付加する表現は、（中略）「大国主神」の統治が一層固まることを語ると解される。（遠山一郎「大国主神の物語」国文学解釈と教材の研究33-8一九八八年）

ここで注意されるのはやはり「堅」の意義であろう。古事記中では（中略）総じて動き得ないもの、盤石なもの、動かない意思等を示している。（中略）支配領域が設定された政治的な「国」を、盤石なものとする行為、日本書紀に言うところの「経営」に相当すると言えようか。（谷口雅博「古事記神話における「国」の生成」前掲論注8）

しかし遠山説は、イザナキ・イザナミの行為とオホアナムチ・スクナヒコナの行為とに共通して「かたむ」の語が用いられることの意味を論じる視点を持たない。また谷口説は、『日本書紀私記』以来「つくる」と訓じられてきた「経営」の語をもって『古事記』の「かたむ」を論じる点、「つくる」「かたむ」の語の相違が考慮されていない。

(15)「かたむ」の語について、イザナキ・イザナミの場合は「固」字、オホアナムチ・スクナヒコナの場合は「堅」字が用いられているが、「固」字は『古事記』中他に用例が無いため「堅」字との用法の違いを見定め難く、また両者の対応を指摘する従来説（第四章末に掲出）においてもこの点は問題にされていないため、今その差異は区別することなく扱っておく。

(16)『先代旧事本紀』の訓読文は菅野雅雄「先代旧事本紀」歴史読本53‐11別冊付録二〇〇八年により、原文は新訂増補国史大系本による。

(17) 鎌田純一『先代旧事本紀の研究　校本の部』吉川弘文館一九六〇年

(18) 鎌田純一『先代旧事本紀の研究　研究の部』吉川弘文館一九六二年

(19) 工藤浩『氏族伝承と律令祭儀の研究』新典社二〇〇七年

(20) 菅野雅雄「『先代旧事本紀』は偽書か、否か？」歴史読本53‐11二〇〇八年

(21)『先代旧事本紀』の成立年代については、「厳密には、「不明」もしくは「未詳」とすべきであろう。」（嵐義人「『先代旧事本紀』の成立・撰者・編纂意図」歴史読本53‐11二〇〇八年）が、諸家例えば次のように指摘している。鎌田純一「大凡平安初期」（『先代旧事本紀の研究　研究の部』前掲書注18）、神野志隆光「延喜初年には成立していたと見られる。」（『古代天皇神話論』若草書房一九九九年）、金井清一「九世紀後半の成立と推定」（「『先代旧事本紀』と大和王権」歴史読本53‐12二〇〇八年）等。

(22)『続日本後紀』歌謡の訓読文は近藤信義「「仁明天皇四十賀の長歌」の訓読」立正大学国語国文47二〇〇九年により、原文は新訂増補国史大系本による。

(23) なお『大三輪神三社鎮座次第』は、奥書に貞和二年（一三四六年）の判を持つものの、江戸時代中期の偽作である可能性も指摘される資料だが（続群書類従完成会編『群書解題（六）』一九六二年、解題執筆は西田長男）、次の伝承を記録する。

初伊奘諾伊奘冊二神共為夫婦。生大八洲国及処々小嶋。而地稚如水母浮漂之時。大己貴命与少彦名命。戮力一心。殖生蘆葦。固造国地。故号曰国造大己貴命。因以称曰葦原国。

ここでは、国が「浮漂う時」に「蘆葦を殖生し国地を固め造る」二神の姿が見え、『先代旧事本紀』と『続日本後紀』長歌との双方の伝えを引き継いでいる点で、両者の伝承内容の関係性を窺う材料となる。神野志隆光は『続日本

後紀』長歌と『大三輪神三社鎮座次第』とについて、「同じ伝承をふまえてのものである。」と注している（「葦原中国」と「天下」」『五味智英先生追悼上代文学論叢』笠間書院一九八四年所収）。

(24) 吉井巌「スクナヒコナノ神」萬葉68一九六八年

(25) 金井清一「スクナヒコナの名義と本質」東京女子大学附属比較文化研究所紀要31一九七一年

(26) 『続日本後紀』長歌について、石母田正は「記紀の物語を媒介としなければ考えられない発展した形」（「国作りの物語についての覚書」前掲論注8）と説いた。しかし、本論に述べたように、『古事記』の「作堅」と『続日本後紀』長歌に見るスクナヒコナの「国かため」とは関連があると考えるが、「作堅」という表現をもとに新たな伝承が派生するほど『古事記』が仁明天皇の時代までに広く受容されていたという証左を得難い。また『日本書紀』は講書の場で読まれたが、「神代紀」当該一書に記述される二神の活動（「経営天下」「定其療病之方」「定其禁厭之法」）と『続日本後紀』長歌の表現性とは隔たりが大きく、当該一書の内容が「発展」して『続日本後紀』長歌が生じたとも考え難い。

(27) 飯田武郷『日本書紀通釈（一）』大鐙閣一九〇二年

(28) 坂本太郎・家永三郎・井上光貞・大野晋『日本書紀（上）』（日本古典文学大系）岩波書店一九六七年

(29) 小島憲之・直木孝次郎・西宮一民・蔵中進・毛利正守『日本書紀（一）』（新編日本古典文学全集）小学館一九九四年

(30) なお松田信彦は、オホアナムチ・スクナヒコナの問答については触れていないが、第八段正文の「蓋～」について、「筆録者（あるいは編纂者か）の見解（疑問）の表れと考えることは、まず間違いのないところであろう。」と述べている（「『日本書紀』神代巻の基礎的研究」国学院大学大学院研究叢書文学研究科３一九九九年）。

(31) 二神の問答が文脈上の接続を果たす役割を担っていることは、既に藤井信男「古事記上巻の成立過程（二）」日本学士院紀要14-3一九五六年に指摘がある。

(32) なおオホアナムチ・スクナヒコナの問答がイザナキ・イザナミ神話を想起させるものであることについては、高崎正秀に次の指摘を見るが、具体的な論証は展開されていない。

国生み国造りは、諾冉二神の天御柱めぐり以来、夫婦のいとなみの結果と観想される癖になつてをり、事実聖婚秘儀を伴つた様である。果せるかな、書紀一書は「（引用略、当該問答場面）」と書いたのは、その儘諾冉二神の国生み「成々不成合処……」「成々而成余処……」の問題の再現でなければならぬ。（「大国主神名義考」『千家尊宣先生還暦記念神道論文集』神道学会一九五八年所収）

第六章　石立たす司《かみ》
——スクナミカミと常世の酒と——

一　はじめに

是に、還り上り坐しし時に、其の御祖息長帯日売命、待酒を醸みて献りき。爾くして、其の御祖の御歌に曰はく、

　この御酒は　我が御酒ならず　酒の司　常世に坐す　石立たす　少御神の　神寿き　寿きくるほし　豊寿き　寿きもとほし　まつりこし御酒ぞ　あさず飲せ　ささ

如此歌ひて、大御酒を献りき。爾くして、建内宿禰命、御子の為に答へて、歌ひて曰はく、

　この御酒を　醸みけむ人は　その鼓　臼に立てて　歌ひつつ　醸みけれかも　舞ひつつ　醸みけれかも
　この御酒の　御酒の　あやに甚楽し　ささ

此は、酒楽の歌ぞ。(『古事記』仲哀天皇)

「仲哀記」（末尾）と「神功皇后紀」（摂政十三年）には、オキナガタラシヒメとタケウチノスクネとが贈答を交わしたとされる一対の酒の歌謡（記三九・四〇番歌、紀三二・三三番歌）が載る。『琴歌譜』にも記載される歌謡で、『古事記』・『日本書紀』・『琴歌譜』の間で歌句に若干の異同があるが、(1) うち第一首目にいずれも「スクナミカミ」の名を見る。スクナミカミは、

大穴道　少御神の　作らしし　妹背の山を　見らくし良しも（『万葉集』巻七―一二四七）

と、大穴道との対で詠まれている例があるので、所謂「スクナヒコナ」のことだと解されているが、それでは何故この酒の歌謡に、この神が選ばれたのだろうか。本論はこの疑問について、特に第一首目の歌謡（以下「本歌謡」とする）を取り上げ、二つの視点から考察を試みる。

〈本歌謡の原文表記〉

許能美岐波　和賀美岐那良受　久志能加美　登許余邇伊麻須　伊波多々須　々久那美迦微能　加牟菩岐　本岐玖流本斯　登余本岐　本岐母登本斯　麻都理許斯美岐叙　阿佐受袁勢　佐々（『古事記』三九番歌謡）

虚能弥企破　和餓弥企那羅儒　区之能伽弥　等虚予珥伊麻輸　伊破多多須　周玖那弥伽未能　等予保枳　保枳茂苫陪之　訶武保枳　保枳玖流保之　摩苑利虚辞弥企層　阿佐孺塢斉　佐佐（『日本書紀』三二番歌謡）

許乃美伎波　和可美支奈良須　久之乃可美　止許与尓伊万須　伊波多須　々久奈美可美乃　止余保々支毛止保之　可无保支々久留保之　万川利己之美伎曾　阿佐須乎西　佐佐（『琴歌譜』十六日節酒坐歌）

〈参照する注釈書一覧〉以下、丸数字の番号でその注釈書を指すこととする。

①契沖『厚顔抄』（『契沖全集（七）』所収）　②本居宣長『古事記伝』（『本居宣長全集（十一）』所収）　③飯田武郷『日

本書紀通釈（三）』大鐙閣一九〇二年　④次田潤『古事記新講』明治書院一九二四年　⑤松岡静雄『紀記論究外篇古代歌謡（上）』同文館一九三二年　⑥木本通房『上代歌謡詳解』東京武蔵野書院一九四二年　⑦武田祐吉『記紀歌謡集全講』明治書院一九五六年　⑧土橋寛『古代歌謡集』（日本古典文学大系）岩波書店一九五七年　⑨倉野憲司『古事記・祝詞』（日本古典文学大系）岩波書店一九五八年　⑩神田秀夫・太田善麿『古事記（下）』（日本古典全書）朝日新聞社一九六二年　⑪相磯貞三『記紀歌謡全註解』有精堂出版一九六二年　⑫尾崎暢殃『古事記全講』加藤中道館一九六六年　⑬坂本太郎・家永三郎・井上光貞・大野晋『日本書紀（上）』（日本古典文学大系）岩波書店一九六七年　⑭土橋寛『古代歌謡全注釈古事記編』角川書店一九七二年　⑮山路平四郎『記紀歌謡評釈』東京堂出版一九七三年　⑯荻原浅男・鴻巣隼雄『古事記・上代歌謡』（日本古典文学全集）小学館一九七三年　⑰土橋寛『古代歌謡全注釈日本書紀編』角川書店一九七六年　⑱西宮一民『古事記』（日本古典集成）新潮社一九七九年　⑲倉野憲司『古事記全註釈（六）』三省堂一九七九年　⑳大久保正『古事記歌謡』『日本書紀歌謡』講談社一九八一年　㉑青木和夫・石母田正・小林芳規・佐伯有清『古事記』（日本思想大系）岩波書店一九八二年　㉒西郷信綱『古事記注釈（三）』平凡社一九八八年　㉓小島憲之・直木孝次郎・西宮一民・蔵中進・毛利正守『日本書紀（一）』（新編日本古典文学全集）小学館一九九四年　㉔山口佳紀・神野志隆光『古事記』（新編日本古典文学全集）小学館一九九七年　㉕「琴歌譜注釈稿（四）」甲南国文46一九九九年

（本歌謡の執筆者は福原佐知子）

二 スクナミカミと常世の酒と

①本歌謡の構成

本歌謡は、「この御酒は 我が御酒ならず」と詠い出される。これは、

此の神酒は 我が神酒ならず 倭なす 大物主の 醸みし神酒 幾久 幾久(「崇神紀」歌謡)

幣は 我がにはあらず 天に坐す 豊岡姫の 宮の幣 宮の幣(神楽歌「幣」本)

と見るように定型的な物讃めの表現であり、この表現を持つ本歌謡は太子に献じる酒を言葉でもって讃め、神聖化することに主眼があると言える。その「我が御酒ならず」の句について、土橋寛は

日常的な物を神聖化する呪詞の慣用型。(中略)「我が」は、公(集団)に対する個人、聖(儀礼的)に対する俗(日常的)の意味を持つ。(注釈書⑭)

と述べた。これに従えば、本歌謡は「私の酒ではなくスクナミカミの酒である」と詠うことによって、酒を俗なものではなく神聖なものとして意味付けていることになる。では、なぜ酒を神聖化するためにスクナミカミが選ばれたのだろうか。本項では、本論冒頭に掲げた疑問をこのような角度から問い直し、本歌謡の表現のあり方に着目して考察する。

まず本歌謡のおおまかな構成をおさえる。本歌謡は「この御酒は」から「まつりこし御酒ぞ」までの部分で酒の由来を詠い、「あさず飲せ ささ」という高らかな勧酒の詞で締めくくる。(2) 酒の由来を詠う部分は「酒がどのように醸されたのか」ということを、つまり「酒造りの場」の状況を表現していて、助動詞「き」が用いられている(「まつりこし」)ことから、それが過去のことであるとわかる。一方「あさず飲せ ささ」は、「今」まさに

目の前にひらけている「勧酒の場」を高揚させ、酒宴の幕開きを導く表現である。つまり本歌謡は勧酒歌として、「酒造りの場」を詠う過去の描写と、現在の「勧酒の場」に即して詠う表現との、二つの時間・場を含み込んでいる。そしてスクナミカミは本歌謡の中で「酒造りの場」を詠う部分にあらわれているため、以下は特に「酒造りの場」におけるこの神のあり方を考えてゆく。

②スクナミカミの役割

酒造りの場におけるスクナミカミの役割は「クシノカミ」と表現されている。クシは「応神記」歌謡（記四九番歌謡）の「許登那具志」（事無酒）・「恵具志」（笑酒）と同じく「酒」の意。[3] カミは、『古事記』（久志能加美）・『日本書紀』（区之能伽弥）・『琴歌譜』（久之乃可美）いずれも「ミ」に甲類の字をあてているので、「神」ではなく「司」や「長」の義とするのが通説である（「酒の首長、酒の長、神酒の首長」…注釈書②⑦⑧⑫⑰㉓、「酒の司、神酒の司」…⑩⑬⑭⑲㉑㉔、「酒造りの長」…⑮、「酒をつかさどる首長・長」…⑯⑱⑳㉒）。

では、スクナミカミは具体的に何の司・長なのだろうか。従来説の多くは「酒の首長」「酒の司」といった漠然とした解釈にとどまっているが、本例と同義のカミの例を挙げ、「クシノカミ」という表現が意味するところを詳細に考える。

帰順ふ首渠者（かみ）（「神代紀」九段一書第二）
菟田県の魁帥（ひとごのかみ）（「神武即位前紀」戊午年）
国郡の首長（かみ）（「成務紀」四年）
家長（いへのかみ）（「孝徳紀」白雉三年）
兵政官長（つはもののつかさのかみ）（「天武紀」四年）

これらのカミは、「帰順する神々の首領」「国・郡・県の首領」「家の主」「兵政官の長官」と、国や家等「特定の集団の統率者」を表している。それはつまり、カミの背後にはそのカミに率いられる一定の集団と、その集団に属する諸々の者たちの存在が控えているということでもある。そうであれば、「クシノカミ」とされるスクナミカミの背後にも、カミに率いられて酒造りに携わった人々がいたと推定できる。従って「クシノカミ」の句は「酒造りの人々の司」の義と定め、酒造りの場で働いていた諸々の者たちが自らの司《かみ》としてスクナミカミをまつったものと考える。

③常世の酒

さて、それら酒造りの者たちは、自らの司たるスクナミカミを「常世に坐す　石立たす」と表現した。スクナミカミは、「常世に坐す」ことと「石立たす」姿とが、特徴的に観想されたとわかる。

このうち「常世に坐す」の句については、〈「常世」という場所にスクナミカミがいる〉と解する通説（土橋⑭「常世の国においでになる」、新編日本書紀㉓「常世の国におられる」、その他①③④⑤⑥⑦⑧⑨⑩⑫⑬⑮⑯⑰⑱⑲⑳㉑㉒㉔㉕各説）に対し、〈スクナミカミが「常世（永遠に変わらない）の状態で」おいでになる〉の意である可能性も指摘され、特に大久間喜一郎は後者を強く推した。

常世《トコヨノ》国に坐《イマス》なり、（中略）【又思ふに、此《コ》は彼ノ常世ノ国を云には非で、常《トコ》とはに不変《カハラズ》坐ス意にてもあらむか、（中略）常世ノ国とするときは、常《トコ》とはの意はなく、常とはの意とするときは、常世ノ国の意は無きなり、何れにまれ一方に見べし、上代の歌の意は、ひたぶるにてかくさまのことを二方を兼《カヌ》ることなどはなかりき、（以下略）】（宣長②）

不老不死の国においでになるの意か、それとも不老不死でおいでになるのか、両様に解せられる。（中略）し

かし、後に「少名御神」の名が出るから、前者に従うのが穏当であろう。（相磯⑪）
「常世に坐す」という歌句については殆ど全ての人が、記紀に見える大国主神の国造りの所伝に従って、「今は常世の国にいらっしゃる」と解していることが今でも納得がいかない。「常世に坐す」というのは、永遠に変わらぬ姿でおいでになるという意味に相違なく、石造物の永遠性を期待した古代の人々の観念がこうした句を成さしめたと私は思っている。（大久間喜一郎⑴）
しかし大久間説には、通説を批判する明確な根拠は述べられていない。先に引用したように、本歌謡と同じ物讃めの定型的表現を持つ神楽歌「幣」には、「幣は我がにはあらず　天に坐す豊岡姫の宮の幣」とある。この神楽歌は「我がにはあらず」の表現に加えて、その「我」と対比される豊岡姫の所在を「天に坐す」と明確に述べている。これによれば、「我」に対比させて物を神聖化する表現においては、「我」に対比される神の所在を述べることに、神聖化を効果的に果たすための特別な意義があると認められる。従って本歌謡の「常世に坐す」についても、スクナミカミの所在を「常世国に坐している」と表現した句と見る（通説に従う）べきだと考える。スクナミカミが常世の国の神であると詠われることが、本歌謡の上で、酒の神聖化を果たす重要な役目を担っていると考える。
なお「我が御酒ならず」の表現について、土橋⑭は「聖（儀礼的）に対する俗（日常的）の意味を持つ。」（前掲）と捉えたが、このことを踏まえて「常世に坐す　石立たす」というスクナミカミの描写を見るとき、特に「常世」という点に関して、「垂仁紀」（九十九年の明年）の田道間守の言葉が注目される。常世国へ赴き「非時香菓、八竿八縵」を手に入れて戻ってきた田道間守は、常世国について
「命を天朝に受りて、遠く絶域に往り、万里に浪を蹈み、遥に弱水を度る。是の常世国は、則ち神仙の秘区にして、俗の臻らむ所に非ず。是を以ちて、往来ふ間に、自づからに十年を経たり。（以下略）」

と述べた。田道間守の常世と本歌謡の常世とが全く同質のものであるかは別に論を要するが、この田道間守の言葉には「神仙の秘区」とされる常世と「俗」とを対比する意識が認められる。そうであれば、本歌謡において「俗」な質を帯びる「我」に対して酒の神聖さを支えているのは、特にスクナミカミが帯びる「常世の神」としての質であったと考えられる。常世の神様が醸した、いわば「常世の酒」であると詠うことが、本歌謡の主眼である「酒の神聖化」を果たしており、スクナミカミは常世の神であるために本歌謡に選ばれたのだと考える。

④石立たす司《かみ》

以上を本章初めの疑問への答えとするが、それではスクナミカミが「常世に坐す」ことと「石立たす」こととは、どのような関係性にあるのだろうか。この点についての従来説の見解は、およそA〜Cの三通りに分けられる。まず、A宣長は次のように述べて、「石立たす」スクナミカミの姿を「常世におけるもの」「皇国（この世）におけるもの」の両様に解する可能性を示し、どちらか一方に定めることはしなかった。

常世ノ国に於《オキ》て其ノ御霊《ミタマ》の石にて立《タチ》賜ふにもあるべし、【又常世ノ国に坐《イマス》とは、此ノ神の大凡《オホヨソ》を詔ひ、石立《イハタタス》は、皇国にて處處に御像石《ミカタイハ》にて立チ給ふことを、詔へるにもあるべし、（以下略）】（『古事記伝』②）

これに対し、B「この世におけるもの」だと定める説、

此神御身は常世国に坐して。御魂を石に留めて。此顕し国に。處々に立給ふことを詔へるなり。（飯田③）

この国では石像としてお立ちになっているという意であろう。（古典大系古事記⑨）（他(4)）

C「常世におけるもの」と解しているとみられる説

常世の国に磐と立ちいます薬の神少彦名（松岡⑤）

常世国に石を神体として立ち給ふ少名彦神（木本⑥）（他(5)）

もある。このうちB説は、

能登国能登郡　宿那彦神像石神社（『延喜式』巻十）

常陸國上言。鹿嶋郡大洗磯前有神新降。初郡民有煮海爲塩者。夜半望海。光耀属天。明日有兩恠石。見在水次。高各尺許。體於神造。非人間石。塩翁私異之去。後一日。亦有廿餘小石。在向石左右。似若侍坐。彩色非常。或形像沙門。唯無耳目。時神憑人云。我是大奈母知少比古奈命也。昔造此國訖。去往東海。今爲濟民。更亦來歸。（『日本文徳天皇実録』齊衡三年）

といった資料から傍証を得ることができるが、B・C両説は互いに批判考証を示さない点で論証が不十分である。そこで改めて、上述した三通りの見解が並立している「常世に坐す　石立たす」の解釈を試みる。(6)

本歌謡は「酒の司」「常世に坐す」「石立たす」の三句が「少御神」を修飾しているが、これに近似する例として「景行記」歌謡を挙げることができる。

尾張に　直に向へる　尾津崎なる　一つ松　吾兄を　一つ松　人にありせば　大刀佩けましを　衣着せましを　一つ松　吾兄を（記二九番歌謡）

この一つ松歌謡について、土橋古事記(14)は、「「尾張に　直に向かへる　直に向かへる　一つ松」と歌っていたのを、後に「尾張に　直に向かへる　尾津の埼なる　一つ松」と歌い替えたものであることは、ほぼ推測して誤りない。」として、「尾張に　直に向へる」も「尾津崎なる」もともに「一つ松」の修飾語と見るべきであることを指摘している。これに従えば、一つ松歌謡ではまず松の〈状態〉を「尾張に直に向へる」と表現したのち、その松が生えている〈場〉を「尾津崎なる」と示していることになる。一方本歌謡は、「常世に坐す」とスクナミカミの所在を示し、次いで「石立たす」とスクナミカミの状態を描いているので、「酒の司」の句を除くと、〈場〉〈状態〉の順で修飾句が配置されている。このように、一つ松歌謡と本歌謡とでは修飾句の数と配列順序とに差はあるものの、共に一つの句についてその〈状態〉と〈場〉を表現する修飾句が並列される点で、類似した構成といえる。

そして、一つ松歌謡で「尾張に 直に向へる 尾津崎なる」と表現される「一つ松」は、尾津崎に立っていてその場所で尾張の方を向いているのだと、読み取ることができる。つまり「尾張に直に向へる」と「尾津崎なる」とは、同じ時・同じ場における松の様子を表現したものである。そうであれば、類似する構成を持つ本歌謡の「常世に坐す 石立たす 少御神」についても、「常世に坐す」と「石立たす」とはスクナミカミに関して、同じ時・同じ場におけるこの神のありようを表現したものと考えるべきではないだろうか。従って、「常世に坐す 石立たす 少御神」の句は「常世の国にいらっしゃってその場所で石として立ち顕れておいでのスクナミカミ」の意と見るのが、本歌謡の解釈として素直な姿勢だと考える。よって先に示した三通りの従来説のうち、少なくとも、石立たす姿を「この世におけるもの」と定めるB説は適当ではないと判断する。

⑤常世との交感

それでは、常世において石立たすスクナミカミによって常世の酒が醸されると詠われた、現実の酒造りの場とは、どのような空間なのだろうか。次のように想定してみる。

本歌謡は、上述したように、表現の上では「常世において」石立たすスクナミカミを詠っている。一方「宿那彦神像石神社」(『延喜式』)や『日本文徳天皇実録』(前掲)の記事は、石に依りついて「この世に」示現するスクナヒコナ信仰のあり方を示している。この両者を総合して見るとき、この神は「常世において」石立たしているために、この世においてもそのままの姿で、すなわち石として顕れるのだと考えられるのではないか。

あるものが、異世界における姿とこの世における姿との間に信仰的なかかわりを見せることは、「天の香具山」

についての折口信夫・井手至の指摘がある。天の香具山は、『古事記』に

天児屋命・布刀玉命を召して、天の香山の真男鹿の肩を内抜きに抜きて、天の香山の天のははかを取りて、占合ひまかなはしめて、天の香山の五百津真賢木を、根こじにこじて、（以下略）

と見え、天上世界に観想された山の名であるが、それが地上に「天降り」したとも伝えられる。

郡家ゆ東北のかたに天山あり。天山と名くる由は倭に天の加具山あり。天ゆ天降りし時二に分かれて、片端は倭の国に天降りき。片端はこの土に天降りき。因りて天山と謂ふ、本なり。（『伊予国風土記』逸文）

天降りつく　天の香具山　霞立つ　春に至れば　松風に　池波立ちて　桜花　木の暗繁に　沖辺には　鴨つま呼ばひ　辺つへに　あぢ群騒き　ももしきの　大宮人の　罷り出て　遊ぶ船には　梶棹も　なくてさぶしも　漕ぐ人なしに（『万葉集』巻三―二五七）

折口・井手は、これらの伝承を踏まえて、なぜ地上の香具山が「天の香具山」と呼ばれるかという疑問について、

天香具山の名は、天上の山の名である。同時に地上の祭事に当つて、天上と一つの聖地―天高市《アメノタケチ》―と考へられた土地の中心が、此山であつた。だから平常にも、聖なる地として天《アメ》なる称号をつけて呼ぶ様になつたのだ。天地一つになる時、地上の山が天上の山なのだ。（折口信夫）[7]

香具山は天上から天降った山だから「天の香具山」と言うと説明されるのが普通であるが、香具山がこのように「天の」ということばを冠することについては、私は、香具山が、もと高天原（天上界）にあった山であるということだけでなく、高天原に聳えていたそのままの形でこの中つ国（地上界）に聳えている山であるという意識が働いていたのではないかと思うのである。（井手至）[8]

と述べた。両説をまとめれば、香具山が天上においても地上においても同じ形で聳えていると観想されたために、古代の人々は地上の香具山を見て天上の香具山までを望むことができ、そこに地上の香具山を介した「天上と一

つの聖地」が実現するということになるだろう。地上の香具山は、その形状が天上の香具山と同じであると見做されることによって、天上世界とこの世とのいわば交感の場を創りあげており、地上の香具山を「天の香具山」と表現する所以をここに見ることができる。

このような発想を、本歌謡の「石」と「常世」との関係にもあてはめてみたい。即ち、酒造りの人々は「常世国において石立たすスクナミカミ」を観想し、同時に神像石をまつる式内社のように、酒造りの場にスクナミカミの神体として、常世国にまします姿と同じ形の石をまつって、酒造りをしていた可能性を想定してみる。本歌謡の詠う酒造りの場は、例えば天の香具山がその形状によって天上と地上とを一つに結び付けているように、スクナミカミの神体である「石」を介して常世との交感が果たされた、神聖な空間であったのではないか。

そしてこのように酒造りの場のあり方を想定してみるとき、本歌謡の「常世に坐す　石立たす」という表現は、現実の酒造りの場にまつられた石を「常世国において石立たす」スクナミカミの姿そのものであるとみなして、詠ったものと考えられる。そうであれば、「石立たすスクナミカミ」の解釈について「常世国における」「この世における」という両方の可能性を見据えたA宣長説の姿勢が、改めて見直されるだろう(9)。宣長説をこのように捉え直し、スクナミカミの石を介して常世国の質を帯びた霊的な酒造りの場が、「常世の酒」を産み成していたと考える。

三　スクナミカミをまつる場

前項では、スクナミカミは常世の神であるために本歌謡に選ばれたと考察し、スクナミカミの「石」を介して常世との交感が果たされる酒造りの場のあり方を推察した。それでは、スクナミカミをまつって酒造りをする場として、どのような環境を想定することができるだろうか。本歌謡は『琴歌譜』にも記載され、平安時代には宮廷で教習されていたとみられるが、本歌謡が初めて創作された時の背景には、実際にスクナミカミをまつって酒造りを行う場があったと考える。そこで本項では、「スクナミカミをまつる酒造りの場」の環境を考察することで、本論冒頭に掲げた「何故本歌謡にスクナミカミが選ばれたのか」という疑問に向かいたい。

①従来説

本歌謡をはぐくんだ環境について、益田勝実は「なぜ、この置酒歌において、主人側が酒薬《くし》の神スクナビコナを担ぎ出さねばならぬのか」という疑問への答えとして、

スクナビコナノカミを持ち出すのは、特別のどこそこの神社の祭りのあとのうたではなく、宮廷の祭祀のあとのものであるから、と考えられる。

と述べた(10)。また宮岡薫も、益田の問題提起を受けて、次のように結論している。

「常世にいます」と歌われる少彦名神は、生命の再生の場であった常世から、「年々海を渡って去来し、死と再生を繰り返す穀神」としての職能を持ち、そして「穀霊の死と再生の信仰と結合した、共同体の死と再生の祭式である。」新嘗祭に、少彦名神の神話的属性が結びつく必然性があった。（中略）このように見てくると、少彦名神がいかに王権の本質と密接に結びついているかが察知される。神功皇后が少彦名神を歌う必然性はまさしくここに帰結できるのである(11)(12)（他）

これらの説は、宮廷・王権と本歌謡との関わりを想定する点で、本歌謡の性格を論じた土橋寛の説とも響きあう。大穴持・少名彦の二神は国作りの神であっても、国つ神であるから、天皇の支配下に置かれているのであり、そこに「献る」という関係敬語が用いられる理由がある。したがってこの語は、この歌が宮廷の酒宴歌謡で

あることを物語るもので、これとほとんど同一詞章ともいうべき「この御酒は我が御酒ならず　日本成す大物主の　醸みし神酒　幾久幾久」（紀15）に「献る」の語がないのは、三輪神社の酒宴歌謡だからである。（土橋⑭。なお土橋⑰にもほぼ同様の説が見える。）

土橋はスクナヒコナを天皇の支配下に置かれた国つ神とみなし、本歌謡の「まつりこし」の句を国つ神と天皇との「関係敬語」と説くことで、本歌謡を「宮廷の酒宴歌謡」と明確に規定した。本歌謡について、宮廷で創作されたものだとまでの明言はしていないが、

酒楽之歌が元来ミウチ的な酒宴で歌われたとしても、宮廷歌謡であることは疑いない。何故ならば、「石立たす　少名御神の　…　献り来し　御酒ぞ」という歌詞は、天皇または皇太子に対する勧酒の言葉以外のものではありえないからである。(13)

とも述べて、例えば〈元来宮廷外にあった本歌謡が宮廷に入り、宮廷歌謡としての地位を得た〉といった可能性については全く言及していない。そして、現在までこの土橋説を根本的に疑問視する論を見ず、相磯⑪を除く①～㉕の諸注釈書すべてが、訳出や本歌謡を訓み下す際の文字のあて方（「奉」「献」字の使用）から、「まつりこし」を「献上して来た」の意に解していると認められる。このように、「まつりこし」は土橋が言う「関係敬語」、つまりスクナミカミと酒を受ける側との身分差を踏まえて「献上して来た」の義とするのが通説である。

②従来説の問題点

しかし、土橋寛は本歌謡を「宮廷の酒宴歌謡」と規定する上で、特に論証することなくスクナミカミ（スクナヒコナ）を国つ神と断じているが、神話研究の立場からは早くに松村武雄が

少彦名命は、天孫系民族の神々や国神の一般と著しく異なつた特徴を有してゐる。この神は、高天原のパン

テオンを構成する神でもなく（同神が高皇産霊尊の子で、その指の間より漏れ落ちたとする伝承は、この神が天孫系・高天原系民族の信奉した一霊格たることを示すものではない。該伝承は、この神が常世国にいますことを予定し、而してその事実を説明せんとするために生れたものに他ならぬ）、またこの国土を棲所とする所謂国神の一員でもない。それは天神及び国神の範疇から逸脱してゐる特異の一存在態である。(14)

と述べている。土橋説はこうした見解への言及と批判考証がみられない点で不十分であり、「スクナミカミ（スクナヒコナ）は国つ神であるか否か」という問題を改めて検討した上で、本歌謡の性格を見定める必要がある。

「国つ神」（地祇）は「天つ神」（天神）と対になる概念であるが、両者は例えば

天つ神は天の磐門を押し披きて天の八重雲をいつの千別きに千別きて聞しめさむ。国つ神は高山の末・短山の末に上りまして、高山のいゑり・短山のいゑりを撥き別けて聞しめさむ。（『延喜式』六月晦大祓祝詞）

天神者。伊勢。山城ノ鴨。住吉。出雲国造斎神等類是也。地祇者。大神。大倭。葛木ノ鴨。出雲大汝神等類是也。（『令義解』巻二、神祇令）

と記載され、これらを踏まえた宣長『古事記伝』の解釈が現代の通説とされる。(15)

天神《アマツカミ》とは、天に坐シます神、又天より降リ坐る神を申し、地祇《クニツカミ》とは、此ノ国土《クニ》に生《ナリ》坐る神を申すなり、（宣長『古事記伝』）

つまり国つ神たる要件として、「この国土に生り」「この国土に坐している」という二点が示されているわけである。そこでこれに従って、『古事記』・『日本書紀』の神話を見る。

故、大国主神、出雲の御大の御前に坐す時に、波の穂より、天の羅摩の船に乗りて、鵝の皮を内剥ぎに剥ぎて、衣服と為て、帰り来る神有り。爾くして、其の名を問へども、答へず。且、従へる諸の神に問へども、皆、「知らず」と白しき。（中略）故爾くして、神産巣日御祖命に白し上げしかば、答へて告らしく、「此は、実

に我が子ぞ。子の中に、我が手俣よりくきし子ぞ。故、汝葦原色許男命と兄弟と為りて、其の国を作り堅めよ」とのらしき。故爾より、大穴牟遅と少名毘古那と二柱の神、相並に此の国を作り堅めき。然くして後は、其の少名毘古那神は、常世国に度りき。（『古事記』）

其の後に少彦名命、熊野の御碕に行き至り、遂に常世郷に適きます。（中略）初め大己貴神の国を平けたまふに、出雲国の五十狭狭の小汀に行き到りまして、且当に飲食したまはむとしき。是の時に、海上に忽に人の声有り。（中略）乃ち其の物色を怪しび、使を遣し、天神に白したまふ。時に高皇産霊尊、聞しめして曰はく、「吾が産める児、凡て一千五百座有り。其の中に一児最悪しく、教養に順はず。指間より漏き墮ちしは、必ず彼ならむ。愛みて養すべし」とのたまふ。此即ち少彦名命、是なり。（「神代紀」第八段一書第六）

スクナヒコナの出自を語るのはこの二カ所のみだが、ここでスクナヒコナは天つ神の代表であるムスヒ神の御子神とされ、この国土で「生」じたとはされていない。また、オホアナムチと活動した後は常世国へと去り、この国に「坐」し留まってもいない。国つ神の定義を『古事記伝』の説に委ねるなら、スクナヒコナは国つ神としての主要な要件を備えていないということになる。加えて、オホアナムチは確かに国つ神とみてよい（前掲『令義解』）が、『古事記』のオホアナムチが来臨したスクナヒコナに名を尋ねることから、スクナヒコナはオホアナムチにとって異質な存在であったと考えられる。また「神代紀」のオホアナムチは寄り来た見知らぬ神についての伺いを迷うことなく「天神」に問い、海から来臨した神と天との関係を初めから察知していたようだ。これらのことを踏まえると、スクナヒコナはオホアナムチと共に活動するとは言っても、オホアナムチと同じくスクナヒコナもまた国つ神であるとは言い難いと考える。因みに『新撰姓氏録』「神別」部には「地祇」の項があるが、スクナヒコナは同書に現れず、ここからもこの神が地祇であるとの証左は得られない。

従って前項に述べたとおり、スクナミカミは「常世に坐す」神として酒の神聖化を主眼とする本歌謡に選ばれたのであり、あくまでも常世の神と位置付けて本歌謡を読み解くべきだと考える。常世の神であることとムスヒ神の御子神としての性格との関係性は、本論の抱える問題を超えた大きな課題だが、少なくとも「国つ神ではない」という点は動かない。

このように、スクナヒコナ（スクナミカミ）を国つ神と見定める証左と必然性とは乏しく、「まつりこし」の句を国つ神スクナミカミと天皇・皇太子との「関係敬語」に解することで本歌謡の性格を「宮廷歌謡」と規定した土橋説は、その根本において問題を孕んでいると考える。

なお、訳出の問題も検討しておく。「まつりこし」を「献上して来た」の意とする通説は、本歌謡の「少御神の　神寿き　寿きくるほし　豊寿き　寿きもとほし　まつりこし御酒ぞ」の部分を、例えば次のように訳出している。

　少名彦の神様が、寿ぎのために踊り狂い、踊りまわって醸し、献上してこられた御酒でございます。（土橋⑭）

　少名毘古那の神様が、熱狂的に寿ぎ、滅茶苦茶に寿ぎ廻はして、造つて遥々常世の国から献上して来たお酒です。（倉野⑲）

　少御神が、大いに寿いで踊りまわり、神々しく踊り狂って醸して献上してきた酒です。（新編日本書紀㉓）

　少御神が、祝福のために踊り狂って醸し、祝福のために踊り廻って醸して、献上してきた御酒です。（新編古事記㉔）

いずれも「くるほし」「もとほし」（訳出中の傍線部分）と「まつりこし」（波線部分）との間に「醸し（て）」「造って」という説明（二重傍線部分）を挟んでいるが、本歌謡には例えば「（酒を）かむ」等、「醸し（て）」「造って」という訳語に直接該当する歌句は無い[16]ので、諸注が訳語を補ったものとみられる。しかし、本歌謡は「くるほし」「もとほし」の各語が「まつりこし」に直接かかってゆく構造であり、これらの訳出は「くるほし」「もとほし」と

「まつりこし」との意味上の繋がりを、「醸し（て）」「造って」という訳語によって断ち切ってしまっているという問題がある。また逆に、訳語を補わず「くるほし」「もとほし」と「まつりこし（献上して来た）」とをそのまま繋げて訳出してみると、「スクナミカミが踊り狂いながら酒を献上して来た」という不自然な状況が表出し、これも適わない。「まつりこし」を「献上して来た」の義とする通説は、このような問題も抱えている。

③解釈の試み

それでは、スクナミカミと酒を受ける側との身分差を念頭に置くことをやめ、また「くるほし」「もとほし」と「まつりこし」との意味上の繋がりを踏まえるとすれば、どのような解釈が可能だろうか。「まつりこし」を「献上して来た」の義とする通説の問題点は上述したとおりだが、あらためて「まつりこし」の理解を問い直すとき、次の折口信夫説が注意される。

此まつるは献じに持つて来たとはとれぬ。「来《コ》し」は経過を言ふので、「最近までまつり続けて来た所の」の義であつて、後代なら来たと言ふ処だ。即『神秘な寿ぎの「詞と態《ワザ》と」でほき、踊られてまつり来られ、善美を尽した寿き方で、瓶の周りをほき廻られて、まつり続けて来られた御酒だよ』と言ふ事になる。[17]

この見解は、①～㉕の諸注釈書の中では相磯貞三⑪のみが引き継いで、「祝い祭って来た御酒であります。」と訳出している。また井口樹生も次のように述べる。

豊かにほき、くるくる旋回してはほき、そうして今ここにまつり来たった酒であるというのである。（中略）本来、酒は神事に付属する直会をもくろんで、その日に丁度満足な状態に発酵するように仕込まれたものである。（中略）すると、酒を醸す側から言えば、「まつり」は酒を仕込んだ時から始まることになる。先の歌謡で「まつりこし」の語は、そのことを伝えている。[18]

しかし、他にこの問題について言及する論著を見ず、「まつる」を「献」ではなく「祭」、「こし」を空間的伝来の意ではなく時間的連続の義と説く折口・相磯・井口の説は、現在ほとんど省みられていない。

「まつる」という語には、一般に「祭る。歌舞や幣帛などを奉納して神霊を招じ慰める。」意と、「献上する。たてまつる。差し上げる。」意との両方が認められる（『時代別国語大辞典上代編』(15)）。また「こし」についても、『万葉集』に、「事もなく　生き来しものを」（巻四―五五九）・「年の緒長く　思ひ来し　恋尽くすらむ」（巻十―二〇八九）・「恋ひ来し妹」（巻十一―二七〇三）等、時間的連続を表す用例を多く見るので、「まつり続けてきた」という解釈も語法の上では成り立つ。加えて「まつる」を「献」ではなく「祭」と解すれば、「くるほし」「もとほし」という酒造りにあたって発酵を促すために歌舞する人々のさまを表現した語と、うまく符合するのではないか。

つまり、スクナミカミがどのようにして酒を「まつり続けてきた」のか、その身体的動作のありようを具体的に表現したのが「くるほし」「もとほし」の各語であると考えられ、「くるほし」「もとほし」と「まつりこし」との意味上の繋がりを、本歌謡の表現のまま素直に解釈することが可能である。よって、「まつりこし」の句は土橋の言う「関係敬語」ではなく、文脈上素直な訳出が可能な「まつり続けてきた」の意に解釈すべきだと考える。あわせて「くるほし」「もとほし」の理解についても考察を加えておく。「もとほし」については従来、様々な解釈と訳出が提出されて来たが、それらはおよそ、次の二つの方向性に分けられる。

・「ほく」動作の十全たることや反復を表すと見る説

「さまざまに壽意《ホク》」（宣長②、飯田③）、「繰りかへし壽ぐ意」（次田④、他⑤⑥⑩⑪もほぼ同様）、「のこる所なく寿ぎつくすをいう」（武田⑦、他⑫⑮もほぼ同様）、「滅茶苦茶に祝福し、祝福し尽くしての意」（大系古事記⑨、倉野⑲）

・旋回運動の義とする説

「踊りまわって醸し」（土橋⑭）、「ぐるぐると廻し、めぐらす意」（思想大系㉑）、「旋回しながら酒を醸すさま」

（西郷㉒）・「踊り廻って」（新編古事記㉔）（他⑯⑰⑱⑳㉓も同様）

しかし次に示すモトホスの他例は、いずれもおよそ「取り囲ませる」意を共有している。

ⓐ八塩折の酒を醸み、亦、垣を作り廻《もとほ》し、其の垣に八つの門を作り（「神代記」）

ⓑ火を以て其の野を廻《もとほ》し焼きき（以火廻焼其野）。（「神代記」）

ⓒ其の軍を廻《もとほ》して（廻其軍）、急けくは攻迫めず。（「垂仁記」）

ⓓ大君の　御子の柴垣　八節縛り　縛り廻し（斯麻理母登本斯）　切れむ柴垣　焼けむ柴垣（「清寧記」歌謡）

ⓔ海神は　奇しきものか　淡路島　中に立て置きて　白波を　伊予に廻《もと》ほし（伊予尓廻之）（以下略、『万葉集』巻三―三八八(19)）

また、他動詞モトホスに対する自動詞モトホルの例を見ると、例えば

神風の　伊勢の海の　大石に　這ひ廻ろふ（波比母登富呂布）　細螺の　い這ひ廻り（伊波比母登富理）　撃ちてし止まむ（「神武記」歌謡）

鹿こそば　い這ひ拝め　鶉こそ　い這ひもとほれ（伊波比廻礼）　鹿じもの　い這ひ拝み　鶉なす　い這ひもとほり（伊波比毛等保理）　恐みと　仕へ奉りて（前後略、『万葉集』巻三―二三九）

とあって、ぐるぐると廻る動きを示している。そうであればモトホスは、一定の中心を定めてその周囲を取り囲ませることであると共に、中心となるものの周囲を旋回させることをも言うと考えられる。(20)

なお「くるほし」「もとほし」という他動詞の対象については、

・「酒」とする説

「酒」を「狂わせ」「廻らせる」意。実際は歌舞する人が「狂ひ」「廻る」のであるが、観念の上では、そうすることによって酒を「狂ほし」「廻す」のであり、具体的には酒をぷつぷつとよく醱酵させることで

ある。（土橋⑭、他⑧⑮⑰⑳㉕各説も同様）

・「人々」とする説

酒の神少名御神が寄り来り、神がかり状態になって人びとを舞い狂わせ甕のまわりをくるくる廻らせて醸した酒と解すべきではなかろうか。（西郷㉒）

が示されてきたが、「もとほす」を「取り囲ませ、旋回させる」意とするとき、スクナミカミが酒造りに携わった人々の「司」である（上述）こととあわせて、「人々をくるほし・もとほす（スクナミカミが人々をして酒臼の周りを取り囲ませ、ぐるぐると廻らせる）」意と見るのが相応しいと考える。

以上によって、本歌謡全体を次のように解釈する。

このお酒は私が醸したお酒ではありません。我々（酒造りの者たち）の司として、常世の国にいらっしゃってそこで石として立ち顕れておいでのスクナミカミが、（我々酒造りの者たちを）熱心に歌舞させ酒臼の周りを取り囲ませて、大切に寿ぎまつってきたお酒なのです。いざお飲みください、ささ。(21)

常世のスクナミカミが、人々を「くるほし」「もとほし」て大切にまつり続けてきた酒であるからこそ、神聖な寿ぎの結晶として極上の「常世の酒」が出来上がるものだろう。

④酒神「スクナ神」

以上「まつりこし」を「まつり続けてきた」と解釈し、天皇・皇太子と国つ神との「関係敬語」とみた土橋説に異を唱えた。そうであれば、土橋は「関係敬語」の存在によって本歌謡の性格を「宮廷歌謡」と断じたのであったが、本歌謡は『琴歌譜』に「十六日節酒坐歌」とされる等宮廷内に位置した歌謡としての側面を持つとはいえ、その出自や宮廷との結び付きのありようについては、見直す余地が生まれる。

また本項はじめに挙げた益田・宮岡両説は、本歌謡にスクナミカミが選ばれた理由を、この神と「宮廷の祭祀」「王権の本質」との結び付きに求めた。しかし、神話研究の立場からは、一般にこの神と常民・民間とのかかわりが指摘され、(22) スクナヒコナは宮廷の神ではなく民間の神としての性格を持つと考えられる。さらに、宮中の酒神は『延喜式』に

（巻九）　造酒司坐神六座大四座　小二座
　大宮賣神社四座並大。月次新嘗。
　酒殿神社二座並小
　酒弥豆男神　酒弥豆女神

（巻四十）　造酒司
　祭神九座春秋並同。
　二座酒弥豆男神。酒弥豆女神。並従五位上
　四座竈神。
　三座従五位上大邑刀自。従五位下小邑刀自。次邑刀自。

とある。大宮賣神社四座の詳細を記す確たる資料は無いが、(23) 宮中の酒神としてスクナヒコナの名が明記されていないことは重要である。また、新嘗祭等、国家祭祀の場でスクナヒコナが祀られたという記述も見られない。(24) つまりスクナヒコナと「宮廷の祭祀」（益田）・「王権の本質」（宮岡）との結び付きを裏付ける資料は無く、宮廷信仰とは異なる質を帯びている可能性のあるこの神が、宮廷の酒造りの際にまつられて本歌謡に選ばれたと見ることは、証左に乏しいと考える。

それでは、スクナミカミをまつって酒造りをする場、即ち本歌謡が創作された背景を担う酒造りの場として、

どのような環境を想定することができるだろうか。試みに、一つの可能性を挙げておく。

右、萩原と名づくる所以は、息長帯日売命、韓国より還り上りまし時、御船、此の村に宿りたまひき。一夜の間に、萩一根生ひき。高さ一丈ばかりなり。仍りて萩原と名づく。即ち、御井を闢りき。故、針間井といふ。其の処は墾らず。又、墫の水溢れて井と成りき。故、韓の清井と号く。其の水、朝に汲むに、朝を出でず。尓ち、酒殿を造りき。故、酒田といふ。舟、傾き乾れき。故、傾田といふ。米舂女等が陰を、陪従婚ぎ断ちき。故、陰絶田といふ。仍ち、萩多く栄えき。故、萩原と云ふ。尓に祭れる神は、少足命にます。（『播磨国風土記』揖保郡萩原里）

従来のスクナヒコナ研究の中ではあまり取り上げられてこなかった記事だが、ここで注目されるのは、息長帯日売命とその一行が酒殿を造り、そこで「少足命」という神が祭られていることである。「少足命」は他に見えない神名で、スクナヒコナ・スクナミカミと同神と定めてよいのか難しいが、通説に従ってこれを「スクナタラシノミコト」と訓じれば、(25) スクナヒコナ・スクナミカミ・スクナタラシはいずれも「スクナ」の語を神名の核に持つ点で通じる。そして、その「スクナ」という名を持つ神が酒とかかわって現れるのはこの『播磨国風土記』と本歌謡のみであり、本歌謡を記載し現在まで伝えている『古事記』・『日本書紀』・『琴歌譜』はいずれも本歌謡を息長帯日売命が詠ったものとして記している。

十三年春二月丁巳朔甲子、命武内宿禰、従太子令拝角鹿笥飯大神。癸酉、太子至自角鹿。是日、皇太后宴太子於大殿。皇太后挙觴以寿于太子、因以歌曰（以下略、「神功皇后紀」摂政十三年）

日本記云磐余稚桜宮御宇息長足日咩天皇之世命武内宿祢従品陀皇子令拝角鹿笥飯大神至自角鹿足日皇太后宴太子於大殿皇太后挙觴以寿于太子因以歌之。（『琴歌譜』縁記）

つまり酒神としての「スクナ神」の記事はすべて、息長帯日売命の伝承と結び付いているわけである。このことを踏まえるとき、息長帯日売命の酒造りに「スクナ神」がなんらかの特別な関係を持っていた可能性を想定することはできないだろうか。

従来説は一般に、息長帯日売命の所伝と本歌謡とのかかわりについて、否定的である。

記に此者酒楽之歌也とある所を見ると、(中略)必しも太后と武内宿禰との唱酬ではあるまい。(松岡⑤)

独立歌謡としての酒宴歌謡であったことは、『記』40の後文に「此は、酒楽之歌なり」とあることによっても明らかで、息長帯日売云々の所伝は、その起源説話と見るべきである。(土橋⑭)

『記・紀』に於て、その歌謡と地の文とは本来的には無関係であったのが通例であるから、神功皇后についての所伝も、恐らくは当初から備わったものではないだろう。(服部旦[26])

歌詞そのものには神功皇后の物語と結びつく要素は何もない。本来酒宴の席で歌われた独立歌謡であったと見るべき(大久保⑳)

歌謡は、本来、説話とは別の独立歌謡(宮廷の酒宴歌謡)として間違いなかろう。(中略)特定氏族の手により説話と歌謡が結合されたとは考え難い。氏族伝承として継承されたものでないことは確かと思われる。(猿田正祝[1])

しかし、本歌謡と宮廷との結び付きについて考え直す余地があることは本論に述べたとおりであり、また『新撰姓氏録』(左京皇別)には大化前の朝廷において造酒の職に携わっていた息長氏系の酒造りの存在が認められる。

坂田酒人真人　息長真人と同じき祖。[27]

そこで、そうした息長氏系の酒造りが元来酒造りの際にまつった神が、「スクナ神」であった可能性を想定してみることはできないだろうか。もしそうであれば、本歌謡にスクナミカミが選ばれた理由について、今後は息長帯日売命の所伝とのかかわりも充分に視野に入れて、考察してゆくことができるだろう。

以上、「何故本歌謡にスクナミカミが選ばれたのか」という疑問に対し、第二項では本歌謡の表現のあり方から、第三項ではスクナミカミをまつる酒造りの場という面から論じてきた。各句の注釈的な考察が中心となったが、従来説のほとんどが本歌謡を論じるにあたって土橋寛の解釈をほぼ無批判に踏襲してきた中にあって、研究の基盤そのものを新たに確かめ直したつもりである。また、第三項末に示した論点については従来説の課題を示し新たな考察の入り口に立ったばかりだが、本歌謡の出自や息長帯日売命の酒造りとスクナ神とのかかわり等、本歌謡の持つ豊かな背景を探る手掛かりを得ることができたと考える。

【注】

（1）『古事記』・『日本書紀』・『琴歌譜』の歌句の異同については、大久間喜一郎「記紀歌謡の詩形と大歌」上代文学38一九七六年、内藤磐『上代歌謡演劇論』明治書院一九八七年、猿田正祝「酒楽歌についての一考察」国学院大学大学院紀要文学研究科23一九九二年、大久間喜一郎『古代歌謡と伝承文学』塙書房二〇〇一年等の論がある。また本歌謡について、『古事記』は「酒楽之歌」、『琴歌譜』は「酒坐歌」と記しているが、その訓および意義については、水島義治「酒楽歌」北海道大学国語国文研究18・19一九六一年、賀古明「酒坐歌・酒楽之歌」『倉野憲司先生古稀記念古代文学論集』桜楓社一九七四年所収等の論がある。

（2）本歌謡の構成については、倉林正次『饗宴の研究（文学編）』桜楓社一九六九年、真鍋昌弘「酒宴と歌謡」『講座日本の伝承文学（九）口頭伝承〈トナエ・ウタ・コトワザ〉の世界』三弥井書店二〇〇三年所収等にもすでに指摘がある。また勧酒の歌謡に酒の由来や醸造過程を詠い込む型が認められることについては、土橋寛『古代歌謡全注釈日本書紀編』⑰、古橋信孝「古代の酒の神謡から」日本文学研究資料刊行会編『古代歌謡』有精堂出版一九八五年所収、孫久富「記紀歌謡と中国文学」相愛大学研究論集9一九九三年、畠山篤「紀の酒の歌謡の発想」弘学大語文25一九九九年等に韓国・中国・沖縄の例が挙げられ、本歌謡もその類とみなすことができる。

（3）現在でも、例えば西表島祖納の節祭では、神に供える酒・米・塩・馳走等を「花グゥシ」、祭りの参加者たちが飲む酒を「チカラグシ（力御酒）」と呼び、「酒」を意味する「クシ」の語が生きている。（沖縄県西表島祖納

節祭DVDより、株式会社スウィッチ・有限会社ライズ制作、二〇〇六年）

（4） 注釈書⑪⑮⑲の各説および畠山篤前掲論注2もB説である。

（5） 「常世の国においでになる、石としてお立ちになっている少名彦の神様」（土橋⑭）、「常世にいらっしゃって、岩神として立っていらっしゃる少御神」（新編古事記㉔）といった訳出もC説かと見られるが、それ以上踏み込んだ言及は無く、立場がはっきりしない。

（6） なお新編日本書紀㉓は「石立たす」の句を「石の上にお立ちの」と訳出し、「『延喜式』神名に「宿那彦神像石神社」とあるように、石の上に立つ神としての信仰があったことの反映」と注している。しかし「〇〇タツ」という表現は「狭井河よ　雲立ち渡り」（記二〇番歌謡）、「襲衣の襴に　月立ちにけり」（記二七番歌謡）等、あるものが目に見える形で顕れることを言い、「石立たす」を石の上に立つと理解する証左に乏しい。また一般に「神像石」といわれるものは石そのものを神体とみなしているのであって、石の上に立つ神を意味しない。

（7） 折口信夫「大倭宮廷の剏業期」一九三三年（『折口信夫全集（十八）』所収）

（8） 井手至「天の香具山」大阪市立大学文学部人文研究26-3一九七四年

（9） なお益田勝実も、「常世に坐す　石立たす」の表現に、「常世の国にいまして同時に現に石像で立っているという、この神に対する同時認識」を読み取っている（『記紀歌謡』筑摩書房一九七二年）。また益田は、橘の例等を挙げて、「現にこちらにあるものを媒介にして常世を想っている、というのが常世の国信仰の特色」であると指摘したが（「古代の想像力」池田彌三郎編『講座古代学』中央公論社一九七五年所収、同著『秘儀の島』筑摩書房一九七六年再録）、本歌謡の酒造りの場に置かれた石も、このような常世信仰の特徴の一端を示すものと見ることができよう。

（10） 益田勝実「祭のあと」『日本古典評釈全注釈叢書』月報15角川書店一九七二年

（11） 宮岡薫「仲哀記の酒宴歌謡」花園大学国文学論究2一九七四年（同著『古代歌謡の構造』新典社一九八七年再録）。なお引用文中の「　」は原文のままで、「年々～殼神」は安永壽延『伝承の論理』未来社一九六五年、「殼霊の～祭式である。」は安永壽延「常世の国」文学36-12一九六八年から、それぞれ引用したものであるとの注記がある。

（12） なお益田の問題提起を受けた論として、他に上野理「記・紀の酒宴の歌」（比較文学年誌26一九九〇年）がある。

上野は本歌謡の作者を「伶人」とし、伶人は「酒人（造酒正）と僮豎（内豎）と一体となって延臣に酒を勧め」、「延臣に酒を勧めるものが、酒人（造酒正）と僮豎（内豎）であったところから、両者を合体させて〈酒の神〉を「酒の司《かみ》」とし、三輪の神と縁の深い童形の神である少彦名神を三輪の神の代りに立てて〈酒の司少御神〉とし」たと述べる。しかし、酒宴の場における酒人・僮豎についての考察は『西宮記』・『江家次第』・『建武年中行事』等を基としており、上代歌謡とこれらの資料とでは時代の開きの大きさが否めず、首肯できない。

（13）土橋寛『古代歌謡の世界』塙書房一九六八年

（14）松村武雄『日本神話の研究（三）』培風館一九五五年

（15）『日本神話事典』（大和書房一九九七年）の、青木周平「国神」項が、『古事記伝』を通説として挙げている。なお『時代別国語大辞典上代編』（三省堂一九六七年）の「くにつかみ」項は、「天孫系の神に代表されるような、人間をかけ離れた神に対して、その土地や自然物と結びつき、したがって人間とのつながりの深い神である。」とし、『国史大辞典』（吉川弘文館一九八八年）の「天神地祇」項（松前健執筆）は「天つ神とは、高天原に住む神、もしくはそこから地上に降りて来た神を指し、（中略）国つ神とは、地上の山野・河川などに住んでいる神々を指すものとされている。」と説く。

（16）「くるほし」「もとほし」の各語は、酒を醸すために熱心に歌舞するさまを表してるので、「醸す」という目的を内に含む表現ではあるが、建内宿禰命の返歌に「歌ひつつ　醸みけれかも　舞ひつつ　醸みけれかも」（『古事記』）とあるように、「歌ふ」「舞ふ」という動作と「醸む（酒を醸す）」こととは別個の事象と捉えるべきで、「くるほし」「もとほし」の訳出として「醸して」「造って」という訳語を補うことは素直な直訳ではないと考える。また『万葉集』巻十九―四二七五番歌「天地と　久しきまでに　万代に　仕へ奉らむ　黒酒白酒を」のように、「仕へ奉る」という表現で「（酒等の物を）造って差し上げる」ことを表す例もあるが、「仕へ奉る」の「まつる」は補助動詞であり、本歌謡の「まつりこし」とは語構成が異なる。「まつる」一語に、「物を造る（酒を醸す）」意と、「差し上げる」という造る側と受ける側との身分的な関係性を表す意との、両方が含まれるとは認めがたい。

（17）折口信夫「村々の祭り」一九二八年（『折口信夫全集（二）』所収）

（18）井口樹生「「さかほかひ」の要因」上智大学国文学論集2一九六八年（同著『境界芸文伝承研究』三弥井書店

一九九一年再録）

（19）「廻」字の訓について、『古事記』ⓐ～ⓒは古典大系本、『万葉集』ⓔは新編全集本からそれぞれ引用したが、これらについてメグラシ（メグリ）と訓ずる本もある（ⓐⓑⓒ各例は他に日本古典集成本、西郷信綱『古事記注釈』等がモトホシと訓ずるが、新編全集本はⓐⓒをメグラシ、ⓑをメグリと訓む。ⓔは、他に例えば『万葉集本文篇』（塙書房）等がモトホシと訓ずるのに対し、古典集成本、全注、伊藤釈注等はメグラシと訓む。）。また『古事記』（日本古典集成）は「渡の神浪を興し、船を廻して（廻船）、え進み渡りまさざりき。」（景行記）の例をモトホシと訓じたが、新編全集本はその訓を不適切と退け、メグラセバと訓じている。このように「廻」字の訓は「モトホシ」「メグラシ」の間で揺れがあり問題が残るが、今はⓐ～ⓔの諸例がいずれも「取り囲ませる」意を持つこと、そして特にモトホシの確例であるⓓが「取り囲ませる」意であることに注意したい。

（20）本歌謡には「神寿き　寿きくるほし　豊寿き　寿きもとほし」、本歌謡に対する返歌には「歌ひつつ　醸みけれかも　舞ひつつ　醸みけれかも」とあり、二首あわせて「くるほす」「もとほす」「舞ふ」という動作が詠み込まれている。これらの動作について、池田彌三郎『芸能』（岩崎書店一九五五年）に次の言及を見る。

まふの古い意味は、もとほるという語の表わすものに近い。もとほるの名詞形もとほりは、現在方言で「もの周囲」とか「へり」とかを意味しているという（折口先生）。（中略）つまりもとほるという動作は、もののまわりをまわることであって、このもとほる・まはると並列させてみると、まふの意味するところがわかってくる。すなわち、まふとは、もののまわりをまわる動作であり、かならず中心があって、その周囲をぐるぐる旋回する運動である。（中略）この行動が、ほとんどひと続きに、そのまま芸能となっているのは「ものぐるひ」である。（中略）くるふという語は、これと語根くるをひとしくしたくるめくという語をあわせ考えると、速度早く回転することだ。まふの動作の旋回の早いのをくるふといったのだ。

池田の考察に本歌謡は引用されていないが、このように見るとき、本歌謡に詠まれた「くるほす」「もとほす」の語が返歌に「舞ふ」の語で捉え直されていることは、本歌謡が「舞う」系統の芸能の動作の古体を伝えるものであると考えることができる。それは同時に、「くるふ」「舞ふ」とのつながりという点で、「もとほす」の意を「ある物の周りを取り囲ませ、旋回させる」意と見定めた本論の考察を支持する。

（21）「アス」（「あさずをせ」）も問題語。『類聚名義抄』には「賓　アス　オク　寒也　満也」とあり、『万葉集』には「浅くなる」意の下二段活用の「アス」（巻三―二九二）、「放置する」意の四段活用の「アス」（巻十四―三四二九）を見る。土橋日本書紀⑰は『類聚名義抄』の「アス」について「器の中に物が少し残っている状態をいう。」とするが、『類聚名義抄』の「満也」は容器いっぱいに物がつまった状態を言い、それを「物が少し残っている状態」と解するのは難しいと考える。本歌謡の「アス」は四段動詞なので、『万葉集』三四二九番歌、もしくは活用不明だが『類聚名義抄』の「アス」を参考とし、「なみなみと注がれた盃を、手をつけずに放っておくことなく（満たしたままにせず）、いざお飲み下さい」と解しておく。なお寺川真知夫「「アサズ飲せ」考」（同志社女子大学学報しばぐさ28一九八九年）も、「「アサズ」の意味は「盃を満たしたままにしないで」とか、「盃を置かないで」の意になる。」と結論している。

（22）西郷信綱「民衆の農の生活をひらくのがその国作りのおもな内容であった」（『古事記の世界』岩波書店一九六七年）、阪下圭八「大汝、少彦名二神の「国作り」は土着伝承の中に確固とした位置をもつ」（「少彦名神についての覚書」歴史学研究335一九六八年）、吉井巌「スクナヒコナノ神がより広い支持層と常民的発想のなかで捉へられてゐると言ふ事実がある」（「スクナヒコナノ神」萬葉68一九六八年）、「民間に広く信仰された神」（思想大系古事記㉑）等。

（23）『式内社調査報告（一）』（皇學館大學出版部一九七九年）は、「大宮賣神社四座」について「大日本史（神祇志）に、執政所鈔引、天治二年宮咩祭奠文を引いて、「蓋祀大宮津姫・大宮津彦・大御膳津彦・大御膳津姫四神。」といつてゐる。一説として挙げておく。」としている。

（24）『式内社調査報告（一）』（前掲書注23）は、『延喜式』巻九の「宮内省坐神三座　園神社　韓神社二座」について、「一傳によると、園神は大物主神、韓神は大己貴・少彦名二神で、疫を防ぐ神であるといふ。」としているが、その「一傳」が何であるか等、根拠を記さない。

（25）「少足命」をスクナタラシノミコトと訓ずるのは、敷田年治『標注播磨風土記』玄同社一八八七年・秋本吉郎『風土記』（日本古典文学大系）岩波書店一九五八年・久松潜一『風土記（上）』（日本古典全書）朝日新聞社一九五九年・吉野裕『風土記』平凡社一九六九年・小島瓔禮『風土記』角川書店一九七〇年・植垣節也「播磨国風土記注釈稿（八）」風土記研究10一九九〇年・植垣節也『風土記』（新編日本古典文学全集）小学館一九九七年の各説である。なお武田祐吉『風土記』岩波書店一九三七年は「スクナタリノミコト」と訓じ、井上通泰『播磨国風土記新考』大岡山書店一九三一年・和田利彦『風土記集』（大日本文庫地誌編）春陽堂一九三五年の各説は「ヲダリノミコト」と訓じている。

(26) 服部旦「神功皇后「酒楽之歌」の構造と意味」大妻国文8一九七七年

(27) 「坂田酒人真人」について、直木孝次郎『日本古代国家の構造』（青木書店一九五八年）は「大化前においては、中臣・紀・倭など祭祀に関係深い氏族や坂田氏のように皇室に親近な氏族の一族が、酒人造と酒人の上にあって、造酒の職を総括していたものと考えたい。」、佐伯有清『新撰姓氏録の研究考證篇（一）』（吉川弘文館一九八一年）は「掌酒の職掌名を氏名としたものか。」と、それぞれ述べている。

第七章　オホヤマツミ考

一　はじめに──池田彌三郎「海神山神論」「海神山神論の計画」および「芸能・演劇胎生の場」──

「海神山神論」は、池田彌三郎の遺稿である。(1)折口信夫が大正六年に尾道の光景を見て胸に浮べた「わたつみかやまつみか」という題目を、池田は「海神と山神と対立、交流・交錯、あるいは性質・性格の転換」という問題として捉え、とくに「「わたつみかやまつみか」という、折口先生がみずからに課した問題は、遂に、そのもっともユニークな、日本芸能史の樹立に逢着した」こと、また「折口先生の海神山神の論考は、文学史、芸能史に広く深く出つ入りつして続いていく」ことを重視して、それを展開させる姿勢を示している。しかし「海神山神論」は未完に終わり、その草稿である「海神山神論の計画」(2)も、第六章・四四項を最後に「以下未了」と筆が擱かれている。「論」と「計画」とを照らしてみれば、「論」に発展したのは、「計画」全体のおよそ第一四項までである。「海神山神」のテーマは、構想された全体を世に示すことなく書き手を失った。

「海神山神論の計画」の第五章は、「海神山神の素性」と題されている。章内のはじめの二項（「計画」全体の第二九～三〇項）は、次のようである。

29　大山祇神の検討。神話伝承、神々の系図に散見する多くの大山祇。一つの整理として、伊予国一宮、大山祇神社（大三島にあり）の伝承。三つの性格、渡しの神・山の神・海の神。『伊予風土記』に一名を和多志の大神と伝え、百済よりの渡来の神と言う。また、大山祇を祭神とする足高神社は海に臨み、一名「帆下宮《ほさげのみや》」という。敏馬神社の神を思わせる。

30　大山祇の神は性別にも問題があり、『紀』の所伝では女神である伝えがある。

この二項は「海神山神論」へ発展せずに終わったが、同著「芸能・演劇胎生の場」(3)に、それと近しい内容が認められ、そこでは次のように述べられている。

おおやまつみと、山の神の名を示しているこの神が、わたつみの神としての性格を持って来ている経緯は、はなはだ問題を含んでいる。その点を追及すると、山の神と海の神という、日本の神々の性格を始め、山幸彦と海幸彦との対立といった、未解決の諸問題に行きあたる。

やまつみを名告る神が海辺に蟠踞していることに、日本の神々の、山の神と海の神との混淆を見る。山の神だから山に祀られ、海の神だから海辺に祀られるというようには、きちんといっていないのである。

池田は、オホヤマツミを考察することで、折口の「わたつみかやまつみか」という題目に向かう、手がかりの一つとしたわけである。なお、折口は慶應義塾大学の国文学の講義で、大三島のオホヤマツミを論じている。(4)池田は「海神山神論」においてその講義に言及しているから、オホヤマツミに向けた池田の視座は、その折口の言葉を掬いあげたものと見られる。

本論は、池田の構想全体を追うことはかなわないけれども、その着眼に学びオホヤマツミを論じる角度を得た上で（第二項「本論の視点」）、『古事記』・『伊予国風土記』逸文を中心にこの神の性格等を論じ（第三～五項）、古代の山の信仰について、海とのかかわりも視野に入れながら考察してゆく。

二　本論の視点

上掲したように、池田はオホヤマツミについて、「三つの性格、渡しの神・山の神・海の神」があることと、性別の問題とを指摘した（「海神山神論の計画」）。今、それらを改めて点検し、本論でオホヤマツミを扱う角度を見定めておきたい。なお、本論では主たる資料である『古事記』と『伊予国風土記』逸文とを往き来する煩雑さを避けるため、池田の指摘を組み替えて、まずオホヤマツミの「山の神」としての性格について『古事記』を中心に論じ（第三項）、次に考察対象を『伊予国風土記』逸文に移して、性別の問題と「渡しの神・海の神」ということを考える（第四・五項）。

①山の神としてのオホヤマツミ

オホヤマツミが山の神であることは、神名から素直に肯かれるだろう。では、山の神としてのオホヤマツミの姿を、上代文献の上でどのように拾うことができるだろうか。池田はこの点を具体的に掘り下げてはいないが、本論ではまずこのことを問うてみたい。また池田は、『古事記』にはオホヤマツミの他に「山津見」を名告る八神があることを指摘するが、それら八神とオホヤマツミとの関係については、「系譜上のつながりは説かれてはいない。」と述べるにとどまっている（「芸能・演劇胎生の場」）。このことも問い直す必要がある。

ところで、山の神の研究は民俗学の方面にも多くの蓄積がある。上代文献に見るオホヤマツミの姿は、その民俗的な山の神と、かかわりを持つであろうか。このことについて、民俗学では民間信仰に於ける山の神が、地方によつて其々の特色あることは、それが大山祇命でないことの證左でもある。これは明かに山民の心に生きる山の神であつて、高壓的な形式に參拜を餘儀なくせしめられたものでないことが、はつきりと判るのは注意す可きことである。（武田久吉）(5)

山の神は、日本国中どんな山村孤島に行っても、かっては例外なく信仰されていた最も普遍的な神であって、記紀の神代巻に皇室の外戚としてあらわれてくる大山祇命ではないのである。その娘である岩長姫とか木ノ花咲耶姫とかいう類でもない。（堀田吉雄）(6)

『記・紀』の類には、山の神として大山津見神もしくは大山祇命の名がみえ、現在の神道でもこれを古来の民間信仰における山の神にあてている。しかし、この神様は『記・紀』の記載のうえでは、石長姫と木花咲耶姫という2人の女神の父であるというだけで、べつにこれという特色をもつ神ではない。これに対して現在の民間のいわゆる山の神のほうは、少なくもごく近年まで、山中はもちろん全国津々浦々に至るまで、これほど広い住民層に強く信じられてきた神様は、まずないといってもよいであろう。（中略）これは日本民族の信仰の基底となるものが、支配層の信仰とは別個の構造をもっていたことを語るといえよう。（千葉徳爾）(7)

神話から知られる山の神々が今日の信仰にみられる山の神々とは全然違うものである（ネリー・ナウマン）(8)と否定的な姿勢が強く、この点を積極的に論じようとするものを見ない。一方、国文学的見地からのオオヤマツミ研究では、神話に見るオホヤマツミと民俗学的な山の神との、性格の関連が指摘されている。

古事記を一瞥しても、山の神と農耕との関連がきわめて深いのである。（中略、奇稲田姫や大年神系譜等を示して）山の神が春に田に下って田の神となり、収穫後はまた山に帰って山の神となる、という民俗学者の指摘があるが、古代の山の神のあり方は、そのような民俗信仰の根源が何であるかを暗示しているように思われるのである。（吉井巖）(9)

オホヤマツミの娘が二人出て来るが、この神のもつ性質を二人の娘がよくあらわしていると思われる。（中略）妹のコノハナノサクヤビメは山の掌る木の花の盛んに咲き栄えることを予祝する意味を持ち、民俗学で言われている山の神の豊饒をもたらす性質によるものと言えるであろう。さらに民俗学的には山の神は祖神としての側面も有するとされているが、多くの国つ神たちの親として登場しているオホヤマツミには、そうした山の神の属性が見出されるのである。（島田伸一郎[10]）

つまりこの問題は、国文学・民俗学の双方にかかわりながら、見解が分かれたままである。[11] 本論はこうした研究状況も踏まえて、オホヤマツミの山の神としての姿を捉え直すことを、第一の課題とする。

②性別の問題

『古事記』・『日本書紀』の、コノハナサクヤヒメとニニギノミコトとの結婚の神話について。ニニギノミコトから求婚されたコノハナサクヤヒメの言葉に、

「僕が父大山津見神」（『古事記』）

「妾が父大山祇神」（「神代紀」第九段一書第二）

とある。これらの伝承のオホヤマツミは、父、すなわち男神である。一方、「神代紀」同段正文のコノハナサクヤヒメは

「妾は是天神の、大山祇神を娶り、生める児なり」

と自称し、ここでのオホヤマツミは女神とされている。池田がオホヤマツミの性別の問題を言うのは、この点を指摘したものである。

ところで、池田の関心は多く『伊予国風土記』逸文に向けられているけれども、本逸文でのオホヤマツミの性

別については、とくに論及が見られない。本逸文は『釈日本紀』（巻六、述義二、神代上、大山祇神の項）に収載されている。『釈日本紀』の最善本としては一般に前田育徳会尊経閣文庫本が認められ、(12)その本文は次のようである。

　伊豫國風土記曰宇知郡御嶋坐神御名大山積神一名和多志大神也是神者所顕難波高津宮御宇天皇御世此神自百済國度來坐而津國御嶋坐云々謂御嶋者津國御嶋名也

傍線部に問題があるが（後述）、ここに神の性別についての記載はなく、管見の限りではそのことを論じる先行研究も見られない。そこでこの問題を、第二の課題として立てておく。

③オホヤマツミと海と

『伊予国風土記』逸文のオホヤマツミは、「一名和多志大神」とされている。「和多志」の意については、「航海・渡航の神」（秋本吉郎『風土記』（日本古典文学大系））、「渡航及び港湾守護の神」（廣岡義隆『風土記』（新編日本古典文学全集））とする通説に対し、「渡来した神の意」（小島瓔禮『風土記』）とする説がある（風土記の注釈書は後掲注31参照）。「和多志」は「渡」「済」の意とみられるが、上代文献における「渡」「済」字は一般にワタリと訓まれ、「ワタリの神」は悪神の性格を持つこともある（例えば「景行紀」二十七年の「柏済之悪神」は「済、此云和多利」と訓注がある）。これに対し本逸文が「和多志大神」と一字一音で表記することは、水上を平穏に渡らせてくれる「渡しの神」であることを明示するものと考えられる。よって、通説の理解を妥当なものと判断する。

さて、池田の言う「この神が、わたつみの神としての性格を持って来ている経緯」という問題意識を持ちながら『伊予国風土記』逸文を読むとき、オホヤマツミについて二つの視点を準備することができるだろう。一つは、オホヤマツミが何故、海彼の国からの渡来神とされたのかということ。もう一つは、オホヤマツミが何故、渡しの神―航海の神であるのかということである。前者については、例えば『万葉集』に初出する「山人」に渡来人とのかかわりが見出されること等も視野に入れるべき課題かと考えているが、未だ考察が至らない。[13] 本論では後者の問題について、オホヤマツミと渡しの神とが本逸文の上でどのような関係にあるか、また、なぜ山の神の霊威が海上にまで伸びていったのかということを、第三の課題とする。

三　山の神としてのオホヤマツミ

①諸々のヤマツミとオホヤマツミと

以下、具体的な考察に入る。本項では、前項「本論の視点」のうち「①山の神としてのオホヤマツミ」に述べた諸問題に取り組む。

『古事記』で「山津見」と称される神には、イザナキ・イザナミの間に

次に、風の神、名は志那都比古神を生みき。次に、木の神、名は久々能智神を生みき。次に、山の神、名は大山津見神を生みき。次に、野の神、名は鹿屋野比売神を生みき。亦の名は、野椎神と謂ふ。

と生まれた大山津見神の他に、イザナキに殺された迦具土神の体に成った、次の八神がある。

殺さえし迦具土神の頭に成れる神の名は、正鹿山津見神。次に、胸に成れる神の名は、淤縢山津見神。次に、腹に成れる神の名は、奥山津見神。次に、陰に成れる神の名は、闇山津見神。次に、左の手に成れる神の名は、志芸山津見神。次に、右の手に成れる神の名は、羽山津見神。次に、左の足に成れる神の名は、原山津見神。次に、右の足に成れる神の名は、戸山津見神。

「神代紀」第五段一書第八には、斬られた軻遇突智命から五山祇が化成ったとある。

一は首、大山祇に化為る。二は身中、中山祇に化為る。三は手、麓山祇に化為る。四は腰、正勝山祇に化為

る。五は足、雛山祇に化為る。

これら諸々のヤマツミとオホヤマツミとの関係について、従来二通りの研究態度が示されてきた。一つは、宣長『古事記伝』の

種々の山津見あるは、分て持ツ神、是レは凡て持ツ神なる故に、大と称すか。（筆者注：「是レ」がオホヤマツミを指す）

というものである。ここには、両者の性格の違いを探ろうとする姿勢がみられる。もう一つは、

実際の宗教的信仰に於いて、さういふ神（筆者注：諸々のヤマツミを指す）は無いのであるから同じ海の神や山の神が幾度も生まれてゐる点に、作者の着想から見ての、重複があるといはねばならぬ。（津田左右吉(14)）

すでに山の神オホヤマツミは生れているのに、ここでまたさまざまのヤマツミの神が成るのはくり返しだが、（中略）それは古事記の好むところであった。（西郷信綱(15)）

すでに山の神大山津見神が生れているのに、また「山津見」という名をもつ神々が成る。山の神の重複ということになるが、未詳。（山口佳紀・神野志隆光(16)）

という諸説である。これら「重複」「くり返し」という理解は、諸々のヤマツミとオホヤマツミとを同質の神格と捉えたものだとみなせる。オホヤマツミは諸々のヤマツミを「総轄する存在」（島田伸一郎(10)）であるという理解も、両者の質的な差異を積極的に明らかにするものではない。

そこで、諸々のヤマツミとオホヤマツミとに性格の違いがあるか、考えてみる。諸々のヤマツミは神話を持たないので、神名の名義（西宮一民説による(17)）から、それぞれの性格を窺うことにする。

正鹿山津見神＝正真正銘の、山の神霊。（中略）「正鹿」は「正所」の義で、「まさにある」すなわち「正真正銘の」の意であろう。

淤縢山津見神＝弟格の、山の神霊。（中略）「正鹿山津見の神」に次ぐ「弟」の意であろう。

奥山津見神＝奥の、山の神霊。（中略）「奥」は後出の「羽山津見の神」の「端」に対する。

闇山津見神＝峡谷の、山の神霊。（中略）峡谷の水と陰部の小便との連想に基づく命名。

志芸山津見神＝茂った、山の神霊。

羽山津見神＝麓の、山の神霊。

原山津見神＝山裾の原の、山の神霊。（中略）「足」は山裾で、そこは広びろとした原になっていることに基づく。

戸山津見神＝里に近くの、山の神霊。「戸」は「外」の義で、山から見て外であるから里に近いほうになる。


これに従えば、淤縢山津見神は正鹿山津見神の弟として位置付けに限定を持つ。奥山津見神・闇山津見神・羽山津見神・原山津見神・戸山津見神はいずれも、麓や山裾等、結び付く山の部位や質を限定した名義である。正鹿山津見神は、例えば『万葉集』に、「我が恋はまさかもかなし　草枕多胡の入野の奥もかなしも」（巻十四—三四〇三）とあり、奥山に対する「現前の」山津見、と理解できる。志芸山津見神は、岩肌等ではなく、特に樹木の茂った所に観想された神なのであろう。このように諸々のヤマツミは、位置付けや結び付く山の部位を特定し、言わば信仰の様態を限定した山の神だと考えられる。(18)


一方オホヤマツミは、「大」という美称を冠し、「偉大な、山の神霊」（西宮一民説(17)）という漠然とした名義である。

また、この神があらわれる神話の舞台は、『古事記』に、

故、避り追はえて、出雲国の肥の河上、名は鳥髪といふ地に降りき。（中略）故、其の老夫が答へて言ひしく、「僕は、国つ神、大山津見神の子ぞ。僕が名は足名椎と謂ひ、妻が名は手名椎と謂ひ、女が名は櫛名田比売と謂ふ」といひき。

是に、天津日高日子番能邇々芸能命、笠沙の御前にして、麗しき美人に遇ひき。爾くして、問ひしく、「誰が女ぞ」ととひしに、答へて白ししく、「大山津見神の女、名は神阿多都比売、亦の名は、木花之佐久夜毘売と謂ふ」とまをしき。又、問ひしく、「汝が兄弟有りや」ととひしに、答へて白ししく、「我が姉、石長比売在り」とまをしき。

とあり、出雲と笠沙と（上記傍線部）、また『風土記』逸文の伊予とをあわせて、広範な地域にまたがっている。オホヤマツミは、名義においても神話上でのあらわれかたにおいても、山の一点や特定の一地域に縛られない、広がりある性格を示している。さらに、上掲の「神代紀」第五段一書第八で軻遇突智命の「首」に化為ることから、オホヤマツミは諸々のヤマツミよりも上位の存在と考えられる。

このように見ると、諸々のヤマツミとオホヤマツミとは、信仰の様態に限定を持つか否かという点で差異があるとわかる。このことは宣長の研究姿勢を支持し、上述してきたような検討を経ずに両者を「重複」「くり返し」とした近年の諸研究に疑問を投げる。オホヤマツミは、諸々のヤマツミに比して優位性があり、性格に限定を持たない、広がりあるヤマツミだと考える。

なお、諸々のヤマツミについて言い添えておく。現在、東北地方を中心に「ハヤマ信仰」が分布している。[19]例えば福島県福島市松川町では、旧暦十一月に羽山岳に登り羽山大神から託宣を受ける神事がある。また熊本県天草郡倉岳町宮田西之原の「山ン神祭」では、「奥山の三万三千三百三十三体、中山の三万三千三百三十三体、里山の三万三千三百三十三体の山ン神様、どうぞ受けとって下さい」と言って供物を供えるという。[20]これらは、上述した諸々のヤマツミのうち「羽山」や「奥山」の語を同じくする民俗例にすぎないだろうが、現在も山の各部位に神が見出されていることから察して、『古事記』・『日本書紀』に見る諸々のヤマツミも、実質的な信仰の裏付けをもってそれぞれ区別され記されたものと推定できよう。少なくともこれらの例は、「実際の宗教的信仰に於いて、さういふ神は無い」とした津田説（前掲）への反証になる。また芦北郡田浦町小田浦には、作の神として「年の神」「葉山神」「山之神」の三神があったという。[21] ここでは葉山神と山之神とが別個の存在として同時に観想されている。この例に照らせば、古代においても、信仰の様態として限定を持つヤマツミと限定されないヤマツミとが、並行して存在した可能性が生じる。こうした宗教的生活の実態が、『古事記』・『日本書紀』において諸々のヤマツミとオホヤマツミとが併記される背景にある可能性を考えてみる必要がある。そうであれば、オホヤマツミと諸々のヤマツミとを「重複」「くり返し」とみなすことはやはり不適当であり、現代の民俗に鑑みても、両者に性格の違いを探ってゆく姿勢こそが、古代の山の信仰を明らかにするのに適う態度だと考えられる。

②命を生み出すこと――オホヤマツミの性能（一）

『古事記』の大山津見神は、イザナキ・イザナミの神生みの中で生まれ（上掲）、八俣大蛇神話・須佐之男系譜・邇々芸命の結婚の各場面に名を現す。そして、大蛇神話では足名椎（上掲記事波線部）、須佐之男系譜では神大市比売・木花知流比売、

故、其の櫛名田比売以て、くみどに起して、生める神の名は、八島士奴美神と謂ふ。又、大山津見神の女、名は神大市比売を娶りて、生みし子は、大年神。次に、宇迦之御魂神。兄八島士奴美神、大山津見神の女、名は木花知流比売を娶りて、生みし子は、布波能母遅久奴須奴神。

邇々芸命の結婚譚では木花之佐久夜毘売・石長比売（上掲記事波線部）という、五柱の子神を持っている。さらに、イザナキ・イザナミの神生み段で、

此の大山津見神・野椎神の二はしらの神の、山・野に因りて持ち別けて、生みし神の名は、天之狭土神。次に、国之狭土神。次に、天之狭霧神。次に、国之狭霧神。次に、天之闇戸神。次に、国之闇戸神。次に、大

『古事記』大山津見神の系譜

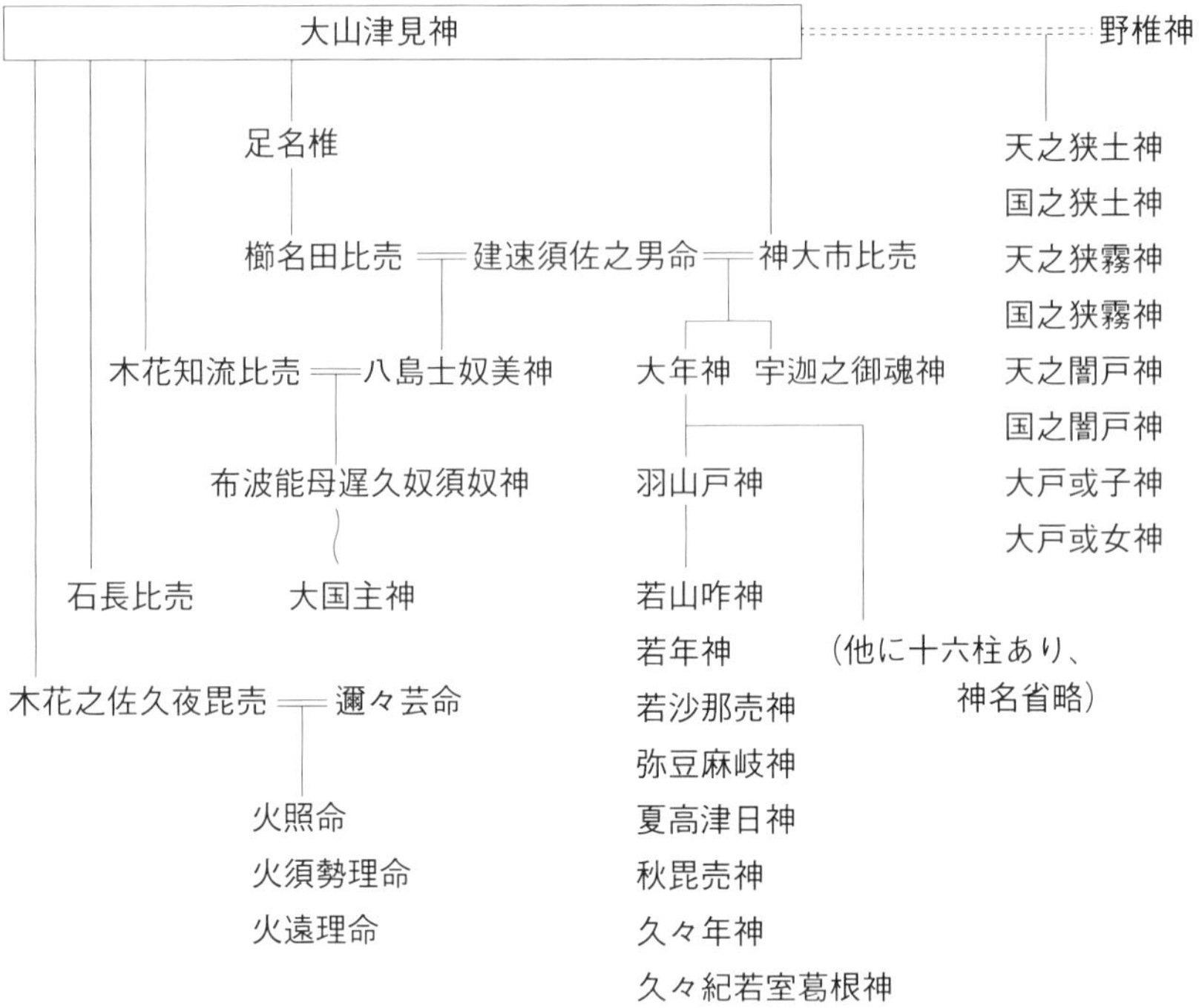

戸或子神。次に、大戸或女神。

とある記事について、天之狭土神以下八神を生んだ主体を「大山津見神・野椎神」と見れば[22]、大山津見神の子神は合計十三柱となる。

ところで、『古事記』上巻で五柱以上の子神を持つ神は、圧倒的に多くの子を生むイザナキ・イザナミを除けば、天照大御神（五柱）・建速須佐之男命（七柱）・足名椎と手名椎（「我が女は、本より八たりの稚女在りし」と述べる）・大年神（十七柱）・大国主神（六柱）・羽山戸神（八柱）がある（なおこの他、速秋津日子神と速秋津比売神も、主語の理解によって八神の子を持つと読める。また羽山戸神の子八柱は大気都比売神との間の子であり、大年神の子十七柱のうち五柱は伊怒比売との間の、十柱は天知迦流美豆比売との間の子である）。大山津見神の持つ十三柱という子神は、大年神に次ぐ数を誇る。また、その大年神は大山津見神の孫にあたり、次いで多くの子（八柱）を持つ羽山戸神は、その大年神の子にあたる。大山津見神の子孫神に多産の性能が顕著に認められ、大山津見神の育んだ系譜はすばらしい繁栄をみせている。さらに、大山津見神と羽山戸神とがそろって多くの子神を有することは、そのことが「山」の属性を帯びる神に共通する性能である可能性を考えさせる。

なお、民俗的な山の神にも「一年に（もしくは一度に）十二の子を産む」「男の肌に一回触れたことで八万位の子が出来た」等多産であるとする伝承や、産神としての信仰を持つものがある。[23]上述した大山津見神・羽山戸神のあり方と、こうした民俗的な山の神像とを併せ見るとき、我が国の山の神信仰に、古代においても近現代の民俗においても、「多くの子を持つ」という特徴を認めることができる。

ちなみに民俗学の山の神研究では、「農民の山の神」と「山民の山の神」とを大別して理解する試みが多く図られ、[24]この両者の関係については未だ議論が尽きないが、次のような見解も示されている。

狩猟神・樹木神・農耕神の各面も凡て一切の動植物の生産を司る神格に於ては一貫している。（堀田吉雄[6]）

何が山の神を発生せしめ、その共通の土壌になっているのかと言えば、山の母なる力であり、狩猟でも焼畑でも稲作でも、さらには鉱山でも木地師の世界でも、その一点において共通性を持ち、そこに収斂していくと思っています。（野本寛一[25]）

これらを参考にすれば、山の神が本質的に「生産を司る」「母なる力」を持つということが、『古事記』の大山津見神が多くの子を持ち豊かな系譜を形作ることの説明になり得る。天降った邇々芸命が、そのような力を持つ大山津見神の娘を娶ったことは、これから地上で人皇代系譜を築いて行く、その礎の結婚として、まさに相応しい選択であった。

③命を奪うこと——オオヤマツミの性能（二）

『古事記』の大山津見神は、邇々芸命が「麗しき」木花之佐久夜毘売のみと結婚し、「甚凶醜き」石長比売が送り返されたことを恥じて、

「此く、石長比売を返らしめて、独り木花之佐久夜毘売のみを留むるが故に、天つ神御子の御寿は、木の花のあまひのみ坐さむ」

と厳しい言葉を申し送った。これが「今に至るまで、天皇命等の御命は、長くあらぬ」ことの本縁とされている。
「神代紀」第九段一書第二では、避けられた磐長姫自身が「大きに慙ぢて詛ひ」て、

「其の生めらむ児、必ず木の花の如く移落ちなむ」といふ。一に云はく、磐長姫恥ぢ恨みて唾き泣きて曰く、「顕見蒼生は、木の花の如く俄に遷転ひて衰去へなむ」といふといふ。

と言い放つ。この両者の神話について、死の起源の対象となるのが「天つ神御子」「天皇命等」（『古事記』）であるか「顕見蒼生」（「神代紀」一書一云）であるか、またその起源を担うのが大山津見神（『古事記』）であるか磐長姫（「神代紀」一書）であるか、という相違が認められ、一般に「神代紀」一書のほうが『古事記』よりも古い形だとされているから[26]、この神話と大山津見神との結び付きがどこまで本来的なものであったかは問題が残る。しかしそれにしても、なぜ『古事記』では大山津見神が「天つ神御子の御寿」を握っているのかという問いを立てることは、重要な視点だと考えるが、この問いに明確に答えるものを見ない。大山津見神を「高天原の意思で生まれた国土の神の代表」と位置付け、「「天つ神の御子」の命数の問題もあくまで高天原の意思によるものであるという説明をなしたもの」だと説く論があるが（島田伸一郎）[27]、これではなぜ「山」の神である必要があるのかという根本的な疑問が解決されない[28]。

ここで、古代において山がどのような機能を果たしていたか、一瞥しておく必要がある。『古事記』には、イ

ザナミが葬られた「比婆之山」、安寧天皇の御陵「畝火山のみほと」等、山が埋葬地とされている例がある。『万葉集』の、天智天皇の御陵「鏡の山」（巻二―一五五）や、柿本人麻呂の妻が眠る「羽易山」（巻二―二一〇）等も同様である。また「崇神記」には、三輪山の大物主大神の御心によって疫病が大流行し人民が死に絶えそうになった事件が記され、『播磨国風土記』では山の神が直接人に死をもたらしている（「品太天皇のみ世、出雲の御蔭大神、枚方里の神尾山に坐して、毎に行く人を遮へ、半は死に、半は生きけり。」揖保郡意此川）。加えて『古事記』で、大穴牟遅神が八十神から迫害を受けて死に至る場所が「伯岐国の手間の山本」や山の樹の中であること等をも思い合わせれば、周知のように山が死との結び付きの強い空間であり、時には山の神によって直接死がもたらされることもあったと納得される。「天つ神御子の御寿」を握る大山津見神の姿（『古事記』）と、大山祇神の娘として「其の生めらむ児」に詛いをした磐長姫の姿（「神代紀」一書）とは、古代の山が帯びているこうした畏怖すべき一面を、体現していると見なすことができるのではないか。

ちなみに、山入りを忌むべき日に山に入ったり、神木を伐採したために、山の神から病気や怪我等の災厄を受けて死んだという伝承が、日本各地に見られる。(29) 柳田国男『遠野物語』（九一話）にも、「山の神たちの遊べる所を邪魔したる故、その祟をうけて死したるなり」という伝承がある。大山津見神が「天つ神御子の御寿」を左右することに象徴される、古代の山の神の力能は、民俗的な山の神が神の意志に反する行為を行った者へ向けるこのような恐ろしい側面とも、響き合うものを持つと見ておく。

以上、『古事記』の大山津見神は、多くの神々を生む一方で「天つ神御子の御寿」を握るという二面性を孕みながら、(30) 命を掌る神として一貫した性能を示していると考える。

四　性別の問題

『伊予国風土記』逸文の検討に移る。まず、本逸文におけるオホヤマツミの性別の問題を考える。「(二) 本論の視点 ②性別の問題」に述べたように、本逸文は前田育徳会尊経閣文庫本『釈日本紀』を基礎として研究が進められてきた。改めてその影印を確認すれば、次のようである。

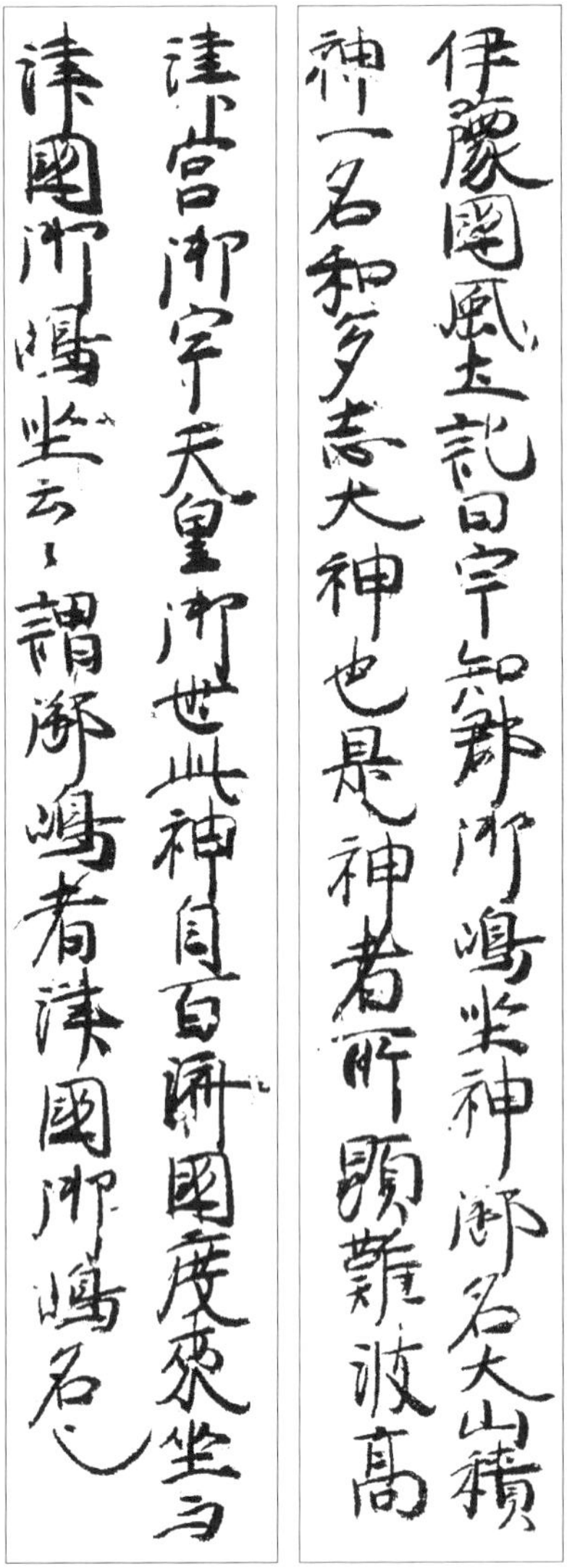
伊豫國風土記曰宇知郡御嶋坐神御名大山積
神一名和多志大神也是神者所顕難波高
津宮御宇天皇御世此神自百濟國度來坐攝
津國御嶋坐云々謂御嶋者津國御嶋名也

『釈日本紀』（『尊経閣善本影印集成27釈日本紀』八木書店二〇〇三年より）

影印一行目に「宇知郡」とあるが、そのような郡名は伊予国内に認められず、大三島の大山祇神社は「乎知郡」に属するから、日本古典文学大系本や新編日本古典文学全集本等に従い「乎知郡」と校訂するのが妥当であろう。

それ以外の箇所については、多くの注釈書等(31)が、前田家本と等しい本文を掲げている。

ところが小野田光雄によって、影印四行目に問題があることが指摘された(32)。小野田は、赤松俊秀の研究(33)によりながら、『釈日本紀』に先行して成された卜部兼方自筆という『日本書紀神代巻』上下二巻を取り上げ、これを兼方が「釈日本紀の神代に関する釈注の原典」にしたものだと位置付けて、「神代巻に関しては、釈日本紀に勝る資料」だとして尊重した。そして、風土記逸文を収載する『釈日本紀』の該当部分と『日本書紀神代巻』とを比較して、前者になく後者にのみ記載される文字があることを確認し、「風土記逸文として、新たに五十三字を登録することができる。」と結論した。本条もその箇所の一であり、『日本書紀神代巻』の〈裏書44〉影印には、次のようにある。

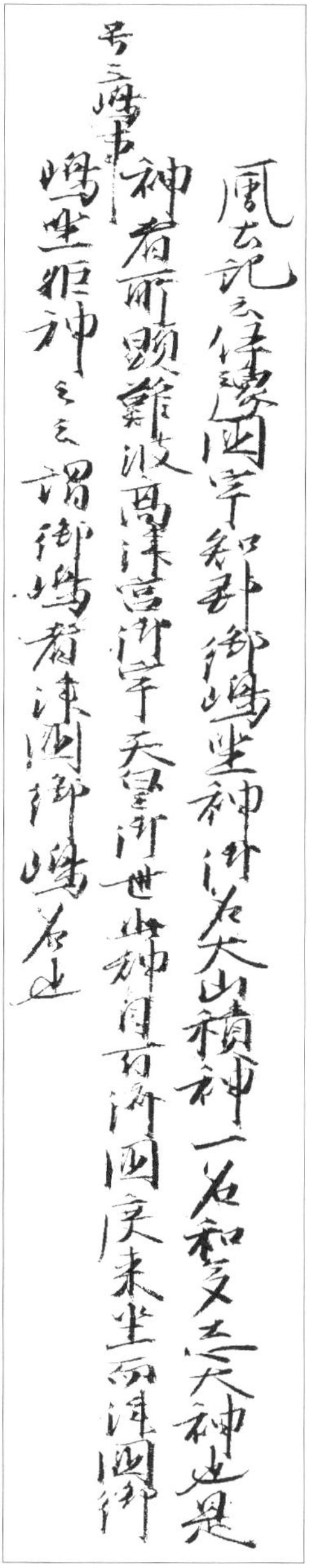

『日本書紀神代巻』裏書44（赤松俊秀『国宝卜部兼方自筆日本書紀神代巻』法蔵館一九七一年より）

風土記云伊豫國宇知郡御嶋坐神御名大山積神一名和多志大神也是神者所顕難波高津宮御宇天皇御世此神自百済國度来坐而津國御嶋坐姫神云々謂御嶋者津國御嶋名也

前田家本『釈日本紀』と比べ、『日本書紀神代巻』裏書には「姫神」の二字があると確認できる。この二字を加えて問題の個所を訓めば、「此神、百済國より度り来坐して津國の御嶋に坐す姫神なり」となり、これが「大山積神一名和多志大神」の性別を示す重要な表現であると認められる。しかしこのことは従来まったく注意されず、注釈書等も一切言及していない[31]。本論では、『日本書紀神代巻』裏書と前田家本『釈日本紀』とのどちらを正とするかの判断は保留しておきたいが、少なくとも古代において、「大山積神一名和多志大神」を「姫神」だとする理解もあったということは、認めてよいと考える[34]。

以上見てきたところによって、『伊予国風土記』逸文の大山積神が女神である可能性が開かれた。それは、オホヤマツミを論じるにあたり性別の問題に注意した池田彌三郎の視点の鋭さを、より際立たせる。

なお付言しておく。いま一度整理すれば、オホヤマツミの性別を明確に記す資料は、『古事記』(男神)・「神代紀」第九段正文(女神)・「神代紀」同段一書第二(男神)・『伊予国風土記』逸文(女神か)、である。池田彌三郎は、「神代紀」第九段正文がオホヤマツミを女神とすることについて、

その物語は、吾田の国で伝えていたもので、大和宮廷には伝わっていないものである。

と述べた折口信夫説[35]を引き、これを「地方の伝誦がそのまま取り入れられた」ものだとした(「芸能・演劇胎生の場」[3])。また三品彰英は、「神代紀」第九段正文を「早期的基本的所伝」、『古事記』を「後期的発展的所伝」と見て、その間に「神代紀」同段一書第二を位置付けている[36]。これらの見解をつないでみると、オホヤマツミを女神とする伝えは、「地方の」もしくは「早期的基本的」な所伝だとされる「神代紀」第九段正文と、やはり地方誌としての性格を持つ『伊予国風土記』逸文とに語られ、男神とする伝えは「後期的発展的」な所伝に記されていると、捉えられる可能性がある。そうであれば、オホヤマツミの、より古い、土着の信仰のあり方として、女神であった可能性が見えてくる[37]。

五　海の神へ

『伊予国風土記』逸文の考察を続ける。「（一）はじめに」に述べたように、池田彌三郎の関心の焦点は、「山の神の名を示しているこの神が、わたつみの神としての性格を持って来ている経緯」を見つめることにあった。本章ではこのことについて考える。

①「一名」について

本逸文の大山積神は、「一名和多志大神（渡し大神）」と記されている。「一名」で結ばれた大山積神と和多志大神とは、どのような関係にあるのだろうか。大山積神と海とのかかわりを考えるにあたり、まずこの問題について、「一名」という表現から考察する。

和田嘉寿男は、本条の「一名」について、西宮一民が『古事記』の「亦名」に関して述べた、

もともと別種の資料中に現れる神・人名を結合したことを表す場合に用いる。したがって単に異名であることを表す「別名」とは別。

という解説をそのまま引用し、注とした。[38]『古事記』についての論説を『伊予国風土記』逸文の解釈にそのままあてはめた和田説は、再検討の必要があるが、各国風土記に見る「またの名」（およびそれに相当する表現）の全五例（a〜e）のうち、少なくとも次の二例については、西宮説・和田説の判断に従うことが可能と見える。

a　大帯日子命、（中略）賀毛郡の山直等が始祖息長命一《また》の名は伊志治を媒として、誂ひ下り行でまし時、（中略）ここに、御舟と別嬢の舟と同に編合ひて度り、梜杪伊志治に、爾ち名を大中の伊志治と号けたまひき。（中略）

以後、別嬢の床掃へ仕へ奉れる出雲臣比須良比売を息長命に給ぎたまひき。（『播磨国風土記』賀古郡）

b 県の南のかた二里に一孤の山あり。坤のかたゆ艮のかたを指して三の峰相連れり。名けて杵嶋と曰ふ。峰の坤を比古神と曰ふ。中を比売神と曰ふ。艮を御子神と曰ふ。一名《またのな》を軍神といひ動けば則ち兵興るといふ。（『肥前国風土記』逸文）

aは破線を施した伝承部分に、伊志治に関する場面と息長命に関する場面とがそれぞれ別々の一文として記されている。bは、割注表記されることで、「動けば則ち兵興る」という伝承が、艮の御子神ではなく「軍神」のみに付随するものだと知られる。これらは、「一名」で結合せられた複数の名が元来別種の資料中に現れる存在であり、それぞれが独自の伝承を持っていた状態の痕跡と考えられる。

一方、次のような形式で用いられる「またの名」の例もある。

c 伊勢と云ふは、伊賀の穴志の社に坐す神、出雲の神の子、出雲建の子の命、又名は伊勢都彦神、又名は天櫛玉命、この神、昔、石もて城を造りその地に坐しき。ここに阿倍志彦神、来り奪へど勝へずして還却りき。因りて以ちて名とせり。（『伊勢国風土記』逸文）

d 神魂命の御子、天津枳比佐可美高日子命の御名を、又、薦枕志都治値といひき。此の神、郷の中に坐す。故、志丑治といふ。（『出雲国風土記』出雲郡）

e 東の大き山を、賀毘禮の高峯と謂ふ。即ち天つ神有す。名を立速男命と稱ふ。一名《またのな》は速経和気命なり。本、天より降りて、即ち松澤の松の樹の八俣の上に坐しき。神の祟、甚だ厳しく、人あり、向きて大小便を行る時は、災を示し、疾苦を致さしめければ、近く側に居む人、毎に甚く辛苦みて、状を具べて朝に請ひまをしき。（以下略）（『常陸国風土記』久慈郡）

cの伝承部分（破線部）は、その主語「この神」が出雲建の子の命・伊勢都彦神・天櫛玉命のいずれを指しているのか、特定することができない。「伊勢」という国号の由来譚であるから、特に「伊勢都彦神」を中心に成長した伝承かとも推されるが、「イシキ（石城）」という音から「イセ（伊勢）」が導かれていると見るのが通説で、(39)伝承の主体を出雲建の子の命・伊勢都彦神・天櫛玉命のうち一つに絞ることは難しい。dもcと同様、伝承部分（破線部）の主語に「此の神」という指示語がある。「故、志丑治といふ」という結びにふさわしいのは薦枕志都治値のほうであるが、風土記編纂時にこの郷に鎮座しているのは、天津枳比佐可美高日子命でありまた薦枕志都治値でもあると読み取れ、「此の神」の指し示すところをそのどちらか一方に定めることは相応しくない。またeの伝承部分（破線部）はその主語を明記せず、天から降り木の上に坐して祟りをなした神が立速男命であるのか速経和気命であるのか、特定できない。そして、本論で扱う『伊予国風土記』逸文も

御嶋に坐す神の御名は大山積神、一名は和多志大神なり。是神は難波高津宮御宇天皇の御世に顕れたまへり。此神、百済国より度り来坐して津国の御嶋に坐す（姫神）なり。

とあり、伝承部分の主語が不明確なc・d・e（特にc・d）に近い文型と認められる。

「またの名」がもともと別種の資料中に現れる存在を結合した表現であるとするとき、これらc・d・e及び『伊予国風土記』逸文は、「またの名」で結ばれた存在がそれぞれ、元来有していた伝承の扱いについて、a・bと態度を異にしている。すなわち、a・bはそれぞれが本来持っていた伝承の独立性をそのまま残す表現方法を採っているのに対し、c・d・eと『伊予国風土記』逸文は、主語を「この神は」という曖昧な指示語としたり、主語を明記しないといった方法で、伝承部分に本来の独立性を持ち込んでいない。そして後者のような表現を採ることが許される場合とは、その風土記が筆録された時すでに、個々の存在が本来有していた伝承の個別性に対する意識が薄まり、それぞれが伝承を共有するほど強い結び付きを持つに至っていたのだと考える。

このような見解が許されるなら、大山積神と和多志大神とは、『伊予国風土記』の筆録以前に本来の独立性を

薄め、強い結び付きにあったということになる。述べ来たったように「またの名」で結ばれた神名はもともと別個の伝承を持つ独立した存在であった可能性が高く、「難波高津宮御宇天皇の御世に顕れたまへり」「百済国より度り来坐して津国の御嶋に坐す（姫神）なり」という伝承はそれぞれ、本来は大山積神・和多志大神どちらか一方の来歴であったろう。しかし、残された逸文から伝承の所属を定めることは危険だと考える。[40]

大山積神と和多志大神とが互いの来歴を混交させるほど強い結び付きを示しているという点では、伝承として一定の経過を経た形を持ちつつも、同時に、大山積神を姫神と伝えるという古い内容を保ってもいる（前項参照）、本逸文はそのような性質のものだと見定める。

②海の神へ

それでは、山の神である大山積神と和多志大神との結び付きは、どのように育まれていったのだろうか。「海上海の上を行く者にとっての山の果たす役割としては、「山あて」がよく知られる。例えば、北見俊夫は「海上から山アテの霊山として、とくに顕著な信仰を集めていた山々」として、岩木山・鳥海山・弥彦山・焼火山・大山（神奈川）・青峯山・開聞岳等全国二十七の山を挙げる。[41] このうち例えば神奈川県の大山には式内の阿夫利神社が坐し、いまも大山祇神を祭神として、築地市場等漁民の信仰を多く集めている。また隠岐の焼火山は、「もと此処は焼火山では無く大山であつて、恐らく古くは、この山の全体が山の神のいはば神名備であったと思はれる。[42]」とされる山で、北麓に式内の大山神社が坐し、やはり大山祇命を祭神としている。オホヤマツミの領く山が海民にとって山あての山として機能するとき、オホヤマツミの信仰が海へと延びていく、一つの契機があったことを認める。しかし、伊予大三島に焦点を合わせるならば、付近に多くの島々が点在する瀬戸内海での航海に際して、大三島が山あてとして利用されたとは考えにくいのではないか。大三島に祀られたオホヤマツミが

「和多志大神」として海神の性格を帯びるようになった経緯については、山あて以外に、山と海とのつながりを探る必要がある。

〈港の神として〉

大三島の大山祇神社（『延喜式』に「大山積神社」と記載があるが、当社は現在「大山祇神社」と名告っているので、本論はそれに従う）は、宮浦湾を正面に据え、宮浦港から一キロメートルほど内陸へ入ったところにある（「略図」参照）。この港から海へ突き出ている御串山は、今も正月七日の生土祭でこの山の榊が用いられる等、神社信仰とのかかわりを保ち、[43]また、天然の良港を形成していることが指摘されている。

伊予大三島（略図）

宮浦港に沿って御串山城跡がある。御串山は大山祇神社の境内地で、地形からみて当時は島であったと思われる。（中略）城跡の船隠しは、古来「泊りが磯」とよばれ、水深が深く、強風にも安全なので、今日、台風時の避難港として重視されている。[44]

このことから、大三島のオホヤマツミ信仰とこの港とのかかわりを推察する説がある。

此地方第一の良港宮浦に臨んでいることである。（中略）ここに集まる船人は皆この霊峰を仰ぎ航海安全を祈ったのであろうことは察するに難くない。土地の山の神がやがて多くの海人の海神ともなったのは明かで

ある。（志賀剛）(45)

なお、おなじく伊予国の、新居郡の式内社に「黒嶋神社」がある。当地は十九世紀の干拓によりいま地続きとなっているが、昔は離島であって、森が茂って黒く見えたので黒嶋という島名になったとも言われる。この神社の現在の祭神は、天之御中主神・天照皇大神・大山祇命・木花咲耶姫命の四柱である。『式内社調査報告』(46)はこのことについて、明和五年（一七六八年）の寺社奉行届には「大山祇命」とあること、『特選神名牒』も大山祇命祭神説を支持していること等を紹介し、当社の所在と由緒について次のように述べている。

> 天然の良港湾を形成し、船舶の停泊に便利なため、小島ながら船舶の出入りが多く、市街が形成された。（中略）天然の良港をもつため海上守護神として信仰され、皇室はじめ西條藩主の崇敬を集めた。

このように見てくると、大三島でも黒嶋でも、良港を配下におさめる位置にオホヤマツミの社が坐している。瀬戸内海に面した島に祀られたオホヤマツミが、海神の性格を帯びていく一つの道筋として、良港に集う海民たちが、その港を背後からおおうヤマツミの社に、航海の安全を司る神として信仰のまなざしを向けたことを、認めてよいと考える。

〈船造りの山〉

ところで、大三島大山祇神社の境内には約百本の楠が群生する。一九五一年にはそのうち三十八本が国の天然記念物に指定され、それらは縄文・弥生以来の植物相をそのまま残しているとされる（『愛媛県の地名』(44)）。楠は、

鳥之石楠船神（『古事記』）、鳥磐櫲樟船（「神代紀」第五段一書第二）

「杉と櫲樟と、此の両樹は、以ちて浮宝にすべし。檜は、以ちて瑞宮の材にすべし。柀は、以ちて顕見蒼生の奥津棄戸に将ち臥さむ具にすべし。（以下略）」（「神代紀」第八段一書第五）

難波高津宮天皇の御世に、楠、井の上に生ひたりき。朝日は淡路の嶋を蔭し、夕日は大倭嶋根を蔭しき。仍ちその楠を伐りて舟を造る。その迅きこと飛ぶが如し。一檝に七浪を去き越ゆ。仍ち速鳥と号く。(『播磨国風土記』逸文)

と、古代から船材として優れた樹木であることが知られ、重宝されていた。また、大山祇神社のある越智郡の支配者として神社祭祀に深くかかわる越智氏は、『日本霊異記』に航海や船造りの伝承を残す、海に生きる氏族であった。

伊予国越知郡の大領の先祖、越智直、当に百済を救はむが為に、遣はされて到り運りし時に、唐の兵に偪られ、其の唐国に至りき。我が八人同じく洲に住む。儻トシテ観音菩薩の像を得て、信敬し尊重しまつる。八人心を同じくして、窃に松の木を截リテ以て一舟を為る。其の像を請け奉りて、舟の上に安置し、各誓願を立てて、彼の観音を念じまつる。爰に西風に随ひて、直ちに筑紫に来れり。朝庭之を聞きて召して、事の状を問ひたまふ。天皇、忽に矜びて、楽ふ所を申さしめたまふ。是に越智直言さく、「郡を立てて仕へまつらむ」とまうす。天皇許可したまふ。(以下略)(『日本霊異記』上巻第十七「兵災に遭ひて、観音菩薩の像を信敬しまつり、現報を得し縁」)

こうしたことから、諸先学が指摘するように、(47)大三島の楠が船材として用いられていたことを推測できる。本論ではこのことをさらに進めて、その楠を育む山にオホヤマツミが祀られていることに注意したい。

上代文献にその名を残す船の一に、応神天皇が伊豆国に造らせた「枯野船」がある。

伊豆国に科せて、船を造らしむ。長さ十丈なり。船既に成りて、試に海に浮くるに、便ち軽く泛び疾く行くこと、馳するが如し。故、其の船に名けて枯野と曰ふ。船の軽く疾きに由りて枯野と名くるは、是、義違へり。若し軽野と謂へるを後人訛れるか。(「応神紀」五年)

この船名「枯野」は船材の産地である「伊豆国田方郡狩野」(『倭名類聚鈔』)に由来し、そこに式内の「軽野神社」がある。『式内社調査報告』[48]によれば、当社は現在事代主命を祀っているが、これは平田篤胤の主張以来改変されたもので、以前はオホヤマツミを祀っていたと言われる。また同書には、当社を含む天城山一帯を中心に楠が多く生えることが指摘され、当社も現在楠を神木として、枯野船造船のことと結び付けて縁起を唱えている。

応神天皇五年(二七五)伊豆国に造船を科した際の造船所跡とも、船材を樹る山口祭斎行の場所とも云われる。この神社は又笠離明神・笠卸明神等とも称され古代この前を通る人々は神威を恐れて笠を卸し敬意を表したためと云ふ。(神社境内の案内板の「由緒」より[49])

楠の繁茂する伊豆の山は、応神天皇をして「巧忘るべからず」(「応神紀」三十一年)という賛嘆の辞を贈らしめたほど、素晴らしい船材を提供した。そのような地に坐す神として、オホヤマツミが観想されたわけである。こうして伊予大三島・伊豆軽野の例を見てくると、〈船造りの山に坐すオホヤマツミ〉の姿が浮かび上がってくる。

倉野憲司・西郷信綱は、祈年祭祝詞を引用し、オホヤマツミに樹木を供給する性質があることを指摘した。

大山津見神は一般的に山を掌る神で、それは木材の供給源及び水源として古代人の生活と密接な関係を有する神であつた。祈年祭の祝詞に(中略)とあるのを見れば、自ら頷かれるであらう。(倉野憲司[22])

樹木を供給するものとしての、また水源地としての、つまり農に不可欠な水を供するものとしての山の神信仰なのである。したがってそれは、(中略、祈年祭祝詞引用)とあるごとく山の樹木にかかわる(西郷信綱[15])

祈年祭祝詞には「オホヤマツミ」の名は直接挙がらず、この両説はオホヤマツミの解説としては不明瞭な部分を残している。しかし

山の口に坐す皇神等の前に白さく、飛鳥・石村・忍坂・長谷・畝火・耳無と御名は白して、遠山・近山に生

ひ立てる大木・小木を、本末うち切りて持ち参ゐ来て、皇御孫の命の瑞の御舎仕へまつりて、（以下略、『延喜式』祈年祭祝詞）

とある、飛鳥・石村・忍坂・長谷・畝火・耳無は、『延喜式』神名帳にそれぞれの山口神社が見え、『式内社調査報告』[50]によれば、このうち畝火山口坐神社を除く五社がいずれもオホヤマツミを主祭神としている（畝火山口坐神社も、最初の祭神はオホヤマツミであったと考えられている）。この祭神は現在のもので、変遷を経ている可能性もあるが、今、一つの指標としてこれに従ってみるならば、倉野・西郷両説の言うように、オホヤマツミに樹木を供給する性質があることを、この祝詞から読み取ることができる。[51]

そこで、この祝詞での材木は宮殿の建築用であるが、ここに見る樹木を供給するオホヤマツミの姿と、先に伊予大三島・伊豆軽野の例に認めた〈船造りの山に坐すオホヤマツミ〉の姿とを重ね合わせれば、オホヤマツミの管掌する山の樹木が船材となる時に、オホヤマツミの神威が海へと延びてゆく道が開かれたと推定できる。[52]『延喜式』（巻三、臨時祭）に「造遣唐使舶木霊幷山神祭」とある「山神」は、名を「オホヤマツミ」に特定してはいないけれども、古代にあって山の神が造船にあたり祀られるべき存在であったことを保証する。また次の美奴売神の伝承も、山の女神が船材となる樹木をとおして船に幸福をもたらすという発想が、上代に確実に成長していたことを伝える。

今、美奴売と称ふは神の名なり。その神、もと、能勢郡の美奴売山に居たまひき。昔、息長帯比売天皇、筑紫国に幸しし時、諸の神祇、川辺郡なる神前の松原に集ひけり。以ちて礼福を求ぎたまふ。時に、この神も同に来て集ひけり。曰はく「吾も護り佑けまつらむ」といひ、仍ち諭へて曰はく「吾が住める山に、須義乃木木の名なり。あり。宜なへ伐り採りて、吾をして船を造らしめたまひ、則ちこの船に乗りて行幸すべし。当に幸福あらむ」といひけり。天皇、乃ち神の教の随に命をして船を作らしむ。この神の船、遂に新羅を征

ちけり。（以下略、『摂津国風土記』逸文）

以上によって、大山積神と和多志大神との接点を〈船造りの山〉に見定め、大山積神は自らの領く山の木を船材として提供し、その木に自身の霊力を込めて船の幸いを保証してくれる神威として、信仰されたと考える。

なお参考までに、『愛媛県史民俗（上）』[43]収載の祝詞を紹介しておきたい。「船下ろし」の祝いの中で、船大工の棟梁が、船に船霊を納める「お性根入れ」の際に唱えるという祝詞である。

謹みうやまい拝し奉る　紀伊の国は音無川の水上に建たせ給ふ　舟玉山船霊十二社大明神　そもそもお船の始まりと申すは　天にてもあらず地にてもあらず　神代の昔大山祇命と申す　神国に渡らんとせるに大河あり　いかにしてこの河を渡らんと七日七夜の荒行をなせし　あら不思議　河上より柳の葉流れ来り　天にてはささくもと申す虫舞い降り　かの柳の葉に乗り移り　八本の足を櫓櫂にし　二本の角を帆柱となし　向う岸へと渡りける　人間万物の霊長なるものこのさまをみて悟り　奥山にわけ入り　楠の木三十六本をきり出し船を刻ませ給う（以下略）

これは、楠で船を造ることが見え、特に「お船の始まり」にかかわる存在として「大山祇命」の名が挙がっていることが注意される。この祝詞は現代に記録されたもので、内容的には安政年間に作られたという端唄「紀伊の国」[53]や、中世の山岳宗教とのかかわりが認められ、そのまま古代のオホヤマツミ信仰に結び付けることはできない。しかし船材としての楠の需要は古来より変化のないものであり、造船にかかわる信仰の伝統の中でのオホヤマツミのあり方を考える、材料にはなるだろう。

六　おわりに

以上、池田彌三郎の遺稿を指標として論じてきたところをまとめ、結びとしたい。

第三項では、山の神としてのオホヤマツミの姿を捉えようと試みた。そして、主に『古事記』の考察をとおして、オホヤマツミが特定の地域やハヤマ等山の一部分に限定されない、信仰の様態に広がりを持つ神であることを見定めた。また、多くの子を持ち豊かな系譜を形作る一方で、意にそぐわない行いをした者に対しては時に厳しい仕打ちをなすことを述べ、その双方の面で、民俗学が報告する民俗的な山の神の特徴と近しいところがあることも指摘した。池田は山の神としてのオホヤマツミについて踏み込んだ論究を残さなかったが、以上の考察は、文学と民俗学とのはざまにあった古代のオホヤマツミについて、我が国の山の神信仰という大きな視点からその質を問い直す契機となり得る。

続いて、『伊予国風土記』逸文を検討した。第四項では、本逸文におけるこの神を「姫神」と伝える『日本書紀神代巻』裏書を取り上げた。そして、『古事記』・「神代紀」第九段正文・同段一書第二・風土記逸文の資料性から、オホヤマツミを女神とする伝えは、男神とする所伝よりも、地域性の濃い、「早期的基本的」なものだと捉えられる可能性を指摘した。また第五項では、大山積神の一名「和多志大神」を、水上を平安に渡らせてくれる「渡しの神」と理解した上で、池田の言う「山の神の名を示しているこの神が、わたつみの神としての性格を持って来ている経緯」について、オホヤマツミの坐す山裾に良港がはぐくまれ、また、保有供給する山の樹木が船材となるときに、オホヤマツミの信仰が海へ出張って行く機会があったと結論した。池田は、一名を「帆下宮」と言う足高神社のオホヤマツミに敏馬神社の神を想起したのであったが（「海神山神論の計画」）、本論で述べたように山の樹木を介してヤマツミがワタツミの資格を得ていくとすれば、その点にも、美奴売の神（『摂津国風土記』逸文）とオホヤマツミとの性格の関連を見ることができると考える。

池田の大きな構想を正面から捉えるに至らず、残した課題も多いけれども、本論を「わたつみかやまつみか」

という題目を私なりに抱えて行く、これからの研究の第一歩としたい。

【注】

(1) 池田彌三郎『日本文学伝承論』中央公論社一九八五年所収
(2) 『稲・舟・祭―松本信廣先生追悼論文集―』六興出版一九八二年所収(同著『日本文学伝承論』前掲書注1再録)
(3) 『日本民俗文化大系(七)演者と観客』小学館一九八四年所収(脱稿は「昭和五十六年八月三日」と注記あり。同著『日本文学伝承論』前掲書注1に「文学・芸能の胎動」と題して再録)
(4) 『折口信夫全集ノート編(二)日本文学史1』、第四十項「山部の成立と山人」。本講義については同「あとがき」に、「昭和三年から昭和九年まで、慶応義塾大学文学部において講ぜられた「国文学」の講義のうち、昭和三年度、昭和四年度、および、昭和五年度の途中までの部分」であると注記がある。
(5) 武田久吉『農村の年中行事』龍星閣一九四三年
(6) 堀田吉雄『山の神信仰の研究』伊勢民俗学会一九六六年
(7) 千葉徳爾「女房と山の神」季刊人類学6-4一九七五年
(8) ネリー・ナウマン『山の神』言叢社一九九四年(ドイツ語の原著出版は一九六三〜四年)
(9) 吉井巌「海幸山幸の神話と系譜」講座日本文学神話(上)一九七七年
(10) 島田伸一郎「大山津見神」駒沢大学大学院論輯17一九八九年
(11) なお三浦佑之「記紀神話のなかの山の神」(東北学10二〇〇四年)は、国文学的見地から、「記紀神話の山の神は、民俗学的な山の神とは別の存在だ」と述べる。しかしこの三浦論は、「「海」の対概念は「山」でありつつ、より正確には「陸」というべきなのだから」としてオホヤマツミを「陸の者の代表」と捉え、それゆえに民俗学的な山の神とは異なると説くが、海と陸とが対になるとする根拠が見えない。
(12) 例えば廣岡義隆「風土記逸文」(植垣節也・橋本雅之編『風土記を学ぶ人のために』世界思想社二〇〇一年所収)等参照。
(13) 藤原茂樹「山村に幸行しし時のうた」萬葉191二〇〇五年

（14）津田左右吉『日本古典の研究（上）』岩波書店一九四八年
（15）西郷信綱『古事記注釈（一）』平凡社一九七五年
（16）山口佳紀・神野志隆光『古事記』（新編日本古典文学全集）小学館一九九七年
（17）西宮一民『古事記』（日本古典集成）新潮社一九七九年
（18）なお、一つの山であってもその各部位に視点が注がれたことは、後世の資料になるが、例えば『新古今和歌集』の「筑波山端山繁山しげけれど　思ひ入るにはさはらざりけり」（源重之、一〇一三番歌）等が参考となる。
（19）岩崎敏夫『東北民間信仰の研究（上）』名著出版一九八二年。岩崎はハヤマについて「奥山に対する端山であって里の田圃の望まれる山のことである。山の神、田の神の信仰をあわせ持つことが多い。祭神をハヤマツミの神とする。はやま信仰は東北地方南部に多いが、中部にも見られ」ると述べる。
（20）小野重朗「南九州の山の神をめぐる年中行事」日本民俗学会報51一九六七年
（21）小野重朗『民俗神の系譜』法政大学出版局一九八一年は、「この部落には作の神がこのトシノカンの他に、葉山神と山之神とがある。葉山神はもう社もなくなった。山之神は田の神だといって旧暦十一月十日に盛んに祭りをしている。」と報告しているが、筆者の二〇〇九年七月の調査では、当地の葉山神は三百年ほど前に土砂崩れで村が埋まってしまったのをきっかけに祀られはじめ、いまも社があると聞いた。
（22）「（山・野に因りて持ち別けて、）生みし」の主語について、西宮一民『古事記』（日本古典集成）前掲書注17はイザナキ・イザナミとするが、吉井巌「古事記に於ける神話統合の理念」国語国文34-5一九六五年、毛利正守「古事記上巻二十五神について」皇学館大学紀要11一九七二年（同著「古事記上巻、島・神生み段の「参拾伍神」について」国語国文45-10一九七六年も同様）、倉野憲司『古事記全註釈（二）』三省堂一九七四年、西郷信綱『古事記注釈（一）』前掲書注15、青木周平「古事記「神生み」段の表現」国語と国文学68-5一九九一年、山口佳紀・神野志隆光『古事記』（新編日本古典文学全集）前掲書注16等は大山津見神・野椎神を主語とする。当該場面のあとに記される「凡そ伊耶那岐・伊耶那美の二はしらの神の共に生める島は、壱拾肆の島ぞ。又、神は、参拾伍はしらの神ぞ。」という神数との整合は、未だ問題を残すと見るが、「山・野に因りて持ち別けて、生みし」という文体について「伊耶那岐神・伊耶那美神が生む場合は、すべて「次生……島（神）」のかたちで述べていくのと明らかに異なる文型」だとする新編全集本説を妥当と考える。

（23）柳田国男編『山村生活の研究』国書刊行会一九三八年、武田静澄「十二様その他」民間伝承14‐2一九五〇年、多田傳三「山の神とオコゼ」民間伝承15‐5一九五一年、堀田吉雄『山の神信仰の研究』前掲書注6、大藤ゆき『児やらい』岩崎美術社一九六八年等。

（24）「農民（稲作民）の山の神」と「山民の山の神」とを大別し、両者の先後関係や変化の経過等を論じるのは、例えば次の諸論である。『民俗学辞典』東京堂出版一九五一年、井之口章次「農耕年中行事」『日本民俗学大系（七）』平凡社一九五九年所収、佐々木高明『稲作以前』日本放送出版協会一九七一年、大藤時彦「山の神の一側面」『金田一博士米寿記念論集』三省堂一九七一年所収、『分類山村語彙』国書刊行会一九七五年、牛島盛光「山の神信仰研究の方法論をめぐって」日本民俗学会編『日本民俗学の課題』弘文堂一九七八年所収、小野重朗『民俗神の系譜』前掲書注21、松崎憲三『巡りのフォークロア』名著出版一九八五年、湯川洋司『変容する山村』日本エディタースクール出版部一九九一年、ネリー・ナウマン『山の神』前掲書注8、佐々木高明「新説・山の神考」安田喜憲編『山岳信仰と日本人』NTT出版二〇〇六年所収等。

（25）野本寛一「山の神、その重層的な歴史と展開」と題された座談での発言（東北学10二〇〇四年所収）

（26）津田左右吉『日本古典の研究（上）』前掲書注14、福島秋穂「死の起源説明神話」国文学研究47一九七二年、吉井巌「海幸山幸の神話と系譜」前掲論注9、荻原千鶴「神を迎える神」ユリイカ17‐1一九八五年、金井清一「石長比売と木花之佐久夜毘売」国文学解釈と鑑賞52‐11一九八七年、橋本利光「木花之佐久夜毘売の神話」古事記年報37一九九五年、及川智早「死の起源説明神話における木花之佐久夜毘売と石長比売」古事記学会編『古事記の神々（上）』高科書店一九九八年所収、阿部誠「神阿多都比売と木花之佐久夜毘売」前掲『古事記の神々（上）』所収等。

（27）島田伸一郎「大山津見神」『古事記の神々（上）』前掲書注26所収

（28）なおネリー・ナウマン（『山の神』前掲書注8）は、この問題を中国や朝鮮の「霊山」と結び付けて説こうとするが、ナウマン自身も「なお不明瞭なことが多く、今後の検討が待たれよう。」としており、日本国内の神話や信仰のあり方の精査に不十分な点が残る。

（29）『山村生活の研究』前掲書注23、堀田吉雄『山の神信仰の研究』前掲書注6等。

（30）なお民俗的な山の神にも、二面性があることが指摘されている。例えば堀田吉雄「醜貌と粗暴と、も一つ多産という三属性は、女性の山の神が最後まで負うている本来の面目らしい」（『山の神信仰の研究』前掲書注6）、野本寛一「山が何かを産み出し育てる母なる力を持つと同時に、それを侵した時には醜怪な表情を示す」（前掲注25の座談）等。

（31）今井似閑『万葉緯』（『万葉集古注釈大成』所収）、栗田寛『古風土記逸文』大岡山書店一九二七年、『新註皇学叢書』廣文庫刊行会一九二九年、『新訂増補国史大系釈日本紀』吉川弘文館一九三二年、和田利彦『風土記集』（大日本文庫地誌編）春陽堂一九三五年、『神典』大倉精神文化研究所一九三六年、栗田寛『古風土記逸文考證』帝国教育会出版部一九三六年、武田祐吉『風土記』岩波書店一九三七年、井上通泰『上代歴史地理新考』三省堂一九四一年、秋本吉郎『風土記』（日本古典文学大系）岩波書店一九五八年、小島瓔禮『風土記』角川書店一九七〇年、小野田光雄『神道大系古典註釈編（五）釈日本紀』一九八六年、荊木美行『風土記逸文研究入門』国書刊行会一九九七年、廣岡義隆『風土記』（新編日本古典文学全集）小学館一九九七年、『風土記逸文注釈』翰林書房二〇〇一年（和田嘉寿男筆）

（32）小野田光雄「釈日本紀と風土記」風土記研究５一九八七年（同著『古事記・釈日本紀・風土記の文献学的研究』続群書類従完成会一九九六年再録）

（33）赤松俊秀『国宝卜部兼方自筆日本書紀神代巻』法藏館一九七一年

（34）なお、時代が下って『大鏡』は、藤原佐理の夢に現れた大三島の神を「三島にはべる翁」とする。これと『日本書紀神代巻』裏書に見る「姫神」という記載との関係性については、後考を俟ちたい。

（35）『折口信夫全集ノート編（八）日本紀1』。本講義については同「あとがき」に、「昭和二十一年五月二十五日から、二十六年十二月十五日まで、三十回開かれた、先生の自宅における私的な集まり、「日本紀の会」において行なわれたものの筆記ノートである。」と注記がある。

（36）三品彰英「天孫降臨神話異伝考」『三品彰英論文集（二）建国神話の諸問題』平凡社一九七一年所収

（37）参考として、西郷信綱『古事記注釈（一）』（前掲書注15）は次のように述べる。

山の神も海の神も本来は女神であったであろうと私は考える。山の神や海の神が男神としてあらわれるようになったのは、説話的系譜化において女神に父なるものが加上され、その父が本尊となり女神はその娘とされるに至ったためである。

なお、民俗的な山の神の原初的な性については、女神と見る説（千葉徳爾「女房と山の神」前掲論注7、堀田吉雄「山の神」『講座日本の民俗宗教（三）神観念と民俗』弘文堂一九七九年所収等）と、男神と見る説（牛島盛光「山の神信仰研究の方法論をめぐって」前掲論注24等）とがあるが、その先後関係については未だ十分な議論が尽くされていない。

（38）和田嘉寿男の風土記逸文解説文（『風土記逸文注釈』前掲書注31所収）。和田が引用したのは西宮一民『古事記』（日本古典集成）（前掲書注17）の頭注である。なお『古事記』の「亦名」については他に、吉井巌「違つた人物、違つた伝承の合一の際に、亦名の記載の現象が現れる事が多い」（「崇神・垂仁の王朝」万葉52一九六四年）、菅野雅雄「「亦名」で述べられる一物語は、元来別個の独立した一説話であり、それが系譜に「亦名」の語を媒介として結合せられ、「記」伝承中に定着させられたもの」（「亦名を通してみた古事記神話構造の概観的考察」名城大学人文紀要８一九六九年）等の論説がある。

（39）『風土記』（新編日本古典文学全集）、『風土記逸文注釈』（共に前掲書注31）いずれも「イシキ→イセ」と解している。

（40）水野祐（『入門・古風土記（下）』雄山閣出版一九八七年）は、「難波高津宮御宇天皇の御世に顕れたまへり」「百済国より度り来坐して津国の御嶋に坐す（姫神）なり」という伝承を、いずれも「和多志大神」に関する所伝であると見て、「大山積神の伝承とはまったく関係ない」とするが、その根拠は述べられず従えない。

（41）北見俊夫「海と山　相関の民俗風土論試考」千葉徳爾編『日本民俗風土論』弘文堂一九八〇年所収

（42）『式内社調査報告（二十一）』皇學館大學出版部一九八三年（松浦康麿の筆）

（43）『愛媛県史民俗（上）』（一九八三年）に、生土祭の報告が載る。

安神山からとってきた赤土を神前に献供したあと、宮司以下全員が、額にその赤土で神印をつけ、続いて御串山の榊枝を手にして太鼓を合図に、これを打鳴らす。祭典後、庭で、参拝者に天之真那比木と呼ぶ福木をなげて授与する福木神事が行われる。

（44）『愛媛県の地名』（日本歴史地名大系）平凡社一九八〇年。なお佐藤マサ子「大三島大山積神社に関する一考察」（お茶の水女子大学人文科学紀要25-2一九七二年）も宮浦港の良港たることを指摘している。

（45）志賀剛『式内社の研究（一）』雄山閣一九八七年

(46)『式内社調査報告(二十三)』皇學館大學出版部一九八七年(森正経の筆)

(47)佐藤マサ子「大三島大山積神社に関する一考察」前掲論注44、西郷信綱『古事記注釈(一)』前掲書注15、『愛媛県史古代Ⅱ・中世』一九八四年等。

(48)『式内社調査報告(十)』皇學館大學出版部一九八一年(菱沼勇の筆)

(49)なお秋山章・萩原正平『増訂豆州志稿』(一八八八年)も、当社について「笠離神社」「軽野神社」の両名を記録し、「枯野ノ船材ヲ伐シ処此邊ナラム」と注する。

(50)『式内社調査報告(三)』皇學館大學出版部一九八二年。長谷山口神社・忍坂山口坐神社は松本俊吉、飛鳥山口坐神社は秋山日出雄、畝火山口坐神社は平井良朋、石村山口神社・耳成山口神社は堀井純二の筆。

(51)なお民俗的な山の神にも、「木を数える」「木種を撒く」等の伝承を持ち、樹木の神としての性格を見せるものが多くある。『山村生活の研究』前掲書注23、堀田吉雄『山の神信仰の研究』前掲書注6等参照。

(52)松前健「船材の神としての山の神、木の神が、一転して船の神となるという形も考えてよいのではなかろうか。」(「木の神話伝承と古俗」山邊道24一九八〇年、同著『古代信仰と神話文学』弘文堂一九八八年再録)、神野善治「船霊には船の材となった樹木の精霊(言いかえれば、山の神の信仰が反映した樹霊)への信仰が基本にある」(「船霊と樹霊」沼津市博物館紀要10一九八六年)、野本寛一「船の故郷の、山の神的な神霊を、船に迎えて船霊としてそれを強化する」(『熊野山海民俗考』人文書院一九九〇年)といった指摘が参考になる。

(53)瀧川政次郎「端唄「紀伊の国」」(『熊野』地方史研究所一九五七年所収)は、「紀伊の国は、音無川の水上に、立たせ給ふは船玉山、船玉十二社、大明神、さて東国にいたりては、玉姫稲荷が三囲りへ、狐の嫁入り(以下略)」と歌い出される端唄「紀伊の国」について、「安政年中に新宮藩士が作ったもの」とする。

Ⅱ　地方の神と天皇

――『播磨国風土記』研究――

第一章　『播磨国風土記』の校訂を考える
――揖保郡林田里条を中心に――

一　はじめに

『播磨国風土記』は、伝本を三条西家本しか持たない。そのため、本風土記の研究は他系統の本と校合する基礎的な作業ができないという大きな問題を抱えている。部分的に他本に引用され校訂の参考にし得る場合もある（例えば揖保郡萩原里の一部が『詞林采葉抄』と仙覚『萬葉集註釋』とに引用されている）が、それは本風土記全体のごく一部に過ぎない。さらに、唯一の伝本である三条西家本には追補記事と認められる箇所が存在し、その記載位置の問題から、「未清撰」本でありその祖本は「国庁に存した稿本」ではないかと言われ(1)、不合理と思われる内容（飾磨郡十四丘の「已詳於上」という説明等）や脱落とみられる箇所（揖保郡麻打山末尾）を有し、誤字脱字も多い。このため敷田年治『標注播磨風土記』以来の諸注釈書は、本文に問題がある箇所および難読の箇所をどのように校訂し各伝承を理解するか、研究を蓄積させてきた。その箇所の一つが「揖保郡林田里」である。本論では、従来難読とされてきた揖保郡林田里（以下「当該条」とする）を取り上げ、これまでの研究を振り返りながら新たな訓読と伝承理解の可能性とを示して、ささやかではあるが今後の『播磨国風土記』研究に寄与することができればと考える次第である。

本論を始めるにあたり、参照する注釈書等を示しておく。以下、丸数字の番号でその書を指すこととする。

①敷田年治『標注播磨風土記』玄同社一八八七年　②栗田寛『標註古風土記』大日本図書一八九九年　③『日本文学大系（二）』国民図書一九二七年　④塚本哲三『古事記・祝詞・風土記』有朋堂書店一九二八年　⑤『新註皇学叢書（一）』廣文庫刊行会一九二九年　⑥井上通泰『播磨国風土記新考』大岡山書店一九三一年　⑦和田利彦『風土記集』（大日本文庫地誌編）春陽堂一九三五年　⑧『神典』大倉精神文化研究所一九三六年　⑨武田祐吉『風土記』岩波書店一九三七年　⑩秋本吉郎『風土記』（日本古典文学大系）岩波書店一九五八年　⑪久松潜一『風土記（上）』（日本古典全書）朝日新聞社一九五九年　⑫吉野裕『風土記』平凡社一九六九年　⑬小島瓔禮『風土記』角川書店一九七〇年　⑭『兵庫県史史料編』兵庫県一九八四年　⑮植垣節也「播磨国風土記注釈稿（六）揖保郡」風土記研究7一九八九年　⑯田中卓『神道大系古典編（七）風土記』神道大系編纂会一九九四年　⑰植垣節也『風土記』（新編日本古典文学全集）小学館一九九七年　⑱沖森卓也・佐藤信・矢嶋泉『播磨国風土記』山川出版社二〇〇五年

二　揖保郡林田里条について

図版1 三条西家本『播磨国風土記』（『天理図書館善本叢書 古代史籍集』八木書店一九七二年より）

林田里本名談奈志土中下 所以稱淡奈志者伊和大神占国之
時御志植於此處遂生楡樹故詳名淡奈志

① 当該条の構成

本風土記の各里記事は、里名（旧名・本名がある場合はそれも記す）を挙げ、土品と里名の起源譚とを記して、その里の説明としている場合がほとんどである。地名起源譚の多くは、「○○といふ（号くる）所以は〜」と書き出して天皇や神等の伝承を述べ、その伝承の内容から地名を導いたり（出雲人が琴を弾いたことから「琴坂」（揖保郡）、小比古尼命が聖を投げたことから「聖岡里」（神前郡）等）、伝承中の一つの語句が核となりその音が地名を導いたりして（女神が美麗《うるは》しいために「雲箇里《うるか》」（宍禾郡）等）、「故○○といふ（号く）」と結ぶ形式を取っている。従って本風土記の各里記事を理解するには、それぞれの伝承について地名を導き出すにふさわしい訓読を施し、内容を読み取る必要がある。

当該条の場合、里の本の名は「談奈志」であり、「所以稱淡奈志者」と書き出して「伊和大神占国之時御志植於此處遂生楡樹」という伝承を記し、「故詳名淡奈志」と締めくくる。このことから「伊和大神占国之時御志植於此處遂生楡樹」という当該条の伝承は、「林田」ではなく本の里名「談奈志」もしくは「淡奈志」の地名起源譚であるという推測が立つが、まずそのことを確かめるために、結部の「故詳名淡奈志」という表現（特に「詳」字の理解）について、見ておく必要がある。

当該条の結部には「故詳名淡奈志」とあるが、本風土記の伝承は一般に「故号○○」「故曰○○」「故名○○」「故名曰○○」「故云○○」という形で結ばれ、ここに「詳」字が入る他例は無い。そこでこの「詳」字について、衍字と見るか、誤字と見るか、そのままで理解しようとするか、諸注の態度が分かれる。

衍字とするのは①②③④⑤の各書であるが、いずれも衍字と見定める根拠を示していない。

次に誤字と見る説（⑥⑦⑧⑩⑪⑬⑭⑮⑯⑰）について。このうち井上⑥は何の字の誤字と見るのかを明らかにしない。⑩⑪⑬⑭⑮⑯⑰の各書は、「詳」字を「称」字の誤字とする。例えば次のような具合である。

⑩故、名を談奈志と称《い》ふ。（古典大系本）

⑰故れ、称《い》ひて淡奈志と名づく。（新編全集本）

しかし、「称」字（俗字は「秤」）が「祥」字に誤られたとみられる例（飾磨郡大野里＝図版２・飾磨郡高瀬＝図版３）、「詳」字が「許」字に誤られたとみられる例（飾磨郡漢部里＝図版４）、「稲」字が「称」字に誤られたとみられる例（宍禾郡稲春岑＝図版５）はあるものの、

図版2

図版3

図版4

図版5

（図版2～5、三条西家本『播磨国風土記』（図版1と同））

「詳」字と「称」（秤）字とは偏も旁も異なり、この両者が混同された例は本風土記中他に無い。従って「詳」字を「称」字の誤字とする説は妥当性に乏しいと考える。一方、⑦⑧の各書は「詳」字を「誤」字の誤りと推定し、楡が生えたことに対して

故れ誤《あやま》りて淡奈志と名づく。

と訓読した。もしこのとおりであるとすれば、当該条の伝承部分は「談奈志」「淡奈志」の地名起源譚としては「誤り」ということになるが、「詳」字が「誤」字に誤られた例も本風土記中例が無く、恣意的に過ぎるのではないだろうか。

そこで「詳」字をそのまま本文と認めて

⑨故、詳《あか》して淡奈志と名づく。（武田）

⑱故、詳《あき》らめむとして淡奈志と名づく。（沖森）

とする立場に注目したい。「詳」字は例えば『新撰字鏡』に「詐也審也論也諟也」とあるが、⑨⑱両説は訓読のあり方から「詳」字を「あきらかにする」意に理解したものと読み取れ、このように「詳」字を本文と認めて訓

読しても十分に文意を解することができる。また『類聚名義抄』における「詳」字の訓「ツハヒラカニ　イツハル　アキラカニ」とも通じる。こうしたことから、「詳」字の理解としてはこの⑨⑱両説が最も底本に忠実で穏当な姿勢と考える。訓読については、「あかす」「あきらむ」いずれも上代語として認められどちらか一方に定めがたいが(2)、今は武田⑨説に従っておく。

「故詳名淡奈志」という表現をこのように理解するとき、当該条は「談奈志」「淡奈志」という里名を導くのにふさわしい内容もしくは音を含む語句が「伊和大神占国之時御志植於此処遂生楡樹」という伝承部分に潜められていると見定めてよいことが確認される。

②従来説の検討

それでは、林田里の本名は「談奈志」（割注部分）と見るべきなのか、「淡奈志」（本文部分）と見るべきなのか。また「伊和大神占国之時御志植於此処遂生楡樹」という当該条の伝承は、「談奈志」もしくは「淡奈志」という地名とどのようにかかわって、地名起源譚としての役割を果たしているのだろうか。先行研究の吟味から始める。

まず武田⑨と沖森⑱とは、全体にまったく字を改めることなく底本のままの理解を試みている。すなわち、武田⑨は「談は淡と通用か」と注して本里名を「タナシ」と訓じ、沖森⑱も「談奈志」「淡奈志」いずれも底本のまま「タマナシ」と訓じた。この両説は先に検討した「詳」字の問題への対応もあわせて、三条西家本を極力尊重しようとする態度を示し、学ぶところが大きい。しかし、里名を「タナシ」あるいは「タマナシ」と訓ずるとすると、伝承内容からその地名をどのように導くことができるのか。この点について、武田⑨には解説がない。沖森⑱は「「霊（たま）なし」で、霊代となすの意か」と注するものの(3)、伝承中にまったくあらわれない「霊代」の語を想起しなければ地名起源譚として成立しない点に難がある。

次に①③⑥⑩⑪⑫⑬の各書は、当該条の伝承中特に「楡」が生えたことが「談奈志」あるいは「淡奈志」という地名起源の核になっていると見る。敷田①・井上⑥は「談奈志」を誤字として「淡奈志《あはなし》」を正とし、「楡」字もアハナシと訓じて〈楡《あはなし》が生えたから淡奈志《あはなし》と名付けた〉と解した。また③は「談奈志」「淡奈志」の字は改めず「談奈志」「淡奈志」「楡」いずれもアハナシと訓じている。一方⑩⑪⑫⑬の各書は「淡奈志」を誤字として「談奈志《いはなし》」に統一し、「楡」字もイハナシと訓じて〈楡《いはなし》が生えたから談奈志《いはなし》と名付けた〉と解した。古典大系本⑩の訓読を確認すれば次のようである。

本《もと》の名は談奈志《いはなし》なり。土《つち》は中《なか》の下《しも》なり。談奈志《いはなし》と稱《い》ふ所以《ゆゑ》は、伊和《いわ》の大神、國占《くにし》めましし時、御志《みしるし》を此處《ここ》に植《た》てたまふに、遂《つひ》に楡《いはなし》の樹生《きお》ひき。故《かれ》、名を談奈志《いはなし》と稱《い》ふ。

しかし、アハナシ説・イハナシ説ともに、

①淡奈志ハ、梨の一種にて、味の淡ゆゑ名づくめり、今按に楡は榠の譌りにや、兵衛式にカラナシとよめり、是は俗にクワリンと云へれば、上代淡梨と云けむ、

⑥アハナシは他の古典に見えず。（中略）アハナシをニレの古名とすべきならむ。

⑩イハナシはシャクナゲ科の常緑灌木、岩梨をいうが、楡類の喬木の古名か。

⑪ニレと訓んでは話の筋が通らない。イハナシはニレに属する樹ではあろう。

⑫楡にはイワナシの訓はない。たぶん梔（クチナシ）の誤記で、口無しだから談ナシの地名説話が生まれたと見てよかろう。

⑬「楡」はニレ。イワナシの訓は他にない。

と、諸注苦慮の跡が見られ（傍線部）、「楡」字をアハナシ・イハナシと訓む例を他に見出すことができない点に、説として危うさを抱えている(4)。

これら諸説に対し、植垣節也は次のように当該条全体を訓読し、新たな理解を試みた。

本《もと》の名《な》は淡奈志《たなしめ》なり。土《つち》は中《なか》の下《しも》。淡奈志《たなしめ》と称《い》ふ所以《ゆゑ》は、伊和《いわ》の大神《おほかみ》、国占《くにし》めましし時《とき》に、御志《みしめ》を此処《ここ》に植《た》てたまひ、遂《つひ》に楡樹《にれのき》生《お》ふ。故《か》れ、称《い》ひて淡奈志《たなしめ》と名《な》づく。（植垣注釈稿⑮および新編全集本⑰の定める訓読文）

特に「談」でなければならぬ理由がないので、本文のはうの字を採る。（植垣注釈稿⑮）

甲といふ人物（神・天皇…）が、あるとき、乙の行為をし、その結果、丙となった。だからその地を…と名づけた。といふ場合、地名…は乙を理由として名づけられる。丙ではないのに注目すべきである。このやうな地名説話が風土記にはじつに多いのである。その目でA（筆者注：当該条のこと）を読みなほすと、「そのしるし」または「樹立」が「淡奈志」の命名理由なのであって、「楡の木」ではないことに気づく。ところが今までの学者の説の大部分は「楡の木」と「淡奈志」を結びつけようとして苦しんでゐたのである。それは「楡の木」が源で「淡奈志」の地名が生まれたと考へたからで、したがって「淡奈志」を植物名とみなして詮索してきたのであるが、風土記の地名説話の型からいへば、本文はさう解釈すべきでない。つまり「楡の木→淡奈志」ではなくて「御志→淡奈志」なのだから、「御志」の「志」が「淡奈志」の「志」であって、「志」を音仮名に訓むのは間違ひなのではないかと思ふ。（中略）わたしの考へでは「淡奈」は音仮名でタナと訓むほかない。訓はタナシメである。その場合、タナの意味は（中略）「神の手にお持ちになったシメ」と解しておきたい。（植垣注釈稿⑮）

植垣はこのように述べて「談奈志」を「淡奈志」に校訂し、古典大系本⑩等が「楡」に地名起源の核を求めてきたのに対し、「御志」こそが「淡奈志」という地名を導いているのではないかと指摘した。

植垣の言う「乙」部分が地名を導くことは、次の例によって、確かにあり得ると認められる。

［揖保郡立野］　立野と号くる所以は、昔、土師弩美宿禰、出雲国に往来ひて、日下部野に宿り、乃ち病を得て死

せき。その時、
出雲国の人、　（甲といふ人物が）
来到たりて、人衆を連ね立てて運び傳へ、川の礫を上げて、　（乙の行為をし）
墓の山を作りき。　（その結果丙となった）
故、立野と号く。　（丙ではなく乙が命名理由となる）

しかし、本風土記には次のような例があることも、また認めなければならない。

〔印南郡含藝里〕　瓶落と号くる所以は、難波高津御宮天皇の御世、
私部の弓取等が遠祖、他田熊千、　（甲といふ人物が）
瓶の酒を馬の尻に着けて、家地を求ぎ行きしに、　（乙の行為をし）
其の瓶、此の村に落ちき。　（その結果丙となった）
故、瓶落といふ。　（丙が命名理由となる）

〔揖保郡槻折山〕
品太天皇、　（甲といふ人物が）
此の山にみ狩したまひ、槻弓を以ちて、走る猪を射たまふに、　（乙の行為をし）
即ち、其の弓折れき。　（その結果丙となった）
故、槻折山といふ。　（乙と丙とが命名理由となる）

〔宍禾郡伊加麻川〕
大神、　（甲といふ人物が）
国占めましし時、　（乙の行為をしたところ）

烏賊、此の川に在りき。（丙の状態が発見された）

故、烏賊間川といふ。（丙が命名理由となる）

これらの伝承ではいずれも「丙」（動作の結果）の部分が地名を導いている。つまり本風土記においては、「乙」「丙」両部分ともに地名を導く役割を持ち得るということである。従って、植垣は当該条について「風土記の地名説話の型からいへば、（中略）「楡の木→淡奈志」ではなくて「御志→淡奈志」なのだ」と断定したが、この断定は適切ではない。当該条の場合は「楡樹→淡（談）奈志」「御志→淡（談）奈志」という両方の可能性があり、このうち地名起源譚としてよりふさわしい訓読と理解が得られる方を採用するべきである。なお、植垣が「談奈志」を「淡奈志」と改めるにあたって述べた「特に「談」でなければならぬ理由がないので、本文のはうの字を採る。」という説明は、なぜ「談」字ではいけないのかという理由が明確でない。(5)

③訓読・伝承理解の試み

そこで「楡樹→談奈志・淡奈志」と見るべきか、「御志→談奈志・淡奈志」と見るべきか、改めて考察する。「御志→淡奈志」と定めた植垣は、「「御志」の「志」が「淡奈志」の「志」であって、「志」を音仮名に訓むのは間違ひなのではないか」と述べ、「御志（ミシメ）」「淡奈志（タナシメ）」と訓じた。しかし本風土記における「奈志」の用例を見ると、

宇治連等が遠祖、兄太加奈志《えたかなし》(6)・弟太加奈志《おとたかなし》（揖保郡上筥岡・下筥岡・魚戸津・朸田）

美奈志《みなし》川（揖保郡美奈志川）

品太天皇の獦犬名は麻奈志漏《まなしろ》（託賀郡伊夜丘）

とあって、いずれも「奈志」を音仮名に用いている。このことからすれば、林田里の本名表記「談奈志」「淡奈志」

も音仮名である可能性が高いのではないだろうか。名詞としての訓を与えるべき「御志」に対し、「（談）（淡）奈志」の部分は植垣以外の諸注と同様、やはり音仮名と見るほうが穏当と考える。

ここで「談奈志」「淡奈志」の校訂の問題を考えたい。上述したように、ほとんどの注釈書は「談」「淡」どちらか一方に統一する校訂を施しているが、「談奈志」「淡奈志」いずれも底本のままとし「タナシ」⑨・「タマナシ」⑱と訓じた両説の立場を再考してみる。沖森⑱はこのことについて特に注を付さず、武田⑨は「談は淡と通用か」と推測するにとどまっているが、この両字は上代文献に次のような使用例がある。

美談郷　本の字は三太三なり。（『出雲国風土記』出雲郡）

大伴淡等の謹状（『万葉集』巻五—八一〇番歌題詞）

小野氏淡理（『万葉集』巻五—八四六番歌作者）

『出雲国風土記』の例では「談」字が「タミ」という音を表している。『万葉集』八一〇番歌では「淡等」と表記して「タビト」と訓ませており、新編全集本(7)は頭注で

タビトという音をタビ・トと分けて唐風に記したもの。（中略）「淡」は「談」と同音で、漢音ではtam、それをタビに借り用いた。

としている。また八四六番歌では「タモリ」という人物名を「淡理」と表記し、「淡」字がタモという音を表している。これらの例から、「談」と「淡」とは同音で、ともに「タム（タミ・タモ）」という音の表記に使用される場合があると認められる。従って、林田里の本名割注「談奈志」と本文中二箇所の「淡奈志」とについても、「談」と「淡」とは音仮名として通用されていると見定めてよいと考える。訓は、『出雲国風土記』・『万葉集』の例により「談」「淡」をタムとし、「奈志」は本風土記の他例に従い音仮名でナシとして、談奈志・淡奈志ともに「タムナシ」とする。

それでは、「伊和大神占国之時御志植於此處遂生楡樹」という伝承は、「タムナシ（談奈志・淡奈志）」という里名をどのように導いているのだろうか。改めて「楡樹→タムナシ」の可能性を考えてみる。

「楡」は『倭名類聚鈔』に「和名夜仁禮」、『新撰字鏡』に「尓礼也」とあり、一般にニレと称されていた。『万葉集』巻十六―三八八六番歌にも「毛武尓礼」とある。ところでニレにはハルニレとアキニレとがあるが、『日本植物方言集成』(8)によって楡の方言名を見ると、例えば次のようにある。

〈ハルニレ〉

あかたも（岩手）、あかだも（松前、北海道、青森、岩手、秋田、静岡、滋賀、岡山）、おーひゅーたも（青森）、おたま（甲斐）、おひたも（青森）、おひゅーだも（青森）、くろだも（青森）、こぶだも（秋田）、しないだも（秋田）、しゅじだも（羽後、秋田、山形）、たまのき（茨城）、たも（陸奥、青森、岩手、秋田）、たもぎ（青森）、たものき（羽後）、つずれだも（青森）、つつだも（青森）、つつらだも（青森）、ねりだも（福島）、やちだま（新潟）、やちだも（青森、岩手）、やまだま（新潟）

〈アキニレ〉

あかだも（滋賀）、たも（青森）、たものき（秋田）

これらから、当該条の楡がハルニレ・アキニレのどちらであるかは決し難いが(9)、いずれにしても、方言名でニレを「タマ」「タモ」と称す場合が多いとわかる。そうであれば、「楡」字自体も「タム（タマ・タモ）」と訓み得ると考えられるのではないか。

また、山形県西置賜郡白鷹町に「高玉」（タカダマ）という地名がある。当地について、

高楡之郷南方之内七百苅馬場
高楡之郷之内はけの道林屋敷

　高楡郷之内千蔵之屋敷（以上三点、大永二年（一五二二年）の伊達稙宗安堵状・高成田文書）

　たかたまの郷（伊達稙宗安堵状案・伊達家文書、大永年間のものか）

といった資料が残ることが知られ、これは地名に用いられた「楡」字が「タマ」の音に充てられた例と認められる。さらに、同県天童市には「高揄」（タカダマ）の地名がある。当地も「伊達正統世次考」に「高楡城」と記載が見えることから「古くは高楡とも記されたと思われ」るとされ、[10] 吉田東伍はそのことについて次のように述べている。

　楡は、和名ニレなり。而も、東北の方俗、ニレをタモ、またタマと呼ぶ、故に此に楡字を用ゐたり。[11]

当該条の「楡」字をタムと訓むことは、これら高玉・高揄・高楡といった地名表記を証左とすることができるだろう。

以上によって当該条の「楡」字を「タム（タモ・タマ）」と訓じてみるとき、前述した「談」「淡」の音「タム」と「楡（タム）」とが、音の上でまさしく合致することになる。林田里の本名「タムナシ」（「談奈志」「淡奈志」）の「タム」は、伝承中の「楡（タム）」と符合しているのだと考える。

三　まとめ

以上の考察によって、揖保郡林田里条の本文及び訓読を次のように定める。

【校訂本文】（三条西家本のまま）

林田里本名談奈志　土中下　所以稱淡奈志者伊和大神占国之
時御志植於此處遂生楡樹故詳名淡奈志

【訓読】（本論で問題にした箇所と、注を付した箇所以外の訓みはすべて古典大系本⑩に従った。）

林田里《はやしだのさと》。本《もと》の名《な》は談奈志《たむなし》なり。土《つち》は中《なか》の下《しも》なり。淡奈志《たむなし》と称《い》ふ所以《ゆゑ》は、伊和大神《いわおほかみ》、国占《くにし》めましし時、御志《みしるし》を此処《ここ》に植《た》てたまふに、遂《つひ》に楡《たむ》の樹生《きな》りき。(12) 故《かれ》、詳《あか》して淡奈志《たむなし》と名づく。

伊和大神が各地を国占めしながら巡る中で林田里の地を良きところと感じ、その感情の印、即ち「御志」をこの地に植てたところそれが楡《たむ》の樹になった、だからタムナシと名付けられたのだ、という内容の伝承と見る。

楡は食用になる植物で、各国風土記においても産物として記され（『出雲国風土記』楯縫郡・出雲郡・神門郡・飯石郡、『常陸国風土記』行方郡、『播磨国風土記』神前郡）、生活の上で古代人の目にとまる樹であった。

凡て、諸の山に在るところの草木は、（中略）藤・李・榧・楡・椎・赤桐・白桐・海榴・楠・松・槻なり。（『出雲国風土記』楯縫郡）

土埆せて、櫟・柞・楡・竹、一二所生へり。（『常陸国風土記』行方郡）

栗鹿川内と号くる所以は、彼の川、但馬の阿相郡の栗鹿山より流れ来。故、栗鹿川内といふ。楡生ふ。（『播磨国風土記』神前郡）

林田里には特に立派で、神々しさを感じさせる楡の樹が生えていたのであろう。その楡に心惹かれた人々が、楡に注がれた神の息吹を林田里全体におよぶ祝福と受け止め、このような地名起源譚を育んだものと考える。

『播磨国風土記』の伝本は、三条西家本が唯一のものである。しかし、はじめに述べたように三条西家本には誤字や脱落個所が散見され、秋本吉郎校注の古典大系本・植垣節也校注の新編全集本の両本は、三条西家本を底本としながらも、筆者の数えたところそれぞれ実に三百箇所を超える校訂を施した本文を掲出している。そして、その校訂はおおまかに言って、

A　三条西家本のままでは整合性に欠けるために校訂を施す場合

B　三条西家本のままでは難読で理解し難いために校訂を施す場合
C　言葉の続き具合や他例との用字の比較から、校訂を要すると認められる場合
D　校訂しないと理解できないわけではないが、校訂することで体裁が整ったり、より理解しやすくなる場合

という四通りに分類することができる。このうちまずCに該当する例としては、三条西家本に「品太天」とある箇所（揖保郡伊刀嶋・託賀郡伊夜丘）を「品太天皇」と補ったり、揖保郡室原泊の伝承として「此伯防風如室」とある「伯」字を意味上「泊」字に校訂したり、「玉依依比賣命」とある「依」字を一字衍字と見て削ったりする場合（神前郡高野社）等が挙げられる。これらは古典大系本・新編全集本共に校訂の態度が一致し、内容的にも校訂することが妥当と考えられる。次にDの例としては、天皇の言葉を記しながら三条西家本に「云」としか書かれていない場合に、「勅」字を補って「勅云」と訂することがある。例えば賀古郡冒頭の「云」字は文章の冒頭部分を欠損し主語が不明確であるが、古典大系本・新編全集本共に「勅云」と校訂している。しかし、品太天皇を主語とする飾磨郡高瀬・神前郡蔭山里の「云」字については、古典大系本が「勅云」と訂する一方で、新編全集本は「云」一字のままとしている。また、古典大系本は上述の三箇所については「勅」字を補うが、託賀郡伊夜丘の品太天皇を主語とする「云」字については「当郡は敬語の使用が乏しいので底のまま」としている。このように古典大系本・新編全集本は、「勅」字を補うか補わないかという点について、自身の内部で態度を一貫させていない。本風土記が郡毎に書式を異にする場合があることは既に指摘されている[13]。だがこの問題に関して言えば、いずれも天皇を主語としながら「云」とのみ書かれているという点で郡に関係なく三条西家本の状況はすべて等しく、郡毎に校訂の態度を変える必然性に疑問を覚える。今はこの例を挙げるにとどめるが、このようにDに該当する校訂は今後も慎重に態度を検討してゆく必要があるだろう。またAの例としては、讃容郡冒頭部等が挙げられる。三条西家本には「讃容郡」という書き出しを持ち郡の冒頭にあたるとみられる箇所が二箇所あり、

一箇所目の「讃容郡」に続いて郡名の由来譚が記され、二箇所目の「讃容郡」の下には「事与里同」とある。そこで古典大系本・新編全集本等近年の諸注釈書の多くが、一度目の「讃容郡」はそのままとし、二度目の「讃容郡　事与里同」という記載を「讃容里　事与郡同」と訂している。この校訂は整合性を高め理解を容易にしてはいるが、三条西家本の祖本自体が未清撰の稿本である可能性も考える時（秋本吉郎）(1)、この校訂によって本当に和銅六年の官命に基づいて筆録され中央へ提出された、いわば「正文『播磨国風土記』」の姿に近づき得たのか否かは、不明とせざるを得ない。最後にBにあたる例としては、揖保郡阿豆村（三条西家本には阿笠村とあるがこのままでは地名起源譚との関係が理解できないので諸注「阿豆村」と校訂している）等があり、本論で取り上げた揖保郡林田里もこの類とみなすことができる。そして、この類に属するものは、林田里の場合のように、研究を進めることで三条西家本のまま理解し得る可能性も残している。

これまでの『播磨国風土記』研究の成果に学びつつも、校訂の必要性・妥当性を見直し、唯一の伝本である三条西家本を尊重して難読箇所を一つ一つ吟味してゆくことで、研究の基礎をより強固なものにする必要がある。本論もそうした試みの一つである。

【注】

（1）秋本吉郎「播磨国風土記未清撰考」大阪経大論集12　一九五四年

（2）「若し然らば、何を以ちてか爾が赤心を明《あか》さむとする」（「神代紀」第六段正文）・「天神地祇と天皇、証《あきら》めたまへ」（「天武紀」八年）等。

（3）なお②④⑤の各注釈書も「談奈志」「淡奈志」ともに校訂を施さず底本のままとしているが、訓が十分に付されておらずどのように伝承と地名とのかかわりを理解したのか不明である。

（4）なお建部恵潤「播磨国風土記地名起源説話の自然的基盤」（松岡秀夫傘寿記念論文集刊行会編『兵庫史の研究』

神戸新聞出版センター一九八五年所収）は「談奈志」をイワナシと訓み「植物の名称ではなく、岩石に由来する里名」と述べるが、地名起源譚との結び付きや「淡」字の問題への解説が不足し、従えない。

（5）その他、注釈書⑭⑯は「淡奈志」を「談奈志」にそれぞれ改めているが、いずれも訓を施さず校訂の意図は不明である。

（6）三条西家本には「兄太加奈」とのみあり「志」字は諸注が補ったものである。

（7）小島憲之・木下正俊・東野治之『万葉集（二）』（新編日本古典文学全集）小学館一九九五年

（8）八坂書房二〇〇一年

（9）古代、楡は調味料として使用されたが（『万葉集』巻十六―三八八六番歌の「毛武尓礼」等）、『時代別国語大辞典上代編』（三省堂一九六七年）は、「にれ」項に「寒地に生ずる春にれと暖地に育つ秋にれとがあるが、木の皮を薬用としたり食用としたりするのは前者である。」、「もむにれ」項に「ニレには、アキニレとハルニレがあるが、現在、近畿地方にはアキニレの方が多く、これにあてる方が穏当であろう。」とし、一貫しない。また『重修本草綱目啓蒙』には「春ニレ秋ニレノ二種アリ、春ニレハ（中略）寒地ニ生ズ、南国ニハ産セズ、木ノ粗皮ヲ去リ、白皮ヲ採リ薬用トス、楡白皮ト云、又食料ニモ入ル」とあり、『紀伊続風土記』には「楡に二種あり、（中略）秋ニレは漢名榔楡といふ、本国各郡山野に甚多し、典薬式に、紀伊国楡皮九斤とあるは、此榔楡皮なるべし。」とあって、やはり食用になる楡がハルニレ・アキニレいずれであるか、両書の説くところは合致しない。なお『新撰字鏡』には「楡皮　二月採白　波《ママ、皮カ》　曝干八月採實陰干也」とある。八月に実を採取するに相応しいのはアキニレかと推されるが、やはり確定できない。

（10）『山形県の地名』（日本歴史地名大系）平凡社一九九〇年。山形県西置賜郡白鷹町「高玉」についての伊達稙宗安堵状、天童市「高擶」についての「伊達正統世次考」の引用も同書による。

（11）吉田東伍『増補大日本地名辞書（七）奥羽』冨山房一九七〇年

（12）伝承中の「遂生楡樹」（とくに「生」字）について、古典大系本⑩・新編全集本⑰等の従来説は「オヒキ」「オフ」と訓じてきたが、

爾くして、伊耶那岐命、黒き御縵を取りて投げ棄つるに、乃ち蒲子生りき。（中略）亦、其の右の御みづらに刺せる湯津々間櫛を引き闕きて投げ棄つるに、乃ち笋生りき。（『古事記』）

故、殺さえし神の身に生りし物は、頭に蚕生り、二つの目に稲種生り、二つの耳に粟生り、鼻に小豆生り、
陰に麦生り、尻に大豆生りき。（『古事記』）

といった例を参考に「遂に楡《たむ》の樹生《な》りき」と訓めば、楡の樹が「生《な》った」ことが「（談）（淡）奈志（ナシ）」という音を導いていると見ることができるのではないか。「ナル→ナシ」という伝承と地名との関係は他に見えないが、今は試みにこのように訓じてみる。

（13）小野田光雄「播磨国風土記の成立について（再考）（上）・（下）」神道史研究6-1・2一九五八年（同著『古事記・釈日本記・風土記の文献学的研究』続群書類従完成会一九九六年再録）。詳しくは次章参照。

第二章　『播磨国風土記』の古代性1
――「三群説」の検討――

一　はじめに

本章および次章では、『播磨国風土記』の記述形式や表記等について考察し、本風土記の質を見極める試みとする。

『播磨国風土記』は、従来多く、「素朴」あるいは「土着」といった表現で、その特徴が捉えられてきた。

多少とも不合理な点をさながら含んだ素朴なものである。（折口信夫）[1]

全体に素樸性が五風土記の中でも最も多い。（久松潜一）[2]

土着的な実直さをもって材料を積みかさねて一巻としている。（吉野裕）[3]

播磨国の人びとのあいだに伝わっていた素朴な神話（水野祐）[4]

播磨国風土記の文芸的な面白さは、誰にでも共感できる素朴な感情が表出している点に見いだせる。（飯泉健司）[5]

しかしこれらの指摘は、本風土記全体を見渡した上で、具体的にどの部分にどの程度の素朴さを認め得るのか、という点について、その明確さに考察の余地を残している。一方、近年は、風土記編纂段階での伝承内容改変の可能性が、多く論じられている。

> 『播磨国風土記』が端的に示すようないわゆる地名（起源）伝承が在地伝承の本来の形であるとは断じ得ない、つまりは支配の側の地名掌握による土地支配の意向によって、編述段階において創出された形であった可能性（秋本吉徳）[6]

> 各々の風土記に記載されている伝承を全て在地の伝承そのままをただ無機的に採録したものとして扱ってよいかどうかという問題である。そしてまた、提出文書に記された伝承が、本当に在地古来のものであるのかということも一度は考慮してみなければならない。（神田典城）[7]

> 残された説話は、かつてあり得たであろう在地の説話とは異なった論理によって組み立て直されていると考えられる。（中略）残された記事の中から在地の説話を読み取ろうとすることは、今後よほど慎重に考えなければならない。（橋本雅之）[8]

> 風土記の記事は、国司・国造の加筆を経て作成されている。「素朴」な在地伝承が生のまま記載されているのではない。（飯泉健司）[9]

しかし本風土記が「素朴」あるいは「土着」な性格を有するとされることについて根本的に否定する論述は見ず、筆録・編纂者の営為による部分と「素朴」とされる部分との範囲の区分は不明確である。また、編纂段階での改変の程度について諸説の指摘するところはさまざまで、統一的な見解を見ない[10]。

そこで本論は、こうした研究状況に対して、本風土記の資質を改めて把握し直すことを目指す。本章では、本風土記の編纂論を代表する小野田光雄説を検討し、風土記筆録・編纂者の営為が各地名起源譚の内容に及ぼした影響の程度について考察する。

二　小野田光雄説（三群説）

小野田光雄は、本風土記の記事を調査して古代播磨の十一郡を次の三群に分類し、

- A群　｛明石、賀古／印南、美嚢｝　明石国
- B群　｛託賀、賀毛｝　針間鴨国
- 　　　｛飾磨、神前／揖保｝　針間国
- C群　讃容、宍禾

そのように分類し得ることについて、次のように結論した。

> 三分類は、内容が偏向してゐるだけでなく、表記上の体裁も三群に分類されるのだから、編纂業務上三群に分れて従事した結果によるものと推定する。形式内容両面の一致は偶然ではあり得ない。（中略）古代播磨の勢力事情が、当国風土記の編述に関係があつて、それが三群分類の原因になつてゐると見るのが私の見解である。尚、それらの勢力家は当然、文献資料を所持してゐたと考へ得るから（中略）、播磨国風土記に播磨国の豪族が関与したとする私の立場からすれば、それらの文献資料は当然当国風土記の原資料となつた事は認めるのである。[11]

この小野田説に対しては、三群分類自体を批判する高藤昇・秋本吉郎説、また三群設定は認めるもののその発

生理由については再考を求める八木毅説が提出された。

三群設定についての極めて明白な根拠にはなほ乏しい（高藤昇）[12]

三群に概括したり、とり纏めたりし得る如き共通性は見出し難いのであって、各郡ごとの孤立と見るを妥当する郡ごとの書式の偏向であるとすべきである。（秋本吉郎）[13]

ＡＢＣ三グループに分れることは認め得るであらう。しかし、（中略）この三グループが生じたのは、原資料提供の段階で生じたものではなくて、最終的な国庁に於ける文体統一作業の際に（中略）生じたとしか考へられぬのである。（八木毅）[14]

ところが近年は、植垣節也校注の新編全集本解説に小野田説が批判的検証なく引用紹介され、また小野田説に依拠する飯泉健司論がある等、[15]三群説は研究史上基礎的な位置を得ていると見える。しかし既に批判が提出されている以上、小野田説あるいは批判諸説の妥当性について考察しないまま、三群説を受容し続けることは躊躇される。そこで以下、小野田説が三群分類の根拠とする諸点について、大きく記述の形式面と内容面とに分けてそれぞれ考察し、その可否を問い直す。

三　三群説の検討――記述の形式面について――

本風土記の記述形式に基づく、小野田三群説の根拠は多岐に亘るが、本論ではそのうち主な四点（①～④）を取り上げて検討する。

①

本風土記の記述形式は、例えば次のようである。

神前郡　右、所以号神前者（中略）故曰神前郡。

塱岡里　生野大川内湯川粟鹿川内波自加村土下々　所以号塱岡者（中略）故号塱岡。又、下屎之時、小竹、弾上其屎、
行於衣。故号波自賀村。（以下略）

所以号生野者（中略）改為生野。

所以号粟鹿川内者（中略）故曰粟鹿川内。

大川内　因大川為名。

湯川　昔、湯出此川。故曰湯川。

＊以下、波線部を「割注提示」、□囲部を「標目」、網掛け□囲部を「小地名標目」と、それぞれ呼ぶこととする。

小野田説は、里内小地名（上掲例では生野・大川内・湯川・粟鹿川内・波自加村）の記述形式、および、起源譚を「右」と書き出す例（上掲二重傍線部）に着目し、三群説立証の根拠の一とする。そこでこの点について、再確認を行う。

（次頁【表1】において、生野・粟鹿川内・波自加村はiii、大川内・湯川はiに該当する。）

【表1】では、賀古・印南・美嚢の三郡がi～ivいずれの形式も持たず、讃容・宍禾二郡がiiのみで統一されている点で、それぞれ群としての共通性を認める。揖保郡は、里内小地名を記述する形式としてはiiのみである点で讃容・宍禾各郡に近しいが、「右」の書き出しを持つ点（iv）では飾磨・神前・託賀・賀毛各郡に通じる性格を示している。これらの特徴は、揖保郡の扱いも含めて、およそ上掲の小野田三群説（「賀古・印南・美嚢」「飾磨・神前・託賀・賀毛・（揖保）」「讃容・宍禾・（揖保）」）に合致するものと認める。なお、飾磨・神前・託賀・賀毛・揖保各郡は、いずれも「右」の書き出しを持つ点（iv）では通じるが、神前・賀毛両郡のみがiを持ち、揖保郡はiiiを持たないといった相違点を孕んでいることも、指摘しておく。

【表1】(16)（例数は古典大系本が一段落とするものを1と数える。以下同じ。）

	里内小地名の記述形式について			
	i）割注提示あり 小地名標目あり	ii）割注提示なし 小地名標目あり	iii）割注提示あり 小地名標目なし	iv）「右」の書き出し
賀古				
印南				
美嚢				
飾磨			15	18
神前	4		11	3
託賀			15	3
賀毛	4	5	1	16
揖保		48		6
讃容		11		
宍禾		17		

②

次に、地名起源譚を記す冒頭の句形（上掲神前郡冒頭引用の破線部）に着目する。小野田説はこの点について、「郡毎の特徴は認めがたい」と述べる一方で、「認め得ることは、賀古、印南の二郡、飾磨、賀毛の二郡、揖保、讃容、宍禾の三郡、神前、託賀の二郡はそれぞれ共通点を持つグループと推定され、美嚢は賀古、印南のグループに属するということである。」とも言い、主張に一貫性が無い。そこで以下、冒頭句形を持つ全例について郡毎にその形式を表示し、再検討を試みる。

【表2】では、賀古・印南・美嚢三郡が「所以号」形式のみを使用し、揖保・讃容・宍禾三郡は「所以」に始まる句形以外の形式（「号・号然・称・云」）を持たない点で、それぞれ共通性があると認められる。前者は小野田三群説の言うA群に、後者はC群に合致する。一方、飾磨・神前・託賀・賀毛各郡の句形は極めて多様で、四郡全体を貫く特徴、あるいは、四郡のうちの一部を一群と見做すべき顕著な特徴は、見出し難い。

【表2】(17)

	所以号	所以称	所以云	所以名	所以名曰	所以	号	号然	称	云
賀古	1									
印南	5									
美嚢	3									
飾磨	6	8	1			2	4		11	
神前	5		3			1				5
託賀	4			1						6
賀毛	4		1			1	11	2		
揖保	13	8		9		2				
讃容			1	1						
宍禾	1			4	1					

③

小野田説は、次のように言う。

前項目の結句の地名を承けて次の句を連鎖的に起す手法、即ち、「（中略）大国里　所以号大国者……故曰大国、此里有山……曰美保山、山西有原……故曰池之原、原南有作石……名号曰大石」の如きは、賀古郡は説明すべき諸地名二の中二例、印南郡は（中略）八例中七例が、共通の手法であって他郡には見られないものである。

もしこの主張を正とすることができれば、小野田説の言うA群を立証する根拠と成り得る。しかし、本風土記には他に次の例を見る。

槻折山　品太天皇、狩於此山、以槻弓、射走猪、即折其弓。故曰槻折山。此山南、有石穴。々中生蒲。故号蒲阜。（揖保郡）

蒲阜の地名起源譚は「此山南有石穴……」という形で槻折山の結尾「故曰槻折山」から連続して綴られ、小野田説が例証とする印南郡大国里以下の文章形式と極めて類似している。この揖保郡の例に言及しないまま、[18]「前項目の結句の地名を承けて次の句を連鎖的に起す手法」は「他郡には見られない」と主張し、賀古・印南二郡のみの類似を説く小野田説の考証は、論証に不備があり従えない。

④

小野田説は次の十例の事例を挙げて、「（明石）、賀古、印南」「飾磨、神前、賀毛」「揖保、讃容」はそれぞれ共通性を有するものと認むべき」だと指摘する。

ａ　又事與上解同。（賀古郡舟引原）

ｂ　所以号六継里者、已見於。（印南郡六継里）

c 右十四丘者、已詳於上。（飾磨郡十四丘）
d 山川之名、亦與里同。（飾磨郡賀野里）
e 山名亦同。（飾磨郡新良訓）
f 里名詳於上。（飾磨郡漢部里）
g 揖保郡。事明下。（揖保郡総記）
h 讃容郡。事與里同。（讃容郡）
i 神前山。與上同。（神前郡神前山）
j 右二里、号鴨里者、已詳於上。（賀毛郡上鴨里・下鴨里）

（校訂に問題を含む箇所があるが、いまは小野田論の掲げるままに引用した。）

aは欠文となっている赤石郡の記事を指し、bは賀古郡の記事を指示している。従って少なくともこの三群が一括して編集された段階があることは認められるが、それが原資料提供時であるのか国庁での最終編纂時であるのかの判別は困難である。次に小野田説は、cとjは「全く同文である」、fとcとが「同一人の文であることは言ふまでもない」、そしてc・f・jは「記事の順序の「上」を指すものであ」るためiと「同じ意識のもとに記事の整理をしてゐるものと認められる」という論理を立てて、飾磨・神前・賀毛三郡の類似を指摘する。しかしcの「上」字は校訂に問題を残す（例えば古典大系本・新編全集本はともに「下」字に訂する）ためjと同文であると即断するべきではなく、また指示語が当該記事の上文・下文いずれを指し示すかは記事全体の順序に左右される問題であって、「上」とあることを理由にc・f・i・jを同類と見做すことは相応しくないのではないか。さらに小野田説は、「「事」として他の記事を考へ」ているという理由によってg・h（揖保郡と讃容郡）の共通性を指摘するが、「事」の語はa（賀古郡）にも見えるから、この判断は支持できない。以上によって、a〜jの記述を三群説の立証根拠とすることはできないと考える。

⑤小括

以上、小野田説が三群分類の証明として示した記述形式面の根拠のうち、主な四点①～④を取り上げて検討してきた。その結果、③④の二点については、三群説の立証とは為し得ないと結論した。それに対し、①（【表1】）・②（【表2】）の考察からは、「賀古・印南・美嚢」三郡の類似と、「讃容・宍禾」二郡の類似、という特徴を指摘できる。特に「賀古・印南・美嚢」の三郡は、他に宣命書きの使用（賀古郡比礼墓・印南郡伊保山）や、瀬間正之の言う「播磨風《ママ》には稀な漢文的対句」[19]の使用（印南郡総記・美嚢郡於奚袁奚伝承）といった特徴も持ち、強い関係性を示している。一方「飾磨・神前・託賀・賀毛」の四郡は、【表1】のⅳ項では共通するが、その他の書式についてはそれぞれ独自の特徴を持ち、群としての結び付きは弱いと見える。また揖保郡は、【表1】のⅳ項では「飾磨・神前・託賀・賀毛」群に近しいが、【表1】のⅰ～ⅲ項および【表2】では「讃容・宍禾」群に近しい性格を示し、位置付けに揺れがある。

以上の結果を小野田三群説に照らしてみれば、小野田説の示す根拠の中には認められない点（③④）もあるが、①②の特徴から、三群分類は、揖保郡の扱いも含めて、記述の形式面において、およそ本風土記の特徴を捉え得たものだと判断できる。しかし、群によって連帯関係の強弱に差があること、特に「飾磨・神前・託賀・賀毛・（揖保）」の諸郡は記述傾向に各々独自性を強く持ち一群として一括するには異同が多いことは、今後の課題として指摘しておく。後考を俟つ。[20]

四　三群説の検討——記述の内容面について——

次に、本風土記の内容面の特徴について検討する。小野田説が本風土記を三群に分類する、記述内容面の根拠は、およそ五点（Ⅰ〜Ⅴ）にまとめることができる。それぞれ引用する。

Ⅰ　「大神」「伊和大神」「大汝命」「葦原志許乎命」「天日槍命」「少日子根命」たちは、賀古、印南、美嚢の三郡を行動範囲としてゐない。此の三郡の敬祭される神々は、美嚢郡の「八戸挂須御諸命大物主葦原志許国堅以後自天下於三坂岑」によって明らかなやうに、既に中央神学の影響をうけてゐるものであって、他の七郡とは文化圏を異にした一郭と考へられる。（……A群）

Ⅱ　最も古い時代には「大神」と「葦原志許乎命」の地域である揖保、讃容、宍禾の三郡は、一地域をなしてゐたものと推定されるのである。（……C群）

Ⅲ　「昔……」といふ語が、揖保、讃容、宍禾の三郡に於ては、神々の世界には用ゐられなかつたと言ふ事も、此の三郡の民衆は現に神々と共に生活してゐる事を語るものとして注意すべきであらう。（……C群）

Ⅳ　品太天皇は（中略）私の云ふA群及びC群中の讃容、宍禾二郡には一例も記録されない。此の事は播磨国風土記の成立に何等かの関係を持つものと考へられるのである。（中略）品太天皇の記事は作為あるを思はしめるのである。（……B群）

Ⅴ　揖保、讃容、宍禾の三郡に共通した特徴のある事が知られる。（中略）総計十四例の「占国」の説話が此の三郡に限られてゐるといふことは、記載体裁冒頭の句形などの場合をも合せ考へると、これは此の区域の神話の特徴を語るものであって、偶然の現象とはなし難い。（……C群）

まずⅠの指摘は、小野田説自身が美嚢郡の「大物主葦原志許」伝承を引用するにもかかわらず、この例を除外したまま、大神や葦原志許乎命ら六神が賀古・印南・美嚢三郡を行動範囲としていないと主張する点に、疑義がある。また、美嚢郡の伝承は「中央神学の影響」を受けているとするが、「中央神学」の定義や影響関係についての考察も果たされていない。

次にⅡの指摘は、やはり美嚢郡の「大物主葦原志許」が考慮されていない点と、Ⅰで取り上げた六神のうち大神と葦原志許乎命の二神のみを特に取り上げる必然性について説明がなされていない点に、疑問がある。確認のため挙げておくと、小野田説の取り上げた六神の分布は次頁【表3】のようである。【表3】において、小野田説の言う「賀古・印南・美嚢」「飾磨・神前・託賀・賀毛・（揖保）」「讃容・宍禾・（揖保）」という三群を明瞭に認知し得る特徴は、見出し難いのではないか。六神の伝承分布は、三群説を十分に立証するものではないと考える。(21)

続いてⅢについて。本風土記を確認すると、「昔」の語の使用例数は郡別に次のようである。


賀古＝4例（このうち、神の伝承1例。舟引原「昔、神前村に荒ぶる神ありて」）

印南＝0例
美嚢＝1例（神の伝承無し）

飾磨＝6例（このうち、神の伝承1例。十四丘「昔、大汝命のみ子、火明命、心行甚強し。」）

神前＝3例（このうち、神の伝承2例。聖岡里「昔、大汝命と少比古尼命と相争ひて」、生野「昔、此処に荒ぶる神ありて」）

託賀＝6例（このうち、神の伝承2例。袁布山「昔、宗形大神、奥津嶋比売命」、都太岐「昔、讃伎日子神、氷上刀売を誂ひき。」）

賀毛＝3例（このうち、神の伝承2例。碓居谷「昔、大汝命、碓を造りて」、端鹿里「昔、神、諸村に」）

揖保＝8例（神の伝承無し）

讃容＝1例**（神の伝承無し）**
宍禾＝0例

「昔」の語を神の伝承に用いないことは、揖保・讃容・宍禾三郡だけでなく、印南・美嚢両郡も同様であり、小野田説の論証は正当なものとは認められない。

一方、品太天皇伝承の分布が飾磨・神前・託賀・賀毛・揖保の五郡に限られること（Ⅳ）と、「国占め」の伝承が揖保・讃容・宍禾の三郡に限られること（Ⅴ）は、本風土記に照らして、それぞれ正確な指摘と判断できる。

【表3】(22)

	賀古	印南	美嚢	飾磨	神前	託賀	賀毛	揖保	讃容	宍禾
大神									4	8
伊和大神				1	2	1		5		3
大汝命				(2)	1		3	2		
アシハラシコヲ			(1)					1		4
アメノヒボコ					2			1		6
スクナヒコナ				(1)	1			(2)		

しかし両者を比べると、揖保郡を飾磨・神前・託賀・賀毛郡の群とする（Ⅳ）のか、讃容・宍禾郡の群とする（Ⅴ）のか、扱いに揺れがある。揖保・讃容・宍禾の三郡を一群として扱う（Ⅴ）一方で、品太天皇伝承を「作為ある」ものだとする（Ⅳ）ならば、その三郡のうちなぜ揖保郡のみに品太天皇伝承を書き記し讃容・宍禾両郡には分布せしめなかったのか、説明が求められるが、小野田説はその責を果たしていない。

揖保郡は、かつて宍禾郡域を含んでいたことが、本風土記に明らかである。

難波長柄豊前天皇のみ世、揖保郡を分ちて、宍禾郡を作りし時、山部比治、任されて里長と為りき。此の人の名に依りて、故、比治里といふ。（宍禾郡比治里）

これは本風土記編纂時以前の揖保・宍禾両郡の関係を伝える確実な資料であり、本風土記の成立について「古代播磨の勢力事情」を想定する（上掲小野田説引用）のであれば、この記録を持つ揖保郡の扱いを曖昧に留めるべきではない。さらに、もと一郡であったはずの揖保・宍禾二郡は、保有する伝承の質にも顕著な相違が認められる。すなわち

天皇自身が活動する伝承数＝揖保郡19：宍禾郡０
「天皇の世」型伝承数　＝揖保郡11：宍禾郡１
神の伝承数　＝揖保郡17：宍禾郡19

となっていて、神の伝承と天皇伝承との双方を有する揖保郡と、圧倒的に神の伝承に偏る宍禾郡とは、その性格を大きく異にしている。過去に一地域であったことが確実なこの二郡が、伝承内容にこれだけの差異を有していることは、古代播磨の行政区域と神や天皇の伝承分布とについて、直接の因果関係を想定することはできないということを、明確に示している。

加えて、品太（応神）天皇以外の天皇・皇后にも目を向けると、各伝承の分布は【表４】のようである。品太

天皇は、その伝承数の多さから、確かに本風土記を特徴付ける存在であるといえるが、その他の天皇と併せ見るとき、分布の様態は極めて多様で、三群性を【表４】から明確に抽出することは難しい。さらに【表４】では、小野田説の言う三群の分域を超えて分布する天皇（皇后）伝承として、景行（賀古郡・印南郡・揖保郡）、神功（印南郡・飾磨郡・揖保郡・讃容郡）、仁徳（印南郡・飾磨郡・賀毛郡・揖保郡・讃容郡）、オケ・ヲケ（美嚢郡・賀毛郡）が認められる。小野田説には、これらをどのように理解するのか、言及が無い。

また本風土記には、小野田説の三群区分では他群に属する郡と、内容的に深いかかわりを持つ伝承がある。

【表４】(23)

	賀古	印南	美嚢	飾磨	神前	託賀	賀毛	揖保	讃容	宍禾
景行	3	3						1		
成務		1								
仲哀		2								
神功		2		1				5	1	
応神				11	6	4	7	18		
仁徳		1		1			1	2	1	
履中			2							
雄略				1						
オケヲケ			1				1			
安閑								1		
欽明				2						
推古								(1)		
孝徳								1	1	1
斉明								(1)		
天智									2	
天武									1	

昔、大帯日子命、印南別嬢を誂ひたまひし時、御佩刀の八咫の剣の上結に八咫の勾玉、下結に麻布都の鏡を繋けて、賀毛郡の山直等が始祖息長命を媒として、誂ひ下り行でまし時（以下略、賀古郡）

伊和部と号くるは、積幡郡の伊和君等が族、到来たりて此に居りき。（飾磨郡）

意奚・袁奚二はしらの皇子等、美嚢郡志深里の高野宮に坐して、山部小楯を遣りて、国造許麻の女、根日女命を誂ひたまひき。（賀毛郡）

特に賀毛郡の意奚袁奚伝承は、美嚢郡に二皇子が坐したという伝承

於奚・袁奚の天皇等の此の土に坐しし所以は（中略）宮を此の土に造りて、坐ましき。故、高野宮・少野宮・川村宮・池野宮あり。（美嚢郡）

を前提とするもので、賀毛・美嚢両郡の間の、伝承関係の密なることを認める。しかし小野田説の三群分類ではこの二郡は別の群に属し、両者の関連には注意が払われない。（賀毛・美嚢両郡のオケ・ヲケ伝承の関連については、風土記の編纂過程という問題ではなく地縁的な結び付きを考える必要があること、次々章に述べる。）

このように小野田説の主張（Ⅰ）～（Ⅴ）はいずれも三群分類の積極的根拠とは認められず、また、本風土記の伝承内容は三群分類に合致しない特徴を多く示している。よって、本風土記の記述内容面について、小野田三群説は成立し難いと考える。

五　まとめ

以上述べてきたことをまとめる。

小野田光雄説は、本風土記の記述形式と内容との双方に郡毎の偏向を認めて、古代播磨の十一郡を三群に分類

した。しかし本論では、形式面についてはおよそ「賀古・印南・美嚢」「讃容・宍禾・（揖保）」「飾磨・神前・託賀・賀毛・（揖保）」の群別を認め得るのに対し、内容面についてはその群別を支持すべき根拠が得難いことを指摘した。形式面に認められる三群別が内容面には適合しないことは、本風土記の成立を考察するにあたり、記述形式上の問題と内容上の問題とを一律に扱うべきではないことを示唆している。

本論が形式面について三群を認めた根拠（【表1】【表2】）は、いずれも地名起源譚を記述する目的の上に生じたもので、該当例が郡内の諸地名全般に亘ることから、風土記編纂の過程で現れた特徴だと考える。即ち、和銅六年の官命を受けて風土記が編纂されるにあたり、各郡の記事は三群毎に体裁が整えられた段階があり、この際形式面における三群別の特徴が生じたと見る。一方、伝承内容が群別の特徴を示さないことは、風土記編纂過程での編述者の営為が記述の形式面に留まり、伝承内容にまで及ぶことが少なかったためだと考えられるのではないか。従来、在地伝承の主人公が編纂時に改変された可能性を指摘する説があるが[10]、少なくとも本風土記が三群に分かれて編纂された段階において、主人公の改変が積極的に為されたという証拠は認められない。本風土記は、神・天皇・人を幅広く主人公とする多様な伝承を有しているが、そのありようはおよそ、特定の編述者の意図的な改変による結果ではなく、風土記編纂が目論まれる以前の古代播磨各地に、醸成されていたものだと考える。

【注】

（1）折口信夫「風土記の古代生活」一九三二年（『折口信夫全集（五）』所収）
（2）久松潜一『風土記（上）』（日本古典全書）朝日新聞社一九五九年
（3）吉野裕『風土記』平凡社一九六九年
（4）水野祐『入門・古風土記（上）』雄山閣出版一九八七年
（5）飯泉健司「『播磨国風土記』文芸的な面白さ」国文学解釈と教材の研究54-7二〇〇九年

（6）秋本吉徳「土地に刻まれた歴史」『古事記研究大系（四）古事記の神話』高科書店一九九三年所収
（7）神田典城「風土記の記録内容」植垣節也・橋本雅之編『風土記を学ぶ人のために』世界思想社二〇〇一年所収
（8）橋本雅之「古風土記編纂の視点」国語と国文学81-11二〇〇四年（同著『古風土記の研究』和泉書院二〇〇七年再録）
（9）飯泉健司「風土記の魅力と可能性」大倉山論集53二〇〇七年
（10）例えば、播磨の在地伝承に筆録・編纂者の意識を反映する記述が加えられたとする説（『岩波講座日本文学史（三）風土記の世界』岩波書店一九五九年（本書の著者は吉野裕だが、該当箇所は益田勝実の筆）、飯泉健司「仏像に似る神」国語と国文学81-11二〇〇四年）、記事の選定と載録に筆録・編纂者の価値観が影響したとする説（秋本吉郎『風土記』（日本古典文学大系）岩波書店一九五八年、飯泉健司「霊剣の主張」神田典城編『風土記の表現』笠間書院二〇〇九年所収）、在地伝承の主人公が編纂時に改変された可能性を指摘する説（瀧音能之『出雲国風土記と古代日本』雄山閣出版一九九四年、秋本吉徳「中央と地方との関係」『岩波講座日本文学史（一）』岩波書店一九九五年所収）、地名起源譚自体が編纂時に創作されたものだとする説（長野一雄「播磨風土記応神天皇説話の作成法」国文学研究64一九七八年、西條勉「播磨国風土記のトポノミー」国士舘大学文学部人文学会紀要23一九九〇年（同著『古代の読み方』笠間書院二〇〇三年に「土地の名と文字／ことば」として再録））等がある。
（11）小野田光雄「播磨国風土記の成立について（再考）（上）・（下）」神道史研究6-1・2一九五八年（同著『古事記・釈日本紀・風土記の文献学的研究』続群書類従完成会一九九六年再録）
（12）高藤昇「伊和大神考」国学院雑誌57-6一九五六年（高藤論は、小野田光雄「播磨風土記の成立に関する一考察」国学院雑誌55-3一九五四年を批判したものだが、この小野田論の結論は前掲注11の小野田論とほぼ等しい。）
（13）秋本吉郎『風土記の研究』大阪経済大学後援会一九六三年
（14）八木毅「播磨国風土記説話の成りたち」国語と国文学47-9一九七〇年（同著『古風土記・上代説話の研究』和泉書院一九八八年再録）
（15）植垣節也『風土記』（新編日本古典文学全集）小学館一九九七年、飯泉健司「播磨国風土記・餝磨「伊刀島伝承」考」立正大学文学部論叢103一九九六年、飯泉健司「播磨国風土記」『風土記を学ぶ人のために』前掲書注7

所収。なお他に、「三群性は認められ」るとした上で、本風土記には三群説に合致しない特徴もあることを指摘する、廣岡義隆「風土記の原形態について」（国語と国文学81-11二〇〇四年）がある。

（16）賀毛郡猪飼野・腹辟沼は、割注提示が大字表記だがⅰに含める。揖保郡萅生山・伊勢野は、三条西家本に従い標目無しと認めⅱに含めない。神前郡蔭山里の割注提示「蔭岡」は、「蔭山」との関係性に疑点が残るためⅲに計上していない。揖保郡伊刀嶋の「右」字（三条西家本「名」字）は校訂に問題を残すためⅳに計上していない。

（17）賀毛郡上鴨里・下鴨里の冒頭句形は、校訂に問題があるため除外した。「所以」は、古典大系本・新編全集本ともに校訂を施す場合があるが、いまは沖森卓也・佐藤信・矢嶋泉『播磨国風土記』（山川出版社二〇〇五年）に従い、「所以」二字のままで冒頭句形の一形式と見做した。飾磨郡大野里・高瀬の「称」字は三条西家本に「秤」とあるが、「称」字の誤写と認めた。

（18）揖保郡槻折山・蒲阜の例について、小野田前掲論（注11）には言及が見えないが、小野田は『風土記（上）』（日本古典全書）（前掲書注2）の「補考」において、同じく揖保郡の

邑智里驛家（中略）故号大内。冰山。惟山東有流井。（中略）故号冰山。
粒丘（中略）故号粒丘。（中略）神山。此山在石神。故号神山。

という二例を挙げ、次のように述べている。

（筆者注：槻折山・蒲阜の例は）一見Ａ（筆者注：本論に引用した印南郡大国里の書式を指す）と同じに見える。しかし（中略）、（ハ）（ニ）（筆者注：冰山と神山を指す）の例によって考へると、（ロ）（筆者注：槻折山・蒲阜を指す）の此山も前地名説明の文の結びを指してゐるのではなく、此の記事内の蒲阜を指してゐると見られる。従って、此山の上に「蒲阜」といふ地名表記を補はなければならない（中略）。以上のことは、それぞれの書式の研究が校訂に役立つと共に、各々の文章を書いた人も違ふのだらうと言ふことも想像させるのである。

しかし、槻折山・蒲阜の場合は三条西家本のままでも十分に内容が理解でき、校訂は不要である。槻折山・蒲阜の例は、同一郡内ではあるが冰山や神山とは異なる書式（即ち印南郡大国里と同様の書式）が採られていると見做すべきであり、三群説を前提として校訂を施すのではなく、まずは三条西家本を尊重する態度を以て本風土記研究に臨むべきだと考える。

(19)　瀬間正之「文体・文字総論」『風土記の表現』前掲書注10所収

(20)　なお小野田説が挙げる根拠の他に、本風土記中記載の多い「舟・船」「丘・岡・阜」「御宅・三宅・三家・屯倉」の各表記と、「筆録者の筆癖が現れやすい」(瀬間正之前掲論注19)とされる助辞「則・即・乃・仍」の各字について、それぞれ郡別に使用例数の調査を行ったが、特定の諸郡を一群と見做す特徴は得られなかった。(【表5】参照)

【表5】

	賀古	印南	美嚢	飾磨	神前	託賀	賀毛	揖保	讃容	宍禾
舟	9	1					1	1		
船				8				12	4	
丘	3			47	1	4	1	5		
岡	3			1	18	4	4	23	1	
阜								13		2
御宅		1	1	3					1	
三宅				1				2		
三家					1					
屯倉			1							
則	1									
即	9	2	4	26	1	4	3	24	10	2
乃	3		1	2	1	3		8		
仍	2		4	7	1		5	5	4	

(21)　本論では【表3】において三群別を認めがたいとしたが、出身地名および固有名を冠さない「大神」の伝承が讃容・宍禾両郡のみに分布している。この「大神」は、伊和大神と同神か別神か、諸説があって定まらない。全くの別神として扱うのは小野田光雄説(前掲論注11)のみであり、この見解を正とするならば、「大神」伝承を

有する点で讃容・宍禾二郡に内容面の類似性を認め得る可能性がある。しかし、諸説の多くは「大神」と「伊和大神」とを同神とする（井上通泰『播磨国風土記新考』大岡山書店一九三一年、青木紀元「播磨風土記の神（下）」福井大学国語国文学4一九五四年（同著『日本神話の基礎的研究』風間書房一九七〇年再録）、高藤昇「伊和大神考」前掲論注12、秋本吉郎『風土記』（日本古典文学大系）前掲書注10、吉野裕『風土記』前掲書注3、小島瓔禮『風土記』角川書店一九七〇年、新司万紀子「播磨風土記と伊和大神」甲南国文20一九七三年、岡田精司・西宮一民『日本書紀・風土記』（鑑賞日本古典文学）角川書店一九七七年、八木毅「伊和大神について」風土記研究1一九八五年等）。この立場に従うとすれば、讃容・宍禾両郡のみが伊和大神を「大神」と表記したのであるから、この特徴は記述の内容面ではなく形式面の特徴として捉えるべきことになる。他、大神から伊和大神への「発展」（秋本吉徳「風土記神話試論」古事記年報18一九七六年）あるいは「昇華」（垣内章「伊和大神雑考」風土記研究13一九九一年）と捉える説、讃容郡の大神は「伊和の大神ではなさそう」であるが宍禾郡の大神については「なお疑問」とする説（植垣節也『風土記』（新編日本古典文学全集）前掲書注15）、讃容郡の大神は伊和大神とは「別神」だが宍禾郡の大神は「伊和大神の略称と捉えることも可能」とする説（沖森卓也・佐藤信・矢嶋泉『播磨国風土記』前掲書注17）もある。このように諸説錯綜する研究状況に鑑み、本論では「大神」の見定めは後考を俟つこととする。

(22)　一伝承中に二神が現れる場合（宍禾郡奪谷「葦原志許乎命と天日槍命と二はしらの神、此の谷を相奪ひたまひき。」等）は、それぞれに1を数えた。美嚢郡の「アシハラシコヲ」一例は、志深里の「大物主葦原志許」を数えた。飾磨郡の「大汝命」二例中一例と、「スクナヒコナ」一例は、筥丘の「大汝少日子根命」という神名をそれぞれに数えた。揖保郡の「スクナヒコナ」二例中一例は、スクナヒコナを指すか疑問があるが、萩原里の「少足命」を数えた。

(23)　本風土記の天皇（皇后）伝承には、天皇自身が活動する伝承と、「○○天皇の世」という形の伝承とがあるが、【表4】には共に天皇（皇后）伝承と認めて計上した。印南郡総記と伊保山は、仲哀・神功両方にそれぞれ1を数えた。揖保郡の「小治田河原天皇」は推古・斉明両説があるため、今は括弧を付して双方に1を書き入れておいた。なお他に、揖保郡には「宇治天皇」の伝承が一例、美嚢郡には「市辺天皇」の伝承が一例、明石逸文に仁徳天皇の伝承が一例、それぞれ認められる。

第三章　『播磨国風土記』の古代性2

一　はじめに

本章では、『播磨国風土記』所載の地名起源譚について、その成立時期を考察し、前章とあわせて本風土記の資質の把握に努めたい。従来、この問題を論じた代表的な二つの立場として、次の二説を見る。

地名記載に当たって最も留意すべき標目として掲出した地名について（中略）郡名と里名とでは一の例外もなく二字用字に統一せられてゐる。（中略）標目地名としての郡名・里名の用字のみが孤立して和銅の官命に応ずる新用字で統一せられてゐるのに対し、地名説明記事における地名用字が和銅の官命と関はりのない――官命以前の用字で記載せられてゐるものを相当量混じてゐるといふことは、それら地名表記を含む記事が、風土記の筆録編述時の新筆録でなく、編述時既に記録となって存したものを資料とし、その資料の用字のままに風土記に編入したものであることを考へさせる。（秋本吉郎）(1)

標目の表記が、仮りに、説話中の文脈に規制されているのであれば、その用字は、当然〈故、号○○〉の部分と一致していなければならない。そうなっていないのは、説話よりも、標目の用字が先行していたからである。風土記の編述者は、仮名表記の標目地名に解釈を加え、そこから説話を作り出しているわけである。標目と説話中の用字が一致するＣとＤ（筆者注：本風土記手苅丘・稲種山を指す）に関しても、これに準じて考えるべきであろう。すなわち、そこでも、「手苅（丘）」だとか「稲種（山）」という文字表記がすでに存したのであり、説話は、その地名を字義通りに解釈して作成されるのである。（西條勉）(2)

この両説はどちらも、標目と起源譚内の地名表記の差異に着目した論述であるが、標目を「新用字」とする秋本説は、風土記編述時既に記録として存した資料が本風土記に編入されたと推定し、標目の用字が先行してあったとする西條説は、風土記編述者が説話を作り出したと結論するという、大きな違いが見て取れる。しかし秋本説の場合、考察対象が郡名・里名に限られているという問題がある。また起源譚内の地名表記の方が標目よりも古く、且つ、それが実際に使用されていた用字であるという実証は果たされていない。一方西條説によれば、本風土記の地名起源譚の多くが編述者によって創作されたものだということになる。しかし西條説は「説話よりも、標目の用字が先行していた」という前提に立つが、その根拠は明示されず、秋本説への言及も見られない。そこで以下、この問題の再検討を試みる。

二　地名表記と起源譚と

まず、検討対象とする記事を挙げる。本風土記中、標目および割注提示（標目の下に里内小地名が割注の形で掲げられたもの。前章参照。上掲の秋本説・西條説は標目のみを問題とするが、本論ではより多くの記事を検討対象とすることを目的に、標目を持たない里内小地名についても割注提示の表記を標目に代わるものと見做し、考察対象に含める。）の地名表記と起源譚結尾の地名表記とが相違する例のうち、そのどちらか一方に起源譚の内容と関わる用字が採られている例は、次の二十例である(3)。

標目	起源譚	結尾
①鴨波里	昔、大部造等が始祖、古理売、此の野を耕して、多に粟を種きき。	故、粟々里といふ。（賀古郡）
②益気里	宅と号くる所以は、大帯日子命、御宅を此の村に造りたまひき。	故、宅村といふ。（印南郡）
③麻跡里	右、麻跡と号くるは、品太天皇、巡り行でましし時、勅りたまひしく、「此の二つの山を見れば、能く人の眼を割き下げたるに似たり」とのりたまひき。	故、目割と号く。（飾磨郡）
④英馬野	英馬野と号くる所以は、品太天皇、此の野にみ狩したまひし時、一つの馬走り逸げき。勅りたまひしく、「誰が馬ぞ」とのりたまひき。侍従等、対へていひしく、「朕が君の御馬なり」とまをしき。	即ち我馬野と号く。（飾磨郡）
⑤阿比野	阿比野と称ふ所以は、品太天皇、山の方より幸行しし時、従臣等、海の方より参り会ひき。	故、会野と号く。（飾磨郡）
⑥上岡里	出雲国の阿菩大神、（中略）上り来ましし時、此処に到りて、乃ち闘ひ止みぬと聞かし、其の乗らせる船を覆せて、坐しき。	故、神阜と号く。（揖保郡）(4)
⑦邑智里	品太天皇、巡り行でましし時、此処に到りて、勅りたまひしく、「吾は狭き地と謂ひしに、此は乃ち大内なるかも」とのりたまひき。	故、大内と号く。（揖保郡）
⑧握村	都可と名づくる所以は、石龍比売命、泉里の波多為の社に立たし	故、都可村と号く。（揖保郡）

て射たまふに、此処に到りて、箭盡に地に入り、唯握ばかり出でたりき。

⑨意此川　品太天皇のみ世、（中略）山の柏を擽りて、帯に挂け、腰に揷みて、此の川を下りて相壓しき。　故、壓川と号く。（揖保郡）

⑩揖保郡　事、下に明かなり。
揖保里　粒と称ふ所以は、此の里、粒山に依る。故、山に因りて名と為す。
粒丘　粒丘と号くる所以は、（中略）主の神、即ち客の神の盛なる行を畏みて、先に国を占めむと欲して、巡り上りて、粒丘に到りて、湌したまひき。ここに、口より粒落ちき。　故、粒丘と号く。（揖保郡）

⑪美奈志川　美奈志川と号くる所以は、（中略）妹の神、遂に許さずして、密樋を作り、泉村の田の頭に流し出したまひき。此に由りて、川の水絶えて流れず。　故、无水川と号く。（揖保郡）

⑫讃容郡　讃容といふ所以は、（中略）大神、勅りたまひしく、「汝妹は、五月夜に殖ゑつるかも」とのりたまひて、即て他処に去りたまひき。　故、五月夜郡と号け、神を賛用都比売命と名づく。（讃容郡）

⑬邑寶里　彌麻都比古命、井を治りて、粮を湌したまひて、即ち云りたまひしく、「吾は多くの国を占めつ」とのりたまひき。　故、大村といふ。（讃容郡）

⑭宇波良《うはら》村　葦原志許乎命、国占めましし時、勅りたまひしく、「此の地は小狭くて室の戸の如し」とのりたまひき。　故、表戸《うはと》といふ。（宍禾郡）

⑮比良美《ひらみ》村　大神の褶《ひらび》、此の村に落ちき。　故、褶《ひらび》村といひき。（宍禾郡）

今の人は比良美村といふ。

⑯伊加麻川　大神、国占めましし時、烏賊、此の川に在りき。故、烏賊間川といふ。（宍禾郡）

⑰御方里　御形と号くる所以は、（中略）葦原志許乎命の黒葛は、一條は但馬の気多郡に落ち、一條は夜夫郡に落ち、一條は此の村に落ちき。故、三條といふ。

一云、大神、形見と為て、御杖を此の村に植てたまひき。故、御形といふ。（宍禾郡）

⑱目前　目前田は、天皇の獦犬、猪に目を打ち害かれき。故、目割といふ。（託賀郡）

⑲法太里　法太と号くる所以は、（中略）讃伎日子、負けて逃去ぐるに、手以て匍ひ去にき。故、匐田といふ。（託賀郡）

⑳雲潤《うるみ》里　右、雲潤と号くるは、（中略）丹津日子、云ひしく、「此の神は、河を掘る事に倦《う》みて、爾いへるのみ」といひき。故、雲彌《うみ》と号く。（賀毛郡）

今人、雲潤と号く。

上掲二十例において、地名表記は、標目部分・「〇〇と号くる所以は～」という起源譚書き出し部分・「故、〇〇と号く」という結尾部分の三か所にある場合（②③④⑤⑧⑩⑪⑫⑰⑱⑲⑳）と、標目部分と結尾部分との二か所にある場合（①⑥⑦⑨⑬⑭⑮⑯）とがある。三か所の地名表記を持つ諸例においては、起源譚書き出し部分の表記が、標目部分と一致する場合（③④⑤⑪⑫⑱⑲⑳）と、結尾部分と一致する場合（②⑧⑩⑰）とに分かれ、不統一である。そこで標目および結尾部分の地名表記と、地名起源譚の内容との関連を確認すれば、⑧以外の十九例はすべて、標目ではなく結尾部分の地名表記（傍線部）が起源譚の内容（波線部）と呼応し、標目は呼応していない。[5] これらのことから、郡名（⑩⑫）・里名（①②③⑥⑦⑩⑬⑰⑲⑳）・その他自然地名等（④⑤⑨⑪⑭⑮⑯⑱）をとおして、次の三点の特徴を認めることができる。

（１）起源譚の内容（波線部）と結尾の地名表記とは、ほとんどの事例において呼応し、両者の結び付きの緊密なることが知られる。

（２）それに対し標目は、やはりほとんどの事例において、起源譚の内容および結尾表記から孤立した用字が採られているので、標目部分と、起源譚の内容および結尾部分とは、成立背景を別にすることが推定できる。

（３）起源譚書き出し部分の地名表記は、上述のようにこれを持たない事例があり、またこれを持つ事例においても、その表記は、あるものは標目部分と、あるものは結尾部分と合致し、統一を見ない。このことは、起源譚書き出し部分が、起源譚の内容および標目表記が定まった後に付加された、もっとも成立の遅い部分であり、地名起源譚を成立させる要素としての重要度が低いことを推測させる。[6]

以上によって、起源譚書き出し部分は最も成立の遅い箇所と考えられるため考察対象から外し、起源譚の内容と結尾の地名表記とは密接な関係にあると認められることから、標目と結尾の地名表記の新旧を問うことによって、標目と起源譚の内容との、成立の先後関係を見定める。

まず、標目と結尾の地名が、表記だけでなく、発音も異なる例に、⑭⑮⑳がある。⑮は、結尾の「褶《ひらび》」に対し標目の「比良美《ひらみ》」について「今の人は比良美村といふ」と注記され、標目のほうが新しいことが明白である。⑳も、神が河を掘ることを「倦《う》み」たために名づけられたとされる地名「雲彌《うみ》」に対し、標目の「雲潤《うるみ》」は「今人」の号であると注されている。また⑭については、「ウハラはウハトの音訛」とする秋本吉郎説[7]に従えば、やはり標目の方が結尾よりも新しい呼称と考えられる。そしてこの三例の起源譚の内容が、いずれも、新しい標目ではなく、結尾の古い地名呼称と結び付いていることは、これらの起源譚が、風土記編纂当時の「今人」による創作ではなく、編纂時以前に生じていた伝承であることを示していると考える(8)。

次に、標目と結尾の地名が、発音は同じであるが表記を異にする諸例（①②③④⑤⑥⑦⑨⑩⑪⑫⑬⑯⑰⑱⑲）について考える。例えば⑩では、郡名と里名の標目は「揖保」という二字表記だが、その由来は粒丘条に「口より粒落ちき」と記され、そこでの結尾表記は「粒」の一字である。このイヒボの表記について、次の木簡を考察材料に挙げる。

a・飯□〔穂カ〕評若倭了柏

・五戸乎加ツ　（藤原宮跡北辺地区(9)）

b・粒評石見里

・［　　］（飛鳥池遺跡北地区(10)）

c　揖保郡二斗九升　（平城宮第一次大極殿院回廊東南隅付近(11)）

d・播磨国揖保郡□

・□〔衛カ〕□□〔六カ〕百　（平城宮宮城南面西門(12)）

e・播磨国揖保郡□［　］

・□〔紀カ〕□□□□□　（平城宮東張出部西端(13)）

f　播磨国揖保郡占上郷□家里阿曇［　］　（平城宮東張出部西端(13)）

g・播磨国揖保郡林田郷

・□□〔林カ〕里鴨部□□（平城宮南面大垣東端）(14)

「イヒボ」の地名を有する木簡はａ～ｇの七点で、表記に「飯□〔穂カ〕」「粒」「揖保」の三通りがある。ａ・ｂは評制下の木簡（注10はｂを「七世紀末頃」と推定）、ｃ・ｄ・ｅは年代不明（ｄ出土溝からは「神亀三年から神護景雲まで」の木簡を検出(12)、ｅ出土溝は「養老・神亀頃の溝」(13)とされる）、ｆ・ｇは郷里制下の木簡であり霊亀初年頃以後二十年余間のものと位置付けられる。よって地名イヒボの表記について、およそ「飯□」「粒」が古く、「揖保」は比較的新しい用字として、いずれも実際に使用されていた表記であると確認できる。これを本風土記⑩に照らすと、標目表記「揖保郡」「揖保里」は、結尾表記「粒」よりも新しいものであり、起源譚（口より粒落ちき）は古い表記である「粒」と呼応している。よって少なくとも地名「イヒボ」に関しては、「説話よりも、標目の用字が先行」し「風土記の編述者は、仮名表記の標目地名に解釈を加え、そこから説話を作り出している」とする前掲西條説には従えない。風土記編述者が編纂にあたり起源譚を創作したとするならば、新しい「揖保」ではなくあえて古い「粒」という表記に相応しい内容を意図的に創作したことになるが、そのように想定する蓋然性は低いのではないか。起源譚が、風土記編纂時に用いられた二字表記「揖保」よりも古い表記「粒」に呼応する内容を持つことは、少なくとも「揖保」表記が定着する以前の「粒」表記を使用する慣習の中に、その起源譚の発生時期を求めるべきだと考える(15)。

なお、「粒」から「揖保」への表記の変化は、郡里名二字表記化の命を受けての改変と考えられ、その発令の時期を「遅くとも和銅四年四月以前」(16)と見る説に従えば、「粒」字と結び付いた起源譚は、遅くとも和銅四年以前までにイヒボ郡内で発生・伝承されていたものと位置付けられる。また、上掲の風土記記事①～⑳のうち、起源譚結尾の地名表記が一字もしくは三字であり標目は二字表記の郡里例として、他に②〔標目「益気」：結尾

「宅」〕、⑫〔標目「讃容」：結尾「五月夜」〕、⑬〔標目「邑寶」：結尾「大」〕がある。これらは木簡資料が無く確証を得られないが、イヒボの例と同様に、標目は二字表記化の命を受けた新表記であり起源譚の内容と結び付いた結尾表記のほうが古い可能性が高く、従ってこれらの起源譚の発生時期についても、標目の二字表記が使用される以前、即ち風土記編纂時以前を想定することが妥当と考える。

次に、上掲風土記記事①賀古郡アハハ里を例証に挙げる。

h・幡磨國加古郡禾々里
・□戸首名俵　〔平城宮東院地区〕[17]

i　播磨国賀古郡淡葉郷須□〔保カ〕里曽祢部石村御調御贄「大鮹六斤太」　〔平城京左京二条二坊五坪二条大路濠状遺構（北）〕[18]

h・iは、アハハ里の地名を有する木簡である。hは、この木簡の出土溝から和銅年間の木簡九点が出土し「年紀のないものも記載内容から同時期のものとみてよい[17]」とされ、iは郷里制下のものである。従って例数に乏しいが、「禾々」の方が「淡葉」よりも古い用字と考えられる。一方本風土記①では、標目「鴨波里」に対し起源譚は「多に粟を種きき。故、粟々里といふ。」とある。「鴨波」と標記した木簡は現在知られていないが、h・iの木簡を踏まえると、穀物を意味する用字〔木簡の「禾々」・本風土記の「粟々」〕が、「淡葉」〔木簡〕あるいは「鴨波」〔本風土記〕に改められたことが推察される。従ってアハハ里の場合も、「多に粟を種きき。」という起源譚の内容は、遅くとも和銅四年に表記が改められる以前の、「禾々」「粟々」という古い表記が行われた時代に発生したものである可能性が高いと判断する。なお、アハハ里の改字が「嘉名」〔好字〕二字化の命によるものであるとすれば、上掲の風土記記事中、他に③〔標目「麻跡」：結尾「目割」〕、⑦〔標目「邑智」：結尾「大内」〕、⑨〔標目「意此」：

結尾「壓」）、⑪（標目「美奈志」：結尾「无水」）、⑱（標目「目前」：結尾「目割」）、⑲（標目「法太」：結尾「匐田」）の諸例も、同様の理由で改字された可能性がある。よってこれらの起源譚の成立時期についても、アハハ里と同様の事情を想定できると考える。

三　まとめ

以上、木簡を考察材料に用いて、本風土記の諸伝承がそれぞれの地名と結び付き起源譚として成立した時期について、風土記編纂時以前を想定すべき例があることを示した。例数は僅かだが、風土記の地名起源譚と結び付いた「粒」「禾々」という地名表記が木簡に確認されたことは、それらの起源譚の発生と伝承を支える土壌が、風土記編纂時以前の古代播磨に、確かに育っていたことを示している[19]。

改めて言えば、前章では小野田光雄説を再検討した結果、記述の形式面ではおよそ「賀古・印南・美嚢」「讃容・宍禾・（揖保）」「飾磨・神前・託賀・賀毛・（揖保）」の三群別を認め得るが、伝承内容面ではその群別が認められないことを論じ、風土記編纂時に生じたと考えられる形式面の特徴が内容面にはそぐわないことから、本風土記の記す諸伝承の多くは、編纂時に大きな改変を受けずに記載された可能性が高いと考えた。そして本章では、秋本吉郎説・西條勉説を検討対象とし、両説ともに曖昧な論証に留まっていた標目表記と地名起源譚との先後関係について、標目表記が風土記編纂直前に改字された新しい用字であることを木簡資料から明らかにした。そして、地名起源譚はそれ以前の古い地名表記と結び付いた内容を有していることから、編纂時の創作とは考え難いことを論じた。

以上二点の考察はどちらも、本風土記記載の地名起源譚について、風土記編纂時の創作ではなく、編纂時以前の古代播磨各地に発生と伝承の場を想定すべきことを指標している。本論が考察対象とした諸伝承は、前章では小野田説の検討にかかわるもの、本章では標目と結尾の地名表記が相違するものが中心であり、上述の結論は本風土記のすべての伝承に及ぼし得るものではない。前章はじめに述べたように、一部の伝承については、風土記成立過程で筆録・編纂者による創出や加筆が試みられた可能性もある。しかし本論は、前章および本章において大きく二つの角度から本風土記全体を見渡し、本風土記の書き留めた地名起源譚の中には、風土記編纂のさまざまな過程を経ながらも、古代播磨各地に生きた人々の心性を確かに残しているものがあることを論証し、そこに本風土記の古代性の一端を認めて、結論とする。

【注】

（1）秋本吉郎『風土記の研究』大阪経済大学後援会一九六三年

（2）西條勉「播磨国風土記のトポノミー」国士舘大学文学部人文学会紀要23一九九〇年（同著『古代の読み方』笠間書院二〇〇三年に「土地の名と文字／ことば」として再録）

（3）標目および割注提示の地名表記と、結尾の地名表記とが相違する例は、他に次のものがあるが、それぞれ下記の理由で考察対象としなかった。以下「標目表記（割注提示表記）―結尾表記」の順に記す。

a　両地名表記とも起源譚の内容と字義とがかかわらないため＝飾磨郡賀野里―加野、揖保郡談奈志―淡奈志、讃容郡彌加都岐原―美加都岐原、宍禾郡酒加里―須加、同郡阿和賀山―阿和加山、同郡雲箇里―宇留加、神前郡波自加村―波自賀村、託賀郡都多支―都太岐、同郡阿多加野―阿多賀野

b　両地名表記に意味的な差異が少いため＝飾磨郡筥丘―箱丘、同郡少川里―小川、揖保郡大家里―大宅里、讃容郡中川里―仲川里、賀毛郡楢原里―柞原、同郡猪養野―猪飼野

c　両地名表記の差異が固有地名以外の部分にあるため＝飾磨郡伊和里―伊和部、同郡筥岡―筥丘、同郡檀坂―檀丘、揖保郡御立阜―御立岡、同郡言挙阜―言挙前、宍禾郡稲春岑―稲春前、託賀郡支閇岡―支閇丘、同郡伊

夜丘―伊夜岡

d　両地名の差異の所以が起源譚内で語られないため＝飾磨郡琴丘―琴神丘、同郡箕丘―箕形丘、同郡稲丘―稲牟礼丘

e　両地名表記とも古代の一般的な用字であると認められるため＝飾磨郡安師里―穴師

f　地名起源譚の理解が諸注釈書間で定まっていないため＝讃容郡雲濃里―有怒

（4）飯泉健司「三山相闘（上）・（下）」（国学院雑誌100―8・9一九九九年）は、阿菩大神伝承が三条西家本では越部里の中に記載され、標目里名の「上岡」と結尾の「神阜」とは「ミ」の仮名遣に甲乙の差があることを根拠に、上岡里の地名起源譚ではないとする。しかしそのように見るならば上岡里の地名起源譚は記載されていないことになるが、本風土記中掲出された里名の由来を全く記さない例は他に無く、極めて異例である。また、本風土記に次の例がある。

賀眉里　右は、川上に居るに由りて、名と為す。（託賀郡）

これは、起源譚内にある「川上《かみ》」の語から「賀眉《かみ》」という里名を導くものと考えられるが、「眉」字は乙類、「上」字のミは甲類であるから、本風土記の地名起源譚は標目表記と甲乙の差があっても成立すると認められる。従って、阿菩大神伝承は三条西家本の記載位置に問題を残すが、いまは上岡里の起源譚として扱っておく。

（5）⑧は、起源譚の内容（「唯握ばかり出でたりき」）に呼応するのが結尾の「都可」ではなく標目の「握」である点、他例と異なる。その理由の検討は今後の課題とするが、二字ではない方の地名表記が起源譚の内容と関わっている点は、②⑩⑫⑬の諸例と等しい。

（6）秋本吉郎（前掲書注1）は、主に『古事記』・『日本書紀』の検討から「記事冒頭の形式記述（筆者注：本論に言う「起源譚書き出し部分」を指す）は、地名説明記事を構成するための要件として甚だ弱く、必須不可欠のものでない」と指摘している。筆者の考察は『播磨国風土記』そのものに基づくものであり考察過程を異にするが、この秋本の指摘の正しさを認めるものである。

（7）秋本吉郎『風土記』（日本古典文学大系）岩波書店一九五八年

（8）⑭⑮⑳の地名の訓は、古典大系本（前掲書注7）および沖森卓也・佐藤信・矢嶋泉編『播磨国風土記』山川出版社二〇〇五年による。植垣節也『風土記』（新編日本古典文学全集）小学館一九九七年は、⑭⑮の訓は同様だが、

⑳について「雲潤」「雲弥」ともにウルミと訓む。
（9）『評制下荷札木簡集成』東京大学出版会二〇〇六年
（10）『飛鳥藤原京木簡（一）』奈良文化財研究所二〇〇七年
（11）『平城宮木簡（七）解説』奈良文化財研究所二〇一〇年
（12）『平城宮発掘調査出土木簡概報（十五）』奈良国立文化財研究所一九八二年
（13）『平城宮木簡（三）解説』奈良国立文化財研究所一九八一年
（14）『平城宮木簡（六）解説』奈良文化財研究所二〇〇四年
（15）粒丘の伝承について、秋本吉徳「風土記の神話」（『日本神話必携』学燈社一九八二年所収）、伊藤剣「『播磨国風土記』揖保郡粒丘条について」（『記紀・風土記論究』おうふう二〇〇九年所収、同著『日本上代の神話伝承』新典社二〇一〇年に一部改稿し再録）は、地名起源譚としての新しさを指摘する。しかし筆者は、本論に述べた木簡表記と起源譚の内容との関係を根拠に、この伝承が地名起源譚として機能し始めた時期は「揖保」表記が固定する以前、即ち風土記編纂時以前に求めるべきだと考える。
（16）北川和秀「郡郷里名二字表記化の時期について」『論集上代文学（三十三）』笠間書院二〇一一年所収
（17）『平城宮発掘調査出土木簡概報（十二）』奈良国立文化財研究所一九七八年
（18）『平城宮発掘調査出土木簡概報（三十八）』奈良文化財研究所二〇〇七年
（19）本論に先立って、北川和秀「地名二字表記化をめぐって」（上代文学111二〇一三年）は木簡と本風土記の地名表記とを対照し、本論に示したイヒボ・アハハの他に賀毛郡ナラハラ里等を例証として、「掲出郡里名表記は播磨国風土記の編纂時のもの」であり「文中の表記は風土記編纂時よりも古い時期の表記を留めているものがある」ことを指摘している。本論は、この北川説の正しいことを確認した上で、風土記編纂時以前に用いられていた地名表記が起源譚の内容にかかわっていることからそれらの起源譚の発生時期を見定め、本風土記の資質そのものを明らかにすることを試みたものである。

第四章　神・天皇・人の伝承分布

一　はじめに

本章および次章では、『播磨国風土記』所載の地名起源譚の中には、編纂時以前の古代播磨各地に育まれていた内容を確かに伝えるものが含まれているという見通しのもと（前々章・前章参照）、本風土記全体を見渡した上で、伝承分布の様態と、編纂時以前の諸伝承の成立過程とを、どのように理解して行くことができるか、考察する。

本風土記は、神・天皇・人を幅広く主人公とする、多様な伝承を有している。まず大まかな把握として、それらの分布の様態を確認すれば、次のようになる（次頁【表1】）。なお本論では以下、本風土記の諸伝承のうち、神・天皇・人が登場する伝承を、およそ次の三種に分けて扱うことにする。

・「神の伝承」＝伝承中に神名が見えるものについては、例えば賀古郡冒頭に「坐す神は、大御津歯命のみ子、伊波都比古命なり。」とある例を含め、すべて「神の伝承」と認めた。

・「天皇にかかわる伝承」＝本風土記には、天皇自身が活動する伝承と「〇〇天皇の世～」という形の伝承とがあるが、その両方を指すものとする。[1]

・「人の伝承」＝天皇以外の「人」だけで伝承が構成されているものを言う。例えば「嶋宮御宇天皇の御世、村上足嶋等が上祖恵多、此の野を請ひて居りき。乃りて里の名と為す。」（飾磨郡大野里）という例は、「天皇の御世」とあるので「天皇にかかわる伝承」として数え、「人の伝承」とは見做さない。

【表1】

	神の伝承数	天皇にかかわる伝承数の合計	天皇自身の伝承数	「天皇の世」型伝承数	人の伝承数
明石（注2）	1	2	1	1	0
賀古	2	3	3	0	1
印南	0	6（注3）	3	3	2
美嚢	3	3	3	0	0
飾磨	7	16	11	5	14（注4）

神前	9（注5）	6	5	1	1
託賀	7（注6）	5	5	0	2
賀毛	8	9	4	5	5
揖保	17	30（注7）	19	11	22
讃容	7（注8）	4	1	3	1
宍禾	22	1	0	1	3

・古典大系本(8)が一段落とするまとまりを1と数えた。一伝承中に神名と天皇名、あるいは神名と人名が含まれる場合、神の伝承と、天皇にかかわる伝承・人の伝承との双方に1を数えた。また一段落中に「以後～」「一云～」といった形で神の伝承と人の伝承とが並立している場合等も、神の伝承・人の伝承双方にそれぞれ1を数えた。主語の不明確な伝承は対象から除外した。

・「天皇にかかわる伝承」については、天皇自身が活動する伝承と「○○天皇の世」型の伝承との合計数を表示し、左脇にそれぞれの内訳数を示しておいた。なお息長帯日売命（大帯日売命）・宇治天皇は、本風土記に天皇に準ずる形の伝承を残しているため「天皇にかかわる伝承」と見做し、ミマツヒコノミコトは神・天皇の判別に問題があるため除外した（次章に後述）。

【表1】からは、およそ次のような傾向を認めることができるだろう。

・「神の伝承」と「天皇にかかわる伝承」とは、大まかに分布域を異にすると見える。特に「神の伝承」を全く持たない印南郡と、「天皇にかかわる伝承」をほとんど持たない宍禾郡とは対照的である。

・「天皇にかかわる伝承」は、印南郡の他、飾磨・揖保両郡でも神の伝承数を大きく上回る。一方讃容・宍禾両郡の「天皇にかかわる伝承」は、ほとんどが「天皇の世」型伝承であり、天皇自身の活動を語る伝承はその両郡に極めて少ない。

・「人の伝承」は飾磨・揖保両郡に集中する。

本風土記の諸伝承がこうした分布を示すことについて、従来説は次のように解釈してきた。

中央政府の直接的支配の影響をより強く蒙った沿岸部諸郡と、山陽道をはずれ、猶古代的神話的世界の伝承を保ち得た山間部諸郡の差異が、そのまま「神」を地名の命名者とするか否かの問題にあらわれているように思われる。（秋本吉徳）(9)

天皇記事は、賀古・印南・美嚢の播磨地方東部に比率が高く、次いで飾磨・揖保・賀毛の播磨中央部、託賀・神前・宍禾・讃容の4郡の北部山間地域はもっとも低くなる。このことは大和朝廷の播磨地方進出において、東部・中心部が先進的な位置にあったと考えられよう。（福島好和）(10)

天皇の伝説がもっとも濃密に分布している諸郡においては、神話がほとんどないか、あるばあいも比較的少ない。しかし天皇にかかわる伝説の少ない郡には、神話がきわめて濃厚に分布しているということがはっきりする。そのことは、大和の政権が発展し、播磨国の方面にその西進運動が向けられてくる過程において、播磨の東南部から漸次西部に拡大されてくる大和政権との接触のありかたを示唆しているように感じられる。（水野祐）(11)

主人公の大半を皇族が占める郡は、瀬戸内海の沿岸部に位置する、いわゆる先進郡であり、朝廷との接触の機会も多かったであろうし、従って、こうした地域には、皇族にまつわる伝承が存在していたとも考えられるだろう。これに対して、宍禾郡は、（中略）沿岸部の、いわゆる先進地域からはずれており、飾磨郡等に比して、国家との接触は少なかったと思われるのであって、皇族に関する伝承もそれほどなかったのであろう。（前田安信）(12)

これらはいずれも、伝承分布の様態を郡単位で把握した上で、「天皇にかかわる伝承」の成立に中央政府（秋本）、朝廷（福島・前田）、大和政権（水野）の影響があると説く。しかし、水野説は「天皇の伝説がもっとも濃密に分布している諸郡においては、神話がほとんどないか、あるばあいも比較的少ない」と述べるが、「天皇にかかわる伝承」数が最も多い揖保郡は「神の伝承」についても宍禾郡に次ぐ数を誇り（【表1】）、認識が不正確である。秋本・福島・前田各説は、「沿岸部」「山間部」（秋本）・「山間地域」（福島）・「沿岸部」（前田）という表現から、中央政府・朝廷の影響が及ぶ遅速に、自然地理的な要因を想定していることが窺える。しかし例えば飾磨郡を見ると、郡の南部は瀬戸内海に面しているのに対し、北部は山間部に迫っている。神前郡においても、郡の北部一帯は確かに山間部であるが、南部は播磨国の中心地である国府所在地（飾磨郡）に近く、古代にあってその地域性は大きく異なっていた可能性がある。このように一つの郡内に多様な地理的環境が含まれていることを踏まえれば、神や天皇の伝承がそれぞれの郡内にどのように分布しているのかを具体的に問うてみる必要があると考えるが、従来説は一郡全体を「沿岸」（秋本・前田）・「山間」（秋本・福島）と括ってしまう点で、考察の精密さになお不足があると見える。

また、前々章にも述べたとおり、本風土記宍禾郡比治里の伝承によって、揖保郡と宍禾郡とは孝徳朝以前に一郡であったことが知られる。

難波長柄豊前天皇のみ世、揖保郡を分ちて、宍禾郡を作りし時、山部比治、任されて里長と為りき。此の人の名に依りて、故、比治里といふ。（宍禾郡比治里）

ところがこの両郡の伝承内容を比較すると、揖保郡では「天皇にかかわる伝承」が多いのに対し宍禾郡では圧倒的に「神の伝承」が勝り（本章【表1】）、また、宍禾郡には揖保郡に多い品太（応神）天皇伝承の分布も見えない（前々章【表4】）。孝徳朝以前には一郡であったはずの揖保郡と宍禾郡とが、保有する伝承の内容にこれほどの差異を示していることについて、上掲諸説には言及が見えないが、このことは、本風土記を論じるにあたって郡単位の分析だけでは十分な理解が得られない可能性があることを、有力に示唆していると考える。

改めて言えば、小野田光雄の「三群説」以後、本風土記の諸研究は、郡毎に伝承内容を分析しその特徴を掴んでゆくという方法を多く採ってきた。しかし、三群説自体にも伝承内容面について妥当性に乏しいという問題があること（前々章）、一つの郡内にも海岸部や山間部等多様な地理的環境が混在すること、伝承内容に大きな差を持つ揖保・宍禾両郡が元来一郡であったことを考慮するとき、郡単位で本風土記の内容を把握しようとする従来の研究方法は、見直しが求められると考える。そこで本論では以下、「神の伝承」「天皇にかかわる伝承」「人の伝承」の分布について、播磨国内の地勢や交通路のありように鑑みながら、郡単位よりもさらに詳細な把握を試みて、それぞれの特徴や互いの関係性を考察してゆく。

二　古代播磨の交通路

まず、播磨各地の地域性をより具体的に掴むことを目的に、古代播磨の主な交通路を確認し、あわせて本風土記に載る諸伝承と交通路との関連を調査する。（次々頁【資料1】）

①山陽道・美作道

第一に、山陽道がある。

山陽道　播磨国駅馬　明石卅疋。賀古卌疋。草上卅疋。大市。布勢。高田。野磨各廿疋。越部。中川各五疋。（『延喜式』巻二十八、兵部省）

律令制下唯一の大路とされた山陽道（『令義解』巻八、厩牧令）は、播磨南部を東西に通っている。『延喜式』に見える播磨国内の駅家のうち、「明石卅疋。賀古卌疋。草上卅疋。大市。布勢。高田。野磨各廿疋。」が山陽道沿いにあたる。(13)「越部。中川各五疋。」は、播磨国内で山陽道から分岐する美作道沿いの駅家である。それらを合計すると、『延喜式』に見える播磨国内の駅家は九、駅馬の総数は一九〇となって、この駅馬数は全国で二位の数を誇る（なお、『延喜式』において最も駅馬が多いのは安芸国の二六〇疋、播磨国に続くのは筑前国の一八五疋である）。また賀古駅の「卌疋」という数は、一駅に割り当てられた馬数としては全国最多であり、全国最大の駅家であったと知られる。都と大宰府とを結ぶ大路であった山陽道諸国の中でも、播磨国は特に交通の要衝であったことが窺える。

本風土記には、次の伝承を見る。

阿比野と称ふ所以は、品太天皇、山の方より幸行しし時、従臣等、海の方より参り会ひき。故、会野と号く。（飾磨郡）

上岡里　出雲国の阿菩大神、大倭国の畝火・香山・耳梨、三つの山相闘ふと聞かして、此を諫め止めむと欲して、上り来ましし時、此処に到りて、乃ち闘ひ止みぬと聞かし、其の乗らせる船を覆せて、坐しき。故、神阜と号く。（揖保郡）

彌加都岐原　難波高津宮天皇のみ世、伯耆の加具漏・因幡の邑由胡の二人、大く驕りて節なく、清酒を以ちて手足を洗ふ。ここに、朝庭、度に過ぎたりと為て、狭井連佐夜を遣りて、此の二人を召さしめき。その時、

【資料1　播磨国風土記地図】

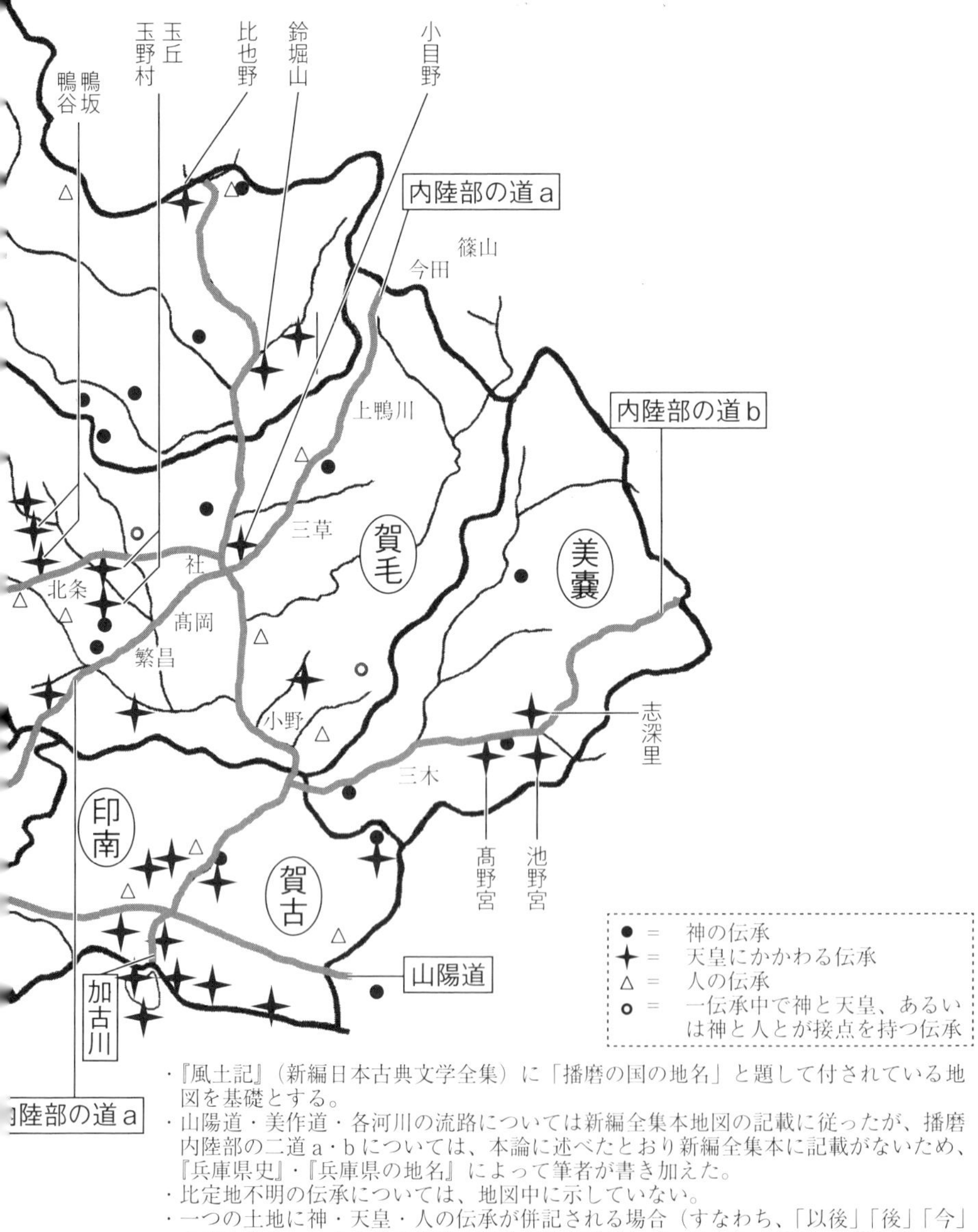

・『風土記』（新編日本古典文学全集）に「播磨の国の地名」と題して付されている地図を基礎とする。
・山陽道・美作道・各河川の流路については新編全集本地図の記載に従ったが、播磨内陸部の二道a・bについては、本論に述べたとおり新編全集本に記載がないため、『兵庫県史』・『兵庫県の地名』によって筆者が書き加えた。
・比定地不明の伝承については、地図中に示していない。
・一つの土地に神・天皇・人の伝承が併記される場合（すなわち、「以後」「後」「今」の語を挟み一つの土地に複数の伝承が載る諸例と「一云」「一家云」の語を挟んで一つの地名に複数の伝承が記録される諸例）は、●✦△の印を同一地に両方付した。

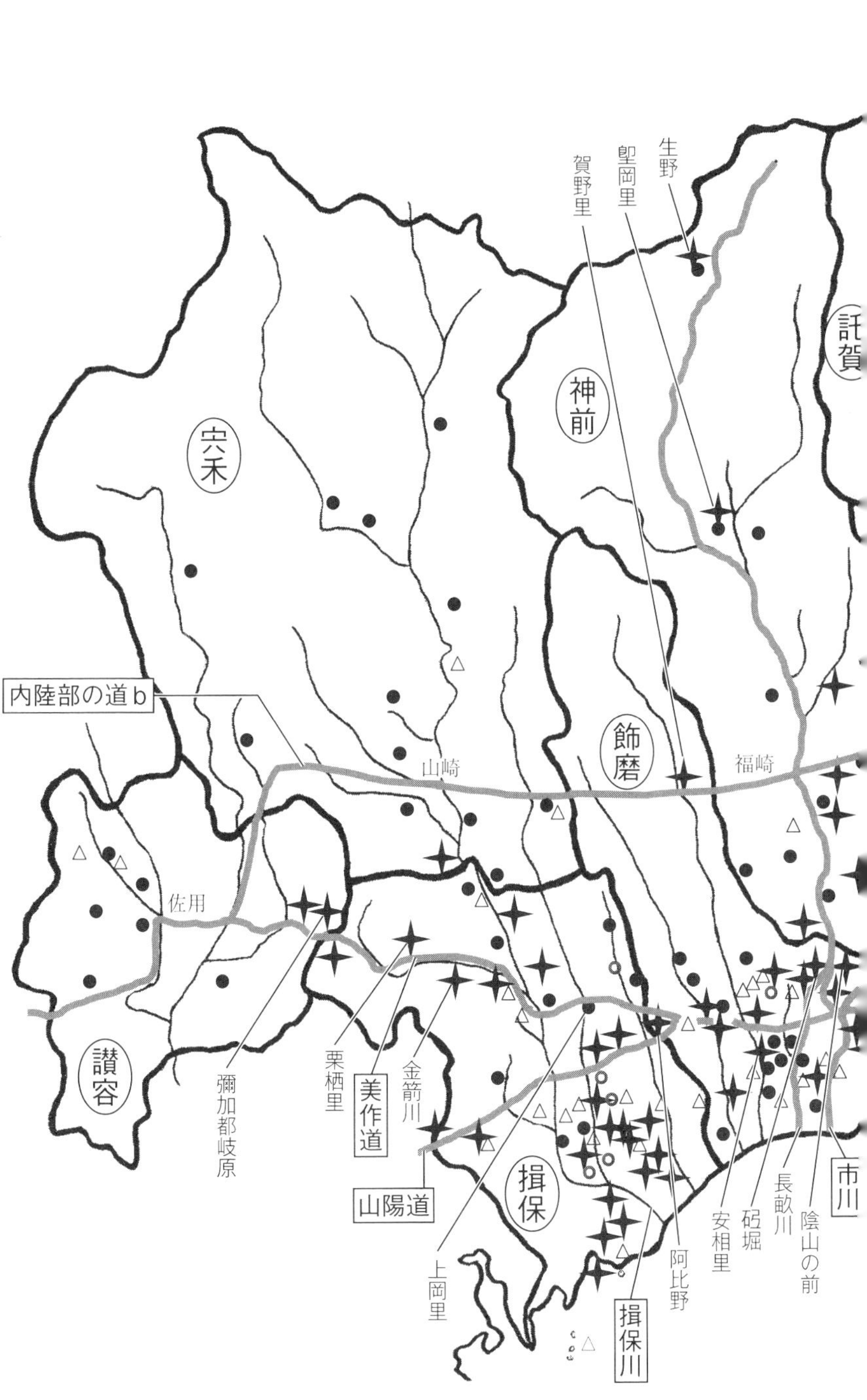

生野
堲岡里
賀野里
託賀
神前
宍禾
内陸部の道b
飾磨
山崎
福崎
佐用
讃容
彌加都岐原
粟栖里
美作道
金箭川
山陽道
揖保
上岡里
揖保川
阿比野
安相里
砥堀
長畝川
陰山の前
市川

佐夜、仍ち悉に二人の族を禁めて、参赴く時、屢、水の中に漬して酷拷めき。（中略）溺けし処を、即ち美加都岐原と号く。（讃容郡）

会野は、およそ山陽道と美作道とが分岐する地にあたる。(14) 山から訪れた品太天皇と海から訪れた従臣とが、それぞれ具体的にどのような道程を経て当地に至ったのかは判然としないが、主要道の交差点に位置する当地の地域性は、異なる方向からやってきた者どうしが出会うという この伝承の内容に適っている。一方揖保郡上岡里と讃容郡彌加都岐原とは、ともに美作道沿いにある。上岡里の伝承は出雲の神が、彌加都岐原の伝承は伯耆・因幡の人が、それぞれ播磨国を経由して大和まで上ろうとしたという内容である。このような伝承が美作道沿いの地に伝えられていることから、播磨国内を通る美作道・山陽道が、山陰道諸国（出雲・伯耆・因幡）と大和とを結ぶ道としても機能していたことを認める。

②加古川・市川

次に、播磨国内を南北にかよう交通路として、加古川沿い・市川沿いの二路が認められている。

円山川の上流は生野辺りで瀬戸内海に注ぐ市川の上流と相会していて、古来この川筋に沿って山陰と山陽を結ぶ交通路が開けていた。（中略）山陰と山陽を結ぶいま一筋の道は、加古川の上流の佐治川と若狭湾に注ぐ由良川の支流竹田川とが出会う川筋の道である。（『兵庫県の地名』(14)）

加古川下流域には前方後円墳五基を含む日岡山古墳群や西条古墳群、中流域には玉丘古墳群（本風土記賀毛郡玉野村の「玉丘」にあたる）等がある。市川の下流には壇場山古墳、山之越古墳、宮山古墳等が分布する。特に市川下流の諸古墳は、およそ市川と山陽道との交差点に位置し、付近に播磨国府や国分寺が造営される等、古代にあって長期間に亘り文化の中心地であったと見られる。

市川は、本風土記飾磨郡砥堀の「大川」、および、同郡少川里の「小川」にあたる（古典大系本に、「大川」が古代においては「市川の本流」であり、「およそ現在の市川本流が小川の川筋にあたる」と説明あり）。「砥堀」の伝承は、古代のある時期に、市川沿いの交通路が拓かれたことを伝える。(8)

砥堀と称ふ所以は、品太天皇のみ世、神前郡と飾磨郡との堺に、大川の岸の道を造りき。是の時、砥を堀り出しき。故、砥堀と号く。（飾磨郡）

また次の伝承は、飾磨郡安相里・陰山の前と但馬国とのかかわりを語る。

安相里と称ふ所以は、品太天皇、但馬より巡り行でましし時、道すがら、御冠を撤したまはざりき。故、陰山の前と号く。仍りて、国造豊忍別命、名を剥られき。その時、但馬の国造阿胡尼命、申し給ぎ、此に依りて罪を赦したまひき。即ち、塩代の田廾千代を奉りて名有つ。塩代の田の佃、但馬国の朝来の人到来たりて、此処に居りき。故、安相里と号く。（飾磨郡）

安相里・陰山の前はともにおよそ市川流域に位置し、市川を遡っていけば円山川に至り但馬の朝来郡域に入るから、この伝承は円山川〜市川をたどって但馬と播磨とを結ぶ交通路を背景に持っていると認める。

なお、播磨国内を南北にかよう主要道は上記加古川・市川沿いの二路とされるが、国内の大きな河川としては他に揖保川がある。揖保川沿いにも、下流域に三ツ塚古墳や輿塚古墳、中流域に吉島古墳、上流域に伊和中山一号墳（兵庫県内最北の前方後円墳）等が分布する。吉島・三ツ塚両古墳はそれぞれ同笵の三角縁神獣鏡を持つ古式古墳であり、このことは「この川筋が早くから畿内政権と深い関係で結ばれていたことを示している」とされる（『兵庫県史』）。(14)

③播磨内陸部の二路

さて、古代播磨には、上述した山陽道・美作道および加古川沿い・市川沿いの道以外にも、内陸部を通う二つの道が古くから発達していたことが指摘されている。いまそれを仮に、「内陸部の道ａ・ｂ」と書き表しておくとすれば、ａは次のようである。

篠山盆地の中心篠山は山陰道の通過する地点であるが、同時にここから今田、上鴨川、三草、高岡、繁昌を経て姫路に出る道が開けていた。（『兵庫県史』[14]）

この道筋はおよそ現在の三七二号線にあたり、古代播磨の郡域で言えば賀毛郡内を北東から南西へ斜めに横切って飾磨郡に入る。

長畝川と号くる所以は、昔、此の川に蒋生へりき。時に、賀毛郡の長畝村の人、到来たりて蒋を苅りき。その時、此処の石作連等、奪はむとして相闘ひ、仍りて其の人を殺し、即て此の川に投げ棄てき。故、長畝川と号く。（飾磨郡）

賀毛郡長畝村は遺称地不明だが、賀毛郡の村人が飾磨郡長畝川にやってきた道程は、播磨内陸部を斜めに走る道筋ａではなかっただろうか。

播磨内陸部を通うもう一つの道ｂは、次のようである。

銅鐸の分布や古墳の分布をたどっていくと、播磨の内陸部を東西に通ずる道路があったことが知られる。（中略）その交通路というのは、播磨の地を限っていえば、東は加古川の支流志染川の流域であるいまの三木市あたりから始まり、賀茂郡の小野市・加西市北条を通り、西は宍粟郡の山崎町、佐用郡の佐用町の辺に至るもので、播磨南部の平野地帯を海岸沿いに東西に走る交通路（のちの山陽道）とならぶ重要な路線であった。（『兵庫県史』[14]）

この道筋について、『兵庫県の地名』(14)には「武庫水系をさかのぼって摂津の有馬郡から播磨の美嚢郡に入り、賀茂郡に含まれた現社町・加西市北条町、福崎町・山崎町・佐用町へと延びる交通路」と説明がある。これらを古代播磨の郡域にあてはめれば、およそ、摂津国から美嚢郡に入り志染川流域を西進、賀毛郡に入って北上してから、賀毛郡西部・神前郡南部・飾磨郡北部・宍禾郡南部を西進して、美作道に合流する道筋となる。本風土記では、美嚢郡と賀毛郡とに分布するオケ・ヲケの伝承地がおよそこの道沿いに位置していると見える。

於奚・袁奚の天皇等の此の土に坐しし所以は、汝が父、市辺天皇命、近江国の摧綿野に殺されましし時、𣅿部連意美を率て、逃れ来て、惟の村の石室に隠りましき。(中略)爾に、二人のみ子等、彼此に隠り、東西に迷ひ、仍ち、志深村の首、伊等尾の家に役はれたまひき。(中略)此より以後、更還り下りて、宮を此の土に造りて、坐ましき。故、高野宮・少野宮・川村宮・池野宮あり。(美嚢郡)

玉野村あり。その所以は、意奚・袁奚二はしらの皇子等、美嚢郡志深里の高野宮に坐して、山部小楯を遣りて、国造許麻の女、根日女命を誂ひたまひき。(中略)根日女、老長いて逝りき。時に、皇子等、大く哀み、即て小立を遣りて、勅りたまひしく、「朝日夕日の隠はぬ地に墓を造りて、其の骨を蔵め、玉を以ちて墓を飾らむ」とのりたまひき。故、此の墓に縁りて玉丘と号け、其の村を玉野と号く。(賀毛郡)

前々章(四)「三群説の検討―記述の内容面について―」に述べたとおり、従来本風土記研究の基礎を担って来た小野田光雄説(三群説)によれば美嚢郡と賀毛郡とは別の群に属し、オケ・ヲケ伝承の分布と群の区切りとがそぐわない。しかし播磨内陸部を東西に通う道bに着目すれば、美嚢・賀毛両郡に分布するオケ・ヲケ伝承がおよそこの道b沿いに、互いにかかわりを持っていることが見えてくる。

なお、柳田国男の生家は現福崎町内の「辻川」という地にあったが、その地名について柳田は次のように述べている。

辻川といふ地名を久しく私は疑問に思つてゐたのであるが、やはり、辻川を東西に貫いて前之庄を通り、佐用の方へと延びる古い街道に、十字形に交叉して、古く開けた港の飾磨津より北上して生野の方へ達する道のあることがその由来であると気づくやうになつた。(15)

柳田の言う「辻川を東西に貫いて前之庄を通り、佐用の方へと延びる古い街道」が本論に言うところの内陸部の道bにあたり、「飾磨津より北上して生野の方へ達する道」が上述した市川沿いの道にあたる。この二道が播磨の生活を支えてきた歴史の深さを知る。

④海路

上述した陸路の他に、播磨の沿岸部には、瀬戸内海を通う海路を支える港があった。

一、重請修復播磨国魚住泊事　右臣伏見、山陽西海南海三道、舟船海行之程、自檉生泊至韓泊一日行、自韓泊至魚住泊一日行、自魚住泊至大輪田泊一日行、自大輪田泊至河尻一日行。此皆行基菩薩計程所建置也。而今公家唯修造輪田泊、長廃魚住泊。由是公私舟船、一日一夜之内、兼行自韓泊指輪田泊。（中略）延喜十四年四月廿八日　従四位上行式部大輔臣三善朝臣清行上（『本朝文粋』巻二）

皇御孫の尊の御命もちて、住吉に辞竟へまつる皇神等の前に申したまはく、「大唐に使遣はさむとするに、船居無きによりて、播磨国より船乗るとして、使は遣はさむと念ほしめす間に、皇神の命もちて、船居は吾作らむと教へ悟したまひき。教へ悟したまひながら、船居作りたまへれば、悦こび嘉しみ、禮代の幣帛を、官位姓名に捧げ賷たしめて、進奉く」と申す。（『延喜式』「遣唐使時奉幣」祝詞）

『本朝文粋』所載のいわゆる「五泊」のうち、檉生泊（現たつの市御津町室津、本風土記所載の揖保郡「室原泊」にあたる）、韓泊（現姫路市的形町福泊）、魚住泊（現明石市魚住町の東、江井島付近）が播磨国内にある。遣唐使船が播磨国から出航したとする『延喜式』の祝詞とあわせて、海上交通の面でも播磨の地が重要な役割を担っていたことを認める。本風土記において海上の移動が多く伝えられているのは、神功皇后（息長帯日売命・大帯日売命）である（印南郡総記・伊保山、飾磨郡因達里、揖保郡言挙阜・宇須伎津・宇頭川・伊都村・御津・萩原里、讃容郡中川里）。これらの諸伝承はいずれも船や海路にかかわる内容を持ち、また印南郡総記・伊保山以外の例はすべて皇后の韓国出征にまつわる伝承となっているが、それらについて

『播磨風土記』の神功征韓に伴って生れている説話もまた史実と言えず、したがって土地に伝承されていた説話とも言いにくく、（中略）神功を称揚する立場の者の伝承であるか、またはその筆になるものと結論づけることができる。（長野一雄）(16)

と、伝承の土着性を疑う見解が提出されている。この問題について一考しておく。

例えば飾磨郡因達里には次のようにある。

右、因達と称ふは、息長帯比売命、韓国を平けむと欲して、渡りましし時、御船前に御しし伊太代神、此処に在す。故、神のみ名に因りて、里の名と為す。

伊太代神が在すと伝えられる因達里は、姫路市八丈岩山の南麓にあたる。また『延喜式』神名帳には「飾磨郡射楯兵主神社二座」とあって、当社は現姫路市総社本町に鎮座する。これらはいずれもおよそ現市川・現夢前川流域の、河口から川を遡ることわずかな距離に位置する（次頁【資料2】）。現市川下流域一帯は、前掲『本朝文粋』所載の「韓泊」があり多くの船舶が集っていたことが推され、海路にかかわる伝承が育まれる地として相応しい。加えて、因達里・射楯兵主神社から現市川を隔てて南東へ約3～4キロメートルほど、または韓泊の北西へ約5キロメートルほどの地に、宮山古墳がある。当古墳は古墳時代中期に造られた直径約三十メートルの円墳で、刀剣類・甲冑・鉄矛・馬具・装身具・農耕具等二万点を超える副葬品を出土し、その特徴は次のように指摘されている。

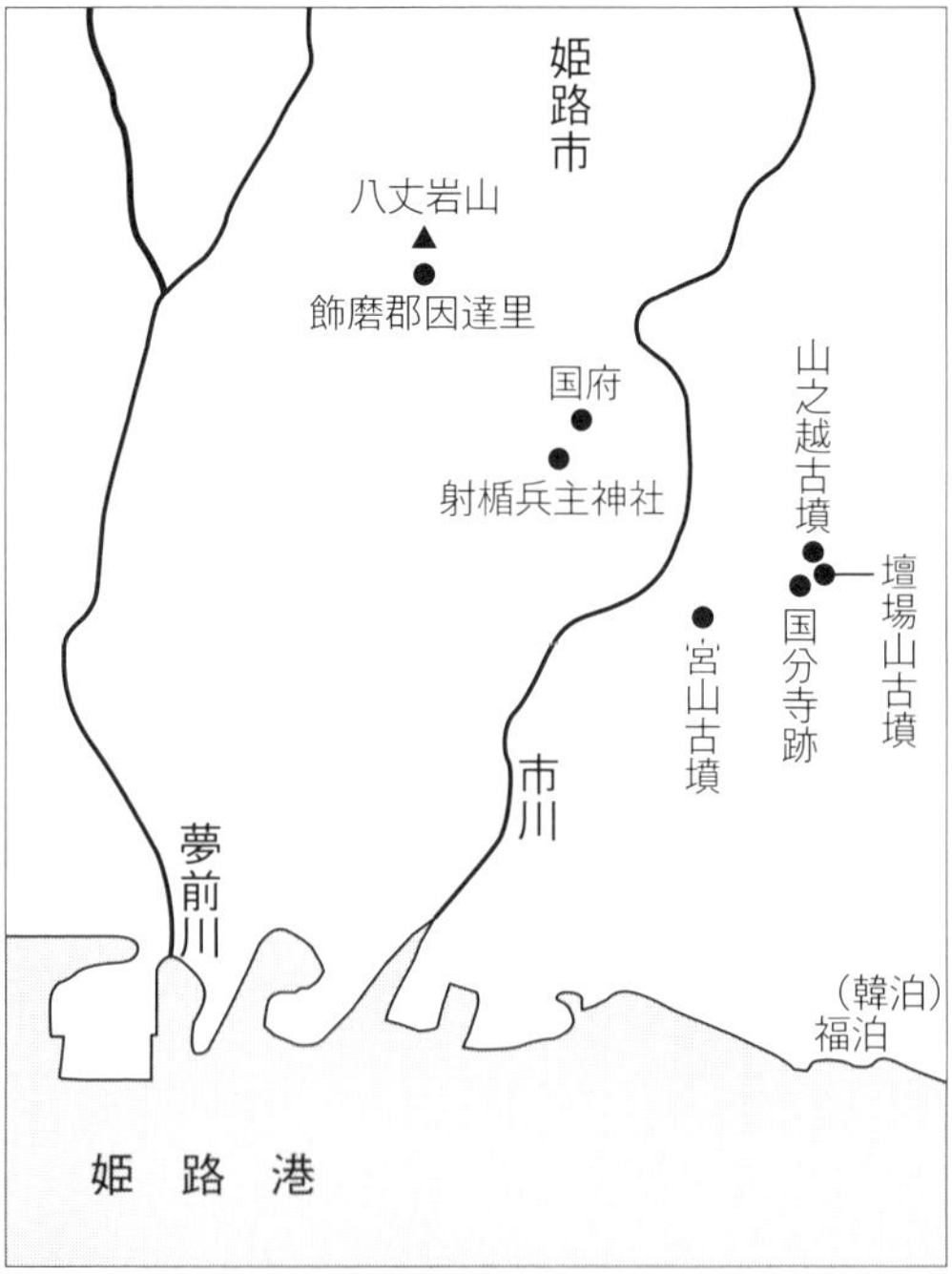

【資料2　因達里周辺略図】

＊播磨国府所在地は、「兵庫県姫路市城東町・国府寺町」とする『国史大辞典』による。

垂飾付耳飾・環頭大刀・膈当・鉄鋌などは朝鮮半島との関係がつよい遺物で、被葬者が大和政権の朝鮮出兵になんらかの役割を果したことを示すものであろう。(14)（『兵庫県史』）板材を鎹でつないで木棺を作ったり、土器を副葬したりと当時の一般的な古墳ではみられない儀礼が行われていたこともわかっています。このような特徴からこの古墳の被葬者は、朝鮮半島からの渡来人か、渡来人と非常に密接な関係を持った人物であることがうかがえます。(17)

宮山古墳と因達里の伝承とを直接結び付けることはできないとしても、このように因達里の付近に主要な港や朝鮮との関連が濃厚な古墳が残ることは、注意されてよい。前掲長野論にはこうした考証が果たされていないが、少なくとも因達里の伝承は、皇后の韓国出征に助力した伊太代神の鎮座を伝えるに足る地域性を背景に持つことが認められる。

⑤小括

以上、古代播磨国内の主要な交通路として、播磨南部を東西に貫く山陽道と美作道、南北に貫く加古川・市川沿いの二道、播磨内陸部の道a・b、そして海路の存在を指摘し、あわせて、本風土記の諸伝承の中にはそれらの交通路とかかわりを持つものがあることを確認した。

従来、例えば古典大系本(8)・新編全集本(18)に付されている風土記地図では、本風土記の遺称地に加えて山陽道・美作道および主要河川の流路のみが書き入れられ、特に播磨内陸部の二路a・bについてはほとんど注意が払われてこなかった。しかし、本論では上述の検討をもとに、加古川・市川沿いの二路、また播磨内陸部の二路についても、古代播磨を支えた主要な交通路として認識した上で、以下、さらに考察を進めてゆく。

三　「神の伝承」と「天皇にかかわる伝承」と「人の伝承」と

本項では、引き続き【資料1】をもとに、「神の伝承」「天皇にかかわる伝承」「人の伝承」の分布のありようを交通路とのかかわりに注意しながら検討し、それぞれの特徴と互いの関係性を考察する。

①天皇にかかわる伝承

「天皇にかかわる伝承」は、まず賀古・印南・飾磨・揖保各郡の南部・沿岸部（加古川・市川・揖保川の各下流域）に集中して分布している。山陽道から分岐した美作道沿いにも、揖保郡から讃容郡まで、およそ美作道に沿うように金箭川・栗栖里・彌加都岐原等の天皇伝承が点在する。また播磨内陸部を通う道b沿いにも、美嚢郡志染里から賀毛郡の小目野・玉丘・玉野村・鴨坂・鴨谷、飾磨郡賀野里までの範囲で、分布がある。さらに播磨を南北に貫く道を見ると、加古川流域では賀古・印南両郡沿岸部から賀毛郡の小目野や託賀郡の鈴堀山・比也野、市川沿いでは飾磨郡域から神前郡塱岡里・生野等の天皇伝承が、およそ主要河川沿いの道に位置すると見える。一方、主要道から大きく外れる宍禾郡・託賀郡西部・美嚢郡北部には分布が薄い。「天皇にかかわる伝承」の分布を地図上で拾い上げれば、古代播磨の中心地であった飾磨郡南部と揖保郡沿岸部に集中することに加え、主要道路沿いにその多くを拾うことができ、逆に交通路の発達していない地域への定着は薄い傾向にあると、概観できるのではないか。

従来、本風土記の天皇伝承については、編纂段階での作為を想定する立場と、

応神天皇の地名説話は（中略）伝承があったものと思われず、天皇の名を借り、地名があってそれに語呂を合せるように、地名説話を作っているのだと考える。作っているのは『播磨風土記』を編纂している各郡司であり、郡司が自己氏族の奉戴する天皇の名を好字として伝承を作り、応神の存在を宣伝するように、後世に残そうとしているのだと考える。（長野一雄[19]）

『風土記』の場合、その編纂の過程において、在地に伝承されてきた説話が採集されたであろうが、その採集のさいに編纂者である国司たち中央官人によって修正や歪曲がなされ、彼らにとって現人神である天皇が説話の主人公の座におさまるという場合が少なくなかったと考えられる。（瀧音能之[20]）

（筆者注：賀古郡日岡の主語を景行天皇と見定めた上で）この一条の行為主体者を景行天皇としたのは、ほかならぬ律令役人、つまり中央の側であったと考える。（中略）仮にこの一条が在地伝承に基づいて記されたものであったにせよ―筆者はそのように考えるが―その在地伝承にあっては断じて景行天皇ではなかった。（秋本吉徳[21]）

編纂時以前にも在地に伝承されていたとする立場

天皇を主人公とする地名説話は、記紀やその編纂資料に基づいて新しい時代につくられたものではなく、かなり古い時期、おそくとも六世紀、場合によっては五世紀につくられ、在地に伝承されたものである（長山泰孝[22]）

神の伝承から天皇伝承への改変があった場合でも、編纂段階の改変とは考えにくい。（飯泉健司[23]）

とがあった。この問題について「天皇にかかわる伝承」の分布と主要道とのかかわりを認める本論の分析を持ち込めば、編纂段階で天皇伝承を案出する机上の作為が、特に主要道沿いの地を選んで天皇伝承を書き記したと想定する必然性や妥当性は、見出すことができない。「天皇にかかわる伝承」がおよそ主要道沿いに分布することは、その伝播や生成過程に古代播磨で人々の実生活を支えた交通路がかかわっていることを伝えるものと見、従って、少なくとも編纂時以前に「天皇にかかわる伝承」は播磨各地の地域性のもとに育まれていたと考える。

なお、「天皇にかかわる伝承」のうち、天皇がどこから播磨へやって来たか、移動の起点を読み取ることのできる伝承に、次のものがある。

A　大帯日子命、（中略）摂津国高瀬済に到りまして、此の河を度らむと請欲はしたまひき。（中略）遂に、赤石郡廝の御井に到り、御食を供進りき。（賀古郡比礼墓）

B　穴門豊浦宮御宇天皇、皇后と倶に、筑紫の久麻曾国を平けむと欲して、下り行でましし時、御舟、印南の

浦に宿りましき。（印南郡総記）

C　帯中日子命を神に坐せて、息長帯日女命、石作連大来を率て、讃伎国の羽若の石を求ぎたまひき。彼より度り賜ひて、未だ御廬を定めざりし時、大来見顕しき。（印南郡伊保山）

D　大帯日古天皇、此の女に娶はむと欲して、下り幸行しき。（印南郡南毘都麻島）

E　品太天皇、但馬より巡り行でましし時、道すがら、御冠を撤したまはざりき。（飾磨郡安相里）

F　大帯日売命、韓国より還り上りましし時、軍を行りたまふ日、此の皁に御して、軍中に教令したまひしく、「此の御軍は、慇懃、言挙げな為そ」とのりたまひき。（揖保郡言挙皁）

G　息長帯日売命、韓国より還り上りましし時、御船、此の村に宿りたまひき。（揖保郡萩原里）

H　伊射報和気命、此の井に御食したまひし時、信深の貝、御飯の筥の縁に遊び上りき。その時、勅りたまひしく、「此の貝は、阿波国の和那散に、我が食しし貝なる哉」とのりたまひき。（美嚢郡志深里）

I　於奚・袁奚の天皇等の此の土に坐しし所以は、汝が父、市邊天皇命、近江国の摧綿野に殺されましし時、皐部連意美を率て、逃れ来て、惟の村の石室に隠りましき。（美嚢郡）

これらの諸伝承では、天皇は、摂津（A）、讃伎（C）、但馬（E）、韓国（F・G）、阿波（H）、近江（I）、および畿内（B「下り行でましし時」、D「下り幸行しき」）から、播磨へ訪れたと伝えられている。天皇は東方の畿内に限らず、山陰道の但馬から山を越え、あるいは讃伎・阿波から瀬戸内海を越えて、播磨の南北からも移動して来ている。よって、「天皇にかかわる伝承」の成立について中央政府・朝廷・大和政権の影響を想定し得ることはもとよりだが（本章前掲の諸説注9〜12参照）、その伝播や生成の過程には多様な可能性を想定しておく必要がある。

②神の伝承、人の伝承

さて改めて【資料1】の分析に戻ると、「神の伝承」は、「天皇にかかわる伝承」よりも広範囲に分布すると見える。「神の伝承」は、播磨の中心地である飾磨・揖保両郡南部においても、また、主要な交通路の発達していない宍禾郡域や託賀郡西部においても記録され、「天皇にかかわる伝承」に比して、主要道の有無にかかわらず播磨全域に亘って根付いているという傾向が読み取れる。一方「人の伝承」は、やはりおよそ播磨全域に点在するが、比較的播磨北部に少なく、飾磨郡・揖保郡の南部に集中して分布している。この地域は「天皇にかかわる伝承」「神の伝承」も多く、さまざまな伝承が密集、混在した様相を示している。当地は、畿内や播磨以西の山陽道諸国、また美作国・但馬国・丹波国等、播磨周辺のあらゆる地域と播磨とを結ぶ交通路が集中し、さらに海上交通の便も有していることから、極めて多くの人が去来し居住したことが推され、そのことが多様な伝承の生成と定着とをもたらしたと考える。

四　まとめ

以上、本風土記を研究するにあたり伝承分布の様態を郡単位に把握してきた従来の研究方法では十分な理解を得難いという見通しのもと、古代播磨の主要道と「神の伝承」「天皇にかかわる伝承」「人の伝承」の分布との関連を調査してきた。その結果、「天皇にかかわる伝承」が播磨沿岸部の他に、およそ主要道に沿う形で分布するのに対し、「神の伝承」は幹線道路の有無にかかわらず播磨全域に点在し分布に一定の筋を見出すことが難しい、という傾向があることを指摘した。「天皇にかかわる伝承」がおよそ主要道沿いに分布することは、それらが編纂時に机上の作為によって創出されたものではなく、主要交通路が天皇伝承の伝播や生成を促したことを示していると考える。そして、「天皇にかかわる伝承」と「神の伝承」の分布が上述したような対照を見せることからは、一案として、もともと播磨全域にそれぞれの地が奉ずる神とその伝承があったところへ、風土記編纂時以前のある時期に、およそ主要道に沿うようにして「天皇にかかわる伝承」が定着していったという過程を、推定できるのではないだろうか。

それでは、「天皇にかかわる伝承」は「神の伝承」に対してどのような関係を持ちながら、道沿いに定着していったのだろうか。次章はこの問題について、伝承内容面から検討を加える。

【注】

（1）「天皇にかかわる伝承」に天皇自身の伝承と「○○天皇の世」という形のものとの両方を含めたのは、「天皇の世」型の伝承全二十九例中二十例以上において、「天皇の世」と書き出されていても天皇・朝廷の意思で（あるいはその意思を受けて）特定の行動がなされたことが読み取れ（例えば賀毛郡伎須美野「品太天皇のみ世、大伴連等、此処を請ひし時、国造黒田別を喚して、地状を問ひたまひき。」等）、天皇自身が活動する伝承との質的な区別をつけにくい面を持つと見たためである。

（2）本風土記の逸文である二つの記事（尓保都比売命の伝承と、明石駅家の伝承）を、共に明石郡のものと認める沖森卓也・佐藤信・矢嶋泉『播磨国風土記』山川出版社二〇〇五年に従う。

（3）印南郡六継里に「六継里と号くる所以は、已に上に見ゆ。」とある。「上に見ゆ」は賀古郡にある大帯日子命の南毘都麻伝承を指すが、六継里には天皇名が明記されないので、「天皇にかかわる伝承」として数えなかった。また作石の伝承に「聖徳王の御世……」とあり、これは「天皇の世」型の伝承ではあるが、聖徳太子は天皇ではないため「天皇にかかわる伝承」には数えていない。

（4）飾磨郡漢部里に「里の名は上に詳かなり。」とある。「上に詳かなり」は同郡冒頭近くの「右、漢部と称ふは、讃芸国の漢人等、到来たりて此処に居りき」という伝承を指すが、当該箇所のみでは伝承内容を判別できないため、「人の伝承」として数えなかった。

（5）神前郡神前山に「上と同じ。」とあり、これは伊和大神の御子神の鎮座を語る神前郡総記を指している。しかし神前山には神名が明記されないため、本条は「神の伝承」として数えなかった。
（6）託賀郡都麻里に「播磨刀売」「丹波刀売」の名が見えるが、神名・人名いずれであるか決しがたいため、どちらにも計上しなかった。
（7）揖保郡伊都村に「伊都と称ふ所以は、御船の水手等のいひしく、「何時か此の見ゆるところに到らむ」といひき。」とある。「御船」とあることから、当該条の前条に見える大帯日売命にかかわる伝承かと推されるが、天皇名が明記されないため、本条は「天皇にかかわる伝承」として数えず、「人の伝承」とした。
（8）秋本吉郎『風土記』（日本古典文学大系）（岩波書店一九五八年）は、讃容郡讃容里冒頭を「事は郡と同じ」とするが、三条西家本に齟齬があり正しい校訂を得難い個所であるため、当該条は計数に含めなかった。また黎柄川の「神日子命」は、神名かと推されるが確定できないため「神の伝承」として数えなかった。
（9）秋本吉徳「地名起源説話の特質」国語と国文学53-4一九七六年
（10）福島好和「『播磨国風土記』の天皇記事について」地域文化8一九八四年
（11）水野祐『入門・古風土記（上）』雄山閣出版一九八七年
（12）前田安信「「里」名から見た播磨国地名起源説話の様相」風土記研究12一九九一年
（13）なお『続日本後紀』（承和六年）に「播磨国印南郡佐突駅家。依舊建立。」とあるので、佐突駅は延喜以前に廃止された山陽道沿いの駅家だと認められる。さらに『類聚三代格』大同二年十月廿五日の太政官符に「播磨国九駅卅五疋」とあり、この九駅は山陽道の駅家とみられる。『延喜式』記載の山陽道沿いの駅家は七駅であるので、播磨国内には佐突駅の他にもう一駅が、延喜以前に廃止されたことになる。
（14）美作道については、播磨国内の山陽道のうち大市駅から分岐していたと見る説（『兵庫県史（一）』一九七四年、『兵庫県の地名』（日本歴史地名大系）（三五頁）平凡社一九九九年）と、草上駅から分岐していたと見る説（『兵庫県の地名』（日本歴史地名大系）（六二頁）、『日本古代道路事典』八木書店二〇〇四年（執筆担当は吉本昌弘）、木下良『事典日本古代の道と駅』吉川弘文館二〇〇九年）とがある。
（15）柳田国男『故郷七十年』一九五八年（『定本柳田国男集』別巻三所収）
（16）長野一雄「播磨風土記の天皇説話」国文学研究61一九七七年
（17）「古代播磨国を訪ねて」姫路市埋蔵文化財センター二〇一〇年

(18) 植垣節也『風土記』(新編日本古典文学全集) 小学館一九九七年
(19) 長野一雄「播磨風土記応神天皇説話の作成法」国文学研究64一九七八年
(20) 瀧音能之『出雲国風土記と古代日本』雄山閣出版一九九四年
(21) 秋本吉徳「中央と地方との関係」『岩波講座日本文学史(一)』岩波書店一九九五年所収
(22) 長山泰孝「播磨国風土記と天皇系譜」亀田隆之先生還暦記念会編『律令制社会の成立と展開』吉川弘文館一九八九年所収
(23) 飯泉健司「品太天皇巡行伝承考」古事記年報37一九九五年

第五章　神代と人代

一　はじめに

『播磨国風土記』には、伊和大神や大汝命に代表される数多の神々と、景行から天武まで幅広い時代に亘る天皇の伝承とが記載され、それらは、例えば『古事記』・『日本書紀』のように神代から人代までが時系列に配置されるのではなく、各地の地名起源譚として混在したまま列挙されている。そして、その混在の様相はおよそ古代播磨各地に根生いのものだと見定めることができ（第Ⅱ部第二・三章）、またその伝承分布の様態を詳細に確認すると、「神の伝承」が古代播磨の中心地にも交通路の未発達な山間部にも分布しているところへ、「天皇にかかわる伝承」がおよそ主要道に沿って分布を伸ばして行った可能性を指摘できる（第四章）。神の伝承の上に、徐々に天皇の伝承が浸透してゆく途中経過が、風土記編纂という機会を得たことで切り取られ、書き留められたわけである。

本章は、以上述べてきたことを本風土記の特徴として認めた上で、本風土記の伝承内容を調査し、「神の伝承」

と「天皇にかかわる伝承」「人の伝承」との関係性、すなわち神代と人代とのかかわりについて、古代的な発想の一端を明らかにする試みとしたい。

二　「以後」「後」「今」・「一云」「一家云」

本風土記は一つの土地に一つの地名を掲げ、そこに一つの地名起源譚を記して、その土地の説明とする形を原則とする。しかし一つの土地に複数の地名起源譚が載る例も散見され、それは、

α　地名の改変により一つの土地に旧地名と新地名との二地名があり、「以後」「後」「今」の語を挟んで、双方にそれぞれの起源譚が付随する

β　「一云」「一家云」の語を挟んで一つの地名に複数の起源譚が記される

という二つの場合がある。以下、このそれぞれの例について考察する。

①「以後」「後」「今」

神・天皇・人の伝承のかかわりを考察するにあたり、まず、時代的な位相差が明確なαの例を検討対象とする。αに該当するのは次のA～K十一例である。(1) 旧地名にかかわる伝承をⓐ、新地名にかかわる伝承をⓑとする。

A　少川里本の名は私里なり。

ⓐ右、私里と号くるは、(志貴)嶋宮御宇天皇のみ世、私部の弓束等が祖、田又利君鼻留、此の処を請ひて居りき。故、私里と号く。

ⓑ以後、庚寅の年、上野大夫、宰たりし時、改めて小川里と為す。(飾磨郡)

B　香山里本の名は鹿来墓なり。

ⓐ鹿来墓と号くる所以は、伊和大神、国占めましし時、鹿来て山の岑に立ちき。山の岑、是も亦墓に似たり。故、鹿来墓と号く。

ⓑ後、道守臣、宰たりし時に至り、乃ち名を改めて香山と為す。（揖保郡）

C　越部里旧の名は皇子代里なり。

ⓐ皇子代と号くる所以は、勾宮天皇のみ世、寵人、但馬君小津、み寵を蒙りて姓を賜ひ、皇子代君と為して、三宅を此の村に造りて仕へ奉らしめたまひき。故、皇子代村といふ。

ⓑ後、上野大夫、卅戸を結びし時に至り、改めて越部里と号く。（揖保郡）

D　広山里旧の名は握村なり。

ⓐ都可と名づくる所以は、石龍比売命、泉里の波多為社に立たして射たまふに、此処に到りて、箭盡に地に入り、唯握ばかり出でたりき。故、都可村と号く。

ⓑ以後、石川王、総領たりし時、改めて広山里と為す。（揖保郡）

E　大家里旧の名は大宮里なり。

ⓐ品太天皇、巡り行でましし時、宮を此の村に営りたまひき。故、大宮といふ。

ⓑ後、田中大夫、宰たりし時に至り、大宅里と改む。（揖保郡）

F　大法山今の名は勝部岡なり。

ⓐ品太天皇、此の山に大きみ法を宣りたまひき。故、大法山といふ。

ⓑ今、勝部と号くる所以は、小治田河原天皇のみ世、大倭の千代の勝部等を遣りて、田を墾らしむるに、即ち、此の山の邊に居りき。故、勝部岡と号く。（揖保郡）

G　少宅里本の名は漢部里なり。

ⓐ漢部と号くる所以は、漢人、此の村に居りき。故、以ちて名と為す。

ⓑ後に改めて少宅といふ所以は、川原若狭の祖父、少宅の秦公の女に娶ひて、即て、其の家を少宅と号けき。後、若狭の孫の智麻呂、任されて里長と為りき。此に由りて、庚寅の年、少宅里と為せり。（揖保郡）

H　吉川本の名は、玉落川なり。

ⓐ大神の玉、此の川に落ちき。故、玉落といふ。

ⓑ今、吉川といふは、稲狭部の大吉川、此の村に居り。故、吉川といふ。（讃容郡）

I　安師里本の名は酒加里なり。

ⓐ大神、此処に飡しましき。故、須加といひき。

ⓑ後、山守里と号く。然る所以は、山部三馬、任されて里長となりき。故、山守といふ。

ⓒ今、名を改めて安師と為すは、安師川に因りて名と為す。其の川は、安師比売神に因りて名と為す。伊和大神、娶誂せむとしましき。その時、此の神、固く辞びて聴かず。ここに、大神、大く瞋りまして、石を以ちて川の源を塞きて、三形の方に流し下したまひき。故、此の川は水少し。（宍禾郡）

J　生野

ⓐ生野と号くる所以は、昔、此処に荒ぶる神ありて、往来の人を半ば殺しき。此に由りて、死野と号けき。

ⓑ以後、品太天皇、勅りたまひしく、「此は悪しき名なり」とのりたまひて、改めて生野と為せり。（神前郡）

K　穂積里本の名は塩野なり。

ⓐ塩野と号くる所以は、鹹水、此の村に出づ。故、塩野といふ。

ⓑ今、穂積と号くるは、穂積臣等の族、此の村に居り。故、穂積と号く。（賀毛郡）

これら十一例の旧地名ⓐ・新地名ⓑの起源譚について、それぞれが「神の伝承」「天皇にかかわる伝承」「人の伝承」のいずれであるかをまとめると、次のようである。

旧地名ⓐが神　→　新地名ⓑが天皇　（J生野）
旧地名ⓐが神　→　新地名ⓑが人　（B香山里・D広山里・H吉川）
旧地名ⓐが天皇　→　新地名ⓑが人　（A少川里・C越部里・E大家里）
旧地名ⓐが天皇　→　新地名ⓑも天皇　（F大法山）
旧地名ⓐが人　→　新地名ⓑも人　（G少宅里）
その他　（I安師里・K穂積里）(2)

旧地名と新地名とで由来を担う主体が変化している例に着目すると、「神の伝承」を持つ旧地名ⓐが天皇・人によって新地名ⓑに改められている（B・D・H・J）、もしくは、「天皇にかかわる伝承」を持つ旧地名ⓐが特定の人物によって新地名ⓑに改変される（A・C・E）、という形になっている。逆に、天皇や人にかかわる旧地名が神の伝承を持つ新地名に改められた例（すなわちⓐに天皇や人の伝承が位置しⓑに神の伝承が位置する例）は無い。人に由来する旧地名が、「天皇にかかわる伝承」によって新地名を得るという例も見られない(3)。このことから、地名の新旧が明確な諸例においては、「神の伝承」は必ず旧地名の起源を担って天皇・人の伝承よりも古い位置に置かれ、また「天皇にかかわる伝承」と「人の伝承」とを比べれば、「天皇にかかわる伝承」の方が古い位置を占めていると認められる。従って用例は少ないが、これらの伝承からは、およそ、神・天皇・人という次第で時代の変遷を捉える観念が通底していることを読み取ることができると考える。そのことは、前章において風土記地図の検討から推定したこと、すなわち「神の伝承」が播磨全域に根付いていた所へ「天皇にかかわる伝承」がおよそ主要道路沿いに後から定着していったのではないかという過程とも、符合するものである。

それでは、「神の伝承」から「天皇にかかわる伝承」あるいは「人の伝承」への移行は、具体的にどのようになされているだろうか。

改めてα諸例の内容を見ると、まずJ生野は、「荒ぶる神」に由来する「死野」という地名ⓐを、品太天皇が「悪しき名なり」として「生野」ⓑに改めたという。ここでは、品太天皇が荒ぶる神の伝承ⓐに直接働きかけて神に由来する地名を否定し新地名ⓑをもたらしている点で、他十例におけるⓐⓑの関係とは異なっている。このことは本章第四項で改めて考察するが、今はそれが品太天皇の伝承であることに注意を留めておく。

Jを除く十例の伝承は、旧地名ⓐと新地名ⓑとの由来譚に内容上の関連を持たない。例えばE大家里・H吉川の例では、ⓐに書かれた品太天皇（E）あるいは大神（H）の行動に由来する地名が、なぜⓑで田中大夫（E）あるいは稲狭部の大吉川（H）という人物によって改められなければならなかったのか、その理由は記されていない。αに該当する諸例からは、J生野を例外として、神・天皇・人の伝承が、一つの土地について地名の新旧という異なる位相に置かれながら、それぞれが自立した伝承を構築するあり方を確認することができる。

②「一云」「一家云」

続いて、一つの土地に複数の地名起源譚が載る例のうち、β「一云」「一家云」の語を挟んで一つの地名に複数の起源譚が記される場合について考える。該当するのは次のL〜T九例である。(4) 第一の伝承をⓐ、第二の伝承をⓑとする。

L　手苅丘

ⓐ手苅丘と号くる所以は、近き国の神、此処に到り、手以て草を苅りて、食薦と為しき。故、手苅と号く。

ⓑ一云、韓人等始めて来たりし時、鎌を用ゐることを識らず。但、手以て稲を苅りき。故、手苅村といふ。（飾

磨郡）

M　少川里（前略）

ⓐ以後、庚寅の年、上野大夫、宰たりし時、改めて小川里と為す。

ⓑ一云、小川、大野より此処に流れ来。故、小川といふ。（飾磨郡）

N　阿豆村

ⓐ伊和大神、巡り行でましし時、其の心の中の熱きに苦しみて、衣の紐を控き絶ちたまひき。故、阿豆と号く。

ⓑ一云、昔、天に二つの星あり。地に落ちて、石と化為りき。ここに、人衆集まり来て談論ひき。故、阿豆と名づく。（揖保郡）

O　越部里（前略）

ⓐ後、上野大夫、卌戸を結びし時に至り、改めて越部里と号く。

ⓑ一云、但馬国の三宅より越し来たれり。故、越部村と号く。（揖保郡）

P　菅生山

ⓐ菅、山の邊に生へり。故、菅生といふ。

ⓑ一云、品太天皇、巡り行でましし時、井を此の岡に闢きたまふに、水甚く清く寒し。ここに、勅りたまひしく、「水の清く寒きに由りて、吾が意、すがすがし」とのりたまひき。故、宗我富といふ。（揖保郡）

Q　桑原里

ⓐ品太天皇、槻折山に立ち御して、望み覧たまひし時、森然に倉見えき。故、倉見村と名づく。今、名を改めて桑原と為す。

ⓑ一云、桑原村主等、讃容郡の桉見の桉を盗みて、将ち来しを、其の主認ぎ来て、此の村に見あらはしき。故、

桉見といふ。（揖保郡）

R　御方里

ⓐ御形と号くる所以は、葦原志許乎命、天日槍命と、黒土の志爾嵩に到りまし、各、黒葛三條を以ちて、足に着けて投げたまひき。その時、葦原志許乎命の黒葛は、一條は但馬の気多郡に落ち、一條は夜夫郡に落ち、一條は此の村に落ちき。故、三條といふ。（中略）

ⓑ一云、大神、形見と為て、御杖を此の村に植てたまひき。故、御形といふ。（宍禾郡）

S　堲岡里

ⓐ堲岡と号くる所以は、昔、大汝命と小比古尼命と相争ひて、のりたまひしく、「堲の荷を擔ひて遠く行くと、屎下らずして遠く行くと、此の二つの事、何れか能く為む」とのりたまひき。（中略）小比古尼命、咲ひてのりたまひしく、「然苦し」とのりたまひて、亦、其の堲を此の岡に擲ちましき。故、堲岡と号く。（中略）

ⓑ一家云、品太天皇、巡り行でましし時、宮を此の岡に造りて、勅りたまひしく、「此の土は堲たるのみ」とのりたまひき。故、堲岡といふ。（神前郡）

T　甕坂

ⓐ甕坂は、讃伎日子、逃去ぐる時、建石命、此の坂に逐ひて、いひしく、「今より以後は、更、此の界に入ること得じ」といひて、即ち、御冠を此の坂に置きき。

ⓑ一家云、昔、丹波と播磨と、国を堺ひし時、大甕を此の上に掘り埋めて、国の境と為しき。故、甕坂といふ。（託賀郡）

ⓐⓑ二種の起源譚の内容を見ると、M少川里・N阿豆村・O越部里・P菅生山・R御方里の各例では、ⓐⓑは同一地名の由来を説く伝承であるにもかかわらず、互いの内容に類似点・共通点を持っていない。例えばN阿豆村

の場合は、伊和大神が衣の紐を絶ったという伝承ⓐと、星が落下した様子を人々が見たという伝承ⓑとの間に、内容上の接点はまったく認められない。またQ桑原里（ⓐは品太天皇が「倉を見た」こと、ⓑは盗まれた桉を持ち主が見つけたことを伝える）およびS堲岡里（ⓐは小比古尼命が堲をこの岡に擲ち、ⓑは品太天皇が地質を「堲たるのみ」と指摘したという内容）では、それぞれ「クラ（倉・桉）を見ること」・「堲の伝承であること」という点でⓐⓑに共通項は認められるが、それぞれの伝承は主人公も内容も大きく異なっている。これらM・N・O・P・Q・R・S各例における神・天皇・人の伝承ⓐⓑは、それぞれが独自の内容を構成し互いにかかわりを持っていない。主人公も内容もまったく異なる複数の起源譚が一つの地名に生じ、双方が保持・記録される場合があったことを認める。

一方、L手苅丘・T甕坂の例では、ⓐⓑの内容に近しいところが認められる。まずT甕坂の伝承ⓐは、建石命が御冠を置いて界を定めたことを伝える。本風土記にはこの条以前に

　都太岐といふは、昔、讃伎日子神、冰上刀売を誂ひき。その時、冰上刀売、答へて「否」といふに、日子神、猶強ひて誂ひき。ここに、冰上刀売、怒りていひしく、「何の故に、吾を強ふるや」といひき。即ち、建石命を雇ひて、兵を以ちて相闘ひき。ここに、讃伎日子、負けて還り去にて、いひしく、「我は甚く怯きかも」といひき。故、都太岐といふ。

とあり、冰上刀売は丹波国氷上郡の女神であるから、甕坂ⓐで建石命が定めた界とは、丹波と播磨との国境であると読み取れる。また甕坂の伝承ⓑは、主語が不明確であるが、丹波と播磨との国境が大甕を埋めることで定まったと伝える。つまり甕坂の伝承ⓐⓑはともに、丹波と播磨との国境を定めた物（御冠・大甕）によってミカサカの地名がもたらされたことを伝える点で、伝承の要素はおよそ一致していると見える。次にL手苅丘の伝承ⓐⓑは、「近き国の神」が「手で草を苅って食薦とした」と伝えるⓐに対し、ⓑは「韓人」が「鎌を使うことを識らずに手で稲を苅った」と伝える。この場合も、ⓐⓑそれぞれの伝承内容は、異国から訪れた存在が手で植物を

苅り取ったことを伝える点で、やはり共通の要素を持つと言える。「一云」「一家云」の表現で結ばれるⓐⓑ両伝承（βに該当するL～T九例）については、「以後」「後」「今」の語を持つ諸例（αに該当するA～K十一例）と異なり、ⓐⓑそれぞれの伝承の発生の先後関係を明らかにし得ないと考えるが、(5) L手苅丘・T甕坂の各例からは、一つの要素をもととする伝承が、その主体や内容に変化を伴いながらそれぞれに成長し、保持されてゆく場合があることを認める。(6)

③小括

以上、神・天皇・人の伝承の関係性について、α地名の新旧という位相の異なりを持つ、β「一云」「一家云」として二伝承が併記される、という形で、それぞれが自立した伝承内容を構築し、保持・記録される場合があること（A・B・C・D・E・F・G・H・I・K・M・N・O・P・Q・R・S）、また、一つの要素を持つ伝承が主人公や内容を変化させてゆく場合があること（L・T）を認めた。

益田勝実・秋本吉徳は、神・天皇・人の伝承について、次のように述べている。

『風土記』の一つの地名に対する異伝の重層は、かならず、在地的な説話では、神々の伝承と人間の伝承の対立であり、そうでない場合は、在地的な説話と支配者的な説話の対立であることがわかる。（中略）在地の神々と人間、神々と天皇という対立、もっと整理すれば、神々対新しい人間および天皇という新旧二つの対立とみられよう。古い第一次的伝承の層に対して、新しい第二次的伝承の層が重なってきているのである。（益田勝実）(7)

神を説話の主としなかった賀古・印南の両郡に、本来的に「神」が存在しなかったと判断することは、恐らくできないことであろう。ただ風土記が筆録された時期においては、畿内の西端にあった摂津と境を接する位置にあった播磨東部のこの二郡は、播磨国の中でも特に強く中央集権化の影響を受けたであろうし、その結果が、古代的神話的発想に基づく地名起源伝承を崩壊させ、代って中央集権的支配の頂点に立つ天皇を説話の主人公とする、新たな伝承を発生させたと考えられるのである。（中略）神や天皇を捨てて、人間を地名の命名者に選んだ伝承者の意識には、既に神話的発想は過去のものとなりつつあり、代って人間そのものに対する関心が、より強くなってきている点も見逃すわけには行かない。（秋本吉徳）(8)

益田論は「一つの地名に対する異伝の重層」が見える例として「一云」「一家云」の語を持つ諸伝承（本論で言うβの諸例）を挙げ、そこから神と人間・天皇との「対立」を読み取る。秋本論は伝承の分布状態から「神話的発想に基づく地名起源伝承」が「崩壊」して天皇伝承が生じ、さらに神や天皇も「捨て」られて人の伝承が選ばれたと言う。

しかし上述したように、一つの土地に「以後」「後」「今」（α）あるいは「一云」「一家云」（β）の語によって複数の起源譚（ⓐⓑ）が記された諸例を確認すると、ⓐⓑ両伝承はそれぞれ自立した内容を構築し関連を持たない例がほとんどで（A・B・C・D・E・F・G・H・I・K・M・N・O・P・Q・R・S）、あるいは、要素は一致していても伝承内容にはそれぞれに個性が宿っている（L・T）。例えばH吉川の場合、旧地名「玉落」についての「大神」の伝承ⓐと、新地名「吉川」についての「稲狭部の大吉川」の伝承ⓑとを、時系列を明記して並べ挙げている。ここでは、地名が「吉川」に改まった後でも大神の伝承は「崩壊」（秋本）せずに保持されて、本風土記に採録されている。そして、「玉落」についての伝承ⓐと「吉川」についての伝承ⓑとは、それぞれが起源を担っている地名の新旧という差はあるものの、ⓐⓑ両内容に関連は無く、そこに大神と稲狭部の大吉川との「対立」（益田）を読み取ることはできない。(9) 本風土記全体を通して、益田論の言う神と天皇との「対立」を読み取ることの出来る例は、J生野のみである（後述）。また、上掲αのうちB・D・Hの三例は、旧地名の起源を担う神の伝承を新地名への改変後も載録し、更にβのうちL・N・Sの三例は、まず神の伝承を記した後に「一云」「一家云」として天皇・人の伝承を配している。このようなあり方は、ある土地に神・天皇・人の伝承が存した場合、風土記編纂時においても神の伝承に対して一定の価値が認められていたことを示し、秋本の言うように神の伝承が「崩壊」し「捨て」られた痕跡を本風土記にはっきりと確認することはできない。神と天皇と人と、いずれかの伝承が対立・崩壊するのではなく、それぞれが独立した内容を保持し、伝承され、記録される様相を、本風土記は伝えている。

三　ミマツヒコノミコト

これまで、本風土記の諸伝承のうち一つの土地に複数の地名起源譚が記されている例を取り上げて、神・天皇・人の関係性について考察してきた。本項では「ミマツヒコノミコト」という存在に着目することによって、引き続きこの問題に向かいたい。

イ　飾磨と号くる所以は、大三間津日子命、此処に屋形を造りて座しし時、大きなる鹿ありて鳴きき。その時、王、勅りたまひしく、「壮鹿鳴くかも」とのりたまひき。故、飾磨郡と号く。（飾磨郡総記）

ロ　邑寶里　彌麻都比古命、井を治りて、粮を飡したまひて、即ち云りたまひしく、「吾は多くの国を占めつ」とのりたまひき。故、大村といふ。井を治りたまひし処は、御井村と号く。（讃容郡）

ハ　久都野　彌麻都比古命、告りたまひしく、「此の山は、踰めば崩るべし」とのりたまひき。故、久都野といふ。後、改めて宇努といふ。其の邊は山たり。中央は野たり。（讃容郡）

大三間津日子命・彌麻都比古命は、古代播磨の中心地であった飾磨郡の郡名由来を担う（イ）点で本風土記の中でも重要な位置にあるが、従来、孝昭天皇（『古事記』に「御真津日子訶恵志泥命」、『日本書紀』に「観松彦香殖稲天皇」）を指すとする説、神名であるとする説、確定できないとする説等が示され、神であるか天皇であるか、位置付けの定めにくい存在と見える。そこで本項はこのミマツヒコノミコトを取り上げ、上掲イ・ロ・ハ各伝承の内容を検討することによって、本風土記における神と天皇とのかかわりを探る一手段とする。

①従来説

まず、ミマツヒコノミコトについて従来説を確認しておく。

〈天皇説〉

御真津日子訶恵志泥命を申か。然らば孝昭天皇の御事なり。此天皇を王と記せるは未御位に即賜はざりし以前なるべし。（敷田年治）[10]

「王勅」とあり、孝昭天皇であろう。（小島瓔禮）[11]（他）[12]

〈天皇と見ない説〉

大三間津日子命は実に孝昭天皇の御事なりやおぼつかなし。勅といへるを天皇なる證とはすべからず。宍禾郡川音村の下にも「天日槍命宿於此村勅川音甚高」とあればなり。寧、王と云へるを天皇ならざる證とすべし。（井上通泰）[13]

〈大三間津日子命（イ）を天皇、彌麻都比古命（ロ・ハ）を神と見る説〉

王勅ト云ヘリ、此ニ據レバ大三間津日子ハ即孝昭天皇ナリ（中略）（筆者注：讃容郡ロの彌麻都比古命について）彌麻都比古命治井ハ或ハ是御井ノ神ナラム（栗田寛）[14]

イは（中略）命のことを「王勅云」と記すから天皇記事とみることができる。しかし、ロ・ハは弥麻都比古命と記し、その記事の内容は神々の土地占有伝承の形式をとっている。イとロ・ハが同一人物とすれば天皇記事として孝昭天皇に比定することもできよう。しかし、イとロ・ハとでは用字・記事内容とも異り、疑問が残る。（福島好和）[15]

讃容郡の地名説話中に弥麻都比古の名が現われるが、この場合人間というより、神あるいはそれに近い存在として描かれており、飾磨郡の条で大三間津日子命の言葉を「王勅」として、命を天皇あるいはそれに近い存在として描いているのと性格を異にしているようである。（長山泰孝）[16]

〈不確定説〉

孝昭天皇とする説があるが確かでない。この条（筆者注：飾磨郡総記イ）には王とあるが、下文（筆者注：讃容郡ロ・ハ）のミマツヒコ命と同人ならば国占めの神の如く語られている。（秋本吉郎）[17]

孝昭天皇とみる説が有力だが、確かでない。「勅」は天皇以外でも使い、「王」は天皇にも使うから、確証にならない。（植垣節也）[18]

飾磨郡総記イの「王勅」という表現についてはミマツヒコノミコトを天皇とみなす証左とし（上記井上説を除く傍線部）、讃容郡のロ・ハ二条についてはその内容から神とみなす証左とする説（上記波線部）が多い。そこでこれら諸説を踏まえながら、改めて「王」「勅」の表現と、ミマツヒコノミコトの伝承内容とについて、以下に検討を加える。なお飾磨郡総記イの「大三間津日子命」と讃容郡ロ・ハの「彌麻都比古命」とは用字が異なるが、本風土記には他に「少日子根命」（揖保郡稲種山）・「小比古尼命」（神前郡堲岡里）、「天日槍命」（揖保郡粒丘、宍禾郡川音村等）・「天日桙命」（神前郡糠岡）等、同一神が異なる表記で記載された例を認める。よって大三間津日子命・彌麻都比古命についても、イおよびロ・ハ間の表記の違いから、両者を別の存在と見做す必要は無いと考える。

②「王」「勅」字の検討

まず「王」「勅」の用例を見直す。

〈王〉

「王」の語は、本風土記中他に二例ある。

原の南に作石あり。（中略）伝へていへらく、聖徳王の御世、弓削大連の造れる石なり。（印南郡）

広山里（中略）以後、石川王、総領たりし時、改めて広山里と為す。（揖保郡）

「聖徳王」はいわゆる聖徳太子のことだが、この表現は『令集解』（巻卅四、公式令）にも

天皇謚。（中略）古記云。問。天皇謚。未知。謚。答。天皇崩後。據其行迹。文武備者。称大行之類也。一云。上宮太子称聖徳王之類。（以下略）

と見えて少なくとも八世紀前半には一定の定着を得た呼称と認められ、飾磨郡総記イで大三間津日子命を指す「王」の用例とは性格を異にする。「石川王」については、「天武紀」八年に

己丑に、吉備大宰石川王、病して吉備に薨りぬ。天皇、聞しめして大きに哀しびたまひ、則ち大恩を降したまふ、云々。

とある人物と同一とされる。この石川王の系譜は不明だが、ここで用いられた「王」の号は「天皇以下の皇族に、男女にかかわりなく用いる尊称[19]」であろう。本風土記にはこの他に「王」の用例無く、また出雲・常陸・豊後・肥前の各風土記に目を転じても『常陸国風土記』に「麻績王」が確認されるのみであって、神・天皇に「王」号を用いた例は見られない。

〈勅〉

一方「勅」字の使用例を、その主語に留意して諸国風土記に確認すると次のようである。

『播磨国風土記』全三一例
主語不明……一例（賀古郡冒頭）
ミマツヒコノミコト……一例（飾磨郡）
大帯日子命……七例（賀古郡）
品太天皇……十三例（飾磨郡・揖保郡・神前郡・賀毛郡）
難波高津宮天皇……一例（揖保郡）
難波長柄豊前天皇……一例（揖保郡）
息長帯日売命……一例（讃容郡）
意奚・袁奚……一例（賀毛郡）
伊射報和気命……二例（美嚢郡）
大神……一例（讃容郡）
伊和大神……一例（宍禾郡）
葦原志許乎命……一例（宍禾郡）
天日槍命……一例（宍禾郡）

『出雲国風土記』全　一例
纒向檜代宮御宇天皇……一例

『常陸国風土記』全　三例
倭武天皇……二例
大足日子天皇……一例

『肥前国風土記』全十四例
磯城瑞籬宮御宇御間城天皇……二例
纒向日代宮御宇（大足彦）天皇……十一例
日本武尊……一例

（他三例の「勅」は名詞で天皇の「ミコトノリ」を表す）

『豊後国風土記』全　八例　纒向日代宮御宇天皇　…　八例

「勅」字はほとんどの場合に天皇もしくは天皇に準ずる地位にある人物が言葉を発することを表し、一般の人の発言を「勅」と表記する例は無い。また、神名を主語とする「勅」は全風土記を通して播磨の讃容郡・宍禾郡にしか見られないが[20]、讃容郡内の「勅」二例中、一例は大神、もう一例は息帯日売命を主語としているので、本風土記では一郡内で神・天皇（皇后）の双方に「勅」字を用いる場合があると認められる。従って飾磨郡総記イにおける「勅」字の使用についても、その主体であるミマツヒコノミコトが神・天皇いずれであるかを決する材料とは為し難い。

以上、従来諸説が注意を払ってきた「王」「勅」の語について検討した結果、ミマツヒコノミコトは、「王」という尊称で呼ばれる点では神でも天皇でもない尊貴な存在であると見える一方で、その発言が「勅」と表現される点では一般人ではなく神もしくは天皇として描かれている、ということが明らかとなった。

③伝承内容の検討

次に、上掲イ・ロ・ハ三伝承が伝えるミマツヒコノミコトの事績に着目する。ミマツヒコノミコトはおよそ、屋形を造り鹿の声を聴き（イ）、井戸を治り食事をして国を占め（ロ）、山の様子を述べる（ハ）という行為をしている。これらの事績のうち、「鹿とかかわること」「井を治ること」「食事をすること」「国を占めること」の四点は、本風土記中他例が多く見つけられ、それらとの比較調査によってミマツヒコノミコトの性格を探る手掛かりとしたい。

〈鹿とかかわること〉

イは、大三間津日子命が鹿の声を聴いて発した言が郡名の由来であると説く。この記事を始めとして本風土記の伝承には鹿が多く登場するが、鹿が単独で伝承を構成する例は無く、(21)必ず神あるいは天皇とのかかわりの中に描かれて地名起源の一翼を担っている。そのありようをまとめると次のようである。

神と鹿　＝五例

大汝命・火明命（飾磨郡十四丘）、伊和大神（揖保郡香山里・宍禾郡総記）、玉津日女命（讃容郡総記）、大神（讃容郡筌戸）

天皇と鹿＝五例

品太天皇（飾磨郡英馬野・揖保郡伊刀嶋・神前郡勢賀・託賀郡比也山・賀毛郡鹿咋山）

〈例〉

宍禾と名づくる所以は、伊和大神、国作り堅め了へまししし以後、山川谷尾を堺ひに、巡り行でましし時、大きなる鹿、己が舌を出して、矢田村に遇へりき。爾に、勅りたまひしく、「矢は彼の舌にあり」とのりたまひき。故、宍禾郡と号け、村の名を矢田村と号く。（宍禾郡総記）

鹿咋山　右、鹿咋と号くる所以は、品太天皇、み狩に行でましし時、白き鹿、己が舌を咋ひて、此の山に遇へりき。故、鹿咋山といふ。（賀毛郡）

このように、鹿とかかわる伝承の主体は、神である場合が五例、天皇である場合が五例あるが、一般の人が鹿とかかわって地名の由来が生じた例は見えない。

〈井を治ること〉

口の彌麻都比古命は、「井を治り」「粮を飡したま」ふという行為の完了をもって、「多くの国を占めつ」と述べている。このうちまず「井を治る」という行為は、本風土記中他に五例見つけられる。[22]

宮を賀古の松原に造りて還りましき。或る人、此に冷水を掘り出だしき。故、松原の御井といふ。（賀古郡比礼墓）

一云、品太天皇、巡り行でましし時、井を此の岡に闢きたまふに、水甚く清く寒し。（揖保郡萱生山）

右、酒井と称ふ所以は、品太天皇のみ世、宮を大宅里に造り、井を此の野に闢きて、酒殿を造り立てき。（揖保郡酒井野）

右、萩原と名づくる所以は、息長帯日売命、韓国より還り上りましし時、御船、此の村に宿りたまひき。一夜の間に、萩一根生ひき。高さ一丈ばかりなり。仍りて萩原と名づく。即ち、御井を闢りき。故、針間井と云ふ。（揖保郡萩原里）

右、小目野と号くるは、品太天皇、巡り行でましし時、此の野に宿りたまひ、仍ち、四方を望み覧て、勅りたまひしく、「彼の観ゆるは、海か、河か」とのりたまひき。（中略）ここに、従臣、井を開きき。故、佐々御井といふ。（賀毛郡小目野）

井戸を治った主体は、或る人・品太天皇とその従臣・息長帯日売命であり、神の伝承は見られない。

〈食事をすること〉

本風土記には物を食べたことを内容に持つ伝承が数多く見える。一例を挙げれば次のようであり、神・天皇に共通する行為である。

昔、大帯日子命、印南別嬢を誂ひたまひし時、（中略）遂に、明石郡廝の御井に到り、御食を供進りき。（賀古郡比礼墓）

伊射報和気命、此の井に御食したまひし時、信深の貝、御飯の筥の縁に遊び上りき。（美嚢郡志深里）

国占めましし神、此処に炊ぎたまひき。（宍禾郡飯戸阜）

大神、此処に湌しましき。（宍禾郡安師里）

住吉大神、上りましし時、此の村にみ食したまひき。（賀毛郡河内里）

〈国を占めること〉

国を占めること（「山を占める」等も含む）は、本風土記中彌麻都比古命（ロ）以外に十二例認められる。

鹿来墓と号くる所以は、伊和大神、国占めましし時、鹿来て山の岑に立ちき。（揖保郡香山里）

讃伎国宇達郡の飯の神の妾、名は飯盛大刀自といふ、此の神度り来て、此の山を占めて居りき。（揖保郡飯盛山）

談奈志と称ふ所以は、伊和大神、国占めましし時、御志を此処に植てたまふに、遂に楡の樹生りき。（揖保郡林田里）

主の神、即ち客の神の盛なる行を畏みて、先に国を占めむと欲して、巡り上りて、粒丘に到りて、湌したまひき。（揖保郡粒丘）

大神妹妋二柱、各、競ひて国占めましし時、妹玉津日女命、生ける鹿を捕り臥せて、其の腹を割きて、其の血に稲種きき。（讃容郡総記）

広比売命、此の土を占めましし時、氷凍りき。（讃容郡凍野）

葦原志許乎命、国占めましし時、勅りたまひしく、「此の地は小狭くて室の戸の如し」とのりたまひき。（宍禾郡宇波良村）

葦原志許乎命、天日槍命と、国占めましし時、嘶く馬ありて、此の川に遇へりき。（宍禾郡伊奈加川）

国占めましし神、此処に炊ぎたまひき。（宍禾郡飯戸阜）

大神、国占めましし時、烏賊、此の川に在りき。（宍禾郡伊加麻川）

国占めましし時、天日槍命、先に此処に到り、伊和大神、後に到りましき。（宍禾郡波加村）

天日槍命の黒葛は、皆、但馬国に落ちき。故、但馬の伊都志の地を占めて在しき。（宍禾郡御方里）

国占めを為す主体は必ず神であり、天皇や人が国土を占めたと伝える伝承は無い。

このように、ミマツヒコノミコトの事績を本風土記の他例に照らしてみると、「鹿とかかわること」「食事をすること」は神・天皇の双方によって為されるが、「井を治ること」は天皇・人に確認される行為であり、逆に「国を占めること」は神に限定される行為であると認められる。ミマツヒコノミコトは、事績の上で神・天皇の双方に通じる特徴を示しているわけである。

④小括

以上、神であるか天皇であるか説が分かれているミマツヒコノミコトの性格について検討した結果、ミマツヒコノミコトは、神・天皇以外の尊貴な人物としての特徴（「王」号の使用）と、神あるいは天皇としての特徴（「勅」字の使用）とを併せ持ち、さらに事績の上では、天皇・人が為す行為（井を治ること）と神のみが為す行為（国を占めること）との両方を行っていることを指摘した。するとミマツヒコノミコトは、神・天皇・人の、どの範疇にも収まりきらない存在として本風土記に描かれているわけであり、イ・ロ・ハ三伝承をとおして、神・天皇・人という身分を明確に定めないという点で一貫性を持つと見られる。(23) よって本風土記において、神の伝承から天皇あるいは人の伝承へ、というおおよその移行を推定できると見る時、その過程に生じた一つの形として、ミマツヒコノミコトという、神とも天皇とも定まらない存在が観想されたことを認める。『古事記』・『日本書紀』が、ウカヤフキアヘズノミコトまでの「神」と、神武以下各「天皇」との間で巻を分け、それぞれの性格に断層を認めた上で両者を系譜の形で連続させるのに対して、本風土記のミマツヒコノミコトは、「神」あるいは「天皇」という枠に収まらず両者の資質を帯びた中間的な位置を示している。このような存在が観想された点に、神代と人代とのかかわりについて、中央の史観とは異なる本風土記の特徴を認め得ると考える。

四　品太天皇

本項では、本風土記おける神と天皇とのかかわりについて、品太天皇を取り上げて考察する。

本論第二項に述べたように、「以後」「後」「今」の語を挟んで神・天皇・人の伝承が一つの土地に共存する諸例のうち、神前郡生野のみが、例外的なあり方を示している。すなわち、

ⅰ　生野と号くる所以は、昔、此処に荒ぶる神ありて、往来の人を半ば殺しき。此に由りて、死野と号けき。以後、品太天皇、勅りたまひしく、「此は悪しき名なり」とのりたまひて、改めて生野と為せり。（神前郡）

この伝承において、品太天皇は神に由来する地名「死野」を「悪しき名なり」と退けて新地名「生野」をもたらしている。上述したように、「以後」「後」「今」の語を挟む他十例の地名起源譚が、いずれも「以後」「後」「今」の前後に配された二つの伝承内容にかかわりを持たないのに対し、この品太天皇は神に由来する伝承の内容に直接対峙し、それを覆す姿を見せる点で、本風土記中独自の性格を示している。また、本風土記中、鹿とかかわりを持つ伝承の主体は神である場合が五例、天皇である場合が五例で、それはすべて品太天皇の伝承である（前項参照）。品太天皇は、伝承数が最多であり本風土記を代表する天皇と言えるが、生野条および鹿との接触のあり方からは、品太天皇が他の天皇に比して、神とのかかわりのあり方にむしろ特殊な性格を示していることを推測

させる。

本風土記に載録された伝承の多くは、神の事績のみを語るもの、天皇もしくは人の事績のみを語るもの、自然環境に由来する地名起源を記すもののいずれかであり、一伝承の中で神と天皇・人とがかかわりを持つ例は少ない。一つの土地について神の伝承と天皇・人の伝承とが併記された例は散見されるが、それらは本論で述べたように、多くが「以後」「後」「今」あるいは「一云」「一家云」の語を挟んで互いに独立した伝承内容を構築している。一伝承中で神と天皇・皇后とが接点を持つ例は、上掲ⅰ生野以外に、次のものを認める。

ⅱ　幣丘と称ふ所以は、品太天皇、此処に到りて、地祇に幣を奉りたまひき。故、幣丘と号く。（飾磨郡）

ⅲ　因達里　右、因達と称ふは、息長帯比売命、韓国を平けむと欲して、渡りましし時、御船前に御しし伊太代神、此処に在す。故、神のみ名に因りて、里の名と為す。（飾磨郡）

ⅳ　意此川　品太天皇のみ世、出雲御蔭大神、枚方里の神尾山に坐して、毎に行く人を遮へ、半は死に、半は生きけり。その時、伯耆の人小保弖・因幡の布久漏・出雲の都伎也の三人相憂へて、朝庭に申しき。ここに、額田部連久等々を遣りて、祷ましめたまひき。（揖保郡）

ⅴ　神嶋　神嶋と称ふ所以は、此の嶋の西の邊に石神在す。形、佛のみ像に似たり。故、因て名と為す。此の神の顔に五つの色の玉あり。又、胸に流るる涙あり。是も五つの色なり。泣く所以は、品太天皇のみ世、新羅の客来朝けり。仍ち、此の神の奇偉しきを見て、常ならぬ珍玉と為ひ、其の面色を屠りて、其の一つの瞳を堀りぬ。神、因りて泣けり。ここに、大きに怒りて、即て暴風を起し、客の船を打ち破りき。高嶋の南の濱に漂ひ没みて、人悉に死亡せけり。（揖保郡）

ⅵ　萩原里　右、萩原と名づくる所以は、息長帯日売命、韓国より還り上りましし時、御船、此の村に宿りたまひき。一夜の間に、萩一根生ひき。（中略）仍ち、萩多く栄えき。故、萩原といふ。尓に祭れる神は、少

足命にます。（揖保郡）

vii　猪養野　右、猪飼と号くるは、難波高津宮御宇天皇のみ世、日向の肥人、朝戸君、天照大神の坐せる舟の於に、猪を持ち参来て、進りき。飼ふべき所を、求ぎ申し仰ぎき。仍りて、此処を賜はりて、猪を放ち飼ひき。故、猪飼野といふ。（賀毛郡）

viii　息長帯日女命、新羅国を平けむと欲したまひて下り坐しし時、衆の神に祷りたまひき。その時、国堅めしし大神の子、尓保都比売命、国の造石坂比売命につきて、教へて曰りたまはく（中略）ここに赤土を出だし賜ひき。（中略）かくて新羅を平伏け已訖りて還上りたまひぬ。乃ちその神を紀伊国の管川なる藤代の峰に鎮め奉りき。（逸文）

天皇・皇后と神との接触を伝える伝承は上掲ｉ～viiiの八例であり、その天皇・皇后は、オキナガタラシヒメ（iii・vi・viiiの三例）、品太（応神）天皇（ｉ・ii・iv・ｖの四例）、難波高津宮御宇（仁徳）天皇（viiの一例）の三代である。本風土記に伝承を残す天皇（および皇后・皇子）を列挙すれば、「天皇の世」という形で現れるものも含めて、

景行・成務・仲哀・神功・応神・仁徳・履中・雄略・オケヲケ・安閑・欽明・推古（もしくは斉明）・孝徳・天智・天武（他、宇治天皇・市辺天皇の名も見える）

となり、その時代層は幅広いが、一伝承中で神との接点を持つ天皇・皇后は、神功（オキナガタラシヒメ）・応神・仁徳の三代に限られ、それ以後の天皇代には見られない。

また、上掲ｉ～viiiの内容について、神と天皇とのかかわりに目を留めて見る。まずオキナガタラシヒメは、viでは「少足命」を祭ったとされるのみでこの神の性質や土地との関係性等詳細は伝わらないが、iiiでは「伊太代神」とともに韓国へ出征し、viiiでは「尓保都比売命」の神助を得て新羅平伏に成功したことが伝えられる。これらの伝承に描かれる、神の加護を得て事績を成功させる皇后像は、天照大神と墨江三神の神託に従って新羅へ親征し

た『古事記』中巻の神功皇后像と、その特徴の上で一致する。次に応神（品太）天皇の場合、ⅱ「地祇」の具体的な神性や奉幣の理由は明らかにし得ないが、この天皇の世に人の命を奪う神が出現している点（ⅳの「出雲御蔭大神」、ⅴの「石神」）、また、神威に対峙し乗り越えてゆく姿勢を見せる点（「荒ぶる神」に由来する地名を改めるⅰ、交通を妨害する出雲御蔭大神に対し「額田部連久等々を遣りて、祷ましめたまひき」という策を講じるⅳ）に、特徴が認められる。こうした品太天皇の態度は、例えば『古事記』中巻で、疫病を流行らせた大物主大神の御心を適切な祭祀によって鎮めた崇神天皇の姿等に近しいものと見える。このようにオキナガタラシヒメ・品太天皇の諸伝承が、それぞれ神との関係に一定の特徴を有しているのに対し、仁徳朝の伝承はⅶの一例を見るのみで、その特徴を析出しがたい。朝戸君が「天照大神の坐せる舟の於」に猪を献上して来たという伝承の内容は、諸注釈書によってもその意味するところを明確に理解し得ないが、神がある時は天皇の御世に加護を与え（オキナガタラシヒメのⅲ・ⅷ）、ある時は脅威になる（品太天皇のⅳ・ⅴ）諸例に比して、ⅶの天照大神は具体的な神威の発動を示しておらず、仁徳天皇の治世に対する神の側からの働きかけは語られない。

　このように見ると、本風土記に名を残す天皇は景行から天武までの幅を持つが、そのうち神との接触が伝えられるのは仁徳天皇までであり、さらに、神が天皇の御世の安定を左右し得る神威を持ち得た時代は、品太天皇までであると捉えられる。品太天皇が荒ぶる神に由来する地名を改め（ⅰ）、祈祷を行なわせた（ⅳ）ことによって、神威を克服する天皇像が確立し、これに伴って仁徳朝以後は、天皇が神から自立して、天皇と神との接点が希薄になっていった、というおよその推移を、本風土記から読み取ることができるのではないだろうか。そうであれば、本風土記の中においては、神々の影響を直接に受けて成り立つ天皇代がおよそ品太天皇の世をもって終焉を迎えるわけであり、神代と人代とのかかわりにおいて、品太（応神）天皇が一つの転換点に位置していると見ることができる。

また上述したように、本風土記におけるオキナガタラシヒメは神助を得て勝利を収め、品太天皇は神威による困難を乗り越えてゆくが、そうした神と天皇とのかかわりは、『古事記』中巻の諸天皇像の中にもおよそ同質の伝承を認め得るものである。そして、その『古事記』もまた、中巻の最後に応神天皇を据えている。

従来『古事記』の中巻および下巻の性質については、例えば次のように説かれてきた。

中巻における「人の代」の物語は、まだ神と人との交渉が極めて深く、人が神々から十分解放されていない、言わば神話的、宗教的な色彩に富んでいる物語が多い。これに対して下巻における「人の代」の物語は、神から解放された人間そのものの物語であって、恋愛もあれば嫉妬もあり、争闘もあれば謀略もある。（倉野憲司）[24]

〈神々の時代〉は上巻に、〈英雄の時代〉は中巻に、〈その子孫の時代〉は下巻に、それぞれ相当する。（中略）神々の時代を人間の世に媒介するのが英雄の時代であった。（中略）英雄たちが半神であるのと見あって、中巻の物語も歴史ではなくて半ば神話（西郷信綱）[25]

中巻の始まりが初代の神武天皇であり、下巻の始まりは仁徳天皇であるのは、神道的天皇観から、儒教的天皇観に変るためとする、この区切り説は認めてよい。（中略）中巻では（中略）各天皇は神と深い関係にあって、神の啓示によって政治を行うという体質として叙述されている。（中略）それに対して、下巻の天皇は（中略）神から独立した天皇であるから、中巻の神道的天皇像とは明確に区別できる。（西宮一民）[26]

神と人とが共存し半神半人の存在が活躍する中巻という媒介的な巻を歴史として必要とした（都倉義孝）[27]神威から自立し得ぬ人間の時代が中巻の時代であり、神威によって王権の根源の地が定まり外延が極限まで拡大したことを語るのが中巻なのであった。（中略）中巻の最初と最後に出現して王権に冥助を与えた天照大御神は下巻には現われない。王権は自立したのである。（中略）下巻はすでに人間中心の世として把握されて

いる。（金井清一）[28]

今これら諸説によって見れば、『古事記』中巻と下巻とでは神と天皇との関係性に相違があり、[29]中巻末尾を応神天皇が担うことは、およそ、神と天皇とのかかわりにおいて応神朝とそれ以後の天皇代との間に一定の変化があるという認識を、『古事記』が有していたことを示すと考えられる。そのことは、本論に述べたように、『播磨国風土記』において品太天皇の御世が神代から人代への移行の転換点に位置していることと、響き合ってくるのではないか。

ではなぜ、応神（品太）天皇がそうした位置にあるのか。応神朝の性格については多くの研究があるが、直木孝次郎は、「古事記に祖先系譜を記している（中略）一〇四の氏族のうち二〇〇までが自己の祖先を応神朝までにあらわれたとしている」こと、また、「日本書紀に祖先系譜をのせる氏族についてみても（中略）応神以前九三氏、仁徳以後十八氏で、古事記ほどではないが、ここでも応神以前と以後とで大きな相違がある」ことを指摘した上で、その理由について、

始祖のあらわれる時代として、仁徳以降は不適当である、という意識が強かったからであろう。逆にいうと、応神以前は始祖があらわれる神話的世界としてふさわしい時代と見られていた、と考えられる。（中略）現実の世は応神からはじまり、それ以前は伝説の世であるという考えが、明確な形ではないにせよ、広く七世紀の氏族の代表者や宮廷の人々に意識されていたのである。[30]

と推定している。本論で述べた、『播磨国風土記』と『古事記』とにおける応神（品太）天皇の位置は、応神以前に「神話的世界」を感得した「七世紀の氏族の代表者や宮廷の人々の意識」とも、通底するものであると見える。

三巻構成を採り神話から実在した天皇までを系譜的・時間的序列にあてはめる『古事記』と、諸地の地名起源譚として神・天皇・人の伝承を雑多に挙げる本風土記とは、態度が大きく異なる。また本風土記の品太天皇像は、

『古事記』の応神天皇像との関係が薄いという指摘も為されている。(31) しかし、両書共に神代から人代へという移行を全体として表していると見るとき、『古事記』中巻末に位置付けられた応神天皇が、本風土記においても神代と人代との転換点にあることは、およそ応神朝をもって神とのかかわりのあり方に一定の転機があったと見做す観念が、それぞれの書物の中だけで造作されたのではなく、古代において中央・地方を問わずある程度広く浸透していた可能性を導く。

五　まとめ

以上述べてきたことをまとめる。

本章では、伝承分布の様態から、本来播磨全土に「神の伝承」が生きていたところへ「天皇にかかわる伝承」が道沿いに後から定着していったのではないかという推定に基づき、神・天皇・人の伝承がその内容の上で互いにどのようなかかわりを持っているかを考察してきた。その結果、生野条を例外として、神・天皇・人のいずれかの伝承が崩壊したり互いに対立したりするのではなく、それぞれが自立した伝承内容を構築し保持されてゆく様子、あるいは、共通の要素を保ちながらそれぞれ内容に変化を伴ってゆく様子を認めた。一方ミマツヒコノミコトは、神・天皇・人という分別の枠に収まらず、事績の上でもそれらの特徴を兼ね備えている。神とも天皇とも定まらない位置にある存在が認められることは、神代と人代とのかかわりについての古代における発想の一形式として、無視できない重みを持つ。

これらに対し品太天皇は、神の伝承に直接対峙する姿を示し、また神の威力によって御世の安定が左右される天皇代が品太天皇をもって終わる。品太天皇は本風土記において神代と人代との転換点に位置し、そうした神代から人代への接続のあり方の思念が、『古事記』あるいはさらに裾野の広い古代的な神意識の一端までをも見通していく問題である可能性を述べて、次なる課題としたい。

【注】

(1) 一つの土地に旧地名と新地名とが併記される例は本論に掲げた以外にも見られるが、それらは地名の音の訛化によるもの（飾磨郡多志野・宍禾郡比良美村・同郡庭音村・賀毛郡雲潤里）、あるいは、旧・新地名のどちらか一方しか起源譚が記されない（印南郡含藝里・揖保郡林田里・同郡桑原里・讃容郡久都野・宍禾郡石作里・同郡伊和村）ため、考察対象に含めなかった。

(2) I安師里の場合、ⓐ須加（神の伝承）→ⓑ山守（人の伝承）→ⓒ安師（神の伝承）と三段階の地名改変が書き留められているが、ⓒの「安師」という地名の起源は「安師川に因りて名と為す。」とされ、その安師川の由来として安師比売神の伝承が載っているので、神の行いが里名を直接指示する形（例えば安師里ⓐ「大神、此処に湌しましき。故、須加といひき。」等）に比して里名に及ぶ神の影響の程度に差があると見て、「その他」とした。K穂積里の伝承ⓐは土地の自然環境に由来する内容で神・天皇・人いずれもかかわらないため、「その他」とした。

(3) この点に関しては、谷口雅博「『播磨国風土記』「一云」「一家云」の用法」（古代文学44二〇〇五年）に「地名の改変は基本的に人物との関わりでなされることが多い」と指摘がある。

(4) 神前郡粳岡にも「一云」とあるが、三条西家本に錯乱ありと見做されることと、「一云」の後の伝承が地名起源譚になっていないことにより、考察対象から除外した。

(5) 「一云」「一家云」について、山田直巳（「地名起源譚の行方」成城短期大学紀要15一九八四年、同著『古代文学の主題と構想』おうふう二〇〇〇年再録）は「「人事起源」への転換」であると述べ、谷口雅博前掲論注3は「時間的な配列の意識」を読み取るが、地名の新旧を明示する「以後」「後」「今」という表現と異なり、なぜ「一云」「一家云」という表現から時間の先後関係を読み取ることができるのか、十分な説明が見えない。「一云」「一家云」は、その前後に置かれた二種の伝承について、時間的な先後関係を定めずに両者を併記したものと見ておくのが妥当と考える。

(6) なお、手苅丘・甕坂の伝承ⓐⓑと近しい事情を持つ例として、他に『常陸国風土記』香島郡角折濱が挙げられる。その南に有らゆる平原を角折濱と謂ふ。
ⓐ謂へらくは、古、大きなる蛇あり。東の海に通らむと欲ひて、濱を掘りて穴を作るに、蛇の角、折れ落ちき。因りて名づく。

ⓑ或曰、倭武天皇、此の濱に停宿りまして、御膳を羞めまつる時に、都て水なかりき。即て、鹿の角を執りて地を掘るに、其の角折れたりき。この所以に名づく。

ここでも「或曰」としてⓐⓑ二種の伝承が併記され、いずれも「角で地面を掘ったところ角が折れた」ことを地名起源の要素として保持する点で内容に共通点が認められる。しかし、ⓐは「大きなる蛇」についての伝承で、しかもその蛇に角があるという極めて空想的な内容であるのに対し、倭武天皇を主語とするⓑでは鹿の角で地を掘ったと伝えられ、ⓐに比して現実味の濃い内容になっている。

(7) 益田勝実『岩波講座日本文学史（三）風土記の世界』岩波書店一九五九年（本書の著者は吉野裕だが、本論の引用個所は益田勝実の筆）

(8) 秋本吉徳「地名起源説話の特質」国語と国文学53-4一九七六年

(9) 益田論に対しては、既に谷口雅博前掲論注3に、阿豆村・甕坂・手苅丘等の例をもって、これらは「神話起源の方を本伝承として記しているのだから、少なくとも「神話の否定」とは言えない。」という批判が示されている。

(10) 敷田年治『標注播磨風土記』玄同社一八八七年

(11) 小島瓔禮『風土記』角川書店一九七〇年

(12) 他、ミマツヒコノミコトを天皇と認める説に、小野田光雄「播磨風土記成立の試論」国語と国文学32-11一九五五年、高藤昇「播磨風土記の歴代記事（上）」国学院雑誌58-2一九五七年、吉野裕『風土記』平凡社一九六九年、水野祐『入門・古風土記（上）』雄山閣出版一九八七年、飯泉健司「播磨国風土記」植垣節也・橋本雅之編『風土記を学ぶ人のために』世界思想社二〇〇一年所収等があるが、いずれも十分な根拠は記されない。

(13) 井上通泰『播磨国風土記新考』大岡山書店一九三一年

(14) 栗田寛『標註古風土記』大日本図書一八九九年

(15) 福島好和「『播磨国風土記』の天皇記事について」地域文化8一九八四年

(16) 長山泰孝「播磨国風土記と天皇系譜」亀田隆之先生還暦記念会編『律令制社会の成立と展開』吉川弘文館一九八九年所収
(17) 秋本吉郎『風土記』(日本古典文学大系)岩波書店一九五八年
(18) 植垣節也『風土記』(新編日本古典文学全集)小学館一九九七年
(19) 『時代別国語大辞典上代編』三省堂一九六七年
(20) ちなみに『古事記』は序に「勅語」二例、安康記に「勅命」一例があるのみで「勅」字をほとんど用いない。『日本書紀』は頻繁に「勅」字を用いるが、「神代紀」でその発言が「勅」とされる神は、イザナキ・イザナミ・アマテラス・スサノヲ・タカミムスヒ・ニニギノミコト・天神に限られる。
(21) 鹿を記す記事は他に、揖保郡塩阜に「惟の阜の南に鹹水あり。(中略)牛・馬・鹿等、嗜みて飲めり。故、塩阜と号く。」とあるが、この鹿は具体的な伝承を構成していないので例外とする。また賀古郡総記は本文冒頭部欠損により主語不明なため考察対象から除外した。
(22) 託賀郡都麻里の「播磨刀売、此の村に到りて、井の水を汲みて、湌ひて、「此の水有味し」といひき。」とある例は、井戸のほとりで食事を取り言葉を発する点で讃容郡邑寶里の彌麻都比古命に近しいが、播磨刀売の伝承には「井を治る」と明記されていないので、例に含めなかった。
(23) なお長山泰孝「播磨国風土記と天皇系譜」前掲論注16は「きわめて古い時代の人物としてのミマツヒコの記憶が、そのような半神半人的な形をとらせたのかも知れない。」と述べているが、半神半人とする根拠等の論証が不十分である。
(24) 倉野憲司『古事記・祝詞』(日本古典文学大系)岩波書店一九五八年
(25) 西郷信綱「ヤマトタケルの物語」文学一九六九年十一月号(同著『古事記研究』未来社一九七三年再録)
(26) 西宮一民『古事記』(日本古典集成)新潮社一九七九年
(27) 都倉義孝「神と天皇との変容」古事記学会編『古事記の成立』高科書店一九九七年所収
(28) 金井清一「上・中・下巻の構成と意味」歴史読本二〇〇六年九月号
(29) 『古事記』中・下巻の差異については、他に、「天皇の世界の物語を語るのが『古事記』なのである」と見る立場から「中巻は、その天皇の世界「天下」の成り立ち、つまり「天下」を作りあげたことを語るものである。」「下巻は、作り終えられた「天下」の物語である。」と解く説もある（山口佳紀・神野志隆光『古事記』（新編日本古典文学全集）小学館一九九七年）が、本論に挙げた神と天皇との関係性に着目する立場を通説と認め、今はこれに従っておく。

（30）直木孝次郎「応神王朝論序説」難波宮址の研究５一九六四年（同著『日本古代の氏族と天皇』塙書房一九六四年および『古代河内政権の研究』塙書房二〇〇五年再録）

（31）水野祐「播磨における品太天皇は、中央における応神天皇とは性格が異なる。」（『入門・古風土記（上）』前掲書注12）、飯泉健司「播磨国風土記では、（中略）記紀の応神天皇とは別の人格で考えられていた可能性がある。」（「品太天皇巡行伝承考」古事記年報37一九九五年）等。

終論――まとめにかえて――

一九八五年七月、井口樹生は「先生の学問」と題し、池田彌三郎の学問とその展開を論じた講演を、次のようにむすんでいる。

海の神イコール山の神、それを考えての海神山神論。海の神対山の神ではなく、海の神イコール山の神の論文を考えていらっしゃった。どうもそのような方向に進んでいらしたのではないか。これはまあこれからわたくしたち後進の者が勉強しなければならないことです。池田先生は、この国に住みはじめた人々がもった神意識、そういう大きな宿題をわたくしたちに残されたのでございます。（『新編池田彌三郎の学問とその後』慶應義塾大学出版会二〇一二年に収録）

本書は、この井口の言葉に学び、序論に記したような私なりの理解と意図とを重ねて、「古代日本人の神意識」と題した。以下、各章の概要を示して、まとめにかえる。

第Ⅰ部、第一章～第三章は、ムスヒ（ムスビ）と称される神を取り上げた。第一章では、『古事記』で天地初発の時に成ったとされる「産巣日」神から、『延喜式』鎮魂祭で働く「魂」神までを見渡そうとする時、この神と、その周囲にある霊魂信仰とのかかわりについて、じゅうぶんに解き明かされていない問題があることを示した上で、タカミ・カム・イク・タル等、様々な称辞を冠せられたムスヒ神のうち、特にカムムスヒ（ビ）に注目することの意義を論じた。そこで第二章では、『出雲国風土記』の「神魂命」の訓の検討から、この神が霊魂を結び付ける「カムムスビ（結び）」神であったとする旧説に対しても、その妥当性を認め得る可能性を述べ、続く第三章では、主に『古事記』・『出雲国風土記』の神話内容を精査して、カムムスヒ（ビ）は海と関わる資質を有していたと結論した。第二章、第三章を併せ見ると、『古事記』においては生成の霊力であるカムムスヒ（ムス＋ヒ）、『出雲国風土記』には鎮魂の神であるカムムスビ（結）と、それぞれ性能に違いを持つ神が記録されたと考えられ、また一方で、そのどちらもが、神々の祖神として海の彼方までを含む広がりある世界観を背景に観想された神霊であるという点で、共通の資質を有していると認められる。そして、特に系譜上の祖神という性格は、『古事記』・『出雲国風土記』の神話上での造作にとどまらず、『新撰姓氏録』で多数の氏族の祖としてムスヒ（ムスビ）神が位置付けられていることから見て、古代的な信仰生活のなかで、長期間に亘り、この神の霊能の核として期待されたものであると考えられる。

そうであれば、この神は『古事記』・『出雲国風土記』において天の神という位置付けを与えられる以前に、言わば〈海彼の御祖神〉という原初の姿を持つことを、想定してみることができるのではないだろうか。それは、古代の日本人が、数多の神々とそれらの神々に発して特定の職掌を継いでゆく各氏族との、霊力の源泉を求めようとした時の、一つの理想とも言える姿であり、その御祖神の霊威の発動を想定する具体的な形として、「ムス」という生命の萌芽に目を留めるあり方（『古事記』・『日本書紀』のムスヒ神）と、霊魂を肉体に結び付けるとその活動が呼び覚まされるという考え方（『出雲国風土記』のムスビ神）との、少なくとも二つの理解が、既に古代において成長していたのだと推定する。

第四章・第五章では、オホアナムチ・スクナヒコナ二神の、所謂「国作り」の神話を考察した。まず、『古事記』と『日本書紀』第八段一書第六との間で、神話の記載順序が相違することについて、『古事記』神話はカムムスヒが「作堅其国」と命令する点で、『万葉集』や諸国『風土記』に照らしても特徴ある内容を保持しており、それはスクナヒコナ神話としては比較的新しい形であろうと見定めた(第四章)。そして、その「作堅」という語の意味内容について更に考察を進め、特に「堅」と表現された背景については、一案として、およそ、この二神が国土の未だ漂う時にそれをかためる働きを為したとする伝承の存在を推定できるのではないかと結論した(第五章)。『古事記』は、現存する我が国最古の文献であるが、その成立の周囲に、記載の機会を得ずに埋没していった口誦文芸の存在を想定し、そうしたもののうち、オホアナムチ・スクナヒコナ二神をとおして初発の国土を想像する古代的な心性を掘り起こすことを、試みたつもりである。

また第六章では、そのスクナヒコナ(スクナミカミ)を「酒の司　常世に坐す　石立たす」と歌う『古事記』・『日本書紀』所載の歌謡に着目した。従来説では解釈が分かれていた、「常世に坐す　石立たす」という部分と、「まつりこし御酒ぞ」という部分について、その理解を定め、この神の常世神としての性格と石の関係性を明らかにした。本歌謡の背景にある酒造りの場のありようについて、特に石の果たした機能に着目して考察することによって、常世との交感を実現しようとする古代的な発想の形を具体的に把握し得たと考える。

第七章は、オホヤマツミについて、山の神としての性格、性別の問題、海とのかかわり、という三つの角度を設けて論じた。『古事記』のオホヤマツミは、多くの子神を持ち豊かな系譜を形作る一方で、「天つ神御子」の命の限りを定めるという、両面性を持った資質を有していること。『日本書紀神代巻』裏書にある、この神の性別を示す「姫神」という記載を紹介したこと。オホヤマツミが「和多志大神」として海へとその信仰を伸ばして行った背景に、伊予大三島の地理的環境から、港湾の守護神としての性格と、楠を用いた造船の経験の蓄積とを想定し得ること。本論は、文学的研究を主軸に据えて、これら諸点を論証したものであり、またあわせて民俗学の成果を参照して、上代文献におけるオホヤマツミと民俗的な山の神信仰との連関についても注意を払った。

本論に述べたように、こうした視座は、池田彌三郎の著述「海神山神論」「海神山神論の計画」および「芸能・演劇胎生の場」に学んだものである。「海神山神論」には、「折口先生の海神山神の論考は、文学史、芸能史に広く深く出つ入りつして続いて」いったことが明記され、また、『日本民俗文化大系（七）演者と観客』所収の「芸能・演劇胎生の場」は、その後『日本文学伝承論』に再録された時には「文学・芸能の胎動」と題されていることからも端的に知られるように、折口・池田にとっての海神山神の主題は、日本の文学史・芸能史双方の始発に据えられるべき重さを持つものであった。本論は、それを受け留め得るだけの十分な準備を伴ってはいないけれども、海山のあいだに生を紡いで来た日本人の生活の中から、山の神、また海の神に対する信仰が伸びてゆこうとする、その経緯の一端を考察したものである。

第Ⅱ部は、『播磨国風土記』の論考をまとめた。

まず、本風土記を扱うにあたって、研究基盤を築くことを目的に、個々の校訂・訓読を精査し直すこと（第一章）と、本風土記全体を見渡してその質を問うこと（第二章・第三章）との、二方面の考察を行った。第一章では、従来三条西家本のままでは難読とされてきた揖保郡林田里条を取り上げ、方言を活用する研究方法を新たに試みた結果、校訂を施すことなく伝承を訓読・理解し得ることを明らかにした。これは本風土記全体から見れば、僅か一条、極めて短い伝承の読解を果たしたに過ぎないが、これまでの諸注釈書に示されている研究成果から多くを学ぶ一方で、個々の伝承について論じるにあたっては、その校訂・訓読という基礎的な問題に対して、今後も自覚的に向き合う必要があることを確認したものである。

次に、本風土記全体を見渡す考察として、二つの論点（第二章・第三章）を提示した。第二章は、本風土記の編纂論を代表する小野田光雄説を俎上に載せ、記述の形式面についてはおよそ小野田説を支持し得るのに対し、伝承内容面については小野田説の言う三群性を認め難いことを指摘し、従って、少なくとも三群に分れて編纂された段階において、編纂者の手による伝承内容の大幅な改変は無かったと結論した。また続く第三章では、各地名起源譚の成立時期について考察した。近年、編纂時に起源譚が創作された可能性を論じる説を見るが、木簡と本風土記の地名表記とを対照すると、編纂時以前に用いられていた地名表記と起源譚の内容とが結び付く例が多いことを示し、従って少なくともそれらの起源譚の成立時期については、編纂時以前を想定しておくことが妥当であると論じた。

以上の考察によって、『播磨国風土記』所載の諸伝承の中には、確かに在地性を有するものが含まれているという見通しを得たことをもとに、第四章・第五章では、本風土記の伝承をおよそ「神の伝承」「天皇にかかわる伝承」「人の伝承」に分けて、古代播磨各地におけるそれらの所伝の発生と成長の経過を捉えようと試みた。まず、伝承の分布状況を播磨国内の地勢や交通路のありように照らしながら詳細に把握した結果、播磨全域に神の伝承が伝えられていたところへ、天皇伝承が主要道沿いに新たに定着していったという過程を推定した（第四章）。そして、神・天皇・人の所伝の関係性を、「以後」「後」「今」「一云」「一家云」の語を挟む諸例によって見ると、旧来の神の所伝に対して、新たな天皇・人の伝承のみが認容を得るのではなく、多くの場合において、それぞれが自立した内容を維持したまま併行して記録されている様子を認めた（第五章）。本論に示したこの様なあり方は、風土記編纂時およびそれ以前の播磨において、新たな天皇伝承の浸透という影響を受けながらも、旧来の神の伝承に対する信頼が未だ揺るがずに生き続けていたことを伝え、従来説が神の伝承の崩壊あるいは神と天皇との対立を想定して来たのに対し、古代の一地方における諸伝承の成立や享受の実状について再考を求めるものである。

また本論では、本風土記において神と天皇との間で特徴的な性格を示す者として、ミマツヒコノミコトが両者の資質を併せ持っていることと、品太（応神）天皇の代が神と天皇との関わり方において一つの転換点に位置していることを示した（第五章）。

『古事記』・『日本書紀』における神々の伝承は、そのほとんどが、『古事記』においては上巻、『日本書紀』においては神代巻の中に収められ、そこから巻を新たにして明確な区別を設けた上で、神武以下各天皇代の記述へと移行してゆく。本風土記のミマツヒコノミコトは、その名称の上では、『古事記』・『日本書紀』における第五代孝昭天皇との近接が想定される。しかし、孝昭は、歴代の諸天皇の中で比較的神代に近い位置にあるものの、はっきりと「天皇」と規定されているのに対し、ミマツヒノミコトは「神」あるいは「天皇」という枠に収まらない中間的な位置を示す存在として観想されている点に、中央の史観とは異なる本風土記の独自性を認め得ると考える。一方、本風土記において神々の影響を直接に受けながら成り立つ天皇代が、およそ品太天皇の世をもって終焉を迎えると見えることは、本論にその見通しを示したとおり、『古事記』の三巻構成や、古代氏族の始祖観念等とも通底する問題を宿している可能性がある。『播磨国風土記』をとおして、播磨独自の地域的な神意識のありようと、中央・地方にまたがる普遍性を持った心意との、双方を見出して行く糸口を、本書において示すことが出来たとすれば、幸いである。

以上、第Ⅰ部においては、考察対象としたムスヒ（ビ）、オホアナムチとスクナヒコナ、オホヤマツミについて、『古事記』・『日本書紀』、また諸国『風土記』等にも資料を多く求め、それらを照らし合わせてみることで、より原初的な神意識の復元を試み、またそれが文献に記載されるまでの経緯について論じた。第Ⅱ部では、風土記成立時およびそれ以前の、播磨各地における諸伝承の伝播や享受の実態を明らかにするとともに、考察の視点を播磨という一地域に据えた上で『古事記』・『日本書紀』を見通してゆく中で、中央の体系的な「神代」の構想と、地方的な神意識の諸相とを、相対的かつ総体的に把握してゆく糸口を得た。

折口信夫、池田彌三郎は、自らの学を、「文学における日本民族の性格の偏向を対象として研究」するものであると述べている（折口信夫「日本文学研究の目的」『折口信夫全集（五）』所収、池田彌三郎「民俗文学序説」『日本芸能伝承論』中央公論社一九六二年所収）。本書は、その「日本民族の性格の偏向」を考察するための核心的な課題として、「古代日本人の神意識」という問いを立てたものであり、従って全体をとおして、『古事記』・『日本書紀』・諸国『風土記』等特定の文献の作品的性格や、個々の編纂者あるいは作者の意図といった問題を論じることよりも、神あるいは霊魂に対する古代的な心性の実相に、目をとめることを心がけた。優れた表現者がたった一度きり見つけ出した文学的感動の記録ではなく、「日本民族」全体の心のありようを研究しようとする以上、個々の作品論・形成論に学びながらも、諸文献を横断して注意すべき特徴を抽出し、日本の各地に生きた多くの無名の人々の、実生活の堆積の中に成長していった神意識のありようを、具体的に掴もうとする姿勢こそが、求められると考えた次第である。

播磨以外の諸国風土記と『古事記』・『日本書紀』と、さらには『延喜式』等をも広く参照して、中央・地方双方の神意識とその変遷の経過を総合的に論じることや、「かみ」「たま」「もの」といった信仰対象の体系的な整理、あるいは祝詞の研究等、古代信仰の全体像を提示するためには多くの観点を論じ残しているが、まず本書の範囲においては、ムスヒ（ビ）、オホアナムチとスクナヒコナ、オホヤマツミ、播磨のミマツヒコノミコト、品太天皇等、それぞれの考察対象が宿している古代的な神意識の複層性や多様性を、一つずつ掘り起こすことに意を注ぎ、今はこれをもって、「この国に住みはじめた人々がもった神意識」という課題に私なりに向き合ってゆく中での、一つの答えとする。

初出一覧

〔第Ⅰ部〕

第一章　書き下ろし

第二章　書き下ろし

第三章　「上代文学」94号二〇〇五年、原題「カムムスヒの資性」

第四章、第五章　「古事記年報」57号二〇一五年、原題「『古事記』スクナヒコナ神話の成立――「つくる」と「かたむ」と――」

第六章　「上代文学」97号二〇〇六年、原題より変更なし

第七章　「藝文研究」97号二〇〇九年、原題「おほやまつみ考――山の神・海の神――」

〔第Ⅱ部〕

第一章　「古事記年報」50号二〇〇八年、原題より変更なし

第二章、第三章　「上代文学」112号二〇一四年、原題「『播磨国風土記』の古代性」

第四章　書き下ろし

第五章　書き下ろし

（初出を記したものは、本書に再録するにあたり、いずれも大幅に加筆した。）

あとがき

本書は、平成二十五年二月に慶應義塾大学から博士（文学）の学位を受けた論文を基とし、全体に加筆し新たに数編の論考を加えた。論文審査をお引き受け下さった、藤原茂樹先生・三宅和朗先生・神野志隆光先生に、厚く御礼申し上げる。

博士課程に進学してから、およそ十年が経った。信じるに足る魅力にあふれたゆたけき学問と、その学の構築・継承・発展に精神を注いで来られた人々に出会えたことを、何よりの幸せに思う。そのことが、私の人生にどのような実りと価値をもたらすか、また次の十年あるいは二、三十年の研究生活の中に模索し続けることを期し、今はこれをもって一つの区切りとしたい。

本書を成すにあたり、日本学術振興会特別研究員として、科学研究費補助金（15J40002）の助成を受けた。

索引

1．『古事記』・『日本書紀』・諸国『風土記』・『万葉集』については、さらに詳細な項目を立てた。
それら各項については、五十音順ではなく、各書の中での記載順にならべた。
2．神名はすべてカタカナで立項した。
3．項目が実際には掲載のない頁でも、その項目について論じていれば頁を記した場合がある。

●ひ

●ふ

●ほ

●ま

略歴

森　陽香（もり・ようこ）

1981年神奈川県生まれ。
慶應義塾大学文学部卒業、慶應義塾大学大学院文学研究科国文学専攻修士課程修了、同後期博士課程単位取得退学。博士（文学）。

現職

日本学術振興会特別研究員
慶應義塾大学・実践女子大学非常勤講師

論文

「古代の日本と南方―海・山の信仰―」三色旗740号2009年
「催馬楽注釈史誌」藤原茂樹編『催馬楽研究』笠間書院2011年所収
「御食を得る天皇―角鹿の入鹿魚と応神と―」藝文研究109号2015年

古代日本人の神意識

平成28（2016）年9月15日　初版第1刷発行

著者　森　陽香

装幀　笠間書院装幀室
発行者　池田圭子

発行所　有限会社 **笠間書院**
東京都千代田区猿楽町2-2-3［〒101-0064］
電話　03-3295-1331　fax　03-3294-0996

ISBN978-4-305-70803-8　ステラ／モリモト印刷

落丁・乱丁本はお取りかえいたします。
出版目録は上記住所までご請求下さい。
http://kasamashoin.jp